Mandelfieber

Madita Tietgen

Verlag:
Zeilenfluss Verlagsgesellschaft mbH
Implerstraße 24
81371 München

Texte: Madita Tietgen
Cover: © Grit Bomhauer
Korrektorat: Dr. Andreas Fischer
Satz: Zeilenfluss

ISBN: 978-3-96714-336-2

Madita Tietgen

Mandelfieber

Roman

ZEILENFLUSS

Für Mama und Papa.
Weil ihr auf eure Art und Weise immer das Beste für mich wollt und in den wichtigsten Momenten stets für mich da seid.

Und für meine Geschwister.
Weil es zu sechst genauso großartig wie anstrengend sein kann und es sich lohnt, manchmal die Perspektive zu wechseln, um einander besser zu verstehen.

Vorwort

Bevor ihr in die Geschichte von Vic und William eintaucht, möchte ich euch noch etwas mit auf den Weg geben – hoffentlich ohne zu spoilern. Das Schicksal von William ist eines, das mir nicht gänzlich unbekannt ist.

Dem einen oder anderen wird beim Lesen auffallen, dass sich gewisse Gedanken etwas häufiger wiederholen. Das ist nicht dem geschuldet, dass ich als Autorin nicht in der Lage bin, diese zu vermeiden. Es liegt vielmehr daran, dass ich damit etwas deutlich machen möchte. Nämlich, dass uns manche Sorgen so nachhaltig beschäftigen, dass wir uns kaum gegen ihr fortwährendes Auftauchen wehren können. Sie sind einfach da.

Ich hoffe, dass ihr für William Verständnis aufbringen könnt und es ihm nicht übelnehmt, diese Wiederholungen zu begleiten. Vielleicht zeigt es euch vielmehr, wie sehr wir manchmal in unserem Gedankenkarussell gefangen sind. Und wie schwer es ist, daraus auszubrechen und sich einen neuen Weg zu suchen.

Trigger-Warnung

In diesem Roman wird ein Thema behandelt, das manche triggern könnte. Um an dieser Stelle nicht zu viel von der Handlung vorwegzunehmen, kannst du auf der letzten Seite des Buches einsehen, um welches Thema es sich handelt.

Eins

Wenn Träume einer Stadt gleichen würden, so wäre New York City der wohl glitzerndste und schillerndste Traum, den Vic jemals gesehen hatte. Sie lebte schon ihr ganzes junges Leben in der pulsierenden Metropole an der Ostküste der USA, und trotzdem verzauberte sie der Ort jeden Tag aufs Neue. So auch heute an diesem fantastischen lauwarmen Herbstabend, der bereits seinen dunklen Himmel über den Wolkenkratzern ausbreitete und all die Lichter aufschimmern ließ.

Vic legte ihre silberne Clutch neben sich und lehnte sich ein Stück vor, um noch besser aus dem Fenster ihres Ubers sehen zu können. Sie passierten gerade das weltberühmte Flatiron Building, das seinen Namen der Bügeleisenform zu verdanken hatte. Das spitz zulaufende Gebäude mit seinen zweiundzwanzig Stockwerken war ein architektonisches Meisterwerk. Zumindest wenn es nach Vics bescheidenen Kenntnissen ging. Die Spitze auf der einen Seite und nach hinten immer breiter werdend, flankiert von der Fifth Avenue und dem Broadway, unweit des Madison Square Parks – Vic war begeistert. Ein Haus in Manhattan, das sich dem Schachbrettmuster allein durch seinen ungewöhnlichen dreieckigen Grundriss entzog und sich im wahrsten Sinne des Wortes querstellte.

Ein bisschen so wie sie. Vic lächelte, und ihre Stimmung

hob sich langsam. Die glitzernden Lichter, die die Straßen und Gebäude durchzogen, taten vermutlich ihr Übriges. Nichts war so funkelnd wie diese Stadt bei dunkler Nacht. Der hupende Verkehr zog an ihnen vorüber, und Vic schaute zu der jungen Frau, die neben ihr auf der Rückbank des Wagens auf ihrem Smartphone eine Nachricht tippte. Charlie.

Sie trug ein teures Outfit in knalligem Rot von *Chanel*, das ihre feinen japanischen Gesichtszüge perfekt unterstrich. Ihre langen sonnengebräunten Beine, von denen das Outfit äußerst viel preisgab, endeten in eleganten schwarzen High Heels von *Louis Vuitton*, und ihr glattes schwarzes Haar lag über ihrer rechten Schulter und endete knapp über ihrer Hüfte.

Genervt sah Vics Freundin auf, die sich wie jeden Abend hervorragend zurechtgemacht hatte. »Sind wir bald da?«

Vic wandte den Blick wieder aus dem Fenster. Die niedrigen Häuser von Greenwich Village tauchten vor ihr auf.

»Wie war die Adresse noch?«, fragte Vic.

»56 Greenwich Avenue.«

Sie nickte. »Dann sollten wir gleich da sein.«

Wie aufs Stichwort bog der Wagen nach rechts ab, durchquerte die 11th Street für zwei Blocks und stoppte dann an der Kreuzung zur 7th Avenue. Da sie die Kosten bereits per App beglichen hatten, entfiel der lästige Bezahlvorgang, der sonst am Ende einer Fahrt mit dem Dienst fällig wurde.

Vic winkte dem Fahrer zu. »Danke und schönen Abend noch!«

Der lächelte freundlich. »Ebenso!«

Charlie und sie stiegen aus, und Vic spürte, wie die kühle Stadtluft ihre nackten Beine umhüllte. Ähnlich wie ihre Freundin hatte sie sich heute für ein kurzes Outfit entschieden. Der Novemberabend versprach kalt zu werden, trotzdem ließ sie es sich nicht nehmen, ihr Lieblingskleid anzuziehen. Es reichte ihr bis knapp oberhalb der Knie und funkelte und glitzerte, was das Zeug hielt. Farblich war es wohl eine Mischung aus Weiß und Grau, aber die vielen Pailletten und kleinen eingearbeiteten falschen Diamanten ließen es herrlich auffällig schillern. Der enganliegende Stoff wurde von zwei breiten Trägern gehalten, die sich auf der Wirbelsäule überkreuzten und dadurch Vics hübschen Rücken betonten. Der Ausschnitt an ihrem Hals war dafür bescheidener. Alles konzentrierte sich auf das Funkeln und ihre Rückseite.

An ihren Handgelenken baumelten zueinander passende schmale Armbänder aus dünnem weißen Kunstleder, und ihre brünetten Haare waren frisch geschnitten – in Form eines modernen Bobs, aus dem einzelne freche Strähnen blitzten und ihr Gesicht umschmeichelten. Ihre langen Beine wurden durch die silbernen Sandalen mit einem mörderischen Absatz hervorragend in Szene gesetzt. Ein hellbrauner Mantel schützte sie vor der aufkommenden Kälte.

Vic sah fantastisch aus. Würde sie sich doch nur auch so fühlen. Ihr war heute überhaupt nicht nach Ausgehen zumute, aber danach fragte niemand. Nie.

Sie atmete tief durch, schlug einen fröhlich arroganten Ton an und wandte sich an Charlie. »Ich liebe Greenwich. So viele Bars und Restaurants. Was hat Lucy uns für heute ausgesucht?«

Lucy war die Dritte in ihrem Bunde. Die verrückte Rothaarige war mit achtundzwanzig die Jüngste – wobei Charlie und Vic selbst erst neunundzwanzig Jahre zählten. Aber Lucy erinnerte sie dennoch gerne daran. Trotzdem war Lucy es, die heute bestimmte, wo sie den Abend verbringen würden. Es ging immer reihum. Mal war Lucy dran, dann wieder Charlie und schließlich Vic. Da Vic aber Mühe hatte, ihre Motivation auf den schmutzigen wie glitzernden Straßen New Yorks zusammenzukratzen, war sie froh, nicht auch noch einen fancy Club vorschlagen zu müssen.

»Warte, sie hat geschrieben …« Charlie scrollte durch den Chatverlauf auf ihrem Smartphone. »*The Fiddlestick.*«

»*Fiddlestick*?« Vic hob skeptisch ihre Augenbraue in die Höhe. »Was soll das denn sein?«

Charlie zuckte mit den Schultern und warf ihr schönes schwarzes Haar zurück. Sie klimperte mit ihren auffälligen Wimpern und hakte sich bei Vic unter.

»Keine Ahnung, aber Lucy hat es ausgesucht. Also wird es großartig. So wie immer!«

Vic wünschte, sie könnte Charlies Enthusiasmus teilen. Allmählich ging ihr ihr Leben gehörig auf die Nerven. Aber sie sah keine richtige Perspektive, der sie hätte folgen können. Das einzige Ziel, das sie verfolgte, war, ihrem Vater das Leben möglichst schwer zu machen. Und das konnte sie. Immerhin eine Sache, die sie fabelhaft zu verrichten wusste. Gleichzeitig war es vermutlich unfair, schließlich finanzierte er ihren gut gefüllten Kleiderschrank, ihr Apartment in Manhattan und ihre ausgiebigen Partynächte in der glitzernden Stadt. Es war der Preis dafür, dass er ihr vor fünf Jahren gesagt hatte, sie solle sich endlich Freunde suchen.

Gesagt, getan. Obwohl Charlie und Lucy mehr gute Bekannte waren, statt richtiger Freundinnen. Seit nunmehr fünf Jahren zogen die drei gemeinsam durch die Bars und Clubs und besuchten die begehrtesten Partys Manhattans. Jeder, der in New York etwas auf sich hielt, setzte die drei auf seine oder ihre Gästeliste. Vic war ein Partygirl. Sie verstand es, ohne viel Mühe gute Stimmung aufkommen zu lassen, die Leute mit aufregenden Geschichten zu amüsieren, und gemeinsam mit Charlie und Lucy wurde jeder Abend legendär.

Anfangs war Vic aufgeblüht. Sie hatte sich lebendig und frei gefühlt. Ihr Dad war zwar nicht glücklich über ihren Lebensstil, doch bis auf regelmäßige Vorhaltungen ließ er sie weitestgehend gewähren. Was hätte er auch unternehmen sollen? Ihr seine Liebe entziehen? Vic die kalte Schulter zeigen? Das tat er beides bereits, solange Vic denken konnte. An dieser Stellschraube war also nichts mehr zu machen. An Vics Ehrgefühl appellieren? Oh, bitte.

Frances Malone war ein engstirniger amerikanischer Geschäftsmann, der zwei – oder waren es inzwischen drei? – Firmen besaß. Vic verlor manchmal den Überblick über seine Geschäfte. Na ja, jedenfalls besaß ihr Dad mindestens zwei Unternehmen, die erfolgreich an der Börse etabliert waren. Gleichzeitig investierte er in vielversprechende Start-ups. Kurzum, er war steinreich. An finanziellen Mitteln hatte es ihnen nie gemangelt. Aber wo so viel Geld zuhause war, blieb nicht viel Platz für aufrichtige Liebe. Zumindest nicht im Hause Malone. Aber all der Reichtum konnte selbst die käuflichste Frau nicht halten. Ein Stich durchfuhr Vics Brust. Sie schüttelte die trüben Gedanken ab und konzentrierte sich auf den heutigen Abend.

Sie wusste, wenn der richtige Song gespielt wurde, würde ihre Motivation schon wiederkehren. So war es in den letzten Wochen noch immer gewesen. Auf dem Weg zur Party wünschte Vic sich, einfach nach Hause zu gehen und sich mit einer Folge *Bridgerton* vor dem Fernseher verkrümeln zu können. Doch sobald sie da waren, die strahlenden Lichter über ihre Köpfe tanzten und dieses eine Lied kam, dann war Vic wieder in Stimmung. Dann verbannte sie die schlechten Gedanken und genoss einen weiteren unbekümmerten Abend in New York City. Zumindest so lange, bis sie am nächsten Morgen mit Kopfschmerzen und einem fahlen Geschmack im Mund allein in ihrem Apartment am Central Park aufwachte.

Plötzlich blieb Charlie neben ihr stehen. »*Da* sollen wir rein?!«

Vic blickte überrascht auf. »Was?«

Ihre Freundin streckte den schlanken Arm aus und zeigte auf ein rotes Backsteingebäude. Das vierstöckige Haus zierte im Erdgeschoss eine tannengrüne Fassade. Eine Tür aus weißem Holz markierte den Eingang, quer über dem Gehsteig davor baumelte eine Lichterkette mit alten nackten Glühbirnen, die ein warmes Licht ausstrahlten.

Misstrauisch betrachtete Vic das weiße Schild mit den roten Buchstaben über dem Eingang. *Fiddlestick – Bar & Grill.* Dann schaute sie zu Charlie.

»Sicher, dass das die richtige Adresse ist?«

Ihre Freundin nickte. »Die hat Lucy mir geschickt.«

In diesem Moment wurde die Tür des Lokals aufgerissen, laute Musik drang nach außen, und eine schlanke rothaarige Schönheit tippelte in goldenen High Heels auf den Gehweg hinaus.

»Da seid ihr ja endlich!« Lucys Parfumwolke umnebelte die beiden, während sie Charlie und Vic ein Küsschen links, ein Küsschen rechts auf die Wange hauchte – oder besser gesagt in deren Luftraum. Niemals würden ihre Lippen riskieren, das sorgfältig aufgetragene Make-up ihrer Party-Freundinnen zu ruinieren.

Charlie machte ihren Zweifeln sofort Luft. »Lucy, was machen wir hier? Was ist das bitte?«

Sie zeigte mit ihrem perfekt manikürten Fingernagel auf das Lokal, aus dem Lucy soeben gekommen war.

Aufgeregt klatschte die wiederum ihre Hände zusammen und hüpfte, so gut es ihre Absätze zuließen, auf und ab. »Oh, es ist großartig. Ich weiß …« Sie sah streng in die Gesichter ihrer Freundinnen. »Eigentlich ist so ein Pub nicht unser Stil, aber das wird ein phänomenaler Abend. Ich verspreche es. Lasst euch heute Abend für eine halbe Stunde darauf ein.« Sie hob den Zeigefinger und setzte einen verschwörerischen Blick auf. »Wenn es euch dann immer noch nicht gefällt, gehen wir woandershin. Ehrenwort.«

Vic schmunzelte und hakte sich bei Charlie unter, die immer noch kritisch dreinsah. »Gib dir einen Ruck, Charlie.« Sie musterte die Fassade. »Vielleicht treffen wir ja auf ein paar hübsche Seemänner, die du um deinen Finger wickeln kannst.«

Vic lachte.

»Ich wickle niemanden um den Finger. Die kommen alle von ganz alleine zu mir.« Schließlich grinste Charlie. »Also gut, eine halbe Stunde.«

Vic nickte bekräftigend. »Eine halbe Stunde.«

Lucy lief vor und öffnete die Tür. Über die hinausdringende Musik rief sie: »Rein mit euch!«

Gemeinsam traten die drei Frauen ein, und Vic wehte der überraschende Geruch von frischen Kräutern und Gewürzen entgegen. Im Inneren zogen sich die roten Backsteinmauern fort, ebenso rustikale Lichterketten mit großen nackten Glühbirnen, die in jedem Winkel des Pubs für schummriges Licht sorgten.

Während Stühle und Barhocker mit schwarzen Ledersitzen um alte Holztische angeordnet waren, zog sich die Bar gegenüber vom Eingang einmal quer durch den gesamten Laden. Aus alten Holzplanken gearbeitet, verlieh die Theke inklusive der rustikalen Regale dahinter, auf denen sich zahlreiche Spirituosenflaschen aneinanderreihten, dem Pub ein elegantes und gleichzeitig gemütliches Flair. Für die meisten Besucher. Vic hingegen empfand den Raum eher als altbacken und historisch. Selbst das Fahrrad, das an der Backsteinwand auf der linken Seite hing, besaß mit Sicherheit bereits Denkmalschutz, so alt wie es zu sein schien.

Vic ließ ihren Blick durch den gut gefüllten Raum schweifen. Die Musik, die sie bereits auf der Straße vernommen hatte, wurde von einem DJ zusammengestellt, der sich abseits der Bar über ein professionelles Pult beugte und moderne Songs mit Irish Folk mischte. Musik, die Vic normalerweise nie hörte, doch es klang gar nicht so schlimm, wie sie befürchtet hatte.

Lucy zog sie durch die Menschenmenge zu einem Tisch, an dem bereits eine Handvoll Leute saßen. Gut gelaunt nickten sie Charlie und Vic zu, und Lucy stellte einen nach dem anderen vor. Doch Vic hörte nur halb hin und sah sich lieber noch ein wenig um. Kellner servierten Burger, Kartoffeln, die in Spiralen geschnitten waren, und knackig frische Salate. Dazu allerhand bunte Cocktails. Nach nur wenigen Tellern, die an Vic vorübergetragen worden waren, merkte sie, dass es hier vielleicht bodenständiges Essen geben mochte, dieses allerdings in höchster Präzision und mit einem gewissen Anspruch zubereitet wurde. Sie waren in einem Pub, aber er schien alles andere als ein Nullachtfünfzehn-Laden zu sein. Ein weiterer rosafarbener Drink kam Vic unter die Augen. Vielleicht war es hier doch nicht so schlecht, überlegte sie. Aber nur vielleicht.

Fragend wandte sie sich nach der Vorstellungsrunde an Lucy. »Warum ausgerechnet das hier?«

Sie breitete die Arme aus und sah ihre Freundin irritiert an.

Die fuhr sich schwungvoll durch die roten Haare. »Ich habe auf Instagram davon gelesen. Und ein paar Freunde waren schon mal hier. Ich glaube, das hier wird der nächste Place to Be!«

Argwöhnisch musterte Vic erneut den Pub. Der nächste

Place to Be? Na ja, das war vielleicht ein bisschen weit hergeholt. Ihr Blick fiel auf ein Schild hinter der Bar. ›*Established 1997*‹. Okay. Der Laden hatte bereits mehr als fünfundzwanzig Jahre auf dem Buckel. Vic seufzte und ließ sich auf einem der Stühle nieder. Ihre Augen glitten über ein großes Bild an der gegenüberliegenden Wand. Es zeigte eine Schwarz-Weiß-Fotografie von einer ihr unbekannten Stadt. Ähnlich wie Vic es eben auf der Straße von außen gesehen hatte, zierte das Foto eine Häuserwand mit einer Holzfassade, die aufwendig mit Geranien bepflanzt war. Ein kleines Fenster gewährte Einblick in ein Lokal, doch auf der Fotografie erkannte man nicht viel. Es musste sich ebenfalls um einen Pub handeln, so viel war klar. In großen Lettern standen über dem Eingang auf dem Bild die Worte ›*The Temple Bar*‹.

»Du bist Vic, oder? Lucy hat so viel von dir erzählt!« Ein junger Mann suchte ihre Aufmerksamkeit, und in gewohnter Manier setzte Vic ein strahlendes Lächeln auf und widmete sich dem Small Talk. Im Hintergrund nahm sich der DJ *Shut up and Dance* von Walk the Moon vor, und Vic spürte, wie sich ihre Stimmung ganz langsam hob.

Sie waren erst spät im Pub angekommen, und jetzt ging es bereits auf Mitternacht zu, Vic unterdrückte ein Gähnen. Wider Erwarten hatte Charlie sich schließlich auch auf diesen neuen Ort eingelassen, und so waren die drei Partyköniginnen an diesem Sonntagabend nicht in einem Tanzclub, sondern tatsächlich in diesem Pub gestrandet. Vic fühlte sich einerseits wohl, andererseits konnte sie mit dem Konzept immer noch nichts so recht anfangen. Es war rustikal, aber irgendwie auch elegant. Es war bodenständig, aber irgendwie auch abgehoben. Wer bitte montierte denn ein Fahrrad an die Wand? Der DJ kreierte einen nicht nachvollziehbaren Mix aus Charts und Irish Folk, und Vic tat sich sichtlich schwer, all das einzuordnen.

Immerhin hatte sie wieder halbwegs gute Laune. Auch wenn sie die Gespräche beinahe zu Tode langweilten. Es war doch immer der gleiche Small Talk mit nichtssagenden Gesichtern, die man am nächsten Tag sowieso wieder vergessen hatte. Für einen Abend hatte man gemeinsam Spaß, trank Wein, Champagner und Cocktails, und am nächsten Morgen ging jeder seinem eigenen Leben nach. Einzig Charlie und Lucy waren eine Konstante in Vics Leben. Keine verlässliche, so wie Freundinnen es normalerweise waren. Aber in Vics Augen kamen die beiden einer Freundin noch am nächsten.

Sie entschuldigte sich bei ihrem Gesprächspartner, einem gutaussehenden Hipster, der doch tatsächlich an der Börse arbeitete – New York brachte immer wieder seltsame Erscheinungen hervor –, und begab sich zur Bar. Sie brauchte eine Pause von diesen bedeutungslosen Gesprächen. Sie strich ihr funkelndes Lieblingskleid glatt, fuhr sich durch ihren fransigen Bob und steuerte auf eine Lücke an der Theke zu. Der DJ entschied sich nach *Ophelia* von The Lumineers nun tatsächlich für Vics absoluten Lieblingssong. *A Wild Girl's Heart* von Sean O'Sullivan. Noch während die ersten Töne erklangen, durchfuhr Vic der bekannte Launenwechsel. Sie lief plötzlich aufrechter, ihre Augen fingen an zu leuchten, und ein ehrliches Lächeln legte sich auf ihre Lippen. Ab jetzt würde es ein guter Abend werden. So war es in den letzten Wochen fast immer gewesen. Mit Sean O'Sullivan im Ohr konnte nichts schiefgehen.

Überschwänglich lehnte Vic sich an die Bar und begutachtete die Getränkekarte.

»Was darf's sein?« Der Barkeeper trug ein schwarzes Shirt mit dem Logo des Pubs. Einem flauschigen Pudel, der an einem Weinglas – oder war es ein Bierglas? – nippte. Herrlich! Vic konnte sich ein ehrliches Lächeln nicht verkneifen. Wie kam man auf so ein Logo? Unentschlossen betrachtete sie den jungen Mann hinter der Theke.

»Was kannst du empfehlen?«

Er musterte sie. »Cocktail?«

Vic hatte bereits zwei schicke rosafarbene Getränke auf ihrem Konto zu verzeichnen. Ihr war nach etwas anderem. Aber wonach? Sie zuckte mit den Schultern.

»Nicht wirklich.«

Der Barkeeper ließ seine Augen über die Gäste und Getränke, die sie in Händen hielten, schweifen, dann musterte er Vic einen kurzen Moment und grinste. »Ich weiß da vielleicht was.«

Er bückte sich, holte aus dem Kühlschrank, der unter der Theke zu sein schien, eine Flasche heraus, öffnete sie und goss den Inhalt in ein Pintglas, das er zuvor mit Eiswürfeln gefüllt hatte.

Vic bezahlte direkt mit ihrem Smartphone und beäugte das gelbliche Getränk misstrauisch. Kohlensäure stieg auf, und eine kaum erkennbare Schaumkrone verschwand in der Flüssigkeit. Es sah ein bisschen aus wie Bier. Na super, Vic hasste Bier.

»Was ist das?« Argwöhnisch hob Vic den Blick.

»Irisches Gold.« Der Barkeeper lachte und kümmerte sich um den nächsten Gast.

Unzufrieden blieb Vic zurück und musterte ihren Überraschungsdrink. Na ja, was sollte es? Sie hob das Glas, nahm einen Schluck und wurde von dem Geschmack reifer spritziger Äpfel überrascht. Ein wenig herb, und gleichzeitig süß und vollkommen. Ein bisschen wie Apfelschorle, nur viel besser. Und mit Alkohol.

Ein Lächeln huschte über ihre Lippen. Vielleicht hatte der Barkeeper eine gute Wahl für sie getroffen.

Mehr zu sich selbst murmelte sie: »Irisches Gold, so so.«

Plötzlich ertönte eine tiefe Stimme neben ihr. »Eigentlich ist es einfach nur Cider.«

Irritiert hob Vic den Kopf und blickte auf. Der Mann, der rechts neben ihr auf einem Barhocker saß, lächelte ihr freundlich zu. Er war nicht viel älter als sie, wirkte aber wesentlich erwachsener.

»Cider?« Wiederholte Vic neugierig.

Der Fremde nickte. »Jep. Cider.«

Vic setzte sich ebenfalls auf einen Barhocker. »Und was genau ist *Cider*?«

»Simpel ausgedrückt: fermentierter Apfelsaft. Durch den Gärungsprozess und die hinzugegebene Hefe wandelt sich der Fruchtzucker schließlich in Alkohol um.« Er deutete auf ihr Glas. »Und das ist dann Cider.«

Vic musterte den Mann interessiert. Er war nicht von hier. Eindeutig. Sein Akzent war irgendwie … nicht amerikanisch. Aber auch nicht britisch. Vic wusste, wie die Briten sprachen. Das hier klang anders. In dem schummrigen Licht konnte sie seine Gesichtszüge nicht genau erkennen, doch es war eindeutig, dass es sich um ein gutaussehendes Exemplar von wo auch immer handeln musste.

Freundlich streckte Vic ihre Hand aus. »Ich bin Vic.«

Der Mann lächelte und drückte ihre Hand, während er seinen Blick über sie gleiten ließ. Als er wieder in ihre Augen sah, hielt er noch immer ihre Finger in seinen. Es hätte sich unangenehm anfühlen müssen, doch Vic spürte vielmehr ein aufregendes Kribbeln auf ihrer Haut.

»Vic?« Fragend gab er ihre Hand frei, beobachtete sie jedoch weiterhin.

Sie schmunzelte. Es war ihm aufgefallen. Also setzte sie zur Erklärung an. »Eigentlich Victoria. Aber mein Vater hasst die Abkürzung. Also liebe ich sie.«

Der Fremde nickte, und ein Lächeln umspielte seine Lippen. »William.«

»Du bist nicht von hier«, stellte Vic fest und nahm einen weiteren Schluck von dem für sie neuen Getränk. Sie spürte die Kohlensäure in ihrem Hals sprudeln und wie die Äpfel ihren intensiven Geschmack in jedem Winkel ihres Mundes ausbreiteten.

William nickte erneut. Doch statt zu antworten, stellte er eine Gegenfrage. »Woran merkt man das?«

Vic schlug die Beine übereinander und straffte den Rücken. Dann musterte sie ihn eingehend und konnte sich ein Grinsen nicht verkneifen.

»Fangen wir mit dem Offensichtlichen an. Dein Akzent.« Sie zwinkerte ihm zu. Dann blieb ihr Blick an seinem Kopf hängen. Sie deutete mit den Fingerspitzen auf ihn. »Wir sind hier zwar in New York, wo es so gut wie jeden Modestil auf der Straße zu sehen gibt, aber hier trägt trotzdem niemand eine … Was ist das überhaupt? Eine Schiebermütze?«

Vic betrachtete den graumelierten Stoff, der sich flach über Williams Kopf zog, hinten leicht abgerundet und nach vorne mit einem schmalen Vorsprung versehen. Es erinnerte sie an den Kleidungsstil einer Serie, die sie letztens erst geguckt hatte. Sie spielte in den Zwanzigerjahren in Birmingham … Nur, dass Williams Modell etwas moderner geschnitten war.

In vorgegebener Entrüstung nahm William seine Schiebermütze ab. »Was ist verkehrt daran?«

»Ich sage ja nicht, dass es verkehrt ist. Du hast gefragt, woran man merkt, dass du nicht von hier bist. Also …« Sie schnappte sich die Mütze aus Williams Fingern und begutachtete sie. »Also, aus welchem fremden Land kommst du?«

Vic lachte, legte das Accessoire auf die Theke und bediente sich an einer kleinen Schüssel mit gebrannten Mandeln, die eine salzige Ummantelung besaßen. Eine geschmackliche Überraschung, wie Vic sie bisher nur selten erfahren hatte. Gleich darauf langte sie erneut zu.

»Irland.« William, der neben der Schiebermütze in einem schlichten schwarzen Hemd und dunklen Jeans unterwegs war und dessen Haar nun ein wenig unordentlich wirkte, sprach dieses Wort mit einer eigenartigen Stimme aus.

»Irland?«, wiederholte Vic deshalb.

»Irland.« Er lächelte zurückhaltend und nahm einen Schluck von dem Guinness, das vor ihm stand. Natürlich. Guinness. Das irischste aller Biere. Vic hatte keinerlei Verbindung zu diesem Land. Sie war zwar jedes Jahr auf der wohl größten St.-Patrick's-Day-Party New Yorks eingeladen, aber wirklich viel hatte das mit Irland vermutlich nicht zu tun. Doch dann kam ihr ein Gedanke.

»Es heißt, auf der Grünen Insel ist das Glück zuhause.«

William wog den Kopf hin und her. »Das mag sein, aber es zu finden, darin besteht die Herausforderung.«

Vic schmunzelte und schob sich eine weitere salzig gebrannte Mandel in den Mund. »Gesprochen wie ein Dichter.«

Er schüttelte lachend den Kopf. »Samuel Beckett wäre enttäuscht von mir.«

Erfreut, dass Vic mit dem Namen etwas anfangen konnte, dachte sie einen Moment lang nach. Dann zitierte sie den berühmten irischen Schriftsteller: »Moralisten sind Menschen, die sich dort kratzen, wo es andere juckt. Nichts ist komischer als das Unglück – natürlich anderer. Unsere Zeit ist so aufregend, dass man die Menschen eigentlich nur noch mit Langeweile schockieren kann. Wir fragen immer nur, ob es ein Leben nach dem Tode gebe.«

Erstaunt hob William seine Brauen in die Höhe. »Haben wir hier etwa einen Fan?«

Lachend schüttelte Vic den Kopf. »Nur eine verlorene Seele mit Abschluss in Literaturwissenschaften.«

Zwei

»SORRY, Leute, aber wir machen Schluss für heute.« Der Barkeeper klopfte auf den Tresen, und William bemerkte zum ersten Mal in dieser Nacht, dass er die Zeit vergessen hatte. Die Frau, deren Kleid ihn an einen glitzernden Schneesturm erinnerte, hatte es doch wahrhaftig geschafft, ihn in ein zweistündiges Gespräch zu verstricken und von seinen deprimierenden Gedanken abzulenken. Zugegeben, ihre direkte Art, das herzliche Lachen und ihre gesamte Erscheinung taten ihr Übriges. Es war seltsam.

William hielt normalerweise nicht viel von Frauen, die sich übermäßig zurechtmachten und eindeutig auf Aufmerksamkeit aus waren. Er bevorzugte eher den stilleren Typ, die Schönheiten, die nicht von sich selbst eingenommen waren, sondern sich einer Sache verschrieben hatten und einer Leidenschaft nachgingen. Insofern wunderte es ihn ehrlich, dass er sich heute Abend so gut amüsiert hatte.

Vic erschien ihm äußerlich wie ein High Society Girl, das keine Party ausließ. Doch je länger sie sich unterhielten, desto weniger gewann er den Eindruck, dass sie tatsächlich das war, was sie vorgab zu sein. Welches It-Girl konnte Samuel Beckett zitieren? Er fragte sich unwillkürlich, wie alt sie wohl sein mochte. Sie hatte einen Master in Literaturwissenschaften, doch sie wirkte so jung und zerbrechlich. Sie musste Ende zwanzig sein. Niemals über dreißig. Aber wozu machte er sich einen Kopf? Morgen ging sein Flug nach Chicago. Und von dort reiste er in den nächsten Wochen weiter quer durchs Land. Er war lediglich für einen Zwischenstopp in New York.

William beglich ihre gemeinsame Rechnung beim Barkeeper – unter Vics Protest. Noch so etwas. Sie pochte darauf, ihre Getränke selbst zu bezahlen. Ließen sich Frauen wie sie sonst nicht lieber einladen?

Tadelnd betrachtete sie ihn, als sie schließlich auf die Straße hinaustraten. Es war dunkel, doch die zahlreichen Lichter der Stadt erhellten jeden Fleck um sie herum. Selbst hier in dem weniger von Wolkenkratzern umgebenen Greenwich Village. William mochte den Flair, den das Viertel ausstrahlte. Das *Fiddlestick* unterschied sich zwar von den Pubs zuhause in Irland, aber es gab ihm dennoch das Gefühl von Geborgenheit. Das konnte er derzeit gut gebrauchen. William hatte heute mit einem seiner Brüder telefoniert. Sean. Er war ein Kämpfer und nur wenige Jahre älter als William. Sein Magen krampfte sich bei dem Gedanken daran zusammen, und wieder spürte er diese innere Wut. Die Welt war ungerecht. Egal, wie sehr man das Gegenteil zu beweisen versuchte.

Zeitgleich spürte William das schlechte Gewissen in sich aufsteigen. Er sollte zuhause in Irland sein. Bei Sean und dem Rest seiner Familie. Nicht hier auf der anderen Seite des Erdballs. Sein Bruder brauchte ihn. Doch als er bei dem Telefonat erneut davon angefangen hatte, hatte Sean ihm vehement widersprochen. Wie die vielen Male zuvor auch schon. Immerzu sagte er, William könne auch nichts an der Situation ändern. Und Sean wüsste, dass sein Bruder im Herzen bei ihm war.

Lachend hatte er im Sommer bereits gemeint: ›Lilly und Mom wuseln sowieso schon die ganze Zeit um mich herum. Du würdest nur im Weg stehen, Will. Bleib, wo du bist, und mach unseren Schwager stolz.‹

Also hatte William nachgegeben und war Ende August in die Staaten gereist. Er war dankbar, dass Sean in diesem Sommer auf Lilly getroffen war. Diese beiden Menschen waren füreinander geschaffen, und obwohl William sie nur kurz kennengelernt hatte, hatte er erkannt, dass sein Bruder keine bessere Frau für sich hätte finden können. Und so wusste er Sean in guten Händen und konzentrierte sich auf seinen Job.

William gehörte, wie sein Bruder Sean, zu den O'Sullivans. Ihre Familie zählte zu den einflussreichsten Brauerei-Dynastien Irlands. Doch anders als das Cider-Unternehmen seines Schwagers James Arthur Byrne vertrieben die O'Sullivans ihre Produkte lediglich auf der Grünen Insel. Der Mann seiner ältesten Schwester Clare O'Sullivan Byrne hingegen besaß die größte irische Brauerei, die auch international Geschäfte machte. Seit Jahren schon etablierte sich die Marke weltweit und zog in den Pubs und Getränkemärkten rund um die Welt ein.

Nachdem William sein Studium in Betriebswirtschaft und Markenkommunikation abgeschlossen hatte, war er vom O'Sullivan'schen Familienbetrieb in das Unternehmen seines Schwagers gewechselt. Gemeinsam mit dem besten Freund seines Schwagers hatte er die Markenkommunikation von *Byrnes Cider* optimiert und war nun für den Bereich USA und Kanada zuständig. Vor mehreren Wochen schon war er in New York angekommen, hatte neue Verträge mit lokalen Pubs sowie einer US-weiten Getränkekette unter Dach und Fach gebracht. Anschließend war er durch das ganze Land gereist, um nun wieder Station in New York zu machen. Morgen würde er weiter nach Chicago reisen und *Byrnes Cider* in die dortigen Pubs tragen beziehungsweise die bereits bestehenden Verbindungen kräftigen.

Immer noch fühlte er sich schuldig, weil er hier war und nicht bei Sean, dem es nicht gutging. Aber nach den eindringlichen Worten seines Bruders heute war William letztlich geblieben, wo er war. Mit einem schrecklichen Gewissen, verzweifelt und wütend. Um den Stimmen in seinem Kopf zu entfliehen, war er schließlich durch die abendlichen Straßen New Yorks gelaufen und hier im Pub versandet. Wo sonst würde ein Ire landen, wenn er sich einsam fühlte?

»Du hättest mich nicht einladen müssen.« Vic zupfte ihre Frisur zurecht und riss ihn aus seinen Gedanken. Er musterte den frechen Kurzhaarschnitt, der ihren zarten Wangenknochen schmeichelte. Ihre Augen erinnerten William an schmelzendes Karamell und rissen ihn zu seinen nächsten Worten hin.

»Hast du heute noch etwas vor?«

Wachsam hob Vic ihren Kopf. Das Prickeln, das sie in den letzten Stunden bei jedem von Williams Worten begleitet hatte, verstärkte sich und machte es sich in ihrem Schoß gemütlich. Beinahe verschluckte sie sich, als sie ihre Stimme leise erhob.

»Das kommt darauf an.«

William ließ seine grünen Augen über sie gleiten.

»Worauf?« Der seidig sanfte Ton strich über Vics Haut hinweg.

Vic war nicht so eine. Sie mochte von Party zu Party ziehen, doch so gut wie nie ließ sie sich auf einen One-Night-Stand ein. Sie war vermutlich die prüdeste Neunundzwanzigjährige, die New York zu bieten hatte. Dass die Leute das Gegenteil von ihr dachten, verdankte sie ihren schauspielerischen Fähigkeiten. Die Menschen glaubten, was sie glauben wollten. Bestärkte man sie darin auch nur ein wenig, schrieb sich die Geschichte bereits von selbst. Ihr lag nichts daran, als Aufreißerin abgestempelt zu werden. Es gehörte irgendwie zu dem Image, das sie unbewusst etabliert hatte. Und war es einmal gefestigt, ließ es sich kaum aufhalten. Und so hatte sie wenigstens stets eine Geschichte, hinter der sie ihr eigentlich so zurückhaltendes Sexualleben verstecken konnte.

Gewiss, sie war keine Jungfrau mehr. Aber als sonderlich erfahren würde sie sich auch nicht beschreiben. Und doch verspürte sie heute Abend einen eigenartigen Abenteuerdrang. Waren es diese irischen Augen, die sie an die verbotene Frucht denken ließen?

Charlie und Lucy hatten sich längst verabschiedet. Schon

vor einer Stunde waren sie in den nächsten Club weitergezogen. Aber Vic hatte keine Lust gehabt. Lächelnd hatte sie ihren Freundinnen viel Spaß gewünscht und das Gespräch mit William fortgeführt. Wohl wissend hatten die beiden ihr zugezwinkert. Aber war Vic darauf aus gewesen? Nein, eigentlich nicht. Sie hatte die Gesellschaft von William überraschend genossen. Er war ein ruhiger, unaufgeregter, aber irgendwie doch sympathischer Typ, der erstaunlich weltgewandt war.

Abwartend betrachtete der Ire sie nun.

Vic überlegte, schließlich meinte sie: »Ob es dort, wo wir hingehen, diesen … wie hieß er noch? Cider?«

William nickte schmunzelnd.

»Ob es dort, wo wir hingehen, Cider gibt.« Vic grinste und umfasste ihre Clutch ein bisschen fester.

Ein Lächeln legte sich auf Williams Gesicht. »Praktischerweise gibt es das tatsächlich.«

Vic unterdrückte ein nervöses Lachen. Trotz der vergangenen zwei Stunden, die von einem intensiven Austausch gespickt waren, wusste sie rein gar nichts über diesen Mann vor sich. Nur, dass er aus Irland stammte, vor einer langen Reise durch die Staaten stand und irgendwas mit Cider zu tun hatte. Doch abgesehen davon hatten sie über alles und nichts und vor allem Literatur und die New Yorker Museen gesprochen. Durfte sie es wagen? Durfte sie sich auf ein Abenteuer einlassen, obwohl sie nicht für Abenteuer gemacht war?

Die intensive grüne Farbe in Williams Augen ließ Vic an den Central Park denken. Ein Ort der Ruhe mitten in der pulsierenden Stadt und trotzdem immer für einen spannenden Tag im Großstadtdschungel zu haben. War es mit William vielleicht ähnlich? Er würde sie von ihren trüben Gedanken für eine Nacht ablenken, und am nächsten Morgen würde wieder jeder seiner Wege gehen.

Das Feuer in ihrem Schoß entfachte sich. Ein aufregendes Flattern durchfuhr ihren Bauch, und ihre Atmung wurde schneller. Sie hatte sich entschieden. Sie wollte diesen Mann, unter dessen schwarzem Hemd sich ein definierter Oberkörper verbarg und dessen kräftige sehnige Unterarme mitsamt der großen, starken Hände geradezu nach ihrer Berührung riefen. Hier draußen konnte Vic seine Erscheinung endlich viel besser begutachten. Ihr Urteil war eindeutig. Ihr gefiel, was sie sah.

Vic biss sich auf die Unterlippe, dann lächelte sie. »Also gut, wo geht's lang?«

Fünfzehn Minuten später öffnete William die Tür zu seinem Hotelzimmer. Vic roch den typischen Duft der Lufterfrischer, wie sie in hochkarätigen New Yorker Hotels verwendet wurden. Eine Mischung aus Mandelblüten und Flieder. Ihre hohen Absätze versanken in dem dicken Teppich, als sie zögernd den Raum betrat. Das hier war neu für sie. Neu und aufregend. Aber irgendwie auch beängstigend. Eine Gänsehaut überzog ihren Körper, und ihr Mund wurde trocken. Sie wollte das. Sie hatte sich dafür entschieden, aber dennoch fühlte sie sich wie eine Anfängerin. Und sie hasste es, unsicher zu sein.

Leise ertönte Williams Stimme hinter ihr, als er das gedämpfte Licht einschaltete.

»Alles in Ordnung?« Er musste ihre Zweifel bemerkt haben.

Vic setzte ein, wie sie hoffte, überzeugendes Lächeln auf. »Bei mir schon.« Dann fiel ihr Blick unwillkürlich auf einen mittelgroßen offenen Karton, in dem ein gutes Dutzend Flaschen verstaut war. Cider. William hatte nicht gelogen. Herausfordernd funkelte sie ihn an. »Wie steht's mit dir?«

Langsam kam er auf sie zu und musterte sie begehrlich von oben bis unten. Dann schüttelte er schmunzelnd den Kopf. »Eigentlich mache ich so was nicht.«

Vic verspannte sich. »So was?«

William nickte und griff nach ihrer linken Hand. Sanft legte er seine Finger um ihre.

»Eine fremde Frau in einer fremden Stadt in einem fremden Pub anzusprechen und sie …« Er verstummte, dann fügte er hinzu: »Das ist für gewöhnlich nicht mein Stil.«

Ein unerwarteter Strom von Wärme durchflutete Vic.

William konnte viel erzählen, doch aus einer naiven Laune heraus glaubte sie ihm.

Kaum hörbar flüsterte sie: »Meiner auch nicht.« Dann auf einmal fiel Vic etwas ein und sie zog sich ein Stück zurück. »Ich … Also ich nehme die … Aber …« Sie stammelte unsicher und ärgerte sich über ihre zitternde Stimme.

Doch wider Erwarten schien William sie längst zu verstehen. Sanft lächelte er. »Ich hätte sowieso verhütet. Sicher ist sicher.«

Erleichtert schluckte Vic und spürte, wie William sich ihr beständig näherte. Keinen Moment lang ließ er sie aus den Augen. Ihr war, als würde er auf den Grund ihrer Seele blicken. Sie wünschte, er würde ihr sagen, was er dort sah, denn sie selbst hätte es zu gern gewusst. Sie befand sich auf einem Weg, von dem sie nicht wusste, wo er sie hinführte. Ohne Ziel. Ohne Wegweiser. Ohne Navi. Es gab keine Blocks oder Straßenkreuzungen, an denen sie sich orientieren konnte. Sie lief und lief und lief und kam doch nie an.

Dank der Absätze ihrer High Heels war sie beinahe genauso groß wie William. Noch immer hielt er ihre Hand. Jetzt ließ er sie los und fuhr langsam mit den Fingerspitzen über ihren Arm hinauf zu ihrer Schulter. Ihren Mantel hatte sie zuvor auf einen der Sessel gelegt. Seine liebkosende Berührung hinterließ glitzernde Funken auf Vics Haut, wie die strahlenden Lichter der nächtlichen New Yorker Skyline.

Vorsichtig neigte er den Kopf zu ihr. Bevor seine Lippen auf ihre trafen, murmelte er heiser: »Das trifft sich hervorragend.«

Vics Herz klopfte rasend schnell. Ihr Blut, angereichert mit einer Überdosis Adrenalin, salzig süßen Mandeln und herbem Cider, pulsierte durch ihre Adern und versetzte ihren Verstand in eine Art Ohnmacht. Sie ließ sich fallen und trat ihr Abenteuer an.

Unüberlegt überwand sie die letzten Millimeter und spürte Williams weiche Lippen auf ihren. Zunächst zurückhaltend öffnete sie ihren Mund und gewährte ihm Zutritt. Bedacht und vorsichtig nahm er ihre zögerliche Einladung an. Ihre Zungenspitzen trafen sich, lernten einander kennen, und Vic spürte, wie sie sich entspannte. Ein berauschendes Gefühl nahm Besitz von ihr und ließ sie mutiger werden.

Unbedacht fiel ihre Clutch zu Boden, während sie ihre Füße aus den High Heels befreite. Sie lehnte sich William entgegen, verlangte nach mehr und erkundete mit ihren Händen, was er ihr bieten würde. Angefangen bei den muskulösen Schultern, dem ebenbürtigen Oberkörper und den Hüften, die Vics Geschmack zufolge genau richtig waren.

Während sie sich noch in ihrem ersten Kuss ineinander verloren, Grenzen austesteten und ihre Zurückhaltung zunehmend ablegten, begann William seinerseits Vics Körper zu erkunden. Seine Hände strichen über die nackte Stelle an ihrem Rücken, fanden den Reißverschluss ihres Kleides, und binnen Sekunden stand Vic in einem Hauch von Nichts vor ihm. *Victoria's Secret* sei Dank, zierte nur mehr ein weißer Spitzenslip, der diesen Namen gar nicht verdiente, Vics gebräunte Haut. Einen BH gab es nicht – es hätte nicht zum Rückenausschnitt ihres Outfits gepasst.

William beendete den Kuss unfreiwillig und lehnte sich ein Stück zurück, um Vics Erscheinung zu würdigen. Erneut überzog Vic ein Schatten der Unsicherheit. Sie musste sich keinesfalls für ihren Körper schämen. Doch eine solch intensive Betrachtung rief, wie bei so vielen Frauen, Zweifel in ihr hervor. War William zufrieden mit dem, was er sah?

Er sagte kein Wort und ließ nur seine grünen Augen über ihren Körper tanzen.

Nach einer schier endlosen Zeit beschloss Vic, nichts auf sein Urteil zu geben. Jede Frau war schön. Egal, wie sie aussah. Und ebenso war Vic eine schöne Frau. Sie hatte nie Bedenken gehabt, und sie würde auch jetzt nicht damit anfangen. Sie würde William nach dieser Nacht nie wiedersehen. Deshalb hieß es ja One-Night-Stand. Es ging in den nächsten Stunden nicht darum, ihm zu gefallen. Es war Vics Abenteuer. Sie nahm sich, was sie begehrte. Zumindest redete sie sich das tapfer ein, um ihre aufflammende Unsicherheit in die Schranken zu weisen.

Williams Wispern riss sie aus ihren Bedenken.

»Beinahe so schön wie ein gefallener Stern.«

Ruckartig hob sie den Kopf und starrte ihn mit großen Augen an.

William stöhnte leise und legte eine Hand um ihren Hinterkopf. Dann zog er sie liebevoll an sich. Sein Daumen strich zärtlich über ihre Wange.

»Schau mich nicht so an …«

Mehr sagte er nicht. Stattdessen machte er dort weiter, wo sie zuvor aufgehört hatten, und rief in Vic ein heißes Verlangen hervor. Ihre Küsse verloren an Unschuld. Sie schmeckten nach süßem Begehren, salziger Lust und ehrlicher Verzweiflung. Sie waren zwei Fremde, die in einem unüberlegten Moment aufeinandergetroffen waren. Jeder mit seinen eigenen Sorgen und Problemen, an denen man den anderen nicht teilhaben ließ. Und doch spürten sie eine Verbundenheit zueinander, und alles, was sie von ihren Gedanken abbringen konnte, war das körperliche Verlangen nach dem anderen.

Schnell entledigte sich William seiner Kleidung, streifte sich ein Kondom über und zog Vic auf das Kingsize-Bett, das das Hotelzimmer beherrschte. Vic spürte die kühlen Laken auf ihrer Haut, doch brachten sie ihr nicht die Frische, die die sich ausbreitende Hitze in ihr hätte eindämmen können. Williams Körper war so vielversprechend, wie sie ihn sich unter seiner Kleidung vorgestellt hatte. Und obwohl es plötzlich so schnell ging, hatte Vic das Gefühl, als würde er sich Zeit lassen und sie nicht überrennen wollen. Er hielt sich zurück, liebkoste sie, streichelte sie und bewunderte sie. Sie stand ihm in nichts nach, gewann wieder an Mut und erkundete, was diese Nacht ihr gehörte.

Gemeinsam stachelten sie sich zärtlich auf und reizten einander, bis sie es beide schließlich nicht mehr länger aushielten. Kraftvoll und behutsam zugleich nahm William sich seinen zugewiesenen Platz zwischen Vics feuchten Schenkeln. Ein kurzer Schmerz ließ Vic zusammenzucken. Es war eben doch schon lange her seit dem letzten Mal. Doch William verstand damit umzugehen. Unter aller Anstrengung gab er ihr Zeit. Langsam und sanft nahm Vic ihn schließlich auf, und schon bald suchten sie Halt aneinander, fanden einen gemeinsamen Rhythmus und blendeten alles aus, was sie voneinander hätte ablenken können. Es gab nur noch sie beide. Und das brennende Verlangen, das sie antrieb.

Immer schneller, energischer und mit allen Sinnen berauscht erklommen sie gemeinsam den Wolkenkratzer, blickten über die Skyline dieser pulsierenden Stadt und schleuderten sich gegenseitig über all die menschlichen Grenzen hinaus.

Ein Zittern durchfuhr Vic. Wärme und Lust strömten durch ihren Körper, und ein kehliger Laut entging ihr. Das war es, was sie suchte. Ihr Abenteuer. Für eine Nacht.

Ein lautes Vibrieren riss William aus dem Schlaf. Irritiert hob er den Kopf und registrierte, wie die Novembersonne an diesem Morgen in sein Hotelzimmer fiel. Er griff nach seinem Handy und tippte auf die Schlummerfunktion. Dann legte er sein Smartphone zurück auf den Nachttisch und sah sich suchend um.

Er war allein. Vic war weg. Ebenso ihre Sachen, die wenige Stunden zuvor noch quer über dem Teppich des Hotelzimmers verteilt gewesen waren. Lediglich ein paar Pailletten, die von ihrem Kleid stammen mussten, funkelten in der Sonne auf dem Boden. Sein Blick fiel auf den Karton neben der Kommode. Eine Flasche fehlte, und von außen haftete ein Notizzettel an der braunen Pappe.

Danke für den Cider. Irland wird mir in guter Erinnerung bleiben. V.

William schüttelte den Kopf und ließ sich seufzend in die Kissen zurückfallen. Eigenartig. Seit Wochen hatte er nicht mehr schlafen können. Und der One-Night-Stand mit Vic war mehr gewesen, als der Begriff es beschrieb. Zwei Mal waren sie heute Nacht ineinander versunken und hatten gemeinsam das Unerreichbare vollbracht. Oh ja, es war gut gewesen.

William schmunzelte unwillkürlich. Danach waren sie beide eingeschlafen. Selbst William. Der es inzwischen gewohnt war, die Nächte mehr wach als schlafend zu verbringen.

Und obwohl er diese Nacht nur wenige Stunden geschlafen hatte, fühlte er sich so ausgeruht wie lange nicht mehr. Lag es am Sex? War es so einfach? Nein, das konnte es wohl kaum sein.

Erneut ertönte sein Wecker auf dem Handy. Er musste sich beeilen. Sein Flug nach Chicago wartete auf ihn. Wieder fiel ihm die Kiste mit Byrnes Cider ins Auge, und erneut dachte er an Vic. Abgesehen von dem Zettel, hatte sie sich ohne ein Wort des Abschieds verzogen. Aber womöglich war es besser so. Es war berauschend gewesen, aber eben nur ein One-Night-Stand.

William fuhr sich mit der Hand über das Gesicht und hakte die letzte Nacht ab. Ohne zu ahnen, dass sie ihn wesentlich länger verfolgen würde, als er je für möglich gehalten hätte.

Drei

Kurz vor vier. Morgens. Draußen war es noch dunkel, und William wälzte sich unruhig in den weißen Laken hin und her, immer auf der Suche nach einer guten Schlafposition. Er hatte noch nie Probleme mit Hotelbetten gehabt. Nein, daran lag es nicht. Hier in Toronto war er in einem fantastischen Hilton untergekommen. Seit insgesamt zweieinhalb Monaten war er in den Staaten auf Geschäftsreise für *Byrnes Cider* unterwegs. Und bis auf die Zeit, die er mit der fremden Frau in New York verbracht hatte, war jede Nacht ein Alptraum gewesen. Er konnte nicht schlafen. Es ging einfach nicht.

Beinahe jede Nacht hatte er sich sein Smartphone oder den Laptop geschnappt, einen Artikel nach dem anderen im Internet gelesen und gehofft, irgendwo etwas zu finden, das ihm Linderung verschaffen würde. Er brauchte eine Lösung. William war so schrecklich verzweifelt auf der Suche. Er wusste inzwischen viel zu viel über das Schicksal seines älteren Bruders Sean, sodass er zunehmend unruhiger wurde. Zu wissen oder auch nur zu erahnen, wie die Zukunft von Sean schlimmstenfalls aussehen könnte, brachte ihn um den Verstand. Es ließ William verzweifeln, mit dem Schicksal hadern und seine Besorgnis in schwindelnde Höhen steigen.

Immer wieder fragte er sich, warum ausgerechnet Sean? Warum hatte es seinen Bruder getroffen? Er fand keine Antwort darauf, und Ohnmacht überfiel ihn. Erneut drehte er sich auf die andere Seite. Angestrengt atmete er aus, und die unkontrollierbaren Gefühle, die ihn Nacht für Nacht verfolgten, breiteten sich hartnäckig in seinen Gedanken aus.

Was würde er nicht alles tun, um Sean zu helfen oder ihm gar abzunehmen, was er fortan zu schultern hatte? Es machte ihn rasend, dass er nichts an der Situation ändern konnte. Seit Monaten wusste er um das Schicksal seines Bruders, doch während seine restliche Familie allmählich ihren Frieden damit fand, schien es für William von Tag zu Tag unerträglicher zu werden. Er konnte es nicht akzeptieren. Er wollte nicht. Er durfte nicht. Unmöglich.

William hatte Angst. Verzweiflung und Wut erfüllten ihn – und Bitterkeit. Sean selbst schien inzwischen gut klarzukommen. Sein Beharren auf Williams Amerika-Reise bewies es. Im Gegensatz zu William hatte er seine Zukunft angenommen. Komme, was wolle. Er würde nicht aufgeben. Einerseits war William froh darüber. Sein Bruder sollte das Leben genießen, solange er nur konnte. Und doch verspürte William auch einen Anflug von Ärger. Wie war es Sean bloß möglich, dieses Urteil zu akzeptieren? Wie, verdammt? Und warum schafften das scheinbar alle anderen auch? Nur er, warum kam William nicht damit klar?

Wieder tippte er auf das Display seines Smartphones, das zur Abwechslung auf dem Nachttisch lag, statt in seinen Händen. Vier Uhr acht. Es lagen noch so schrecklich viele Stunden vor ihm, bis er endlich aufstehen konnte. Genervt fuhr er sich mit der Hand über das Gesicht und drehte sich auf den Rücken. Missmutig, besorgt und gleichzeitig frustriert starrte er an die Decke.

Unerwarteterweise musste er auf einmal lächeln. In seinen Gedanken tauchte die Frau aus New York auf. Vic. Mit ihrem glitzernden Kleid, den goldenen Augen und dem ansteckenden Lachen. Seit ihrer Begegnung schlich sie sich wiederholt ungefragt in seinen Kopf. Er konnte zwar trotzdem nicht schlafen, aber immerhin lenkte sie ihn ein wenig von seinen Sorgen ab. Gleichzeitig ließ sie ihn auch grübeln.

Die Nacht, die er mit ihr verbracht hatte, war die einzige

seit Langem gewesen, in der er tatsächlich hatte schlafen können. Wie war das nur möglich? Was hatte sie an sich gehabt, das ihn nicht nur in Ekstase versetzt, sondern im Anschluss tief und ruhig hatte schlafen lassen?

Es war ihm ein Rätsel, doch er konnte sie kaum fragen. Sie war nach der gemeinsamen Nacht still und heimlich verschwunden – und sie hatten keinerlei Kontakte ausgetauscht. Er würde sie also vermutlich nie wiedersehen. Die Erkenntnis deprimierte ihn, und schon driftete er wieder in den Teufelskreis, der ihn schon so lange gefangen hielt. Er dachte an Sean. An das Schicksal seines Bruders. Und an die Wut auf sich selbst, nicht fähig zu sein, dem etwas entgegensetzen zu können.

Vier Uhr dreizehn. Noch drei Stunden, bis er endlich aufstehen und den nächsten Tag in Toronto in Angriff nehmen konnte. Seine Reise war nun fast zu Ende. In wenigen Tagen würde er nochmal nach New York fliegen, bevor er dann pünktlich zur Weihnachtszeit wieder nach Irland zurückkehren würde. Zu seiner Familie. Zu seinem Bruder, der ihn viel dringender brauchte und doch darauf bestanden hatte, dass William diesen lang geplanten Geschäftstrip antrat.

Vier Uhr vierzehn. Er fügte seiner imaginären Liste einen neuen Strich hinzu. Wieder eine schlaflose Nacht. Wann würde sich das endlich ändern?

Wenige Tage später segelte eine Schneeflocke herab und landete auf Vics Nasenspitze. In jedem anderen Moment hätte sie darüber gelacht und ihr Gesicht einmal mehr dem Schneetreiben, das New York dieses Jahr bereits in der Vorweihnachtszeit heimsuchte, entgegengestreckt. Doch heute, an diesem zwölften Dezember, während die schönste Stadt der Welt einmal mehr bewies, wie funkelnd und schillernd sie sein konnte, unter all den Weihnachtsdekorationen, Lichterketten und diesem Zauber, der diese samt Schneemassen umgab – an diesem Tag fühlte Vic die volle Härte des Lebens in sich.

Sie unterdrückte die Tränen, die sich erneut ihren Weg bahnten und sie nur daran erinnerten, wie oft sie in der letzten Zeit geweint hatte. Ärgerlich wischte sie sich einen Tropfen fort, von dem sie sich einredete, dass es eine weitere Schneeflocke gewesen sein musste. Sie wollte keine Tränen mehr vergießen. Sie war es leid. Schon jetzt. Und doch spürte sie, wie sich ein Schluchzen nach oben arbeitete.

Emsig zog Vic die Schultern ein und lief in ihren gefütterten Schneestiefeln, dem dicken beigefarbenen Mantel und der gelben Wollmütze sowie dem dazu passenden Schal durch die Straßen von New York. Sie war irgendwo in der Upper West Side losgelaufen. Ohne Orientierung irrte sie nun durch die kalten Schleusen, die die Wolkenkratzer bildeten.

Vor einer guten Stunde hatte sie eine schreckliche Entscheidung getroffen. Eigentlich hatte sie diese abgewehrt und das Gegenteil getan. Und dennoch fühlte es sich völlig anders an. Eine verkehrte Welt.

Ihr Handy klingelte. Sie wollte nicht rangehen. Doch sie musste. Sie würde es ihrem Vater sowieso sagen müssen. Daran führte kein Weg vorbei.

»Dad.«

»Ist es vorbei?« Sein Ton war sachlich. Geschäftlich. Mit einer Spur Ungeduld.

Zitternd atmete Vic ein. »Nein.«

»Herrgott, Victoria! Wir haben darüber gesprochen! Was ist in dich gefahren?«

Mit feuchten Augen blickte Vic gen Himmel in das graue Treiben der Schneewolken.

»Ich konnte es nicht«, flüsterte sie mit erstickter Stimme.

Mühsam rang ihr Vater um Fassung. »Wir hatten eine Abmachung.«

Wut schoss in Vics Herz. »Scheiß auf die Abmachung!«

Frances Malone räusperte sich. Auf einen Moment der Stille folgten schließlich die Sätze, die Vic zwar erwartet hatte, die sie aber dennoch überrumpelten.

»Dann bist du ab sofort auf dich gestellt, Victoria. Du musst lernen, für dich selbst Verantwortung zu übernehmen – und für dich zu sorgen. Anders weiß ich mir nicht mehr zu helfen.« In jedem seiner Worte spürte Vic die Enttäuschung ihres Vaters. Er hatte sie besser erziehen wollen, aber sie hatte sich geweigert. Sie hatte ihr eigenes Spiel gespielt, stets um ihn zu reizen und zu provozieren. Nun war sie unabsichtlich zu weit gegangen. Sie hatte es keineswegs darauf angelegt. Im Gegenteil.

»Dad, lass uns darüber reden. Bitte!« Ihr bettelnder, verzweifelter Ton widerstrebte ihr. Verachtung stieg in ihr auf.

»Es gibt nichts mehr zu besprechen. Ab Januar musst du selbst für deine Unkosten aufkommen, Victoria. Ich werde das nicht länger finanzieren. Bis du zur Besinnung kommst.«

»Besinnung nennst du das?« Vic schrie in ihr Smartphone. Einige Passanten drehten sich nach ihr um, doch sie waren in New York. Gefühlsausbrüche waren auf diesen Straßen an der Tagesordnung. Also wandten die Menschen sich bald darauf wieder ab und gingen ihrer Wege. Vic hingegen stand einsam auf dem Bürgersteig und starrte geradeaus, während ihr Vater eisern widersprach.

»Ich werde das nicht erneut mit dir diskutieren. Du weißt, wo du mich findest, wenn du dich richtig entschieden hast.« Nach einer kalten Pause fügte Frances Malone hinzu: »Pass auf dich auf, Kleines. Ich will doch nur dein Bestes.« Er legte auf.

Vic ließ das Handy sinken. Tränen strömten über ihre Wangen. Ihr Magen verkrampfte sich, und ihr wurde übel. Nach Halt suchend lehnte sie sich gegen die nächstbeste Hausmauer. Sie sank in die Knie und barg das Gesicht in ihren eiskalten Fingern.

Wie hatte ihr Leben nur so aus den Fugen geraten können? Eben noch war sie mit Charlie und Lucy um die Häuser gezogen, hatte sich theatralisch über ihre Ziellosigkeit im Leben beschwert, und im nächsten Augenblick brach der Winter über New York herein, und Vic … Vic stand zwölf Tage vor Weihnachten in einer renommierten Praxis in der Upper West Side und meldete sich zu ihrem vereinbarten Termin für … eine Abtreibung.

Vic war schwanger. In der siebten Woche. Sie verstand

immer noch nicht, wie es dazu hatte kommen können. Obwohl sie kein ausschweifendes Sexleben hatte, nahm sie die Pille und bestand bei ihren potenziellen Partnern zusätzlich auf Verhütung. Wie groß konnte der Zufall sein, dass eines der Kondome nicht dichtgehalten und sie trotz Pille schwanger geworden war? Wie, verdammt nochmal?!

Vier Wochen nach der gemeinsamen Nacht mit William war es ihr aufgefallen. Normalerweise konnte sie die Uhr nach ihrer Periode stellen. Sie war exakter als ein Schweizer Uhrwerk. Deshalb hatte Vic den Test gemacht, sobald er es überhaupt nachweisen konnte, dass sie schwanger sein könnte. Sie hatte es nicht geglaubt, trotzdem sichergehen wollen. Umso stärker hatte ihr das positive Ergebnis des Tests den Boden unter den Füßen weggerissen.

Sie. Schwanger. Vic bekam doch ihr eigenes Leben schon nicht auf die Reihe, wie sollte sie da Verantwortung für ein Kind übernehmen?

Ihr Vater war natürlich der gleichen Meinung. Wieder beschlich Vic das Gefühl der Reue. Sie hätte es ihm nie erzählen dürfen. Natürlich war er erzürnt über die Nachricht. Er betrachtete es als weiteren Affront gegen sich. Als hätte Vic es darauf angelegt, ihm ein uneheliches Enkelkind zu bescheren. Von wegen.

In seiner vermeintlich väterlichen Fürsorge galoppierte er genau in die entgegengesetzte Richtung, nach der Vic sich schmerzlich sehnte. Statt mit Unterstützung und Verständnis für ihre Situation überfiel er sie mit schrecklichen Vorwürfen, die letztlich in der Forderung nach einer Abtreibung endeten. Erpressen wollte er sie. Wenn sie weiter auf seine finanzielle Unterstützung zählen wollte, würde sie abtreiben müssen. Er verkaufte es ihr wie ein Geschäft, das für beide Seiten eine Win-Win-Situation ergeben würde. Wenn sie denn das *Richtige* tat.

Sie ersparten sich einen kleinen Bastard – ja, ihr Vater war trotz erfolgreicher Unternehmensführung noch immer nicht in diesem Jahrhundert angekommen. Vielmehr steckte er irgendwo in den Fünfzigerjahren fest und war der Meinung, Kinder durften nur in kirchlich geschlossenen

Ehen geboren werden. Dass es tausende alleinerziehende Mütter auf dieser Welt gab, war ihm unverständlich.

Vic selbst war schrecklich unsicher. Sie hatte nie Kinder gewollt. Wie denn auch? Welches Vorbild hatte sie denn? Ihre Mutter hatte ihren Vater nie richtig geliebt. Sie war hinter seinem Geld her gewesen. Als die hartnäckige Jenny ihren Frances schließlich nicht anders an die Angel bekommen hatte, hatte sie ihm ein Kind untergeschoben. Vic war durchaus das leibliche Kind ihres Dads – nur war sie alles andere als gewollt und geplant gewesen.

Womöglich ein Grund, weshalb ihr Vater nicht gut auf uneheliche Kinder zu sprechen war. Seine Ehre war verletzt und sein Vertrauen missbraucht worden, doch um den Schein zu wahren, hatte er ihre Mutter geheiratet. Eine Vernunftehe.

Das Problem: Vics Mutter war nicht dafür gemacht, Mutter oder Ehefrau zu sein. Sie liebte ihre Freiheit zu sehr, die Unabhängigkeit und das unkomplizierte Leben. Sie hatte zwar Frances und sein Geld gewollt. Aber schon nach den ersten Monaten war ihr klar geworden, dass sie Frances' Zuneigung mit ihrer Aktion verspielt hatte. Er war äußerst nachtragend. Und auch ihre Tochter schien es auf sie abgesehen zu haben. Vic war kein einfaches Kind gewesen. Koliken, Fieberschübe und Nächte voller Geschrei hatten das Herz ihrer Mutter nicht besonders für die kleine Vic erwärmen können. Jenny Malone war trotz des Geldes, das ihr nun zur Verfügung stand und weshalb sie Vic überhaupt gezeugt hatte, in schwere Depressionen verfallen. Doch anstatt sich Hilfe zu holen, hatte sie ihren Frust an Vics Vater ausgelassen. Über Jahre hatte er das immer anstrengender werdende Verhalten seiner Frau geduldet, offensichtliche Affären ignoriert, Seitensprünge und die Vernachlässigung der gemeinsamen Tochter. Dass er Jenny hätte helfen müssen, erschloss sich ihm bis heute nicht. Dabei hätte ihre Mutter so dringend seine Unterstützung gebraucht. Doch Frances Malone hatte sich in seiner Arbeit vergraben und Jenny und Vic sich selbst überlassen. Er hatte den verzweifelten Hilferuf seiner Ehefrau nicht verstanden.

Als ihre Mutter Vic eines Tages jedoch mit nur vier

Jahren unbeaufsichtigt gelassen hatte, um sich wieder einmal im Gästezimmer mit dem jüngsten Männerbesuch zu vergnügen, und Vic sich beim Spielen verletzt hatte, hatte Frances Konsequenzen gezogen. Er hatte Jenny zu einem Psychologen gebracht. Endlich. Aber statt der Therapie hatte ihre Mutter eine weitreichendere Entscheidung gewählt. Sie war davongelaufen. Für immer.

Fortan war Vic allein bei ihrem Vater aufgewachsen, der sich von allem und jedem betrogen fühlte und das letzte bisschen an Emotionen aus seinem Leben verbannte. Kindermädchen und Au-pairs aus aller Welt hatten Vic großgezogen, später war sie in ein Internat gekommen. Ihr Vater hatte sie auf Abstand gehalten, mit allem versorgt, was sie benötigte, nur nicht mit dem, was Vic so dringend gebraucht hätte. Die aufrichtige Liebe eines Vaters.

Von ihrer Mutter hatte sie in den ersten Jahren noch Geburtstagskarten bekommen, doch auch die wurden bald vergessen. Die Scheidung ihrer Eltern hatte sich über Jahre gezogen, denn Jenny wollte nicht auf das Geld verzichten, das ihr ihrer Meinung nach zustand. Für die schrecklichen Zumutungen in der Ehe mit Frances. Freiwillig überließ sie ihm dafür das alleinige Sorgerecht für Vic.

Ohne die Liebe ihres Dads und sich mehr oder weniger selbst überlassen, hatte Vic als Kind inständig nach Halt gesucht. Im Internat hatte sie das erste Mal in ihrem Leben eine Freundin gefunden. Halle. Sie war die Tochter liebevoller Eltern, großherzig und Vics beste Freundin. Als die Immobilienkrise über die USA herfiel, hatte Halles Familie allerdings ihr gesamtes Vermögen verloren.

Folglich hatten sie die Internatskosten nicht mehr begleichen können und waren in den Süden des Landes gezogen. Für Vic war eine Welt zusammengebrochen. Trotz aller Mühen, den Kontakt zu halten, öffneten sich zwischen Vic und Halle unüberwindbare Gräben. Sie spielten fortan in unterschiedlichen Ligen. Vic hatte versucht, das Geld nicht zwischen sie kommen zu lassen, doch für Halle war es schwer zu sehen, wie Vic weiterhin ihr exquisites Leben auf dem Internat führte und sie selbst in einer bis dato unbekannten Armut gefangen war. Nach einigen Monaten hatte sie den Kontakt zu Vic abgebrochen. In einem letzten Brief hatte sie sich dafür entschuldigt, aber Vics Herz war bereits gebrochen, ihre Seele unwiderruflich verletzt.

Wieder war sie verlassen worden. Wieder war Geld der Grund. Wenngleich es diesmal anders war.

Nach der Highschool hatte Vic oft überlegt, auf ihre Mutter zuzugehen und ihr eine neue Chance zu geben. Doch das erste und einzige Aufeinandertreffen – vor dem ihr Vater sie gewarnt hatte – war gar nicht gut verlaufen. Ihre Mutter war abgestürzt. Sie weigerte sich, ihre Fehler einzugestehen oder gar anzuerkennen, dass sie Vic emotional schwer verletzt hatte. Und so hatte Vic beschlossen, dass es besser für sie war, sich von Jenny fernzuhalten.

All diese Erlebnisse hatten Vic gelehrt, auf sich selbst zu achten. Nie wieder ließ sie jemanden an sich heran. Die Trennungen in ihrem Leben waren zu schmerzhaft gewesen. Sie fing an zu rebellieren, wurde aufmüpfig, benahm sich daneben. Irgendwie hatte sie es geschafft, das College und die Uni hinter sich zu bringen. Aber sie hatte kein bestimmtes Ziel. Sie liebte die Literatur, aber wozu sollte sie einen Beruf ergreifen? Ihr Dad finanzierte ja sowieso alles.

Als ihr Vater nach der Uni schließlich gemeint hatte, sie solle sich doch endlich einmal Freunde suchen, in der Hoffnung, ihr ausuferndes Verhalten würde sich dadurch bessern, war Vic auf Charlie und Lucy getroffen. Sie hatte sie auf einer Party im New Yorker Stadtteil Soho kennengelernt, war von den beiden als ebenbürtig eingestuft und in ihr Duo aufgenommen worden. Seitdem waren sie gemeinsam unterwegs, machten aus dem Leben eine einzige lange Party, und Vic gab weiter das Geld ihres Vaters aus. Der ließ sie gewähren. Bis vor einer Woche. Als sie ihm eröffnet hatte, schwanger zu sein.

Vermutlich riss sie alte Wunden bei ihm auf. Aber was war mit *ihren* seelischen Verletzungen? Was war mit ihr?

Unfähig zu entscheiden, was gut für sie oder das Kind war, hatte sie auf ihren Vater gehört und einen Abtreibungstermin vereinbart. New York war zu diesem Zeitpunkt einer der letzten Bundesstaaten in den USA, in denen das überhaupt noch möglich war. Die Gesetze waren in den vergangenen Jahren massiv verschärft worden. Und heute, vor einer Stunde war dieser Termin. Aber als Vic von einer Arzthelferin aufgerufen wurde, war sie zu Eis erstarrt.

Es wäre richtig gewesen. Sie war nicht fähig, für sich, geschweige denn für ein Kind zu sorgen. Schon gar nicht, wenn ihr Vater ihr die finanziellen Mittel versagte. Sie war eine verzogene junge Frau ohne Job, wie sollte sie dem Kind jemals etwas bieten?

Trotz all der berechtigten Einwände, die sie immer wieder durchging, schaffte sie es nicht. Vic kam sich vor wie eine Mörderin. Dabei würde sie das nicht sein. Das kleine Wesen in ihrem Bauch war in der siebten Woche, es war gerade dabei, ein Mensch zu werden. Und doch brachte Vic es nicht über sich. Ohne ein weiteres Wort war sie aus der Praxis geflohen, hinaus in den kalten Dezember. Hinaus auf die anonymen Straßen dieser riesigen Stadt.

Draußen wurde sie von umherwimmelnden dicken Schneeflocken und golden leuchtenden Lichterketten, die zu Sternen geformt waren und über der Straße hingen, empfangen. Auf dem Asphalt stieg dicker weißer Rauch aus einem Gullydeckel empor. In der Nähe verkaufte einer dieser typischen Straßenstände gebrannte Mandeln. Der süßliche Duft schwebte zu Vic herüber, aber der Zauber, den sie normalerweise verspürte, wenn die Adventszeit in New York anbrach und ebenjener Geruch die Luft erfüllte, war für sie kaum wahrnehmbar. Ihr Leben glich einer Katastrophe. Wie sollte sie nur weitermachen?

All diese Gedanken rasten Vic durch den Kopf, als sie in dem kalten Schneetreiben an der Hauswand irgendwo in Manhattan kauerte, Tränen auf den Wangen und unendlich viele Zweifel und Ängste im Herzen.

Sie starrte in die dicker werdende Schneedecke vor sich, als sie plötzlich eine männliche Stimme vernahm.

»Miss, ist alles in Ordnung?«

Mühsam rappelte Vic sich auf. Ihre Finger waren so steif, sie schaffte es kaum, sich die Tränen fortzuwischen.

Scheu nickte sie. Mit erstickter Stimme erwiderte sie: »Ja, danke.«

Besorgt legte der Mann eine Hand auf ihren Oberarm. »Sind Sie sicher?«

Etwas an seiner Stimme ließ Vic aufhorchen. Sie kam ihr bekannt vor. Dieser Akzent … Diese Wärme … Oh Gott. Vic erstarrte. Langsam, ganz langsam hob sie den Blick. Ihr Herz blieb stehen. Konnte dieser Tag denn noch schlimmer werden? Ihre Lunge fror ein, kleine Kristalle bohrten sich in ihre Luftröhre, sie konnte nicht mehr atmen. Ihre Hände zitterten. Eine Eiseskälte legte sich über die sowieso schon verfrorenen Finger. Und die hatte nichts mit dem Schneetreiben und den winterlichen Temperaturen um sie herum zu tun. Nein. Nicht damit.

Denn … William stand vor ihr.

»Vic?!«

Ja, war das denn die Möglichkeit? William schaute erstaunt in das gerötete Gesicht der jungen Frau, die er eben schluchzend und gekrümmt auf dem Gehsteig entdeckt hatte. Unter der dicken Mütze und dem Schal hatte er sie zunächst nicht erkannt, doch jetzt bemerkte er ihre karamellfarbenen Augen und die zarten Wangenknochen, die sich in sein Gedächtnis gebrannt hatten. Sie sah schrecklich aus. Sorge breitete sich in ihm aus.

»Vic, was ist passiert?«

Mit weit aufgerissenen Augen starrte sie ihn an, unfähig zu sprechen. Sie öffnete den Mund, schloss ihn wieder und versuchte es erneut.

»Wie lange sitzt du schon hier? Du musst völlig verfroren sein.« William legte den Arm um ihren zitternden Körper und sah sich um. Schnell fand er, wonach er gesucht hatte. Er deutete auf die nächste Straßenkreuzung.

»Lass uns dort drüben in das Café gehen, dann wärmst du dich auf und erzählst mir, was los ist.«

Plötzlich kehrte Leben zurück in Vics blasses Gesicht. Vehement schüttelte sie den Kopf.

»Nein, alles gut. Wirklich.« Sie winkte ab und bemühte sich, eine lässige Fassade aufzusetzen. Es gelang ihr kaum. »Ich muss auch schon wieder weiter. Ich … Ein Friseurtermin.« Sie stotterte, und William glaubte ihr kein einziges Wort.

Sie wandte sich ab und wollte loslaufen, doch er stellte sich ihr in den Weg.

Mit sanfter Stimme meinte er: »Du bist eine kluge Frau, aber lügen kannst du nicht.« Er lächelte sie aufmunternd an. »Das spricht für dich.«

Vic lachte nervös auf, doch sofort füllten sich ihre Augen erneut mit Tränen.

William hatte kein Problem mit emotionalen Frauen, trotzdem hätte er Vic nicht unbedingt als solche eingeschätzt. Andererseits … Er hatte einen Abend lang mit ihr gesprochen und eine Nacht mit ihr verbracht. Was wusste er schon über sie?

Sie hat dich endlich wieder schlafen lassen, wisperte eine leise Stimme in seinem Kopf. Es war wahr. Vermutlich war Vic deshalb immer wieder in seinen Gedanken aufgetaucht, während er von Chicago nach Seattle, San Francisco oder Toronto geflogen war. Immer noch grübelte er darüber, was es gewesen war, das ihn in dieser Nacht endlich wieder hatte zur Ruhe kommen lassen. Der Sex allein konnte es nicht gewesen sein. Oder? Immer wieder hatte er sich diese Frage gestellt. Gleichzeitig hatte er nicht das Bedürfnis verspürt, es mit einer anderen auszuprobieren. Also hatte er sich auf seine Arbeit für *Byrnes Cider* konzentriert.

Und jetzt? Er war für einige letzte Termine von Toronto nach New York zurückgekehrt, doch niemals hätte er erwartet, auf Vic zu treffen. Wie viele Menschen lebten in dieser Stadt? Wie wahrscheinlich war es, dass er sie ausgerechnet heute wiedersah?

Vorsichtig ging er auf Vic zu. Sie wirkte, als läge ihre gesamte Welt in Trümmern. Was konnte sie wohl so aus der Bahn werfen? Ein abgebrochener Nagel würde es wohl kaum sein. Auch wenn das in ihrem Leben sicherlich zu einem ernsten Problem zählen würde. Nein, er war unfair. Besorgt musterte er sie.

»Was ist los, Vic?«

Angespannt starrte sie ihn an. Er konnte ihr Hirn regelrecht unter der gelben Wollmütze arbeiten sehen. Ihre Augen verdunkelten sich, so als würde ein Schneesturm aufziehen und sich darauf vorbereiten, eine Lawine loszutreten. Ihr Körper erzitterte, als sie tief Luft holte.

»Ich …«

Ermutigend nickte er ihr zu, als sie nicht weitersprach.

Ihre Augen zuckten nervös, während sie ihn betrachtete. Sie biss sich auf die kalte Lippe und kämpfte wieder gegen einen Schwall Tränen an.

»Ich …« Ein Schluchzen. Dann räusperte sie sich. Angst spiegelte sich neben Verzweiflung und Unsicherheit auf ihrem Gesicht wider. Sie war das Gegenteil der lachenden, lebensfrohen und schillernden Frau, die er vor einigen Wochen erst kennengelernt hatte.

Williams Magen zog sich zusammen. Es war schrecklich, diese schöne Frau so leiden zu sehen. Er erinnerte sich an das weiße glitzernde Kleid, das ihn damals in dem Pub drüben in Greenwich Village verzaubert hatte. Sie hatte so strahlend gewirkt, wie ein funkelnder Schneesturm. Doch war von diesem Strahlen nichts übrig geblieben, nur noch der kalte Sturm. Sie wirkte, als würde sie sich vor der ganzen Welt verstecken wollen – und besonders vor ihm.

Sie atmete erneut tief durch und zwang sich, ihm in die Augen zu blicken.

Mit fast tonloser Stimme sagte sie: »Ich bin schwanger.«

Schwanger?! Überrascht musterte William sie. Ein seltsames Gefühl der Enttäuschung legte sich über ihn. Aber was hatte er erwartet? Sie hätten sich vermutlich nie wieder gesehen, natürlich würde eine Frau wie Vic weiterziehen. Ihr stiller Abgang nach ihrer gemeinsamen Nacht sprach Bände. Trotzdem … Irgendwie fühlte er sich betrogen.

Er zwang sich dennoch zu einem Lächeln. »Ich würde dich ja beglückwünschen, aber du wirkst nicht besonders froh darüber.«

Sprachlos starrte sie ihn an. So als hätte sie eine andere Reaktion erwartet.

»Nein«, flüsterte sie entsetzt. »Nein, ich bin nicht froh darüber.«

»Du wirst dich freuen, Vic. Wenn sich der erste Schock gelegt hat, wird die Sonne wieder für dich aufgehen.« Er legte erneut eine Hand auf ihren Oberarm, doch sie wich ihm aus. Schweigend musterte sie ihn.

Um die unangenehme Stille zu überbrücken, fragte William: »Was sagt der werdende Vater dazu?«

Er wollte es gar nicht wissen. Es ging ihn nichts an. Er sollte Vic in ein Taxi setzen und zu ihren Freundinnen schicken, mit denen sie damals im Pub gewesen war. Sie würden sie trösten und wieder aufpäppeln. Vermutlich würde sie in einer Woche lachend bei einem alkoholfreien Sektfrühstück in Soho sitzen und eine Shoppingliste für das Baby erstellen.

Anders als er. William würde nach Irland reisen und verzweifelt gegen seine Ängste, seine Wut und seine Ohnmacht ankämpfen, während er versuchte, für seinen Bruder der verlässliche Fels in der Brandung zu sein. William beobachtete Vic, doch ihr jetziger Gesichtsausdruck sprach nicht unbedingt für seine vorherige Annahme über sie.

»Er …« Sie suchte nach den richtigen Worten und bedachte ihn mit einem seltsamen Blick. »Er weiß es noch nicht.«

»Oh …« Diese Situation fing an, hochgradig unangenehm zu werden. Aber William war zu gut erzogen, um Vic einfach ihrem Schicksal zu überlassen.

»Wollen wir uns nicht doch in das Café setzen? Die Kälte —«

»Es ist von dir, William«, platzte sie heraus.

William verharrte mitten in der Bewegung und wandte ihr erschrocken das Gesicht zu. Die Angst in ihren Augen verstärkte sich.

»Das ist nicht …«, stammelte William überfordert. Er befand sich im freien Fall. Die Lawine, die Vic vorbereitet hatte, brach über ihn hinweg, und er verlor in all dem weißen Schnee jeglichen Halt und Orientierung.

Vic lachte indes leise und voller Bitterkeit auf. »Nicht möglich?« Sie nickte. »Ja, das dachte ich auch.« Sie legte die Hand auf ihren Bauch. »Mein Körper ist anderer Meinung. Die Tests ebenso.«

William bekam keine Luft. Panik stieg in ihm auf. Sie hatten verhütet. Beide. Sie hatte ihm versichert die Pille zu nehmen. Und sie waren sich einig gewesen, auf Nummer sicher zu gehen und Kondome zu verwenden. Es war unmöglich. Das Kind. Es konnte nicht seins sein. Welches Spiel gaukelte Vic ihm hier vor?

»Du glaubst mir nicht«, deutete Vic seinen Gesichtsausdruck richtig.

Beschämt blickte er zu Boden. »Vic, wir haben verhütet. Wir … Es kann nicht von mir sein.« Unglücklich und hoffnungsvoll zugleich sah er auf. »Es muss von jemandem nach mir sein.«

Anstelle der Angst füllten nun Ärger und Wut Vics karamellfarbene Augen.

»Da wäre nur das Problem, dass es nach dir niemanden mehr gab.«

Er holte Luft, doch Vic unterbrach ihn sogleich.

»Und vor dir auch nicht.« Sie schleuderte ihm die Sätze entgegen. Eine weitere Lawine nach der anderen. »In den vergangenen sechs Monaten warst du der einzige Mann, mit dem ich geschlafen habe.« Ihre Stimme erstarb, und sie musterte ihn gequält – und enttäuscht. »Es ist von dir, William. Daran besteht kein Zweifel.« Flüsternd fügte sie hinzu: »Glaub mir, ich hasse mich dafür. Dieses Kind hat etwas Besseres verdient.«

Unwirsch wischte sie sich eine Träne fort.

William konnte sich nicht rühren. Er versuchte immer noch diese Neuigkeit zu verarbeiten und abzuwägen, inwieweit Vic ihm die Wahrheit sagte. War sie womöglich so verzweifelt und nutzte die Gelegenheit, die sich ihr hier nun zufällig bot? War Vic so eine Frau? Er wusste es nicht. Woher denn auch? Sie hatten nicht mal einen ganzen Tag miteinander verbracht. Wie sollte er sie da einschätzen können?

Vor wenigen Minuten noch hatte er ihr sie aufmuntern wollen und gesagt, sie könne nicht lügen. Nur weil er ihr ansah, dass offensichtlich etwas mit ihr los war. Aber klar, sie hatte schluchzend und voller Tränen an einer Hauswand gehockt, während ein Schneesturm aufzog. Es war keine Kunst, zu erkennen, dass sie log, als sie erklärt hatte, es gehe ihr gut.

William dachte zurück an den Abend im Pub. Ihr damaliges Auftreten sprach für eine andere Realität. Sie war eine attraktive junge Frau, die wusste, wie sie die Blicke der Männer auf sich zog. William selbst hatte ihrem strahlenden Lächeln und diesen endlos langen Beinen nicht widerstehen können. Aber wer sagte ihm, dass sie wirklich so unschuldig war, wie sie vorgab? Seit ihrer Begegnung – er rechnete zurück – waren nicht ganz zwei Monate vergangen.

»Wie weit bist du?« Seine Stimme klang so frostig wie die Temperaturen um sie herum.

Mit stechendem Blick begegnete sie ihm. »Ende der siebten Woche.«

William kannte sich nicht besonders gut aus, aber selbst ihm war klar, wenn das stimmte, war es verdammt wahrscheinlich, dass er der … der Vater des Kindes war.

Er wurde blass. Doch bevor er weitere Entscheidungen treffen konnte, musste er sichergehen. Mühsam schmiss er sein Hirn an und zwang es zu funktionieren und seine Panik zu verdrängen. Eisern musterte er sie.

»Wir machen einen DNA-Test. Heute noch.« Er hatte keine Ahnung, ob das überhaupt möglich war. Er würde recherchieren müssen. Aber darin war er inzwischen aus anderen Gründen leider ziemlich gut.

Erzürnt funkelte Vic ihn an. Ihr gefiel nicht, was er sagte, aber er würde darauf bestehen. Er musste. Für sie beide. Und für das Kind.

»Du denkst, ich will dir ein Kind anhängen?«

»Ich denke gar nichts. Ich will Gewissheit. Das ist alles.« Gewissheit – er sollte vorsichtig sein, wonach er verlangte. Bei seinem Bruder hatte er genau das bekommen, und was hatte es ihm eingebracht? Schlaflose Nächte, Verzweiflung,

Angst, Wut und einen ziemlich langen Suchverlauf in seinem Internetbrowser.

Vic richtete sich gerade auf und straffte ihre Schultern. Leise und voller Wut wisperte sie: »Das würde ich niemals tun. Niemals.«

William wich ihrem Blick aus. Das Gefühl der Ohnmacht kehrte zurück. Es füllte ihn ganz und gar aus. »Komm, wir sollten uns irgendwohin setzen, wo es warm ist. Wir haben viel zu besprechen.«

Vier

Vic war übel. Sie hatte sich allein heute bereits zweimal übergeben, und es war noch nicht mal Mittag. Unglücklich spritzte sie sich Wasser ins Gesicht, tupfte sich ab, überprüfte ihr Make-up und verließ die Toilette.

»Flug EI 100 nach Dublin, durchgeführt von Aer Lingus, ist nun bereit zum Boarden. Passagiere der Business Class werden gebeten als Erstes einzusteigen. Vielen Dank.«

Die weibliche Stimme hallte durch die Flure des *John-F.-Kennedy-Flughafens*, und eine Gänsehaut überzog Vic. Sie blickte sich suchend um und fand, wonach sie Ausschau gehalten hatte. Oder eigentlich auch nicht. Sie wollte nicht hier sein. Sie wollte nicht wegfliegen. Nicht zu einem Ziel, das ein beinahe Fremder bestimmt hatte. Sie wollte New York nicht verlassen. Zumindest nicht mit diesem Mann an ihrer Seite. Nicht mit William O'Sullivan. Ihrem Ehemann.

Verstohlen blickte sie hinab an ihren Ringfinger. Ein schlichter goldener Reif mit einem kleinen Diamanten darauf schmückte ihre Hand. Er fühlte sich falsch an. Die Übelkeit verstärkte sich. Und sie war müde. Zu müde für das, was sie erwartete.

Wenn sie gedacht hatte, die Wochen, seit sie erfahren hatte, dass ein Kind in ihr heranwuchs, wären schlimm gewesen, so glichen die vergangenen dreizehn Tage der Hölle auf Erden.

. . .

Nachdem William sie überraschend auf der Straße aufgegriffen und sie ihm von seinen Vaterfreuden berichtet hatte, wusste sie immer noch nicht, warum sie damit herausgeplatzt war. Sie fühlte sich, als wäre sie Opfer eines mentalen Blackouts gewesen. Nur die Emotionen von diesem Moment auf den eiskalten verschneiten Straßen von New York, die spürte sie immer noch in sich lodern. Wut. Enttäuschung. Angst. Verzweiflung.

William hatte sie letztlich in irgendein Café gebracht und die Führung übernommen. Vic war wie betäubt. Die Entscheidung, das Kind nicht abzutreiben, saß ihr immer noch in den Knochen. Zusätzlich verwurzelten sich Zukunftsängste und die Verzweiflung, den größten Fehler ihres Lebens begangen zu haben, tief in ihrer Seele. Schließlich noch der Verrat ihres Vaters sowie Williams entsetzte Reaktion und die Zweifel an ihrer Aussage. Das alles hatte sie blockiert. Sie war wütend. Sie war so schrecklich enttäuscht. Und sie war müde. In den wenigen Wochen zuvor hatten sich bereits erste Schwangerschaftsanzeichen bemerkbar gemacht. Sosehr sie auch versucht hatte, sie zu verdrängen, am Ende brachen die Übelkeit und die ständige Erschöpfung doch durch und hinterließen in der Stresssituation ihre Spuren.

Innerhalb kürzester Zeit fand William tatsächlich ein Labor, das gegen einen saftigen Aufpreis noch am gleichen Tag einen DNA-Test vornahm und innerhalb von zehn Tagen ein Ergebnis vorweisen konnte. Eigentlich waren zuverlässige Tests anhand einer Blutuntersuchung der Mutter und des potenziellen Vaters erst ab der zehnten Schwangerschaftswoche möglich. Ein Labor in Brooklyn versicherte jedoch, diese Ergebnisse bereits nach der siebten Woche liefern zu können – und sie waren dabei, mit gezielter Forschung die DNA des Embryos noch früher aus dem Blut der werdenden Mutter extrahieren zu können. Allerdings lag die Zuverlässigkeit der Ergebnisse dann nur noch bei fünfundsechzig Prozent.

Das reichte William. Vorerst. In Dublin würden sie später einen weiteren machen, um ganz sicherzugehen. Oder besser gesagt, damit William ganz sicher sein konnte. Und so nahm man Vic und William noch am gleichen Tag in einer kleinen Klinik in Brooklyn Blut ab. Dann mussten sie warten. Zehn Tage. Die längsten Tage ihres Lebens.

William setzte sie nach der Untersuchung vor ihrem Apartment ab. Er bot ihr an, bei ihr zu bleiben oder ihr etwas zu essen zu machen, doch Vic lehnte ab.

Sie wollte alleine sein. Der Nachmittag hatte ihr schrecklich viel abverlangt. Außerdem ertrug sie Williams vorwurfsvollen Blick nicht länger. Er bemühte sich, ihn zu verbergen, doch er schaffte es nicht. Er machte sie für all das verantwortlich. Natürlich. Später würde Vic sich weigern, diese Schuld auf ihren Rücken zu laden, doch an diesem zwölften Dezember gelang es ihr nicht. Die Erschöpfung war zu groß. Umso wichtiger war es, dass er sie endlich in Frieden ließ.

Innerhalb der nächsten Tage rief William jeden Vormittag bei ihr an. Abends kam er mit Essen vorbei und ging sicher, dass sie trotz ihrer Übelkeit etwas zu sich nahm. Er bemühte sich, freundlich zu ihr zu sein, aber immerzu ersehnte sie den Moment, in dem er wieder ging. Die Stimmung zwischen ihnen war so kalt wie die Temperaturen, die den Atem auf New Yorks Straßen gefrieren ließen. Pünktlich nach eineinhalb Wochen erhielten sie die Ergebnisse des DNA-Tests.

Das Kind war von William. Vic hatte nicht gelogen. Sie wusste das natürlich längst. Nun hatte auch William diese Erkenntnis schwarz auf weiß. Ein Stich durchfuhr Vic. Nie würde sie seinen Blick vergessen. Sämtliche Farbe war ihm aus dem Gesicht gewichen. Panik loderte in seinen Augen auf. Panik und Wut. Enttäuschung. Verzweiflung. Angst. Die gleichen Gefühle, die Vic schon so gut kannte.

Er hatte zu ihr aufgesehen, mit dem Schreiben in der Hand. Jegliches Gefühl war ihm aus den sonst so attraktiven Gesichtszügen gewichen. Er schaltete in den Funktionsmodus, wie sie es bereits bei ihrem unerwarteten Aufeinandertreffen im Schneetreiben bemerkt hatte. William legte einfach den Schalter um und konzentrierte sich auf die

Lösung des Problems. Genau das waren Vic und das Kind nämlich. Ein Problem.

Und dann ging es plötzlich ganz schnell. William unterbreitete ihr seinen Vorschlag. Sie würden heiraten. Sofort. Er würde nicht zulassen, dass das Kind schutzlos auf die Welt kam.

Alles in Vic widerstrebte dem. Sie lebten im einundzwanzigsten Jahrhundert. Eine Heirat war heute nicht mehr nötig. Vic versicherte ihm, sich das Sorgerecht teilen zu wollen. Sie versprach ihm jederzeit Zugang zu dem Kind zu haben, ebenso Mitspracherecht in der Erziehung. Doch davon wollte William nichts hören. Eine Heirat sei notwendig, allein um die Versorgung des Kindes einfacher zu machen. Und auch die ihre. Es sei praktischer. Vernünftiger.

Ob Vic dem Kleinen keine Sicherheit geben wolle? Wolle sie selbst nicht eine rechtliche Handhabe besitzen? Für sich und das Kind? Und wo würde das Kind ihrer Meinung nach aufwachsen? In den USA oder Irland? William bombardierte sie mit Fragen, auf die sie keine Antwort hatte.

Letztlich stellte er die alles entscheidende Frage, von der Vic insgeheim befürchtet hatte, er würde sie eines Tages stellen und sie, Vic, würde keine Antwort darauf haben.

»Wovon werden du und das Kind leben, Vic? Hast du einen Job? Wo kommt das Geld für all das her?« Er hatte die Arme ausgebreitet und ihr kostspieliges Apartment mitten in Manhattan gemustert. Die Wohnung, die ihr ab dem ersten Januar nicht mehr gehören würde, weil ihr Vater sie vor die Tür setzte.

Vic kämpfte gegen den Kloß in ihrem Hals. Ihr Dad hatte seine Meinung nicht geändert. Ab Januar würde sie keine Zahlungen mehr von ihm erhalten. Sie hatte mit ihrem Geld halbwegs gehaushaltet, doch weit würde sie in einer so teuren Stadt wie New York nicht kommen. Besonders nicht, wenn sie auch nur annähernd ihren Lebensstil beibehalten wollte.

Auf Charlie und Lucy konnte sie kaum zählen. Sie wussten noch nichts von der Schwangerschaft, aber Vic war sich sicher, dass sie danach ziemlich bald von ihnen fallen gelassen werden würde. Es war nur eine Frage der Zeit. Mit Kind passte Vic nicht mehr in das Leben, das die beiden führten. Verständlich.

Wie Vic es drehte und wendete, sie fand keine Lösung. Nicht so schnell, wie William sie von ihr verlangte. Gleichzeitig überkam sie eine neue Erbrechenswelle. Sie floh vor Williams unerbittlicher Miene und übergab sich mehrmals im Badezimmer. Erschöpft hatte sie sich schließlich auf dem Fußboden neben der edlen Badewanne niedergelassen. Verzweifelt hatte sie die Stirn an ihre Knie gelehnt. Sie fühlte sich hilflos. Orientierungslos. Mittellos. Und allein. Sie war so schrecklich allein und überfordert.

Als Vic nicht ins Wohnzimmer zurückkehrte, war William nach einer Weile zu ihr gekommen, hatte sich müde zu ihr gesetzt, und gemeinsam saßen sie schweigend auf dem teuren Marmorboden. Sie sahen einander nicht an, doch Vic wusste, William würde nicht nachgeben. So gut kannte sie ihn inzwischen.

Innerlich kämpfte Vic um ihr letztes bisschen Würde. Sie wollte nicht den gleichen Fehler machen wie ihre Mutter. Eine Vernunftehe. Für immer. Gleichzeitig war sie sich bewusst, dass Williams Argument der rechtlichen Absicherung zutraf. Angestrengt suchte Vic einen Ausweg. Doch dafür brauchte sie Zeit. Sie musste sich etwas überlegen, einen Plan schmieden, sich Gedanken über die Zukunft von sich und dem Kind machen – und wie William in all das hineinpassen würde.

Kurzfristig war sie auf Hilfe angewiesen. Weil ihr Dad ihr diese verwehrte. Vic wurde schon wieder übel. Diesmal allerdings nicht wegen der Schwangerschaft. Nein, diesmal, weil sie dabei war, ihre Seele zu verkaufen. So wie ihre Mutter einst. Sie war keinen Deut besser. Selbsthass und Verachtung gärten in ihrem Magen. Eine Träne stahl sich aus ihrem Augenwinkel.

Nein! Nein, sie wollte das alles nicht! Zeit. Sie brauchte doch nur ein bisschen mehr Zeit. Warum war William nur so verdammt stur und darauf erpicht, dieses altmodische Konstrukt durchzuziehen? Es ehrte ihn ja, dass er sich seiner Verantwortung stellte. Aber … so? Vic schloss die Augen.

Als sie ihre Lider nach einiger Zeit wieder öffnete, hatte sie sich entschieden. Und hierbei würde sie keine Kompromisse eingehen. Tonlos hatte sie sich an William gewandt, der den Kopf hob und sie abwartend musterte.

»Ich heirate dich, William. Aber nur für das erste Jahr.« Sie hauchte die Worte ermattet und angestrengt. »Ich werde nicht für immer nach deinem Willen handeln. Aber mir ist klar, dass meine derzeitige Situation kaum etwas anderes zulässt. Sobald ich auf eigenen Füßen stehen kann, nehme ich mein Leben wieder in die Hand. Wir werden immer beide für dieses Kind verantwortlich sein.« Sie erzitterte. »Aber ich werde mich nicht aufgeben. Das lasse ich nicht zu. Egal, wie egoistisch das klingen mag. Es ist das Beste für das Kind, wenn ich selbst bestimme, wo wir leben, wer ich bin und was ich tue.«

William hatte sie schweigend gemustert.

»Ein Jahr?«, fragte er schließlich.

Vic nickte. »Nach dem ersten Geburtstag lassen wir uns scheiden. Dann haben wir genug Zeit, uns gemeinsam zu überlegen, wo das Kind leben wird, wie es finanziell versorgt ist und … wie die Zukunft von uns aussehen soll.« Sie presste ihre Lippen aufeinander und wich seinem Blick aus. »Heute bin ich schwach, William. Ich bin müde und überfordert. Deshalb gebe ich heute nach, obwohl ich diese Heirat als riesengroßen Fehler erachte. Aber …« Sie hielt inne und schluckte schwer. »Aber ich werde diese falsche Entscheidung befristen. Das ist meine Bedingung.«

Eine gefühlte Ewigkeit starrte William sie schweigend an. Zu gern hätte sie gewusst, was er wohl denken mochte. Endlich nickte er. »Einverstanden.«

Und so war es also beschlossen. Sie würden heiraten.

Am einundzwanzigsten Dezember hatten sie die Testergebnisse erhalten. Nachmittags beantragten sie gemeinsam die amtliche Hochzeitslizenz bei der zuständigen Stadtverwaltung. Die nächsten vierundzwanzig Stunden verbrachte Vic mit Kofferpacken. William musste zurück nach Irland, und sie würde ihn begleiten. Als seine Ehefrau. So hatten sie es entschieden. Oder eher William. Aber Vic hatte keine Kraft, sich dagegen aufzulehnen. Sobald sie in Irland angekommen und die Schwangerschaft nicht mehr von Übelkeit und Erschöpfung geprägt sein würde, würde sie das Steuer wieder an sich reißen. So lange vertraute sie auf einen Mann, den sie immer noch nicht gut genug kannte. Sie war gefährlich naiv.

Die Vorbereitungen ihrer Abreise dauerten wesentlich länger als gewöhnlich, immerzu musste Vic sich übergeben und Pausen wegen ihrer Erschöpfung einlegen. Zudem packte sie nicht nur ihre Koffer, sondern auch Kisten. Ihr Apartment würde nicht länger ihres sein, sobald ihr Vater es im Januar verkaufen würde, wie er ihr angedroht hatte. Also sammelte sie ihre wichtigsten Habseligkeiten zusammen und hoffte, Charlie und Lucy dazu bewegen zu können, die Kartons für sie zwischenzulagern, bis sie zurückkehren würde. Denn davon war sie überzeugt. Sie würde nach New York zurückkommen.

Am Nachmittag des zweiundzwanzigsten Dezember gaben Vic und William sich vor den Behörden das Ja-Wort, unterschrieben die Papiere und waren fortan vor dem Gesetz miteinander verbunden. Vic trug ein schlichtes graues Wollkleid mit kleinen glitzernden Steinen am Kragen, William einen unauffälligen, gut sitzenden Anzug mit Weste und seine Schiebermütze – so wie immer. Er hatte auch die Ringe besorgt. Schlichte goldene Reifen. Ohne Verzierungen. Nur Vics Ring zierte ein kleiner Diamant. Das Schmuckstück war einen Ticken zu groß, doch sie würde sich nicht beschweren. Der Reif war schlicht und falsch, so wie ihre Ehe.

Die Hochzeitsnacht verbrachten sie getrennt. William hatte vorgeschlagen, Essen zu gehen. Aber Vic stand nicht der Sinn nach gespielten Feierlichkeiten. Zumal sie von Müdigkeit erdrückt zu werden drohte. Also hatte William sie nach Hause gebracht, und Vic war in einen unruhigen Schlaf verfallen.

Am Morgen des dreiundzwanzigsten Dezember stand William erneut vor ihrer Tür. Sie wollte ihn nicht sehen. Vic hasste ihr Leben, hinterfragte all die einschneidenden Entscheidungen, die sie in den letzten zwei Wochen getroffen hatte, und wollte einfach nur die Decke über den Kopf ziehen und die Welt ignorieren. Aber William zwang sie auf die Beine.

Zum ersten Mal seit sie ihm eröffnet hatte, dass er Vater wurde, blickte er sie beinahe liebevoll an. »Wir kennen uns kaum, Vic. Aber was ich weiß, ist, dass du diese Stadt liebst. Du wirst eineinhalb Jahre fort sein.« Er strich ihr fast zärtlich über die Wange, dann wandte er sich an die breite Fensterfront ihres Apartments, das den Blick auf den verschneiten Central Park eröffnete. »Verabschiede dich heute von New York. Lass uns dorthin gehen, wo du am liebsten bist. Irland wird anders werden.« Er drehte sich zu ihr um. »Es wird für dich nicht einfach, und ich entschuldige mich jetzt schon dafür. Lass uns heute eine Feuerpause einlegen und Weihnachten in New York feiern.«

Weihnachten. Vic hatte beinahe vergessen, dass es dieses Fest überhaupt gab. Ihre Welt wurde aus den Angeln gehoben, durchgeschüttelt und auf den Kopf gestellt. Wie eine Schneekugel, bei der man vergessen hatte, welche die richtige Seite war. Doch statt funkelnder Schneeflocken wirbelten Ängste und Zweifel um sie herum.

Eine Träne huschte über ihre Wange. William hatte recht. Sie würde für eine lange Zeit weggehen. Ihr Herz schmerzte bei dem Gedanken. Brüsk hatte sie genickt, und gemeinsam waren sie also durch die weißen bedeckten Straßen von New York spaziert.

William hielt Wort. Er folgte ihr zu all den Orten, die Vic so liebte. Chinatown, Little Italy, das Rockefeller Center und auf die Dachterrasse des Metropolitan Museum of Art, das direkt am Central Park gelegen war und einen atemberaubenden Blick auf die Skyline von New York freigab. Sie liefen die Fifth Avenue entlang, die an diesem dreiundzwanzigsten Dezember noch prächtiger und funkelnder wirkte als sonst. Lichterketten strahlten, und die Schaufenster quollen über vor Weihnachtsdekoration. Überall waren geschäftige Menschen unterwegs, um die letzten Vorbereitungen und

Erledigungen für Weihnachten von ihrer Liste abzuhaken. Normalerweise würde Vic zu ebenjenen Leuten gehören, die heute noch die fehlenden Geschenke oder ein fabelhaftes Outfit für die Weihnachtsparty besorgten. Aber nicht dieses Jahr. Nicht heute.

Am Abend zuvor hatte Vic mit ihrem Vater telefoniert. Sie hatte ihm von William erzählt. Und von der Hochzeit. Sie hatte ihm nur das Nötigste gesagt. Während sie mit leiser Stimme sprach, hatte sie sich gefragt, wie ihr Dad wohl reagieren würde. Wenigstens brachte sie nun keinen Bastard mehr auf die Welt. Sie war eine vor dem amerikanischen Gesetz verheiratete Frau. Doch so plötzlich wie die Ehe gekommen war, so heftig reagierte ihr Vater. Natürlich hatte sie es wieder nicht richtig gemacht.

Frances Malone hatte getobt. »Was fällt dir ein, Victoria? Wie kannst du dich mit jemandem vermählen, den du kaum kennst? Und dann gehst du mit ihm auch noch nach Europa? Was ist in dich gefahren?«

Statt Sorge hatte Empörung seine Stimme geprägt.

Matt hatte Vic erwidert: »Du hast mir ja keine Wahl gelassen, Dad. Wie soll ich ein Kind großziehen, wenn ich keinerlei finanzielle Reserven habe? Keinerlei Unterstützung von dir?«

»Wir haben darüber gesprochen, Victoria.«

Aufgebracht war Vic am Fenster ihres Apartments gestanden. »Du meinst, eine Abtreibung sei die Lösung für alles? Aber das ist es nicht, verdammt!«

»Und die Hochzeit mit einem Iren soll es sein? Eine Lösung?« Ihr Vater hatte einen Moment geschwiegen. Dann hatte er ruhiger gemeint, und hätte Vic ihn nicht so gut gekannt, hätte sie sich eingebildet, Sorge in seinen Worten zu hören: »Willst du wirklich mit einem wildfremden Mann weggehen?«

Absolut nicht! Vics Magen hatte sich verkrampft, und sie hatte eine Menge Kraft aufbringen müssen, darauf zu antworten. »Danach sieht es wohl aus. Aber es ist nicht für immer, Dad. Ich mache nicht die gleichen Fehler wie Mom.« Kaum hörbar hatte sie geflüstert: »Das hoffe ich zumindest.«

Am Ende des Gesprächs hatte Vic sich gefragt, was sie hätte tun müssen, um ihren Dad zufriedenzustellen. Nun heiratete sie den Vater ihres ungeborenen Kindes, und er war trotzdem nicht einverstanden. Sie verlangte ja nicht, dass er sich freute. Das tat sie schließlich selbst nicht. Aber … so etwas wie Anerkennung. Ja, vielleicht war es das, was Vic sich erhofft hatte. Anerkennung dafür, dass sie wenigstens versuchte, das Leben ihres Kindes in geregelte Bahnen zu lenken. Wobei … Wenn sie ehrlich war, tat sie alles andere als das.

Erneut überkam Vic eine Welle der Übelkeit.

Sie dachte an das Telefonat, das sie direkt im Anschluss an das Gespräch mit ihrem Vater geführt hatte. Mit zitternden Händen hatte sie den Kontakt von Charlie auf ihrem Smartphone herausgesucht und die Nummer angerufen. Sie war eigentlich nicht in der Lage für diese Konversation gewesen, aber sie musste ihr und Lucy wenigstens Bescheid geben. Seit Wochen hatte sie sich nur mit kurzen Nachrichten gemeldet.

Sofort war Charlie ans Telefon gegangen. »Vic! Du lebst noch? Wir hatten schon Zweifel daran.« Ohne abzuwarten, hatte Charlie gerufen: »Lucy ist hier, ich mach kurz auf laut!«

»Hey, ihr zwei.« Vic hatte sich um eine gut gelaunte Stimme bemüht.

»Wieso meldest du dich nicht mehr, Vic? Das haben wir wirklich nicht verdient.« Lucy war eindeutig gekränkt gewesen.

»Es tut mir wirklich leid. Aber … also …«

»Was ist los? Seit Wochen bist du kaum erreichbar und warst auf keiner Party mehr. Die Leute fragen schon nach dir! Und auf Instagram bist du auch nicht mehr aktiv! Dein letztes Foto ist von Ende Oktober, Vic!« Charlie hatte wie immer alles bestens im Blick. Unwillkürlich hatte Vic lächeln müssen. Doch sofort war jene Regung erloschen, als sie versuchte, Charlie und Lucy eine Geschichte aufzutischen, die plausibel klang. Die Wahrheit war viel zu beschämend.

Sie hatte sich verlegen geräuspert, um Zeit zu schinden,

dann tief Luft geholt und ihre besten schauspielerischen Fähigkeiten aus dem Ärmel ihres taubengrauen Wollkleides gezaubert, die sie je hatte aufbringen können.

Mit einem aufgesetzten Strahlen in der Stimme hatte sie erklärt: »Ich muss euch da etwas beichten.« Sie hatte nervös gekichert. »Erinnert ihr euch an den Abend in diesem Pub in Greenwich?«

Charlie hatte gestöhnt. »Du meinst das *Fiddlestick*? Ich weiß immer noch nicht, warum Lucy uns dahin geschleppt hat …«

»Hey! Das war ein großartiger Abend, das hast du mir am nächsten Morgen noch geschrieben. Warte, ich zeig' es dir …!«, hatte Lucy gerufen.

»Ja, den Abend meine ich.« Vic hatte versucht, das Gespräch wieder in die richtige Richtung zu lenken. »Ich habe an diesem Abend jemanden kennengelernt und –«

»Der Ire!« Charlie hatte enthusiastisch gekreischt. »Ich wusste, dass du ihn mehr als gut findest!«

Ein Stich hatte Vics Herz bei dem Gedanken an diesen Abend durchfahren. Ja, sie hatte ihn mehr als gut gefunden. Und doch wünschte sie sich heute, sie hätte sich nie zu ihm an die Bar gesetzt und ihn nach seinem Akzent gefragt. Sie hatte diese Erinnerungen abgeschüttelt und war fortgefahren. Mit einem breiten Lächeln, das sie beinahe so schmerzte wie der Gedanke, New York zu verlassen.

»Ja, der Ire … Nun ja, wir haben uns öfter getroffen und also –«

Lucy hatte sie unterbrochen. »Sag bloß, ihr seid ein Paar? Oh mein Gott!«

»Genauer gesagt sind wir seit heute sogar ein Ehepaar.«

»Was?«

»Wie bitte?«

Die schrillen und aufgeregten Stimmen von Charlie und Lucy waren in Vics Ohr ertönt, und sie hatte die Augen geschlossen. Als sich ihre Freundinnen wieder beruhigt hatten, hatten sie einstimmig gefragt: »Du hast ohne uns geheiratet?«

Vic hatte vorgegeben zerknirscht zu sein. »Ja, wisst ihr,

es war alles sehr spontan. Es hat sich irgendwie … richtig angefühlt. Niemand war dabei. Wir … haben das nur für uns gemacht.«

»Aber ihr feiert noch, oder? Also richtig?« Lucy schien kurz vor einem Herzinfarkt gewesen zu sein.

Charlie hatte zugestimmt: »Hast du überhaupt ein richtiges Kleid getragen? Von wem? Ich wette *Vera Wang*!«

Vic hatte ihre Augen geöffnet und hinaus auf den dunklen im Schnee ruhenden Central Park gestarrt.

»Nein, es war alles sehr klein, und eigentlich planen wir auch keine große Feier.« Vic hatte dieses Gespräch endlich beenden müssen. »Hört zu, ihr zwei, ich weiß, dass ich euch vernachlässigt habe, und das tut mir wirklich leid, aber das mit William und mir – das ist noch so frisch. Ihr kennt das ja …«

Kichern am anderen Ende der Leitung.

»Ich … William reist morgen zurück nach Irland, und ich werde ihn begleiten. Aber keine Sorge, ich komme wieder. Ich … ich melde mich bei euch, ja?«

»Du gehst mit ihm nach Irland?«

»Aber wieso denn? Vic, du kannst New York nicht verlassen! Wir brauchen dich hier!«

Ein Tränenschleier hatte sich über Vics Gesicht gelegt, doch sie hatte tapfer dagegen angekämpft.

»Ich bin bald wieder hier. Wie könnte ich New York für immer verlassen?« Ein Kloß in ihrem Hals hatte sie am Weitersprechen gehindert. Mühsam hatte sie noch hinzugefügt: »Bevor ich abreise, könntet ihr mir einen Gefallen tun?«

Kurz darauf hatte Vic aufgelegt und in die Dunkelheit und die funkelnden Lichter der Weihnachtsnacht gestarrt. Auch wenn Charlie und Lucy keine echten Freundinnen waren – dieses oberflächliche Gespräch bewies es –, tat es Vic weh, die beiden zu verlassen. Und sie anzulügen. Doch es ging nicht anders. Sie konnte ihnen wohl kaum die Wahrheit sagen.

Während Vic mit William am nächsten Tag gemeinsam durch die verschneiten Straßen gelaufen war, dachte sie schmerzhaft an diese beiden Telefonate zurück. Trotzdem bemühte Vic sich, sich von ihrer Herzensstadt zu verabschieden. Sie verdrängte den Gedanken an das, was auf der anderen Seite des Atlantiks auf sie warten würde. William hatte erwähnt, dass sie seine Familie kennenlernen würde. Natürlich. Aber Vic hatte nicht weiter nachgehakt. Sie war zu viel mit sich selbst beschäftigt. Jetzt bereits einen Blick in ihre Zukunft zu werfen, hielten ihre Nerven nicht aus. Sie schob es für einen letzten halben Tag weit von sich.

Vic sog all die Eindrücke des verschneiten New Yorks in sich auf. Sie schaffte es sogar, vereinzelt zu lächeln. Doch wann immer sie den Ring an ihrem Finger spürte oder die Müdigkeit sie zu übermannen drohte, fühlte sie den Schlag der Realität in ihrem Gesicht.

Und nun stand sie also hier. Am Morgen des vierundzwanzigsten Dezember. Erneut ertönte der Boarding-Aufruf über die Lautsprecher des Flughafens.

William kam auf sie zu. Er trug eine dunkelgraue Fleecejacke über seinem Shirt, dazu eine schwarze Wrangler und braune Boots. Vorsichtig deutete er auf den Flugschalter wenige Meter von ihnen entfernt. Seine grünen Augen musterten sie mit einem Anflug von Ungeduld.

»Wir müssen los.«

Ob er Angst hatte, sie würde es sich anders überlegen? Zu gern hätte sie genau das getan. Aber ihre Möglichkeiten waren so begrenzt, sie waren quasi nicht vorhanden. Vic hatte in diesem Moment gar keine Wahl, als William nach Irland zu begleiten. Unwillkürlich legte sie eine Hand auf ihren Bauch. Sein Blick folgte ihrer Bewegung.

»Geht es dir gut?« William schien nun ehrlich besorgt.

Ein sarkastisches Lächeln überschattete ihr Gesicht, als sie wisperte: »Ging mir nie besser.«

Eine halbe Stunde später hob die Maschine vom US-amerikanischen Boden ab, und Vic warf einen letzten Blick auf ihr geliebtes New York, das unter einer dicken Schneedecke verborgen lag. All der Zauber, das Funkeln, das Schillern. Es war fort. Vic spürte es nicht mehr.

Das beständige Summen des Flugzeugs dröhnte in Williams Kopf. Wie zu erwarten, konnte er nicht schlafen, obwohl es ihm sicherlich gutgetan hätte. Immerhin flogen sie mit der Zeit, was ihnen den Jetlag erleichtern sollte. Sein Blick glitt zu seiner Linken, wo Vic zusammengerollt in ihrem Sitz saß und schlief. Oder es zumindest vorgab.

William musterte sie in ihren schwarzen Jeans und dem grauen Wollpulli, der mit dutzenden Glitzerfäden gespickt war. Die schwarzen Nikes hatte sie von den Füßen und unter den Vordersitz gekickt. Ihre Beine hatte sie dicht an sich gezogen, sodass sie ihren Kopf an die Knie lehnte. Eingerollt, als würde sie sich vor der ganzen Welt verstecken wollen.

Seit sie vor einigen Stunden vom New Yorker Flughafen losgeflogen waren, hatte Vic nur das Nötigste mit ihm geredet. Wobei ... Wenn er darüber nachdachte, mied sie ihn bereits seit dem Augenblick, als sie ihm auf der Straße von ihrer Schwangerschaft berichtet hatte. Kein Wort zu viel kam über ihre Lippen, die sich stets fest aufeinanderpressten, so als müssten sie ein Ventil zusammenhalten, um bloß nichts hervorkommen zu lassen, das nicht ausbrechen durfte.

William konnte es ihr nicht mal verübeln. Je öfter er sich die Szene durch den Kopf gehen ließ, desto überzeugter war er, dass er hätte anders reagieren müssen. Aber er war überfordert gewesen. Er hatte weder damit gerechnet, Vic wiederzusehen, noch, dass sie solche Nachrichten für ihn in petto hätte. Ihre Verzweiflung war auf ihn übergesprungen. Er war nicht bereit Vater zu werden. Mit seinen einunddreißig Jahren hatte William sich auf seinen Job konzentriert. Seit er für *Byrnes Cider* tätig war, war er viel unterwegs, und seit diesem Sommer brauchte sein Bruder Sean seine ganze Aufmerksamkeit. Seine Familie stand an erster Stelle. William war nicht daran gelegen, in den USA auf Brautschau zu gehen. Mit Vic zu schlafen, war … eine Kurzschlussreaktion gewesen. Und furchtbar dumm.

Doch William würde sich nicht vor seiner Verantwortung drücken. Ihm war klar, dass er Vic nicht gleich hätte heiraten müssen. Und während er sie mit Argumenten von der Sinnhaftigkeit dieser Vermählung zu überzeugen versucht hatte, tat er das Gleiche bei sich. Jeder Grund, den er vor Vic angeführt hatte, hallte in seinem Kopf wider, und William versuchte aufrichtig, selbst hinter dieser Entscheidung zu stehen. Er wollte nicht heiraten. Schon gar nicht eine Frau wie Vic. Sie war sprunghaft, lebte in einer Traumwelt, und so spannend sie als Mensch vielleicht sein mochte – sie war nicht das, was William sich unter einer Ehefrau vorstellte, sollte er jemals heiraten. Sie war ein einmaliges Abenteuer in einem fremden Land gewesen, zu einer Zeit, als William eine gute Ablenkung hatte brauchen können. Dass sie danach immer wieder seine Gedanken gestreift hatte, führte er weiterhin auf den seltsamen Umstand zurück, dass er nach der Zweisamkeit in jener Nacht wenigstens einmal hatte friedlich schlafen können.

Es geht nicht anders, wiederholte William wie ein Mantra im Geiste. Dass er Vic – und sich – die Heirat als einzige Option verkaufte, lag an seiner Familie. Er liebte sie. Seine Eltern, seine Geschwister, seine Nichte und seine Neffen. Und diese Liebe war es, die ihn zu diesem Weg zwang. Zu viel hatten die O'Sullivans durchmachen müssen. Besonders dieses Jahr. William konnte nicht nach Hause kommen und ihnen eröffnen, er würde Vater werden. Von einem Kind, dessen Mutter als Lebensinhalt den Besuch von Partys im glitzernden New York betrieb.

William schüttelte den Kopf. Vielleicht tat er ihr unrecht. Aber der Punkt, um den es ging, war, dass die O'Sullivans genug gelitten hatten. Sie hatten es nicht verdient, sich nun auch noch Sorgen um ihn zu machen. Und das würden sie unweigerlich. Es lag in ihrer DNA. So sehr er seine Familie auch liebte, genauso sehr verfluchte er sie manchmal. Sich in die Angelegenheiten von Familienmitgliedern einzumischen, gehörte ebenso zu ihrem Selbstverständnis, wie sich umeinander zu kümmern. Egal, ob es notwendig war oder nicht. Aus Erfahrung wusste William, dass es nichts brachte, sie vom Gegenteil überzeugen zu wollen. Sie waren alle so furchtbar stur. So wie er es ja auch war. Von wem sollte er das wohl sonst haben?

William wandte den Blick von Vic und ihrem braunen Haar ab, das ihr blasses Gesicht umgab, und starrte an ihr vorbei durch das kleine ovale Flugzeugfenster hinaus in den dunkelblauen Himmel.

In Gedanken war er bei seiner Familie und den Schicksalsschlägen, denen sie sich über die Jahre hinweg hatte stellen müssen. Es war schon lange her, William war damals erst dreizehn Jahre alt gewesen, als sein Vater unerwartet einen bedrohlichen Herzinfarkt erlitten hatte. Zeitgleich hatte es für einen Moment auf Messers Schneide gestanden, ob sie die Brauerei würden halten können. Der junge James Arthur Byrne, Williams heutiger Boss, hatte *Byrnes Cider* damals gerade von seinem Vater geerbt und sich auf eine halsbrecherische Mission begeben. Er hatte sämtliche traditionellen Brauereien in der Umgebung aufgekauft. Mit fragwürdigen Methoden, zumindest was Moral und Ehre betraf. Auch den O'Sullivans war er auf die Pelle gerückt, was letztlich zu dem Herzinfarkt von Williams Dad, Declan O'Sullivan, geführt hatte.

Sein Vater hatte es schließlich mit seiner ruhigen und wegweisenden Art geschafft, den jungen Byrne zur Vernunft zu bringen – und nach einer langen emotional aufgeladenen Entwicklung, Jahre später, war Clare, Williams ältere Schwester, nun sogar mit James verheiratet. Unfassbar glücklich. Seit inzwischen schon gut neun Jahren.

Längst machten die O'Sullivans James nicht mehr für den Vorfall verantwortlich. Wobei … Streng genommen hatten seine Eltern nie derartige Vorwürfe in James' Richtung geäußert. Nein, es waren ihre Kinder, die sich teilweise schwer damit getan hatten. Allen voran Clare und William. Doch nach Clares Heirat hatte William die gute Seele erkannt, die James innewohnte. Er hatte ihm vergeben und seinen Schwager ins Herz geschlossen. Heute arbeitete er sogar für ihn.

Trotzdem spürte William, dass dieser Moment in seiner Kindheit eine Unsicherheit in ihm ausgelöst hatte, die ihn nie ganz losließ. Sein Vater war der beständige Fels der Familie O'Sullivan. Nicht auszudenken, was geschehen wäre, hätte er den Herzinfarkt nicht überlebt.

Dann, vor sieben Jahren, William war erst vierundzwanzig gewesen und gerade mit seinem ersten Masterstudium gestartet, war seine Schwägerin überraschend verstorben. Eine verschleppte Erkältung, die unerwartet in einer Herzmuskelentzündung gegipfelt und Cathy in kürzester Zeit das Leben genommen hatte. Ihr Tod hatte Cillian, Williams ältesten Bruder, in eine tiefe Krise gestürzt. Und mit ihm seinen Sohn Liam. Neben dem schrecklichen Verlust hatten sich die O'Sullivans mit einem dreijährigen Jungen konfrontiert gesehen, der von heute auf morgen aufhörte zu sprechen. Zwei Jahre lang war der kleine Liam stumm geblieben.

Erst das Auftauchen von Aeryn, einer der erfolgreichsten Tänzerinnen des Irish Dance, konnte diese bedrückende Zeit beenden. Mit ihrem Lebensmut und einer unbeschreiblichen Leichtigkeit hatte sie nicht nur Liam wieder zum Reden gebracht, sondern auch Williams Bruder aus seinem emotionalen Gefängnis befreit. Heute waren die beiden bald fünf Jahre verheiratet und William ein Vorbild, wenn er sich vorstellte, wie eine Ehe sein sollte. Frei von Wertung und voller Liebe und gegenseitiger Unterstützung.

Hatten die O'Sullivans diese Schicksalsschläge noch irgendwie überstanden, indem sie füreinander da gewesen waren, so war diesen Sommer etwas über sie hereingebrochen, das sie nicht würden bekämpfen können. Sean, der zweitälteste Sohn der Familie und ein überaus erfolgreicher Musiker, der erst vor Kurzem sein drittes Nummer-Eins-Album veröffentlicht hatte, war krank. Im Frühsommer diesen Jahres hatte Sean von der Diagnose erfahren, sie lange für sich behalten und war wenige Wochen vor Williams Abreise nach New York endlich damit herausgerückt.

Multiple Sklerose. Eine Autoimmunerkrankung. Eine Krankheit, bei der sich in sogenannten Herden im Gehirn oder der Wirbelsäule Antikörper bildeten, die die Myelinschicht angriffen, welche die Nerven umgab und diese schützen sollte. Je stärker diese Schicht zerstört wurde, desto schwieriger würde es irgendwann werden, die elektrischen Signale vom Gehirn an die Extremitäten zu übermitteln. War die Beschädigung eines Tages weit genug fortgeschritten, läge der Nerv so frei, dass es unmöglich werden würde, die Befehle vom Gehirn weiterzugeben. Seans Bewegungen würden sich einschränken. Er würde im Rollstuhl landen, unfähig, weiter Musik zu machen oder für sich selbst zu sorgen.

Noch war es längst nicht so weit, und wie Sean William ständig versicherte, gab es gute Chancen, die Krankheit mit der entsprechenden medikamentösen Behandlung aufzuhalten oder wenigstens zu verlangsamen. Aber im August hatte sich ein neuer Schub bemerkbar gemacht. Sofort hatten Seans Ärzte mit einer Kortisonbehandlung reagiert und die Ausmaße eingedämmt. Zwar war jede Erkrankung individuell, was die Multiple Sklerose so schwer erforschbar machte, doch in der Regel blieben diese Schübe auf einen pro Jahr begrenzt. Sean verzeichnete nun bereits zwei. Sein Neurologe war trotzdem zuversichtlich, dass die Therapie anschlagen würde. Die Zeit würde es zeigen. Eine Aussage, die William schier explodieren ließ, aber er hatte sich zurückgehalten.

Williams Magen krampfte sich zusammen. Er hasste es, an die Diagnose seines Bruders zu denken. Er fühlte sich so machtlos. So hilflos. Und völlig unnütz. Nach dem zweiten Schub hatte William seine bevorstehende USA-Reise absagen wollen, aber Sean hatte darauf bestanden, dass er sie antrat. Ja, geradezu gedrängt hatte er ihn. Immer wieder hatte Sean zu ihm gesagt, man dürfe sich von der Multiplen Sklerose nicht den Zeitplan diktieren lassen. Sean hatte Lilly, seine Freundin, und natürlich die ganze O'Sullivan-Bagage. Sie würden für ihn da sein, wann immer er sie brauchte.

Am Tag vor Williams Abreise hatte Sean ihn am Telefon

aufgemuntert. ›Mach dir keinen Kopf um mich. Unkraut vergeht nicht so schnell. Da braucht es schon mehr als drei Monate, um mich kleinzukriegen. Du kannst also unbesorgt sein. Wenn du an Weihnachten wiederkommst, werde ich dich noch genauso nerven wie heute Abend.‹

William hatte lächelnd genickt. Trotzdem fühlte er sich schlecht. Er hatte seinen Bruder im Stich gelassen und war über den Atlantik geflogen, während Sean sich von seinem letzten Schub berappelte und zurück ins Leben kämpfte.

Alle O'Sullivans, angeheiratete eingeschlossen, gaben sich viel Mühe, Sean nicht merken zu lassen, wie sehr die Diagnose sie getroffen hatte und wie besorgt sie um ihn waren. Sie mussten ihm eine Stütze sein und ihm Kraft schenken, wann immer er sie benötigte. Doch William fand diese Energie selbst kaum mehr. Er war nicht krank, und trotzdem konnte er, seit er von der Diagnose wusste, nicht mehr schlafen. Ständig drehten sich seine Gedanken um die Zukunft seines Bruders. Die Ohnmacht hatte ihn fest im Griff. Sean hatte das nicht verdient, so wie vermutlich keiner auf dieser Welt. William fühlte die Ungerechtigkeit und die darauf begründete Wut in sich auflodern.

Sein Blick glitt wieder zu Vic, die weiterhin neben ihm ruhte. Sobald sie in Dublin gelandet waren, würde er mit ihr sprechen müssen. Über den wichtigsten Teil dieser Ehe. Und den Grund, weshalb sie überhaupt geheiratet hatten, statt sich außerehelich zu einigen und für das Kind da zu sein. William wusste, er würde viel von ihr verlangen. Aber es ging nicht anders. Vics Bedingung, aus dieser Ehe ein vorübergehendes Konstrukt zu machen, hinderte ihn daran, zu hoffen, dass sie aus Vernunft zusammenbleiben würden. Wenn Vic auf die Scheidung bestand, musste William seinerseits eine Bedingung stellen. Egal, wie schwer es ihm fiel. Und wie unfair es Vic gegenüber war.

Fünf

Es ruckelte, und erneut legte sich das Flugzeug in eine Kurve. Seit zehn Minuten drehte der Kapitän muntere Schleifen, angeblich weil die Sicht am Boden zu schlecht sei, um in den Landeanflug zu gehen. Nebel. In Irland. Der Kapitän hatte diese Feststellung für einen unfassbar guten Witz gehalten und bellend gelacht. Ebenso die Hälfte der Passagiere, vornehmlich Iren.

Aber Vic fand das überhaupt nicht lustig. Wieder eine Kurve. Sie holte tief Luft und bemühte sich ihre aufkommende Übelkeit wegzuatmen. Das Letzte, was sie wollte, war, in der Business Class in eine türkise Papiertüte zu kotzen. Wirklich nicht. Warum hatte sie dieser blöden Reise zugestimmt? Warum hatte sie nicht einfach darauf bestanden, in New York zu bleiben? Genervt schloss Vic die Augen. Sie wusste, warum. Es war der gleiche Grund, der sie dazu brachte, im zweiten Monat bereits Atemübungen durchzuführen, die eigentlich erst während der Geburt auf sie zukommen sollten. Großartig.

»Alles okay?« William beugte sich stirnrunzelnd nach vorn und musterte sie von der Seite.

Vic hob den Daumen. »Mir geht's fantastisch.«

»Du bist eine schlechte Lügnerin, Vic. Das habe ich dir schon mal gesagt.«

Genervt rollte sie mit den Augen.

»Warum fragst du mich dann, wenn du angeblich alles besser weißt? Insbesondere, wenn es sich darum dreht, wie es mir zu gehen scheint«, presste sie hervor.

Wieder eine Kurve. Vics Würgereflex setzte ein. Mit Müh und Not bezwang sie ihn.

»Herrgott nochmal, wie schwer kann es für einen ausgebildeten Piloten bitte sein, bei ein bisschen Nebel zu landen?!«, rief Vic aufgebracht.

William hob erstaunt eine seiner Augenbrauen. Wohlweislich erwiderte er nichts auf Vics Ausbruch. Stattdessen schraubte er eine Flasche Wasser auf und bot sie ihr an. Vic griff danach, nahm einen Schluck und gab sie ihm zurück. Dabei berührten sich ihre Fingerspitzen, und unwillkürlich zuckte Vic zusammen, sodass William die Flasche nicht rechtzeitig zu fassen bekam und sie auf seinen Schoß fiel. Ein kleiner Schwall Wasser spritzte über seinen Fleece-Pullover und seine Hose.

Er atmete angestrengt ein, sagte jedoch nichts. Stattdessen schloss er die Flasche wieder und steckte sie in die Tasche seines Vordersitzes.

Vic biss sich auf die Lippe und verschränkte die Arme vor dem Bauch.

»Wenn wir noch eine Kurve machen, besuche ich den Kapitän in seinem Cockpit und lande diesen Vogel hier persönlich«, murmelte sie und konzentrierte sich auf ihre Atmung.

Plötzlich hörte sie ein leises Räuspern neben sich, das in ein unregelmäßiges Poltern überging. Vic wandte William fragend den Kopf zu und stellte überrascht fest, dass er lachte. Mehr schlecht als recht versuchte er es als Husten zu tarnen.

»Was ist so witzig?« Sie funkelte ihn aufgebracht an.

»Gar nichts.« William schüttelte den Kopf und bemühte sich, das Lachen zu unterbinden.

Vic starrte ihn so lange an, bis er endlich mit der Wahrheit herausrückte. Entschuldigend betrachtete er sie.

»Ich stell mir nur gerade vor, wie du dem Piloten die Leviten liest und das Steuer übernimmst. Das ist … Wirklich … Diese Vorstellung …« Diesmal prustete er beinahe los.

Sie waren noch nicht mal auf irischem Boden, und Vic bemerkte schon jetzt, dass sie den irischen Humor nicht zu nehmen wusste. Und dennoch … Es war das erste Mal seit ihrer gemeinsamen Nacht, dass William lachte. Ehrlich lachte. Gut, er amüsierte sich über sie. Was im Grunde sogar ziemlich gemein war, weil sie mit Übelkeit zu kämpfen hatte und in diesem Flugzeug gefangen war, aber trotzdem. Es tat für einen seltsamen Moment gut, William so zu sehen. Als würde er ihre Sorgen damit ein Stück überdecken und sie davon ablenken.

Sie blitzte William noch einmal strafend an, doch dann wehrte auch sie sich nicht gegen ein Lächeln. Die Vorstellung war in der Tat irgendwie … amüsant.

»Folks, wir sehen wieder was«, ertönte die Stimme des Piloten. »Wir gehen jetzt in den Landeanflug.«

»Endlich.« Vic seufzte. Für gewöhnlich dauerte der Flug von New York City nach Dublin knapp acht Stunden. Doch durch die Schleifen über der Ostküste Irlands kam inzwischen eine weitere halbe Stunde dazu. Vic wollte einerseits endlich aus diesem Flieger raus, andererseits bedeutete das auch, dass sie dann wahrhaftig in einem unbekannten Land mit einem beinahe fremden Ehemann war, eine ungewisse Zukunft vor sich und ganz allein.

Stein um Stein baute sie ihre Schutzmauern auf. Es konnte nicht schaden, ihre bereits hohen Türme noch zu verstärken. Vic wusste nicht viel über Williams Leben auf der Grünen Insel. Er hatte eine ganze Reihe Geschwister, und seine Familie war wohl ebenfalls im Brauereiwesen tätig, so wie Williams Schwager, für den er in den USA gearbeitet hatte. Aber viel mehr wusste Vic nicht. Sie hatte nicht nachgefragt. Sie war zu sehr mit dem Umstand beschäftigt, dass sie dabei war, denselben Weg wie ihre Mutter einzuschlagen. Sie hasste es. Insbesondere da sie sich äußerst bewusst war, dass sie einen Blindflug hinlegte. Anders als der Pilot in diesem Moment.

Ihre Augen glitten hinaus aus dem Fenster. Sie durchbrachen die graue Wolkendecke, und unter ihr tauchte die Irische See auf, eine kleine grüne Halbinsel und eine Stadt, die beinahe ebenso grau wirkte wie der Himmel über ihr. Kein Glitzern. Kein Funkeln. Kein Strahlen. Kein Zauber.

Vic straffte ihre Schultern. Sie musste die Sache anders angehen. Sie würde für mindestens neunzehn Monate an diesen Mann neben sich gebunden sein. Anders als ihre Mutter wollte sie sich eine Zukunft aufbauen. Mit ihrem Kind. Und der erste Schritt würde sein, ihrem Mann auf Zeit Interesse entgegenzubringen. Sie musste mehr über William und sein Leben erfahren. Er würde fortan für immer ein Teil von ihrem sein. Es war folglich nur richtig, mehr über ihn zu wissen, besonders um William besser einschätzen zu können.

Außerdem nahm Vic sich vor, dieses Land und seine Leute kennenzulernen. Es würde anders sein, hatte William ihr gesagt. Damit mochte er bestimmt recht haben. Aber lag darin vielleicht auch eine Chance für Vic? Sie liebte New York, doch in dieser Stadt hatte sie nur Partys gefeiert und Verluste erfahren. Vielleicht würde sie hier einen neuen Weg für ihr Leben finden. Wo, wenn nicht in dem Land, das die klugen Segenswünsche erfunden hatte? Irgendeinen Wegweiser würde es für sie doch hoffentlich geben.

Immer näher flogen sie auf den Untergrund zu, bis die Maschine schließlich aufsetzte und ein Ruck durch Vic ging. Irland. Sie war in Irland. Der Heimat von ihrem Ehemann, dem Vater ihres ungeborenen Kindes.

Eine Stunde später, es war bereits Nachmittag in Irland, und schon bald würde es dunkel werden, saß Vic auf dem Beifahrersitz von Williams Range Rover, den zwei seiner jüngeren Brüder tags zuvor am Flughafen in Dublin für ihn geparkt hatten. Vic war erleichtert, dass sie nicht schon am Flughafen mit Williams Familie konfrontiert wurde. Ihr blieb eine Schonfrist.

Von Dublin selbst hatte Vic nach ihrer Ankunft nichts gesehen. William war direkt vom Flughafen Richtung Norden aufgebrochen. Schweigend hatte sie währenddessen ihre Kräfte gesammelt. William schien ebenfalls nicht nach Konversation zu sein, und so fokussierte Vic sich auf die Landschaft, die an ihnen vorübereilte. Zu Beginn hatten sie einige Wohngebiete und kleine Vororte der Hauptstadt durchquert, doch inzwischen zogen vornehmlich grüne Wiesen an ihnen vorbei. Immer wieder wurden diese von niedrigen Mauern aus groben grauen Steinen unterbrochen und unterteilt.

Der Pilot hatte nicht übertrieben, was den Nebel anging. Das Wetter war eine einzige graue Suppe, nass und kalt. Nicht besonders weihnachtlich, dachte Vic. Sie kuschelte sich tiefer in ihren Mantel und den dicken gelben Schal. Die schmale Landstraße schlängelte sich durch die grünen Weiden, und vereinzelt konnte Vic das Meer in der Ferne aufblitzen sehen. Aber nur, wenn sie nahe genug heranfuhren, sonst vermieste das Wetter ihr die Sicht.

Vic überlegte, wie lange sie wohl noch unterwegs sein würden. William hatte das Navigationssystem nicht angeschaltet. Er kannte den Weg offensichtlich gut genug.

Vic seufzte leise. Irgendwann würde sie anfangen müssen mit ihm zu reden. Warum also nicht jetzt? Sie war sowieso schon überdreht und nervös, weil sie nicht wusste, was auf sie zukam. Außer, dass sie bei seiner Familie zu Weihnachten erwartet werden würden. So viel hatte er ihr immerhin erzählt. Warum hatte sie nicht früher danach gefragt?

»Wie weit ist es noch?« Vic bemühte sich um einen neutralen Ton.

»Etwa eine halbe Stunde.«

Vic nickte, als hätte sie mit dieser Antwort gerechnet. Dann fragte sie: »Wo fahren wir hin?«

»Nach Hause.«

Wow, wirklich?! Vic unterdrückte ihren emporkommenden Sarkasmus. So wurde das wohl nichts mit ihrem Vorsatz, sich für William zu interessieren. Sie schluckte einen Anflug von Ärger hinunter, als sie bemerkte, dass William plötzlich langsamer fuhr und in einer kleinen Parkbucht am Straßenrand hielt. Mitten in der irischen Pampa.

Misstrauisch sah Vic zu ihm hinüber. »Was wird das?«

William stellte den Motor ab und schwieg einen Moment, so als würde er sich die Worte im Kopf zurechtlegen. Dann räusperte er sich. Während er sprach, blickte er hinaus durch die Windschutzscheibe.

»Ich muss dich um etwas bitten.« Seine Stimme war so leise, dass die Regentropfen, die im selben Augenblick vom Himmel fielen, sie fast übertönten.

»Mich?«, hakte Vic nach, als William nicht weitersprach.

Abrupt nickte er und wandte ihr sein Gesicht zu. Sorgenfalten zierten seine Stirn, und ein bitterer Zug bildete sich um seine Mundwinkel. Die grünen Augen blickten starr zu ihr, und Vic spürte jeden Funken Verachtung, den er für sie empfand. Als wäre all das ihre Schuld. Verschwunden war das Lachen, das sie im Flugzeug auf seinen Lippen gesehen hatte.

»Meine Familie hat genug durchgemacht. Sie verdienen es nicht, noch mehr erleiden zu müssen. Sie brauchen Ruhe und Frieden.« Sein Blick fesselte sie in ihrem Sitz. »Aber in meiner Familie ist der Kümmerkomplex äußerst tief verankert, deshalb werden sie dich aufnehmen, als wärst du eine von ihnen. Jemand, um den sie sich kümmern müssen.«

Williams Ton war so kalt, Vic begann zu frösteln. Gleichzeitig spürte sie seine Sorge. Um seine Familie. Nicht um sie.

Er atmete tief durch, und Vic beobachtete, wie die Autoscheiben langsam aber stetig beschlugen.

»Du hast unserer Ehe ein Ablaufdatum gegeben. Aus diesem Grund bitte ich dich, es meiner Familie so leicht wie möglich zu machen.«

Stirnrunzelnd musterte Vic ihren Ehemann. »Was meinst du damit?«

Er schluckte. »Dass wir geheiratet haben, wird sie bereits überraschen. Lange werden wir deine Schwangerschaft zudem nicht verbergen können. Aber in Hinblick auf die von dir gewünschte Scheidung nach dem ersten Geburtstag unseres Kindes – ich will nicht, dass sie verletzt werden. Sie sollen nicht das Gefühl haben, ein Familienmitglied zu verlieren, wenn es so weit ist.«

William wandte den Blick ab und schluckte erneut, so als hätte er einen Kloß im Hals.

Vic starrte ihn an. Kaum fähig zu reagieren. »Was … was willst du mir damit sagen?«

Die Augen wieder auf die Straße gerichtet, ließ William die Bombe platzen. Leise und unbemerkt. Aber mit voller Wucht. »Ich will, dass du dich von meiner Familie distanzierst. Du sollst keine freundschaftliche oder familiäre Beziehung zu ihnen aufbauen. Wenn sie dich einmal in ihr Herz geschlossen haben, schaffst du es dort nie wieder heraus. Und ich lasse nicht zu, dass unsere Scheidung ein Loch in die Herzen meiner Familie reißt.«

Vic presste die Lippen aufeinander.

»Das kann nicht dein Ernst sein?«, fragte sie, bemüht, ihre Empörung zu unterdrücken.

William schüttelte den Kopf und sah sie an. »In meiner Familie laufen die Dinge anders, Vic. Familie ist … alles.«

»Und wie stellst du dir das bitte vor?« Vics Herzfrequenz beschleunigte sich. Es war nicht so, als hätte Vic vorgehabt, die Schwiegertochter des Jahres zu werden, aber diese Ansage schmetterte ihr ein Brett vor den Kopf.

William hob seine Schiebermütze und fuhr sich durch die honigbraunen Haare, dann legte er seine Hand wieder aufs Steuer. »Du bist ein New Yorker It-Girl, das das süße Leben genießt. Diese Rolle solltest du im Repertoire haben, nicht?«

Ein Stich durchfuhr Vics Körper. Deutlicher hätte er ihr nicht sagen können, wie wenig er von ihr hielt. Sämtliche Sympathien, die sie je für William gehegt haben mochte, erloschen innerhalb weniger Millisekunden.

Mit schmalen Augen starrte sie ihn an. »Ich soll die arrogante Amerikanerin mimen und mich bei deiner Familie unbeliebt machen. Ist es das, was du mir damit sagen willst?«

Er nickte brüsk. Ein leidvoller Ausdruck überfiel Williams Gesicht, doch nur für einen winzigen Augenblick. Vermutlich irrte Vic sich. William schien einen genauen Plan zu haben. Einen, in dem sie die Rolle der Bösen zugeschoben bekam.

»Werden sie sich nicht wundern, warum du – aus so

gutem Hause«, Vic konnte ihren Sarkasmus nicht länger zurückhalten, »warum du so ein Mädchen wie mich heiratest?« Noch während Vic die Frage stellte, schnürte es ihr die Luft ab. Bitterkeit stieg in ihr auf. »Das Kind. Sie werden denken, dass ich dich damit in die Falle gelockt habe.«

William schloss die Augen und vermied es, Vic anzusehen. Oh nein, er sollte ihr das gefälligst ins Gesicht sagen, verdammt!

Sie packte ihn am Arm und rüttelte ihn. »Das ist es, nicht wahr? Die verzogene Party-Göre aus dem schillernden New York hat dich um den Finger gewickelt und dir einen Braten angehängt. Und du, braver Sohn irischer Eltern, hast sie natürlich aus Pflichtgefühl geheiratet. Wenn die Ehe scheitert, liegt die Schuld allein bei mir. Alle werden froh sein, dass du mich endlich wieder los bist.« Vics Stimme erstarb. »Das ist dein Plan.«

William musterte sie gequält. »Das macht mir keinen Spaß, falls du das glaubst, Vic. Es ist die einzige Möglichkeit, meine Familie vor weiterem Leid zu schützen.«

»Das hättest du dir überlegen sollen, *bevor* du mich in dein Hotelzimmer eingeladen hast«, rutschte Vic unwillkürlich raus. Sie biss sich auf die Zunge und wandte den Kopf ab. Mit verkniffenen Augen klammerte sie sich an die Regentropfen, die am Beifahrerfenster hinabwanderten. Ihr war vollkommen klar, dass sie beide Schuld an dieser Situation trugen. Doch was William hier tat, glich einer Folter für etwas, das sie allein zu verantworten hatte. Vic war nicht gewillt, das mit sich machen zu lassen. Es war nicht fair.

Stille beherrschte das Auto. Es war alles gesagt. Vic spürte, wie die Kälte in ihren Körper kroch und jeden Zentimeter ausfüllte. Warum hatte sie dieser verdammten Ehe zugestimmt? Wieso hatte sie so schnell nachgegeben?

Plötzlich ertönte Williams leise Stimme. Sie nahm einen fast zärtlichen Ton an, aber Vic wehrte sich dagegen.

»Ich weiß, dass ich Unmögliches von dir verlange.«

Vic schwieg. Er griff nach ihrer kühlen Hand, doch Vic zog sie weg.

»Du hast unserer Ehe ein Ablaufdatum gegeben, Vic. Das

hättest du nicht müssen. Jetzt muss ich tun, was nötig ist, um meine Familie zu schützen.«

Erbost drehte Vic sich zu ihm. »Du tust so, als wäre ich eine furchtbare Hexe, die es auf deine arme schutzlose Familie abgesehen hat! Wir sind doch nicht in Grimms Märchen, meine Güte!«

In einer Kurzschlussreaktion stemmte Vic die Beifahrertür auf, sprang aus dem Wagen und lief in die Richtung, aus der sie gekommen waren. Kalter Regen peitschte ihr ins Gesicht und vermischte sich mit den Tränen, die über ihre Wangen liefen. Sie zog ihren Mantel enger um sich, doch der Wind riss unablässig an ihrer Kleidung. Es war Vic egal. Tausende Kilometer war sie mit diesem Mann um den Erdball geflogen, hatte seinem unbedingten Willen, diese Ehe zu schließen, in einem schrecklichen Moment der Schwäche zugestimmt, und jetzt? Was er verlangte, war die Hölle auf Erden.

Verstand er denn nicht, dass sie die Bedingung der Scheidung gestellt hatte, um sie beide zu schützen? Vor einem Leben voller Ignoranz, Enttäuschung und Aussichtslosigkeit?

Vic lief immer weiter, lehnte sich gegen den aufkommenden Wind und ignorierte die nassen Strähnen, die an ihrem Kopf klebten.

»Vic!« Williams Stimme ertönte hinter ihr, aber sie lief immer weiter. Ohne Ziel. Sie wollte fliehen. Vor diesem Mann. Vor diesem Ort. Vor ihrem Leben.

Sie weinte bitterlich und fühlte sich von der ganzen Welt im Stich gelassen. Ihr Leben glich einer Dramatik, wie sie an den New Yorker Broadway gehörte. Nicht aber auf die Landstraßen dieser grünen Insel. Sie wollte das nicht. Sie hatte all das doch nie gewollt.

»Vic! Warte doch!« Eine starke Hand legte sich plötzlich auf Vics Schulter und zwang sie, stehen zu bleiben. Sanft, aber bestimmt drehte William sie um, sodass er direkt vor ihr stand. Regentropfen liefen über sein Gesicht. Seine Haarspitzen, die unter der Schiebermütze hervorlugten, waren feucht, und seine Kleidung war ebenso nass wie Vics. Es schüttete aus vollen Eimern, und die beiden standen mittendrin in dieser Katastrophe.

»Es ist nicht fair von mir, das von dir zu verlangen. Ich weiß das besser als jeder andere, Vic.«

Schluchzend blickte sie in der beginnenden Dämmerung zu ihm, in seine bestechend grünen Augen, die die gleiche Farbe trugen wie die verregneten Wiesen um sie herum.

»Warum tust du es dann?« Verzweiflung spickte jedes ihrer Worte, aber es war ihr gleich. Sie war schon am Boden, sollte William es ruhig merken. Wozu die Starke spielen, wenn er sowieso vorhatte, über sie hinwegzutrampeln?

William wischte sich mit beiden Händen über das nasse Gesicht. Als Vic ihn musterte, sah sie auf einmal die Angst in seinen Zügen. Blanke Angst.

Über den Regen hinweg wisperte er: »Einer meiner Brüder, Sean, er ist etwas älter als ich. Er ist krank. Multiple Sklerose.« Williams Stimme erzitterte. »Er bekam die Diagnose erst diesen Sommer und … Die Ärzte sind optimistisch, obwohl Sean im August bereits den zweiten Schub in diesem Jahr hatte. Etwas, das eher ungewöhnlich ist. Normalerweise beschränken sich die Schübe auf höchstens einen pro Jahr.« Sein Ton überschlug sich. »Verstehst du, Vic? Meine Familie hat ganz andere Sorgen, um die sie sich kümmern muss. Wir müssen für Sean stark sein, ihm Kraft schenken und ihm Sicherheit geben. Ich kann nicht …«

In Williams Augen brannten Tränen. Zumindest bildete Vic sich das ein. Vielleicht war es aber auch der Regen, der ihr die Sicht erschwerte. Ein Schauder überkam sie. Sie kannte die Krankheit, hatte davon gehört. Vermutlich konnte sie sich nur im Ansatz vorstellen, was es für einen Menschen Mitte dreißig bedeutete, diese Diagnose zu erhalten. Verständnis wallte in ihr auf, doch sie kämpfte es nieder.

»Das tut mir leid.« Traurig schaute sie William an. »Aber …«

Er strich mit seinen Fingerspitzen über ihre Wange. Eindringlich sagte er: »Die O'Sullivans haben dieses Jahr genug mitgemacht. Ich werde ihnen jetzt zu Weihnachten nicht noch eine vermeintliche Schwiegertochter ins Haus bringen, die sie ins Herz schließen, nur damit sie in eineinhalb Jahren einen weiteren schmerzlichen Verlust verkraften müssen, wenn du fortgehst.« Williams Stimme klang rau. »Das kann ich nicht zulassen, Vic. Es geht nicht.«

Ihre Lunge verknotete sich. Magensäure kletterte ihre Speiseröhre empor. Müdigkeit und Erschöpfung überfielen sie wie aus dem Nichts.

Sie verstand ihn. Vic konnte nachvollziehen, warum William dachte, wie er dachte. Und trotzdem …

»Warum hast du mir das nicht schon in New York erzählt?« Bitter musterte sie ihn. »Du akzeptierst meine Bedingung mit der Scheidung, schleppst mich hierher, und eine halbe Stunde bevor wir bei deinen Eltern aufschlagen, lässt du die Katze aus dem Sack? Du hättest es mir gleich sagen müssen, William. Das … Das war nicht fair.« Sie verdrängte weitere Tränen und konzentrierte sich auf ihre Wut.

»Ich weiß.« William nickte und ließ die Schultern hängen. »Ich wollte … Ich habe den richtigen Moment gesucht. Ich –«

»Den richtigen Moment gibt es nicht!«, schrie Vic aufgebracht. »Wenn du deine Familie schützen willst, warum dann überhaupt dieses dämliche Theater? Warum diese Ehe? Das ergibt doch gar keinen Sinn!« Vic war außer sich. Es tat ihr leid, was Williams Bruder widerfuhr. Aber durfte man ihr Leben deshalb auf den Kopf stellen? War es egoistisch von ihr, so zu denken? Sie wusste es nicht. Aber sie fühlte sich ungerecht behandelt.

»Es ging nicht anders. Ich kann nicht an Weihnachten nach Hause kommen und ihnen berichten, dass ich Vater werde, die Mutter meines Kindes aber allein in New York zurücklasse – mittellos, wie es scheint.«

»Es hätte andere Möglichkeiten gegeben.« Vic hatte keine Ahnung, welche. Aber hätte sie mehr Bedenkzeit gehabt, wäre ihr etwas eingefallen. Bestimmt.

William schüttelte allerdings den Kopf. »Meine Familie hätte sich nur Sorgen gemacht. Und genau das versuche ich zu verhindern. Versteh doch, Vic. Ich wollte ihnen mit dieser

Ehe zeigen, dass wir alles im Griff haben. Dass sie unbesorgt sein müssen. Es kommt überraschend, aber es ist alles gut.«

Traurig schaute Vic auf. »Gar nichts ist gut, William. Gar nichts.«

Stumm musterte er sie und fuhr sich müde durch die tropfnassen Haare unter seiner Mütze.

Vic zitterte. Die Kälte umklammerte sie und ließ nicht von ihr ab.

»Wenn du nicht auf die Scheidung bestehen würdest –«, setzte William an, doch Vic blitzte ihn aufgebracht an.

»Wag nicht, das zu verlangen. Wag es nicht!« Sie wich einen Schritt zurück. »Ich werde für den Seelenfrieden deiner Familie nicht ein ganzes Leben lang etwas vorspielen, was es nicht gibt.« Ihr Magen krampfte sich zusammen. »Das kannst du nicht von mir erwarten«, flüsterte sie erschaudernd.

William schluckte und steckte die Hände in die Taschen seines Mantels. Der Regen hatte nicht nachgelassen, und inzwischen waren sie beide bis auf die Haut durchgeweicht.

Sorge loderte in seinen Augen plötzlich auf. Er deutete auf den Wagen, der hinter ihm in der Parkbucht auf sie wartete.

»Lass uns weiterfahren. Du holst dir hier draußen im Regen und in der Kälte noch eine Lungenentzündung. Das dürfte für das Baby wohl kaum gut sein …«

Vic versteifte sich. Sie wollte nicht in dieses Auto. Und noch weniger wollte sie zu dem Ort und zu den Menschen, zu denen William sie unweigerlich bringen würde.

Aber er hatte recht. Sie war schon viel zu lange ungeschützt, und sie fror bitterlich. Ohne ihn eines weiteren Blickes zu würdigen, lief sie an ihm vorbei, zurück zum Wagen. Sie öffnete die Beifahrertür und rutschte auf den Sitz.

William begab sich seinerseits auf die Fahrerseite, ließ den Motor an und stellte die Heizung auf die höchste Stufe.

Er blickte zu Vic. »Du solltest den Mantel ausziehen. Es ist …«

»Kannst du einfach losfahren und mich in Ruhe lassen?«, wisperte Vic mit erstickter Stimme. Sie kam mit Williams zwiegespaltenem Verhalten nicht zurecht. Im einen Moment sah er sie vernichtend und beinahe verachtend an, im nächsten erblickte sie die Liebe zu seiner Familie in seinen Augen und die Sorge um sie und das Kind, und dann überrumpelte er sie wieder mit nicht erfüllbaren Ansprüchen. Es war zu viel. Es war schlichtweg zu viel für Vic.

»Ich …«, setzte William an.

Vic seufzte erschöpft. Matt flüsterte sie: »Ich tue, was du willst. So wie schon in New York, als ich dieser verdammten Ehe zugestimmt und es sofort bereut habe.« Sie starrte durch die Windschutzscheibe in den unaufhörlichen irischen Regen. »Ich werde deiner Familie eine Schwiegertochter sein, von der sie froh sein werden, wenn sie endlich wieder verschwindet. So wie du es willst.« Sie verschränkte die Hände in ihrem Schoß. »Aber mehr … mehr darfst du nicht von mir verlangen. Ich wollte das alles nicht. Genauso wenig wie du. Aber ich spiele mit. Weil ich im Moment keine Wahl habe.«

Vic hasste sich selbst. Sie war schwach, gab nach, und sie wusste nicht, wie sie ihr Leben auch nur im Ansatz wieder auf die Reihe bekommen sollte. Aber ihr war klar, dass es in diesem Augenblick keine Ausflucht gab. Sie spürte den Schmerz, den William in seiner Stimme zu verbergen versuchte, als er von der Krankheit seines Bruders und dem damit verbundenen Leid seiner Familie sprach. Das hatte in Vic etwas berührt. Und so würde sie mitspielen. Sie tat es für seine Familie. Nicht für William.

Der nickte und wandte den Blick ab. Langsam gab er Gas und fuhr zurück auf die Straße. Der Regen wetterte weiter gegen die Fenster des Autos, aber Vic sah es nicht. Sie schloss erschöpft die Augen und lehnte sich gegen den Sitz. Eine einzelne Träne rann über ihre Wange. Sie wischte sie nicht weg. Wozu? Das Schauspiel begann erst in einer halben Stunde, wenn sie auf dem Anwesen der O'Sullivans ankamen. Bis dahin durfte sie ihre wahren Emotionen noch zeigen. Wen kümmerte es schon? Ihren Mann gewiss nicht.

. . .

William blinzelte und musterte Vic, die mit geschlossenen Augen neben ihm saß. Die Heizung hatte das gesamte Auto in wohlige Wärme gehüllt, doch sie schien immer noch zu zittern. Und daran war er schuld. Sie hatte recht. Er hätte sie früher einweihen müssen. Doch er hatte sich aus unerfindlichen Gründen nicht getraut. Ihm war es selbst schwergefallen, diese Entscheidung zu treffen. Aber es ging nicht anders. William kannte seine Familie gut genug. Sie würde Vic aufnehmen, liebenswerte Seiten an ihr entdecken und sie als neues Familienmitglied begrüßen.

Es war unmöglich, was er Vic abverlangte, aber es war die einzige Möglichkeit, seine Familie vor ihrem eigenen Kümmerkomplex zu schützen. Die Nachricht von Seans Erkrankung war dieses Jahr schlimm genug gewesen.

Deshalb hatte William auf die Hochzeit bestanden. Seine Familie brauchte Sicherheit in unsicheren Zeiten. Sean brauchte ihre ungeteilte Kraft. Wie könnte William an Weihnachten nach Hause kommen und seiner Familie erklären, bei einem unbedachten One-Night-Stand unvorsichtig gewesen zu sein und nun mit einer Frau, die er kaum kannte, ein Kind zu bekommen? Und nebenbei lebte diese Frau weiterhin in New York, war irgendwie mittellos, aber auf einen kostspieligen Lebensunterhalt getrimmt?

Nein. Aus Liebe zu seiner Familie mussten sie ihnen eine überstürzte, aber bodenständige Ehe vorspielen. William hasste sich dafür, das von ihr zu verlangen. Aber es ging nicht anders. Für Sean. Für seine Familie. Sie hatten es nicht verdient, weiteres Leid über sich ergehen lassen zu müssen.

Nach dem ersten Geburtstag des Kindes würde er ihnen erklären, wieso sie sich scheiden ließen. Er hatte Vics Bedingung ja zugestimmt und würde sich auch daran halten. Aber William war nach kurzer Überlegung der Ansicht gewesen, dass die O'Sullivans das besser verkraften würden, als ihn in einer unsicheren losen Beziehung zu wissen, über die er keine Kontrolle hatte. Besonders nicht, wenn es dabei um ein Kind ging.

William hatte einen Plan für die nächsten Monate. Und dieser würde heute Abend, wenn sie auf dem Hof seiner

Familie ankommen würden, beginnen. Nun musste er bis dahin nur noch Vic davon überzeugen, so mitzuspielen, wie er es wollte. Das war der schwierigste Part. Nicht, dass er seiner Familie etwas vorspielen musste oder dass er an eine Frau gebunden war, die so anders war als er und obendrein ein Kind von ihm erwartete. Nein, das Schwierigste würde sein, Vic dazu zu bringen, sich zwar freundlich zu verhalten, sich aber keinen Platz in den Herzen der O'Sullivans zu erobern. Eine unmögliche Aufgabe. Denn die Herzen in der O'Sullivan-Familie waren schrecklich groß und offen. Für jeden, der es auch nur annähernd verdiente.

Und William wusste, würden sie nur einmal die schrecklichen Selbstzweifel in Vics Augen zu Gesicht bekommen, wie er sie in den letzten zwei Wochen täglich gesehen hatte, würde Vic eine warme offene Umarmung und die Unterstützung erhalten, die sie verdiente. Aber das ging nicht. Denn dann würde eine Scheidung diese wundervollen Herzen seiner Familie zerreißen. Das durfte William um keinen Preis zulassen.

Und Vics Reaktion nach zu urteilen, bestand für ihre Ehe keine Hoffnung. Er hätte es probiert. Vielleicht hätten sie auf einer vernünftigen Basis zueinandergefunden. In der Ehe musste es nicht immer um die große Liebe gehen. Sie hätten sich arrangieren können. Aber wann immer er Andeutungen in diese Richtung machte, wehrte Vic sich vehement dagegen.

Sein künftiges Leben war eine Gratwanderung, bei der er mit jedem weiteren Schritt in einen tödlichen Abgrund zu fallen drohte. Und doch musste er diesen Weg gehen. Mit Vic.

Sechs

Der Kies knirschte unter den Reifen des Range Rovers, als William über einen riesigen Innenhof fuhr und vor einer weißen Hauswand parkte. Dunkelheit war in der letzten halben Stunde über sie hereingebrochen. Der Regen hatte endlich eine Pause gemacht, und Vic musterte das Anwesen, soweit es das wenige Licht zuließ.

Inmitten des Hofs stand eine dicke stämmige Kastanie, die zurzeit allerdings kein Blätterkleid trug. Zwei längliche Gebäude umgaben den Platz. Während an dem Haus auf der linken Seite große Scheunentore angebracht waren, wirkte das auf der rechten Seite schon eher wie ein Wohnhaus. Kleine Fenster nahe der Eingangstür, zwei große gläserne Scheiben weiter hinten bei einem Bereich, der im Sommer sicherlich eine gemütliche Terrasse darstellen sollte.

Vic erkannte in einem der kleinen Fenster neben der wuchtigen grünen Eingangstür, über die der Familienname in geschwungenen Buchstaben geschrieben stand, eine große weiße Kerze brennen, so als hätte man das Licht angelassen, um Besuchern den Weg durch die aufkommende schwarze Nacht zu weisen.

William wollte bereits aussteigen, doch Vic griff nach seinem Arm und hinderte ihn daran. Überrascht blickte er sie an, und Vic nahm all ihren Mut zusammen. Mit leiser Stimme begann sie zu sprechen.

»Ich werde mein Bestes geben, um deine Erwartungen zu erfüllen. Aber …« Sie schaute ihn traurig an. »Du sagst selbst dauernd, was für eine schlechte Lügnerin ich sei.«

»Vic …« William unterdrückte ein Seufzen.

»Nein, lass mich ausreden.« Vic biss sich auf die Lippe, dann fuhr sie fort. »Deine Familie soll mich ruhig ablehnen. Das ist okay. Ich habe kein Recht, mich bei euch reinzudrängen. Aber …« Sie holte tief Luft. »Versprich mir, dass du alles dafür tun wirst, damit sie das Kind lieben. Sie dürfen ihre Abneigung gegen mich nicht auf unser Kind übertragen. Auf keinen Fall.« Flehend sah sie William in die Augen. »Versprich es mir.«

Stumm nickte er.

Vic rang erneut nach Luft, die Übelkeit machte sich schon wieder über sie her.

»Gut.« Sie nickte ebenfalls und unterdrückte eine Träne. »Und … Könntest du mir einen Gefallen tun und deine Verachtung für mich wenigstens heute Abend aus deinem Blick streichen?« Sie schüttelte den Kopf. »Ich schaffe es heute nicht, an allen Fronten gleichzeitig zu kämpfen. Nicht …« Sie legte die Hand auf ihren Bauch. »Nicht so.«

William fühlte sich ertappt. Zumindest seinem Blick nach zu urteilen. Doch dann schaute er Vic unumwunden an. Zärtlich sagte er: »Ich verachte dich nicht, Vic.«

Vic lachte nervös auf und legte die Hand an den Türgriff. »Mach uns nichts vor, William. Verachtung ist das Einzige, das du für mich empfindest. Seit dem Moment, als ich dir auf den verschneiten Straßen New Yorks gesagt habe, dass du Vater wirst.« Sie musterte ihn. »Deine gute Erziehung zwingt dich ab und zu, besorgt zu sein. Aber das ist auch schon alles, was du für mich erübrigen kannst.« Sie schüttelte wieder den Kopf. »Aber mehr erwarte ich auch gar nicht. Nicht für mich.«

Sie betätigte den Türgriff, und die kühle Abendbrise wehte ihr ins Gesicht. Sie sog die frische Landluft ein und stieg aus. Ihre Kleidung war noch nicht wieder ganz trocken, und Vic fror sogleich von Neuem.

William, der ebenfalls das Auto verlassen hatte, legte ihr

eine trockene Jacke von sich, die er wo auch immer hervorgeholt hatte, über die Schultern. Dann standen sie beide für einen Moment schweigend vor dem Haus seiner Eltern. Lichterketten spendeten weihnachtlich goldenes Licht, und in unterschiedlich großen Laternen neben dem Eingang loderten Kerzenflammen auf dicken Wachsstumpen. An der Haustür hing ein Kranz aus Stechpalmen, mit zahlreichen roten Beeren daran.

Vic dachte an die letzten Weihnachten in ihrem Leben. Schon lange feierte sie das Fest nicht mehr mit ihrem Vater. Er bevorzugte die Gesellschaft seiner Skier und eines rauchigen Whiskeys irgendwo in einem Country-Club im Norden der USA. Vic hingegen hatte sich in funkelnde Outfits geworfen, Make-up aufgelegt und in Manhattan die exklusivsten und besten Weihnachtspartys besucht und gefeiert – so lange, bis sie endlich vergessen hatte, dass Weihnachten ein Fest der Liebe und der Familie war. Beides hatte sie nicht.

Dieses Jahr war nun alles anders. Sie war irgendwo in der Pampa von Irland. Sie war verheiratet. Und schwanger. Und doch musste sie die Fassade des schnöden verwöhnten Partygirls rauskramen und den Menschen etwas vorspielen. Der einzige Unterschied war, dass es sich hierbei nicht um die arrogante und selbstverliebte New Yorker High Society handelte, sondern um Menschen, die sich umeinander sorgten und, wie William dauernd bekräftigte, ein großes Herz besaßen. Eines, in das sie nicht hineinschlüpfen durfte.

Vic atmete tief durch. »Noch irgendetwas, das ich wissen sollte, bevor wir da reingehen?«

William wandte sich ihr zu, und Vic zwang sich, seinem Blick standzuhalten. Er schüttelte den Kopf. Dann hielt er mitten in der Bewegung inne, der Anflug eines Lächelns huschte über sein Gesicht.

»Sean, mein Bruder …«, setzte er an.

Vic betrachtete ihn aufmerksam.

William senkte den Kopf ein wenig und bedachte sie mit einem aufmunternden Blick. »Es könnte sein, dass er dir bekannt vorkommt.«

Verwirrt blinzelte Vic. Doch bevor sie nachhaken konnte, was William damit meinte, zog er sie mit sich und öffnete die massive grüne Holztür, die scheinbar nicht abgeschlossen war. In einem großen geräumigen Flur, auf dessen Boden unzählige Winterschuhe verteilt lagen und an dessen Wand ein dicker Mantel über dem anderen hing, legten sie ihre Jacken ebenfalls ab. Vic kickte ihre Sneaker von den Füßen, und in schwarzen Socken und mit unsicheren Schritten folgte sie William links durch einen schmalen Gang in eine Wohnküche. Überall hingen rote Weihnachtskugeln, Stechpalmen und Efeuzweige, süße rotweiße Zuckerstangen und kleine goldene Sterne. Zu Vics Rechten befand sich eine große Küche mit allerhand modernen Geräten. Auf der gegenüberliegenden Seite stand ein ellenlanger Tisch, an dem eine ganze Footballmannschaft Platz gefunden hätte. Inklusive Trainerstab.

Wer immer diesen Tisch eingedeckt hatte, hatte es mit viel Liebe zum Detail getan. Feines weißes Porzellan, edle Weingläser und eingerollte weiße Stoffservietten. Eine Girlande aus duftendem Efeu und Tannenzweigen schlängelte sich der Länge nach über die Mitte des Tisches, in regelmäßigen Abständen von dicken weißen Kerzen flankiert. Kleine glitzernde rote und goldene Sterne verteilten sich über den gesamten Tisch. Es war genau das richtige Maß an Dekoration, um für eine gemütliche Weihnachtsfeier einzuladen, ohne es zu übertreiben.

Außerdem roch es fantastisch! Nach gebrannten Mandeln, Lebkuchen, aber auch ein herzhafter Duft strömte Vics neuerdings sehr feinem Geruchssinn entgegen. Neugierig sah sie sich um. Im Ofen schien ein riesiger Truthahn vorbereitet zu werden.

Unzählige laute und lachende Stimmen drangen aus dem angrenzenden Wohnzimmer. Vics Puls beschleunigte sich. Nervös kaute sie auf ihrer Unterlippe herum und betete, ihre Übelkeit möge sie für den Rest des Abends verschonen. Schrecklich, wenn man bereits am ersten Abend darauf kommen würde, warum sie überhaupt hier war. Mit einem Ring an ihrem Finger, der dort gar nicht sein sollte.

William drehte sich zu ihr um. Seine grünen Augen musterten sie in ihren schwarzen Hosen und dem dicken grauen Designer-Pullover. Die Feuchtigkeit machte sich noch immer bemerkbar. Sie würde sich wohl später noch umziehen müssen, dachte sie. William hingegen lächelte ihr aufmunternd und bittend zugleich zu.

»Wir schaffen das. Als Team.«

Vic hätte am liebsten höhnisch gegrinst. Aber ihr war alles andere als zum Lachen zumute. Sie musste sich nicht mit diesen Menschen verstehen, stattdessen sollte sie ihre alte Rolle spielen. Doch noch nie war es ihr so schwergefallen, das zu tun. Ihr fehlte die Kraft dafür. Trotzdem nickte sie und strich sich nervös eine Strähne ihrer inzwischen fast schulterlangen braunen Haare hinters Ohr.

William griff erneut nach ihrer Hand. Sie fühlte seine warme weiche Haut auf ihrer und bemühte sich, die kleinen Funken zu ignorieren, die die Berührung in ihr auslöste. William mochte ihr Ehemann sein, aber sie verband rein gar nichts miteinander. Die persönliche Anziehung, die sie noch am ersten Abend ihres Kennenlernens, damals im November, gespürt hatte, war längst verpufft. Oder sie sollte es wenigstens sein. Vic wusste, wie William für sie empfand, und dennoch reagierte ihr Körper noch auf ihn. Immer wieder war es ihr aufgefallen in den letzten Tagen. Sie hatte es bisher standhaft ignoriert. Und Williams Verhalten kam ihr glücklicherweise entgegen. Solange er sie so verachtete, konnte sie das aufflammende Kribbeln im Keim ersticken. Sie war so schrecklich dämlich! Sie schob es den durcheinandergewirbelten Hormonen zu, die ihren Körper in Beschlag genommen hatten.

Gemeinsam liefen sie schließlich auf den Wanddurchbruch zu, hinter dem sich das Wohnzimmer befand. Er war auf Höhe der Küche angesiedelt, sodass sie bisher noch niemand entdeckt hatte. Dankbar stellte Vic fest, dass es in diesem Haus keine Mistelzweige gab, unter die man das frisch getraute Paar hätte zerren können. Wenigstens ein Theater, vor dem sie sich drücken konnte.

William holte sie enger an seine Seite, legte ihr einen

Arm um die Taille und schob sie mit diesem wunderbaren Lachen, das Vic in den vergangenen Tagen nur ein einziges Mal gehört hatte, ins Wohnzimmer. »Habt ihr noch ein bisschen Platz für uns?«

Ein gutes Dutzend Augenpaare richtete sich strahlend auf sie.

»William!«

»Da bist du ja endlich!«

»Warum hat das so lange gedauert?«

»Wen hast du uns mitgebracht?«

»Wusste jemand, dass William Besuch mitbringt?«

»Seht, seht! William bringt ein Mädchen mit!«

Alle riefen durcheinander, doch jeder von ihnen betrachtete sie freundlich, wenn auch neugierig. Eine ältere Frau mit grauen Haaren und einem liebevollen Blick erhob sich und kam auf William zu. Sie umarmte ihn innig und gab ihm einen Kuss auf die Stirn.

»Willkommen zuhause, mein Junge.«

William rückte nicht von Vics Seite, während er die Umarmung seiner Mutter erwiderte. Vic schaute sich in der kurzen Zeit ein wenig um. Ein riesiges Sofa war Mittelpunkt des Raumes. An den Wänden boten schmale Regale Platz für eine Unmenge an Büchern. In einem steinernen Kamin prasselte ein Feuer und spendete wohlige Wärme. Daneben thronte ein dunkelgrüner duftender Tannenbaum, der mit zahlreichen roten Kugeln und Schleifen geschmückt war. Kleine Zuckerstangen hingen über den Ästen – und eine Girlande aus gebrannten Mandeln. Daher der Duft, den Vic zuvor wahrgenommen hatte.

Und zwischen alldem versammelte sich Williams Familie. Und keiner von ihnen konnte die Neugier zügeln, mit der sie sie betrachteten. Immer noch redeten sie durcheinander und stupsten sich gegenseitig an. Dann verschaffte William sich Gehör.

»Ich weiß, ihr habt es mir nicht zugetraut, aber darf ich vorstellen …« Er betrachtete Vic mit liebevollen Augen. Er sollte sie nicht so ansehen. Er musste, aber sollte es nicht.

Vic wurde schwindelig, doch sie bemühte sich seinen Blick zu erwidern.

»Das ist Vic. Meine Frau.«

Ihr Name klang viel zu vertraut aus seinem Mund. Die Frauen in der Runde schnappten aufgeregt nach Luft. Williams Mutter schlug sich überrascht die Hand auf den Mund und starrte sie mit leuchtenden Augen an. Die Männer hingegen betrachteten Vic mit einem Anflug von Erstaunen und Skepsis. Die Kinder – Vic zählte zwei Jungen und ein Mädchen, alle unter zwölf Jahren – musterten sie voller Interesse. Der Älteste von ihnen erhob als Erster die Stimme.

»Wenn sie deine Frau ist, habt ihr dann geheiratet?« Der Junge war schmal gebaut, aber besaß eine kräftige klare Stimme. Er runzelte die Stirn, und Vic konnte sehen, wie es in seinem Hirn arbeitete.

William nickte, und er verstärkte den Griff um Vics Taille. »So ist es, Liam.«

»Hm …« Der Junge schien mit der Antwort zufrieden zu sein. Dann lachte er. »Also noch ein neues Familienmitglied.«

Dann ging plötzlich ein Ruck durch die Anwesenden. Alle standen auf, erhoben sich von Sofa, Boden, oder wo auch immer sie zuvor gesessen hatten, und kamen auf William und Vic zu, um sie zu begrüßen und zu beglückwünschen.

Ohne richtig wahrzunehmen, wer sie in welcher Reihenfolge und mit welchen freundlichen Worten in der Familie willkommen hieß, ließ Vic die Umarmungen über sich ergehen. Sie hatte schon fast alle von Williams Brüdern durch, als plötzlich ein gut aussehender Mann, der William ähnlich sah, vor ihr stand. Er war etwas schmaler als Vics Gatte, und auf der Nase trug er ein dünnes Brillengestell aus Metall, gerade so dick, dass es die Gläser fassen konnte. Er kam ihr bekannt vor, doch sie wusste nicht, woher. An seiner Seite erschien eine blonde Frau, die nicht viel älter war als Vic.

William übernahm die Vorstellung. »Vic, das sind mein Bruder Sean und seine Freundin Lilly.«

»Willkommen in der Familie.« Sean lachte und nickte ihr

freundlich zu. Und da fiel es Vic wie Schuppen von den Augen. Der Klang seiner Stimme, das charmante Lächeln, die irisch grünen Augen und die fröhlichen Gesichtszüge. Sean O'Sullivan. Natürlich. Der Name. Sie hätte längst darauf kommen müssen. Entgeistert zog sie die Luft ein und starrte Williams Bruder an. Sie war es gewohnt, Promis über den Weg zu laufen. Aber das hier war etwas anderes. Sean O'Sullivan, der hier so entspannt in dem heimeligen Wohnzimmer seiner Eltern stand, gehörte zu den angesagtesten Musikern, die derzeit am Pophimmel schwebten. Er machte Ed Sheeran und Taylor Swift stärkste Konkurrenz, seine Konzerte waren reihenweise ausverkauft. Vic war selbst bei seinem Auftritt im Madison Square Garden in New York gewesen.

Und dann erinnerte sie sich an die Berichterstattung. Sean hatte seine Krankheit, anders als viele Menschen, publik gemacht und sich seither dem öffentlich wirksamen Kampf gewidmet. Erst vor wenigen Wochen hatte Vic ein Porträt über ihn im *Times Magazine* gelesen – *er* war Williams kranker Bruder.

Schockiert rang sie nach Luft. Es war sein Song, *A Wild Girl's Heart*, der ihr verlässlich geholfen hatte, auf den Partys in New York in Stimmung zu kommen und endlich zu feiern, wie man es dort von ihr erwartete. Oh Gott. Sean O'Sullivan war ihr Schwager! *Der* Sean O'Sullivan!

Sie drehte William ihr Gesicht zu und starrte ihn sprachlos an.

Der lächelte. »Ich habe dir doch gesagt, er könnte dir bekannt vorkommen.«

»Das … Das ist nicht …«, stammelte Vic. Plötzlich brach ein erneuter Schwall Übelkeit in ihr hervor. Mit weit aufgerissenen Augen schlug sie sich die Hand vor den Mund und rannte hinaus in die Küche. Schnell blickte sie sich um. Mehr ratend als wissend riss sie den Schrank unter der Spüle auf und fand gerade noch rechtzeitig den Mülleimer, bevor sie sich übergeben musste. Das bisschen Essen, das sie im Flugzeug in sich hineingezwungen hatte, hatte ihren Körper soeben wieder verlassen.

. . .

William spürte die vielsagenden Blicke seiner Familie.

Grinsend rief sein jüngerer Bruder Daniel: »Das ist Sean bestimmt noch nie passiert. Dass sein unwiderstehlicher Anblick eine Frau zum Kotzen bringt. Wobei, Lilly –«

»Daniel! Achte auf deine Wortwahl!«, rief Williams Mom und funkelte ihren Sohn rügend an, während der Rest der Familie sich ein Schmunzeln verkniff.

Sean grinste kurz, dann runzelte er besorgt die Stirn. »Alles okay mit ihr?«

Seine Augen folgten Vic in die Küche.

»Der Jetlag. Wir waren ziemlich lange unterwegs«, murmelte William. »Ich … bin gleich wieder da«, entschuldigte er sich und lief Vic in die Wohnküche hinterher. Ihr Anblick war herzzerreißend. Mit durchgestreckten Armen stützte sie sich am Rand der Spüle ab, ihr Kopf hing erschöpft durch, und ihre Schultern waren angespannt, so als würde sie einen überdimensionalen Jutebeutel mit Weihnachtsgeschenken tragen und dem Weihnachtsmann bei seinem Job helfen. Sie wirkte so zerbrechlich und gleichzeitig irgendwie tough. Vielleicht kam es ihm nur so vor, aber Vic war stärker, als sie womöglich selbst wusste.

»Hey, alles okay?« Vorsichtig beugte er sich über Vic und legte eine Hand auf ihren Rücken. Kaum merklich zuckte sie zusammen, trotzdem ließ William seine Finger, wo sie waren.

»Ich würde ja behaupten, mir geht es blendend. Aber dann hältst du mir wieder vor, wie schlecht ich lüge. Was langsam echt zum Paradoxon wird, aber das ist ein anderes Thema. Insofern …« Ihre leise Stimme glich einem Krächzen. Mühsam richtete sie sich auf und wusch sich Hände und Mund mit Wasser ab.

Sie deutete auf den Mülleimer. »Den sollte ich vielleicht rausbringen …«

»Mach dir keine Gedanken, ich kümmere mich darum.«

Schließlich wandte sie sich ihm zu und schielte über seine Schulter zum Wohnzimmer hinüber. Entmutigt schüttelte sie den Kopf. »Sie wissen es, nicht wahr? Es ist so offensichtlich …«

William wollte ihr widersprechen. Allein um diesen traurigen Ausdruck aus ihrem Gesicht zu entfernen, aber er wusste, dass sie recht hatte. Langsam nickte er. »Ich fürchte, wir müssen unsere Story vorzeitig ändern.«

»Großartig.« Vic nickte. »Weihnachten wird immer besser. Mit jeder Stunde, die ich in diesem Land verbringe. Ehrlich.«

»Wir kriegen das schon hin«, murmelte William und umarmte Vic. Er wusste, wie viele Augen sie heimlich beobachteten. Er musste den liebenden Ehemann geben. Selbst wenn Vics Schwangerschaft früher als geplant zu Tage kommen würde.

Er spürte, wie Vic sich unter seiner Berührung versteifte. Für einen Moment dachte er zurück an die Nacht, die ihnen all das eingebrockt hatte. Er erinnerte sich, wie gut Vic sich angefühlt hatte. Ihre seidige Haut, die unersättlichen von Karamell durchzogenen Augen und diese weichen Fingerspitzen, die ihn immer noch in Aufruhr brachten, wenn er sie nur ansah. Schnell verdrängte er die Gedanken daran und konzentrierte sich auf das Hier und Jetzt.

Vorsichtig löste er sich von Vic und musterte ihre müden Augen. »Für heute belassen wir es trotzdem dabei.«

Kritisch sah sie zu ihm auf. »Wobei?«

»Meine Familie ist neugierig, aber sie besitzt einen gewissen Anstand. Sie werden nicht danach fragen, bevor wir es ihnen nicht erzählen.«

»Wann willst du es ihnen dann sagen?«

William überlegte. »Morgen. Verpacken wir es ihnen als Weihnachtsgeschenk.«

Vic sah ihn mit einem Anflug von Sarkasmus an. »Sehr kreativ.«

Er lächelte unwillkürlich. »Wirst du es überleben, mit meinem Bruder an einem Tisch zu speisen?«

»Du meinst Sean? Deinen berühmten Bruder? Den Star, der mit seinem aktuellen Album auf dem besten Weg ist, neue Rekorde zu brechen? *Diesem* Bruder?«

Erleichtert bemerkte William, dass sie ihn anfunkelte.

Ein amüsiertes Grinsen legte sich auf sein Gesicht. »Oh, den? Nein, ich meinte eigentlich Cillian. Meinen ältesten Bruder. Er kann …«

Vic knuffte ihn mit der Faust in den Magen. »In der Hölle sollst du schmoren, William O'Sullivan. In der Hölle …«

William sah, wie Vics Gefühle um die Vorherrschaft kämpften. In jedem ihrer feinen Gesichtszüge machte sich der Wettstreit bemerkbar. Sie war enttäuscht, sauer, amüsiert und wollte ihn hassen, schaffte es aber nicht. Dabei hatte sie allen Grund dazu. William war ein mieser Bastard. Er kannte seine Familie, sie würden es Vic nicht leicht machen, sich ihnen zu entziehen. Bei den O'Sullivans gab es zu viel Liebe zu verschenken. Und ein Nein akzeptierten sie nicht. Nicht, wenn es um das Wohl der Menschen um sie herum ging.

Familie. Das war das Erfolgsgeheimnis der Traditionsbrauerei. Der Zusammenhalt, die Aufrichtigkeit und die Liebe, die die O'Sullivans einander und völlig Fremden entgegenbrachten, waren neben dem geheimen Cider-Rezept, das Generation für Generation weitergegeben wurde, der Schlüssel. William war sein Leben lang damit aufgewachsen.

Er schaute rasch über seine Schulter und begegnete dem Blick seiner ältesten und einzigen Schwester, Clare. Aufmerksam musterte sie ihn und ihre neue Schwägerin über ihr Glas hinweg, doch trotz der Skepsis und der Ahnung, die in ihren grünen Augen lag, spürte William bereits, wie sich etwas in ihr regte. Der Kümmerkomplex. Sie wusste, dass etwas nicht stimmte. Dennoch nickte sie ihm liebevoll schmunzelnd zu.

Plötzlich ertönte die freche Stimme seines jüngeren Bruders Finn. »Will, was ist los bei euch? Kaum angekommen und schon enthältst du uns unsere Schwägerin vor?«

Zustimmung und fröhliches Gelächter drangen aus dem Wohnzimmer zu ihnen.

Für einen kurzen Moment schloss William die Augen. Dann wandte er sich wieder Vic zu, die, wie es schien, versuchte, auf Abstand zu ihm zu gehen. Allerdings gestaltete sich das etwas schwierig, da sie zwischen William und der Küchenanrichte eingeschlossen war.

Nervös blickte sie zu ihm auf. »Wir sollten zurückgehen. Deine Familie hat dich – wie lange nicht gesehen? Sie werden wissen wollen, was … was in dieser Zeit passiert ist.« Sie hob ihre Hand und begutachtete den schmalen Ring, den er in New York auf die Schnelle für sie besorgt hatte. Er saß nicht perfekt, aber er rutschte nur leicht. Trotzdem beschloss William, demnächst mit ihr nach Dublin zu fahren und ihn anpassen zu lassen.

Vic schaute wieder zu ihm. »Sie werden wissen wollen, wie eine verwöhnte Amerikanerin das Herz ihres geliebten Williams erobern konnte, nicht? Zumindest bevor sie ihm ein Kind untergeschoben hat.«

Sie versuchte ihm einen arroganten Blick zuzuwerfen, aber es gelang ihr diesmal nicht. So, als hätte sie es plötzlich verlernt.

Sie wollte bereits wieder ins Wohnzimmer gehen, doch William hielt sie zurück.

»Warte noch kurz.« Er ging zwei Schritte hinüber zum anderen Ende der Küche, wo er zuvor eine unscheinbare Tasche abgestellt hatte. Dann nahm er eine kleine durchsichtige Tüte heraus, die mit einer braunen Kordel zugebunden war. Leise kehrte William zurück zu Vic und reichte ihr den Gegenstand.

Irritiert betrachtete sie erst ihn und dann die Plastikverpackung. »Was ist das?«

William räusperte sich. »Ich dachte, du könntest ein wenig Nervennahrung gebrauchen.« Er lächelte vorsichtig. »Frohe Weihnachten.«

Vic schaute genauer hin und riss erstaunt ihre Augen auf. »Sind das … Sind das die Mandeln aus dem Pub in Greenwich?«

William nickte. »Du hast an unserem ersten Abend dort bestimmt zwei Schüsseln davon geleert. Auch wenn ich es immer noch seltsam finde, dass man so viel Zucker plötzlich mit Salz zusammenbringt. Aber egal, du mochtest sie. Daher dachte ich …«

Er ließ den Satz verklingen und musterte seine Frau.

»Danke.« Ein mildes Lächeln huschte über ihre Gesichtszüge. Dann glitt ihr Blick zu den gebrannten Mandeln in ihrer Hand. Leise meinte sie: »Die haben einen ziemlich weiten Weg hinter sich.«

»So wie du.«

Vic hob ihren Kopf und nickte abrupt. »Wir sollten deine Familie nicht länger warten lassen.«

Sieben

Drei Stunden später half William seinen Eltern, die Teller vom Esstisch einzusammeln und in die Küche zu bringen. Wie jedes Jahr hatte Rose O'Sullivan, seine Mom, den besten Truthahn zubereitet, der zu Weihnachten in Irland serviert wurde. Dazu gab es wie immer selbstgemachte Preiselbeersoße und gekochte Kartoffeln. Zum Dessert tischte dieses Jahr sein ältester Bruder Cillian auf. Keine Mince Pies wie sonst. Die Gebäckstückchen, die normalerweise mit einer Fruchtmischung gefüllt waren, hatte er diesmal mit einer Mandelhonigmasse versehen. Seitdem Cillian vor einigen Jahren neben der Cider-Produktion mit der professionellen Imkerei begonnen hatte, drückte er der Familie bei jeder Gelegenheit neue Honigkreationen aufs Auge. William liebte ihn dafür. Es war etwas Besonderes, das es eben nur bei ihnen gab.

William stellte den Stapel schmutziger Teller auf die Anrichte und blickte hinüber zum Esstisch. Alle waren da. Seine jüngeren Brüder Conor, Finn und Daniel. Cillian und Clare, die Zwillinge und Ältesten der Familie. Und natürlich Sean, der Zweitälteste. Neben James und den Kindern seiner Schwester, Kelly und Ronan, saßen Liam und Aeryn am Tisch. Der zehnjährige Sohn von Cillian und die berühmte Irish Dance Queen, die sich zwei Jahre nach dem Tod von

Cillians Frau in das Herz seines Bruders getanzt hatte. Williams Blick glitt ans Ende des Tisches, wo Lilly neben Vic saß. Die Freundin seines Bruders und Weltstars Sean.

Der legte gerade den Arm um Lilly, und William spürte ein weiteres Mal die Dankbarkeit in sich aufsteigen, dass sein Bruder eine Frau gefunden hatte, die ihn durch all die schweren Zeiten begleiten und für ihn da sein würde. Sie gab ihm Kraft und Sicherheit. Etwas, das Sean mehr denn je brauchen würde. Erleichtert hatte er außerdem festgestellt, dass es Sean derzeit wohl tatsächlich verhältnismäßig gutging. Von seinem letzten Schub schien er sich erholt zu haben. Er strotzte vor Energie und Lebensmut, wie William in den vergangenen Stunden erfreut bemerkt hatte.

Auf einmal hörte William die tiefe Stimme seines Vaters neben sich. Declan O'Sullivan. Er zählte zu den aufrichtigsten Menschen, die William kannte. Gleichzeitig strahlte er stets eine unglaubliche Ruhe aus und gab einem das Gefühl, alles im Leben würde sich fügen. Wenn der Zeitpunkt reif dafür war. William wünschte, er hätte dieses Vertrauen in das Schicksal.

»Macht sie dich glücklich?«

William schluckte und bemühte sich um den passenden Ton. »Sehr glücklich.«

»Dann hast du sie deshalb geheiratet?« In Declans Stimme schwang keinerlei Vorwurf mit. Keine Neugier. Nur die ehrliche Liebe eines Vaters, der seinen Sohn in guten Händen wissen wollte.

William nickte. »Es hat sich richtig angefühlt.«

»Sieht sie das auch so?«

»Sonst hätte sie wohl kaum Ja gesagt, oder?« William lächelte seinen Vater an. »Der Jetlag hängt ihr noch etwas an. Außerdem ist sie den vielen Regen nicht gewöhnt.«

Declan schmunzelte. »Sie werden in New York wohl Regen haben.«

»Vic steht mehr auf der Sonnenseite des Lebens. Der Regen könnte ihr Outfit ruinieren.« William grinste optimistisch. »Sie wird sich dran gewöhnen.«

»Das wird sie«, pflichtete sein Vater ihm bei und klopfte seinem Sohn kameradschaftlich auf die Schulter.

In diesem Augenblick hörte William ein herzliches Lachen auf der anderen Seite der Wohnküche. Er schaute auf und sah Vic, die ihre nassen Klamotten gegen einen weinroten Wollkragenpullover und eine weiße Jeans getauscht hatte. Schmale glitzernde Armreifen blitzten unter den weiten Ärmeln hervor. Sie schien sich mit der neunjährigen Kelly und seinem Neffen Liam zu unterhalten. Amüsiert strich sie sich eine Strähne hinters Ohr und hörte den beiden zu. Als ihre Augen auf Williams Blick trafen, stockte ihr Lachen. Einen Moment lang starrte sie ihn an, dann wandte sie sich wieder den Kindern zu und flüsterte ihnen etwas ins Ohr. Die kicherten daraufhin und verzogen sich ins Wohnzimmer.

Vic schaute den beiden hinterher, und William erkannte die Sehnsucht in ihren Augen. Wieder kroch das schlechte Gewissen in ihm hoch. Sein Blick glitt zu Lilly und seinem Bruder Sean, die gleich neben Vic saßen und sich angeregt und grinsend unterhielten. Man sah ihnen an, wie glücklich sie waren. Trotz allem. Das Jahr war so schwer gewesen. Die Diagnose, die Schübe und Behandlungen und zwischen alldem hatten die beiden gegen ihre größten Ängste gekämpft und sich für die Liebe entschieden.

Williams Hals wurde rau, und er verdrängte sein Gewissen. Es war hart, aber richtig. Seine Familie sollte sich nicht an Vic gewöhnen, nur um in einigen Monaten das Ende seiner Ehe bedauern zu müssen.

Während William die Teller an seine Mutter weiterreichte, wanderte Clare von ihrem Platz am Ende des Tisches hinüber zu Vic. Er konnte nicht hören, worüber die beiden sprachen, doch er bemerkte den achtsamen Blick seiner Schwester – und Vics loyalen Versuch, sich an ihr Versprechen zu halten.

Gelangweilt nahm sie ihr Wasserglas in die Hand, spielte ein wenig damit herum und fuhr sich gleichgültig durch die schulterlangen Haare. Freundlich erwiderte sie etwas zu seiner Schwester, winkte dann jedoch ab und gab sich – ganz die Großstädterin – leicht überheblich.

William räumte den letzten Teller in die Spülmaschine, ging auf die beiden zu und setzte sich ihnen gegenüber, gerade als Vic ihre Erzählung beendete.

»… hat darauf bestanden. Ich habe noch nie viel für das Landleben übrig gehabt. Es ist mir irgendwie zu … eintönig.«

Clare lächelte verständnisvoll. »Ja, man muss sich dran gewöhnen. Aber wenn man sich drauf einlässt, ist es gar nicht so schlimm. Und Dublin ist ja nicht weit weg, falls dir mal nach ein wenig Stadtluft zumute ist.«

Vic wirkte nicht überzeugt. »Ich bezweifle, dass Dublin mit New York mithalten kann.«

Frech grinsend wandte Clare sich an ihren Bruder. »Wie willst du Vic das irische Leben schmackhaft machen? Sie scheint anderes gewohnt zu sein …«

William nickte und tat, als würde er überlegen. »Na ja, also, das beste Argument hat sie ja bereits bekommen, indem …«

»… ich dich geheiratet habe?« Vic musterte ihn abschätzend. Arrogant schüttelte sie den Kopf. »Ich weiß nicht, ob das wirklich ausreicht, wenn ich mir das Wetter hier so ansehe.«

»Hört, hört!«, warf Clare amüsiert ein.

William funkelte seine Gattin herausfordernd an. »Ich habe dir ja gesagt, du sollst das wasserfeste Make-up einpacken.«

Spöttisch grinste Vic ihn an. »In meinem Repertoire gibt es *nur* wasserfestes Make-up. Apropos …« Sie stellte ihr Glas zurück auf den Tisch und erhob sich. »Ihr entschuldigt mich einen Moment?«

William sah Vic nach, die Richtung Flur verschwand. Sie wirkte müde. Sobald sie wieder da war, würden sie sich zurückziehen, nahm William sich vor. Die Reise war anstrengend genug gewesen. Vic hatte es mehr als verdient, sich auszuruhen.

Cillian, Williams ältester Bruder, gesellte sich zu ihnen und grinste verschmitzt, als er sich setzte. »Und du bleibst dabei, Will?«

William sah auf. »Bei was?«

»Dass ihr euch in einem Pub kennengelernt habt …« Cillians Augen blitzten. »Vic scheint mir nicht der Typ zu sein, der abends ein Pint hebt und auf rustikale Atmosphäre steht.«

Genau diesen Eindruck sollte Vic vermitteln. Sie tat also genau das, was William von ihr verlangte. Trotzdem fühlte er sich plötzlich bemüßigt, sie in Schutz zu nehmen. Er zügelte seinen Reflex und bediente stattdessen das Bild, das seine Familie von Vic bekommen sollte.

»Sie hat einer Freundin einen Gefallen getan. Freiwillig hätte sie vermutlich niemals einen Fuß in den Pub gesetzt.« William gab vor zu lächeln.

Sean mischte sich von nebenan in das Gespräch ein. »Was ich immer noch nicht verstehe – wie lange seid ihr ausgegangen, bevor du ihr den Antrag gemacht hast? Bist du nicht quer durch die Staaten gereist? Wie habt ihr euch dabei kennenlernen können?«

»Ich hatte zwischendurch ein bisschen freie Zeit, die ich in New York verbracht habe und die wir … intensiv genutzt haben.« Ein Schmunzeln legte sich auf seine Lippen, von dem er hoffte, es würde weitere Fragen seiner Geschwister im Keim ersticken.

Seine Schwester und seine beiden älteren Brüder besaßen zu viel Anstand, um diesen Kommentar zu hinterfragen. Dennoch ließ Cillian sich hinreißen.

»Das ist es, was euch verbindet? Eine kurze … intensive Zeit?«

William hörte die leisen Zweifel in der Stimme seines Bruders. Er wusste sie zu schätzen, trotzdem hoffte er, sie zerstreuen zu können. Bekräftigend schüttelte er den Kopf.

»Nein, zwischen uns … Das ist mehr. Viel mehr.«

. . .

Vics kurze Pause auf der Toilette hatte nicht ansatzweise dafür gesorgt, dass sie sich erholt fühlte. Sie war müde und spürte die Anstrengungen des Tages in jedem Knochen ihres Körpers. Glücklicherweise gewährte ihr die Übelkeit eine Schonfrist. Aber sie war sich sicher, dass sie schon bald wieder zuschlagen würde. Wann würde das endlich nachlassen?

Leise seufzte Vic. Williams Familie war schrecklich herzlich. Sie hatten sie während des Essens zwar mit neugierigen Fragen gelöchert, waren aber nie unverschämt gewesen. Nicht mal als Vic ihre Rolle ausgefüllt und mit kurzen, überheblichen Bemerkungen geantwortet hatte.

Vielmehr bemerkte Vic, wie sie ihr eine gehörige Portion Wohlwollen entgegenbrachten. Trotz ihres großspurigen Verhaltens. Gleichzeitig fiel ihr auf, wie sehr die Familie aufeinander achtete. Williams Eltern ebenso wie seine Geschwister. Sie umgaben ihn wie ein riesiges Sicherheitsnetz, immer bereit, ihn vor dem freien Fall zu bewahren.

Sie lächelten Vic zu, bezogen sie in ihre Gespräche ein und bedachten sie mit interessierten Blicken. Ihren Argwohn und die Skepsis – beides wäre angebracht gewesen – hielten sie von Vic fern. Nur in seltenen unbedachten Momenten spürte Vic das Misstrauen, das in manchen Gesichtern lag. Doch ebenso schnell wurde dies von einem fröhlichen, aufrichtigen Lachen übertönt.

Vic fühlte sich schrecklich, einer solch zauberhaften Familie ein derartiges Theater vorzuspielen. Sie atmete tief durch und zwang sich in die Wohnküche zu gehen. Es war bereits später Abend, und sie hoffte, die Familienfeier bald verlassen zu können. Sie wollte sich unter einer dicken Decke verkriechen und ihr Leben ignorieren.

Auf leisen Sohlen kehrte sie zurück und hörte Williams sanfte Stimme, als sie hinter seinem Rücken auftauchte.

»Nein, zwischen uns … Das ist mehr. Viel mehr.« Er machte eine kurze Pause. Dann fuhr er fort: »Sie hat dieses gewisse Etwas. Wisst ihr, was ich meine?« Er blickte von einem seiner Geschwister zum anderen, die sich alle schrecklich ähnlich sahen. Die Verwandtschaft konnten sie bei den durchgängig grünen Augen und den honigbraunen Haaren kaum bestreiten. Und auch ihre Mimik und Gestik – Vic kam nicht umhin, Mal um Mal festzustellen, wie ähnlich sich die O'Sullivan-Geschwister waren. Währenddessen hörte sie Williams Stimme fortfahren. »Sie bringt mich in den seltsamsten Momenten zum Lachen und steckt voller Widersprüche. Ohne zu fragen, hat sie mein Leben auf den Kopf gestellt, und … das war gut so.« Seine Stimme wurde leiser. »Ich habe sie gesehen und wusste, das ist sie. Die eine.«

Vics Herz krampfte sich zusammen. Hätte sie es nicht besser gewusst, sie hätte William jedes seiner Worte geglaubt und ihn für einen unvorstellbaren Romantiker gehalten. Doch sie wusste es besser. Viel besser.

Eine Gänsehaut überzog sie, und vor ihrem inneren Auge tauchte der entsetzte und schockierte Gesichtsausdruck von William auf, als sie ihm mitten im Schneegestöber von ihrer Schwangerschaft berichtet hatte. Dieser William, der sie kurz darauf in eine Ehe gedrängt hatte, die nur Theater war. Dieser William passte nicht mit dem überein, den Vic nun hörte. Sie gab sich keiner Illusion hin. William war ein guter Kerl. Irgendwie. Was er tat, tat er aus Verantwortungsgefühl. Dem ungeborenen Kind gegenüber. Seiner Familie gegenüber. Und irgendwie auch ihr gegenüber. Auch wenn Vic dabei ordentlich auf der Strecke blieb. Aber vielleicht sollte sie dieses Los auch tragen. Sie hatten sich unter falschen Umständen wiedergetroffen. Wer wusste schon, was aus ihnen hätte werden können, wäre die Schwangerschaft nicht gewesen.

Vic schluckte. Es brachte nichts, darüber nachzudenken. Die Dinge waren, wie sie waren, und ließen sich nicht ändern. Und sie würde nicht den Fehler ihrer Mutter wiederholen, jahrelang auf die Liebe und Aufmerksamkeit des Mannes zu hoffen, den sie in die Falle gelockt hatte. Wenngleich sie ebendas nicht getan hatte. Nicht freiwillig.

Die Blicke von Williams Geschwistern sprachen Bände. Sie glaubten ihm. Damit dürfte er sein Ziel erreicht haben. Er wirkte wie der verliebte irische Junge, der das Herz an sie verloren hatte. Nun musste sie ihrer Rolle gerecht werden. Sie hatte es William versprochen.

Sie näherte sich von hinten und legte William ihre Hände auf die Schultern, bevor sie sich schließlich neben ihm niederließ. Sie setzte ein spöttisches Grinsen auf. »Dabei wissen wir doch alle, dass es die eine oder den einen nicht gibt. Alles nur eine Frage der Zeit.«

Clare musterte sie mit dem Blick einer Löwenmutter. »Du glaubst nicht an die Liebe?«

Vic schüttelte den Kopf. »Nicht so wie die meisten Menschen.«

»Und das wäre?« Sean betrachtete sie skeptisch.

Vic riss sich zusammen und schenkte William die Worte, die er von ihr hören wollte. Worte, die seine Familie an ihr zweifeln ließen. Sie hasste sich für ihren nächsten Satz, aber es war die Rolle, die man ihr zugedacht hatte.

»Liebe macht uns schwach. Sie macht uns verletzlich. Alle Welt behauptet, sie macht uns stark. Aber das stimmt nicht. Liebe ist eine Illusion, die mit der Zeit nur Schmerz verursacht.«

Stille legte sich plötzlich über den Esstisch. War die restliche Familie gerade noch in ein halbes Dutzend Gespräche vertieft gewesen, starrten sie nun alle an. Augenbrauen hoben sich, Stirnen runzelten sich, und Blicke wanderten zwischen Vic und William hin und her.

Sie wandte William den Kopf zu und bemühte sich um ein liebevolles Lächeln. »Aber William war es wert, diese Illusion einzugehen.« Aufatmen am Tisch, doch Vic legte noch einmal nach und nahm den O'Sullivans jegliche Vorstellungen einer Ehe mit Happy End. »Zumindest eine Zeit lang.«

In Vic wehrte sich alles gegen das eben Gesagte, doch sie hatte es so formulieren müssen. Kaum merklich nickte William ihr zu, während sein Blick voller Liebe für sie wirkte. Ein Gefühl, das sie niemals von ihm zu spüren bekommen würde. Vic war sich der Realität in diesem Moment nur allzu bewusst. Mit aller Macht verdrängte sie die Tränen, die sich aus ihren Augenwinkeln mogeln wollten.

Kurz bevor die Stille um sie herum unerträglich wurde, sprang Clare in die Bresche.

»Wo schon so viel Liebe in der Luft liegt – Sean, Lilly, habt ihr schon einen Namen?«

William riss den Blick von Vic los und sah fragend zu seinem Bruder. »Einen Namen? Wofür?«

Lilly und Sean lächelten sich geheimnisvoll an, dann wandte Weltstar Sean O'Sullivan sich ihnen zu. »Wir erwarten ein Kind.«

Ein Sattelschlepper. Auf eisig verschneiten Straßen. In Höchstgeschwindigkeit raste er auf Vic zu. Die Bremsen versagten ihren Dienst, und so rauschte er ungehindert in sie hinein. Sie spürte, wie der Aufprall sie durch die kalte Luft wirbelte. Höher und immer höher. Und dann mit einem Mal riss die Schwerkraft sie zu Boden. Ein harter, heftiger Schmerz durchzuckte sie.

Erstarrt blickte sie neben sich zu William. In seinen grünen Augen lag so viel Wärme. So viel Zuneigung. So viel Liebe. Ein Lachen breitete sich auf seinem Gesicht aus. Aufrichtige Freude und pure Dankbarkeit. Er schob seinen Stuhl zurück, umrundete den Tisch und umarmte seinen Bruder und dessen Freundin.

»Das ist großartig! Meinen Glückwunsch! Wieso habt ihr nicht schon früher etwas gesagt?« Nichts hätte das Strahlen aus seinen Augen entfernen können. Rein gar nichts.

Vic fühlte sich verraten. Ihr war klar, dass dies hier ganz andere Umstände waren. Die Menschen, um die es ging. Die Liebe, die sie zueinander hegten. Die Krankheit, die alles überschattete. Und obwohl sie wusste, dass es ihr nicht zustand, jene Emotionen für sich zu beanspruchen – hätte William doch nur mit einem Bruchteil dieser Freude auf ihre Schwangerschaft reagiert.

Ein Hundertstel davon wäre immer noch überraschend großzügig gewesen. Aber es hätte ihr Sicherheit gegeben. Mehr Sicherheit als eine überstürzte Ehe, ein Umzug in ein fremdes Land und eine Rolle, die sie nicht spielen wollte.

Erneut gab sie sich alle Mühe, ihre Tränen zu unterbinden. So unauffällig wie möglich atmete sie tief durch. Niemandem war geholfen, wenn sie hieraus eine Szene machte. Auch wenn tief in ihr drin ein winziger Wunsch danach erklang. Sie wollte William anschreien. Ihm vorwerfen, sich über sein eigenes Kind nicht annähernd so zu freuen wie über seinen Neffen oder seine Nichte. Sie wollte ihm zeigen, wie ungerecht sie sich behandelt fühlte, wie einsam sie war. Wie unglücklich. Und wie viel Angst ihr das alles machte.

Aber nichts davon tat sie. Stattdessen erbrachte sie eine Oscar-verdächtige Leistung. Sie schwang sich ein fröhliches Lächeln auf die Lippen und folgte Williams Beispiel. Nicht mit einer Umarmung – so weit war sie noch nicht. So weit war ihre Rolle noch nicht.

»Herzlichen Glückwunsch! Wisst ihr schon, was es wird?« Vic gab sich größte Mühe, ehrliche Freude auszustrahlen, während sie versuchte, sich von dem unerwarteten Aufprall zu erholen.

Lilly schüttelte ihre blonden Locken. »Nein, dafür ist es noch zu früh.«

»Wie weit bist du?«, erkundigte sich Vic.

»Ende dritter Monat. Wir wollten es eigentlich noch gar nicht verraten, aber dieser Familie kann man einfach nichts vormachen.« Sie lachte.

Es war so absurd. Lilly und Vic schienen im Verlauf ihrer Schwangerschaft fast gleichauf zu sein. Vic war inzwischen am Ende der neunten Woche. Lilly war also nicht mal einen knappen Monat voraus. Vic hob den Kopf und sah zu William. Er begegnete ihrem Blick, und Vic spürte, wie er mit sich rang. Würde er die Bombe etwa doch schon heute Abend platzen lassen? Nein. Diesen Moment würde er seinem Bruder nicht nehmen. Niemals. So gut kannte Vic ihn inzwischen.

Kaum merklich schüttelte sie den Kopf. Die Nachricht von Lillys Schwangerschaft war etwas Gutes. Etwas Positives. Etwas, das dieser Familie Kraft gab. Vics Zustand hingegen würde die fröhliche Stimmung zum Kippen bringen. Es wäre nicht richtig, es heute Abend zu erzählen. Vic hoffte, William würde zu dem gleichen Schluss kommen. Und tatsächlich. Er nickte leicht, lächelte sie dankbar an und wandte sich dann wieder seinem Bruder zu.

Ein Stich bohrte sich durch Vics Brustkorb. Die nächsten Monate würden noch viel schwerer werden, als sie es sich je hätte ausmalen können.

Acht

STUNDEN SPÄTER, es war schon weit nach Mitternacht, schlug Vic die Bettdecke leise zurück, schnappte sich ihren Strickpulli, den sie zuvor auf dem Sessel nahe dem Bett abgelegt hatte, und tapste hinunter ins Erdgeschoss. Dunkel und verlassen lagen Wohnzimmer und Küche vor ihr. Sie befand sich nicht länger im Haus der O'Sullivans. Zumindest nicht von Williams Eltern. Schon bald nach Lillys und Seans Ankündigung waren Vic und William gemeinsam mit seinem ältesten Bruder Cillian und dessen Familie aufgebrochen. Einen Steinwurf vom Hof entfernt besaß diese ein ausgebautes Cottage, in dessen Gästezimmer sie und William zunächst bleiben sollten.

Ja, genau. *Ein* Gästezimmer. Aber klar, sie waren ja auch verheiratet. Hätte Vic auf ein separates Zimmer bestanden, wären sämtliche Alarmglocken, die nicht sowieso schon schrillten, bei den O'Sullivans ertönt. Stumm hatte Vic diese Nachricht also ertragen und sich gefügt. Was auch sonst.

Obwohl die Reise und die Schwangerschaft sie vor Müdigkeit und Erschöpfung lähmten, konnte sie nicht schlafen. Zuhause in New York wäre es bereits Abend gewesen. Es lag also nicht am Zeitunterschied. Sie war kaputt und hätte tagelang durchschlafen können. Nein, ihr Kopf hielt sie wach. Ihre Gedanken wollten einfach nicht still sein.

Leise öffnete Vic die Schränke in der Küche. Erst beim

dritten Anlauf fand sie ein Glas, hielt es unter den Wasserhahn und trank einen kalten Schluck Wasser. Es schmeckte anders als zuhause. Irgendwie frischer.

Dann lief sie hinüber auf die gegenüberliegende Seite des Raumes. Hinter der großen Kücheninsel eröffnete sich eine gemütliche Wohnlandschaft in U-Form mit dutzenden weichen Kissen, einem schmalen Couchtisch in der Mitte und dahinter einem überdimensionalen Flachbildfernseher an der Wand, die aus rohem Backstein bestand. Viel mehr erkannte Vic im Dunkeln nicht.

Vorsichtig ging sie zum linken Ende des Sofas und setzte sich, den Rücken zum Wohnraum. Ihr Blick glitt hinaus durch die riesige Fensterfront. Karge Bäume beugten sich dem aufkommenden Wind, und dicke Regentropfen klatschten an die Fenster. Das Wetter hatte sich nicht gebessert. Es regnete in Strömen – und es wirkte nicht, als würde sich das in den nächsten Stunden ändern. Willkommen in Irland.

Das Geräusch des klopfenden Regens hatte etwas Beruhigendes. Dabei hätte es Vic eher gruseln sollen. Die Dunkelheit, die fremden Geräusche des Hauses, der Wind, der um die Ecken blies. Aber das tat es nicht. Stattdessen hüllte es Vic ein, wie ein alter Freund, der gekommen war, um sie zu trösten. Sie zog die Füße eng an sich, stellte das Glas auf den Fußboden und starrte hinaus in die Weihnachtsnacht.

Williams Gesicht tauchte vor ihrem inneren Auge auf. Der Moment vor wenigen Stunden, als er von Seans Vaterfreuden erfahren hatte. Wieder fühlte sie diesen Stich in ihrem Herzen. Aber mal ehrlich, was hatte sie erwartet? Natürlich würde sich ihr Ehemann über den Nachwuchs seines Bruders freuen. Besonders, wo dieser es in diesem Jahr so schwer gehabt hatte. Sich für ein Kind zu entscheiden, trotz der Multiplen Sklerose, bei der man nie wusste, wie sie voranschreiten würde – das war mutig. Und bewundernswert. Lilly musste eine unfassbar starke Frau sein, wenn sie sich darauf einließ, dachte Vic. Und sie wünschte, sie wäre ebenso tough. Aber das war sie nicht.

Sie musste der Realität ins Auge sehen. Ehrlich und

aufrichtig. Sie hatte Angst. Vor allem, was sie erwartete. Vor der weiteren Schwangerschaft. Vor der Zeit mit William. Vor dem Theater, das sie den O'Sullivans vorspielen sollte. Vor der Geburt. Vor dem Moment, wenn man ihr das Kind in die Arme legen und sie plötzlich für ein kleines menschliches Wesen Verantwortung tragen würde. Sie hatte so schreckliche Angst.

Ein Kind zu gebären, dazu gehörte mehr als der Wunsch, Mutter zu werden – was Vic ja noch nicht mal hatte sein wollen. Schwanger zu sein, bedeutete fortan nicht nur für sich selbst zu sorgen, sondern auch für das Kind. Alles, was einem selbst widerfuhr, wurde ein Teil des Babys. Liebe, Stress, Angst und Wut. Lachen, Weinen, Aufregung und Trauer. All das würde das Kind in ihrem Leib spüren. Vic war überzeugt davon.

Und dann war da noch der ganze Rest. Ein Leben mit Kind war etwas völlig anderes. In Zukunft standen die Bedürfnisse dieses kleinen Wesens im Mittelpunkt. Vics Entscheidungen fielen nicht länger nur auf sie zurück. Sie trug Verantwortung. So viel, wie man in einem Leben nur tragen konnte.

Vic erschauderte. Sie war nicht bereit dafür. Sie wollte nicht in Selbstmitleid ertrinken, doch es war so. Sie schaffte es ja nicht mal, sich gegen ihren Gatten zu behaupten – der überhaupt nur ihr Mann geworden war, weil sie augenscheinlich nicht in der Lage war, für sich selbst zu sorgen. Mit neunundzwanzig! Was war sie für eine Frau, die auf die Almosen und den guten Willen eines Mannes angewiesen war? Eine Schande für all die emanzipierten Frauen dieser Welt. Vic seufzte leise auf.

Doch der größte Verräter in dem ganzen Desaster war ihr Körper. Man sollte meinen, die Schwangerschaft würde ihn ausreichend beschäftigen, aber von wegen. Ihre Hormone sprühten fleißig Funken, und obwohl sie William mit vernichtenden Blicken strafen sollte, für das, was er von ihr verlangte, und für die wechselhaften Seiten, die er ihr zeigte, so war ihr Körper immer noch der Meinung, bei seinem Anblick und besonders seinen Berührungen Schmetterlinge durch ihren Bauch fliegen zu lassen. Nein, sie war nicht verliebt. Diesen kleinen Fliegern lag lediglich eine körperliche Anziehung zugrunde. Was sowieso schon schlimm genug war!

Vic würde sich am liebsten dafür ohrfeigen. Nur, dass das rein gar nichts ändern würde. Wie konnte sie innerlich nur so auseinanderdriften? Ihr Verstand wollte so weit weg wie nur möglich von diesem Mann, während ihr Körper sich nach jeder noch so kleinen Begegnung sehnte. Sie stellte eine ganz neue Form von selbstzerstörerischen Zügen dar. Großartig. Sie hatte ja nicht schon genug Probleme zu bewältigen.

Draußen gewann der Regen erneut an Stärke. Bindfäden statt Regentropfen glitten vor der Fensterfront hinab. Der Wind rüttelte an den kargen Ästen und zerrte an den dünnen Grashalmen. Vic kuschelte sich tiefer in das Sofa und beobachtete das ungemütliche Wetter. Weihnachten hatte dieses Jahr seinen Zauber verloren. So wie ihre Heimat. New York. Alles verlor seine Magie. War das so, wenn man erwachsen wurde? Wenn man plötzlich in der Realität ankam und sich nicht länger in einer glitzernden Welt verstecken konnte? Vic war so schrecklich naiv gewesen. Sie hatte die Menschen stets auf Abstand gehalten, weil sie es nicht ertrug, erneut verlassen zu werden von jemandem, den sie liebte. Aber – war sie denn wirklich so naiv gewesen?

Ja. Eine simple, aber klare Antwort preschte ihr durch den Kopf. Ja, sie war naiv. Sie musste dringend daran arbeiten. Denn Naivität konnte sie sich nicht länger leisten.

Langsam wanderte Williams Hand über das einsame Kissen neben sich. Vic war schon eine ganze Weile verschwunden. Er hatte geschlafen, doch als er die Bewegung auf der Matratze gespürt hatte, war er aufgewacht und hatte Vic aus dem Zimmer schleichen sehen. Sein Blick glitt zu dem kleinen Digitalwecker auf dem Nachttisch. Sie war bestimmt schon eine Viertelstunde weg. Leise erhob William sich und lief hinunter ins Wohnzimmer. Auf halber Höhe der Treppe hielt er plötzlich inne.

Er hatte Vic gefunden. Sie saß mit dem Rücken zu ihm gewandt und kauerte auf dem großen Sofa mit Blick in die dunkle regnerische Nacht. Kaum hörbar ging er eine weitere Stufe nach unten, ohne die Augen von ihr abzuwenden. Ihre Schultern hoben sich, so als würde sie tief durchatmen, und William blieb erneut stehen. Er wollte zu ihr gehen, einen Arm um sie legen und ihr sagen, dass alles gut werden würde.

Doch er konnte nicht. Etwas hielt ihn zurück. Er spürte die kühlen Stufen unter seinen nackten Füßen und suchte nach dem passenden Begriff für die Emotionen, die ihn durchströmten.

Da war die Dankbarkeit für das Glück seines Bruders Sean. Er würde Vater werden und eine kleine Familie gründen. Überhaupt schien er entspannt zu sein und das Leben zu genießen. William war so froh darüber, aber gleichzeitig bemerkte er, dass es ihm nicht möglich war, sich diesen Gefühlen anzuschließen. Er sollte es wohl, allerdings hatte die Sorge ihn fest im Griff. Was, wenn nächsten Monat ein erneuter Schub der Multiplen Sklerose seinen Tribut forderte und mehr zerstörte, als es bisher der Fall gewesen war? Was dann?

Vic bewegte sich minimal und riss William aus seinen Gedanken. Mit einem Schaudern erinnerte er sich an ihren Blick kurz nach den guten Neuigkeiten von Sean und Lilly. Schlimmer hätte es für sie wohl kaum laufen können. William konnte sich nur im Ansatz vorstellen, wie dieser Moment für sie gewesen sein musste. Ihnen beiden wurde vor Augen geführt, wie es hätte sein können. Und doch waren sie so weit davon entfernt wie nur möglich. Das Schicksal war ihnen nicht hold. Er wusste es. Vic wusste es. Und es schmerzte ihn, ihr keine Hoffnung schenken zu können.

Nein, er würde nicht zu ihr hinübergehen. Sie verdiente ein bisschen Ruhe vor ihm. Auch wenn das bedeuten mochte, dass er diese Nacht nicht länger würde schlafen können. Was war es nur, das William schlafen ließ, sobald Vic neben ihm lag? Dabei hätte er besonders heute Frieden finden sollen.

Sein Bruder hatte ihm gute Nachrichten mitgeteilt, aber William traute sich nicht, sich darauf zu verlassen. Zu tückisch war die Krankheit, die Seans restliches Leben bestimmte.

Leise und vorsichtig zog William sich wieder zurück. Ein letzter Blick auf die schattigen Umrisse seiner Frau und William spürte, wie Unschlüssigkeit, Dankbarkeit und Angst miteinander verschmolzen. Sein Hirn war eine einzige Suppe aus Irritation und Unzulänglichkeit.

»Ich sage dir, sie ist vor deiner Schnarcherei geflohen.«

»Ich schnarche nicht!«

»Und wie du das tust! Weißt du noch damals, als wir uns in Cork dieses Bed-and-Breakfast-Zimmer geteilt haben? Mann, ich habe in dieser Nacht kein Auge zugetan.«

Williams Stimme drang an Vics Ohr. »Das war, weil ich an dem Abend durcheinander getrunken habe. Du weißt, dass sich Guinness, Cider und Whiskey nicht besonders gut mischen lassen.«

Vic schlug die Augen auf. Der Regen hatte aufgehört, aber der Himmel war noch immer von grauen Quellwolken durchzogen. Ihr Nacken schmerzte von der ungewohnten Position, und das grelle Licht des Morgens blendete sie. Wie konnte es trotz dunklen Himmels so verdammt hell sein? Dieses Land war Vic ein einziges Rätsel. Sie richtete sich vorsichtig auf und blinzelte zum anderen Ende der Couch, wo William mit seinem Bruder Cillian saß, beide eine dampfende Tasse in der Hand.

Gerade noch rechtzeitig unterdrückte sie ein Stöhnen. Sie war doch tatsächlich auf dem Sofa eingeschlafen. Fantastisch.

William erhob sich und kam zu ihr. Er legte ihr einen Arm um die Schultern und gab ihr einen Kuss auf die Wange. *Weiche von mir*, schrie ihr Verstand. *Ich will so viel mehr*, flüsterte ihr Körper. Beiden fuhr sie über den Mund.

»Da wo ich herkomme, ist es unhöflich, einer Frau beim

Schlafen zuzusehen«, murmelte sie und fuhr sich mit den Händen durch die Haare.

Cillian überging den Vorwurf gekonnt und blitzte sie mit den gleichen grünen Augen an, wie William sie besaß. »Bitte sag mir, dass du wegen dem Schnarchen deines Mannes ausgezogen bist.«

Ein spitzbübischer Schalk saß in seinem Blick.

William verstärkte den Griff um ihre Schulter. »Schatz, du …«

Schatz! Er nannte sie *Schatz*! Oh, sie würde ihm eines Tages diese wundervolle sanfte Stimme aus der Kehle reißen. Sie war noch nie gewalttätig geworden, aber für ihn würde sie ihre Prinzipien über Bord werfen.

Ihr Blick brachte ihn unweigerlich zum Schweigen.

An ihren Schwager gerichtet, erklärte Vic: »Ich fürchte, ich muss euch beide enttäuschen. Ja, William schnarcht vielleicht manchmal. Aber nicht diese Nacht. Ich bin …« Sie überlegte, welche Begründung sie aus dem Ärmel ihres dicken Wollpullis zaubern könnte. Überhebliche Amerikanerin. Sie erinnerte sich an ihre zugewiesene Rolle. Also passte sie sich ihr an. »Die Matratze war mir zu hart. Ich bin anderes gewöhnt.«

Skeptisch zog Cillian die linke Augenbraue in die Höhe. »Ich bezweifle, dass das Sofa rückenfreundlicher ist.«

Wie wahr! Vic spürte es in jedem Muskel, aber das durfte sie sich wohl kaum anmerken lassen. Sie legte ihre Hand auf Williams Oberschenkel, der direkt neben ihrem ruhte. Mit Absicht drückte sie ein wenig zu fest zu, als sie sagte: »Nun, wie gut, dass William sich freiwillig dazu verpflichtet hat, mir eine Massage zu geben, wann immer mir danach ist.«

Sie erhob sich und lief zu der Treppe, die hinauf in den ersten Stock zu ihrem Gästezimmer führte. Hinter sich hörte sie Williams amüsierte Stimme. »Hab ich? Wann?«

Ohne sich umzudrehen, hob Vic ihre Hand und ließ ihre Finger vor- und zurückspielen. »Als du mir diesen Ring an den Finger gesteckt hast.«

Schnell nahm sie eine Stufe nach der anderen, betrat das Gästezimmer und verschwand in dem daran angeschlossenen

Bad. Sie brauchte dringend eine heiße Dusche. Die O'Sullivan'schen Männer hatten aber auch gar kein Erbarmen mit ihr. Sie verdrehte die Augen und schlüpfte aus ihren Klamotten.

»Sag mir nochmal, was wir hier machen.« Vic wandte sich mit argwöhnischem Blick an William, der sich die Winterjacke auszog. Sie standen an einem kleinen Stück Strand, das zu dem niedlichen Ort gehörte, den sie gestern kurz vor ihrer Ankunft durchquert hatten. Appleaugh. Passender könnte der Name kaum sein, wenn Vic an die vielen – wenn derzeit auch kargen – Apfelbäume vor Cillians Cottage dachte.

Mit ihnen befand sich nicht nur der Rest der O'Sullivan-Familie am Meer, sondern gefühlt auch der gesamte Ort. Egal, welchen Alters, alle waren gekommen. Und gut die Hälfte von ihnen zog sich aus. Bis auf ein bisschen Badebekleidung. Im Dezember. Bei frostigen Temperaturen. Was stimmte mit den Menschen in Irland nicht?

»Am Morgen des fünfundzwanzigsten Dezember findet traditionell das Weihnachtsschwimmen statt«, erklärte William und hob sich den Pullover über den Kopf.

»Bei dieser Kälte?« Vic fror bereits, obwohl sie den wohl kuscheligsten Schal dieser Welt und den wahrscheinlich dicksten Wintermantel trug, den *Macy's* je im Verkauf gehabt hatte.

»Es ist Tradition.« William nickte und fuhr fort, sich seiner Kleidung zu entledigen, was Vic nur noch mehr aus dem Konzept brachte. Sehr zu ihrem Unmut.

»Und das macht ihr, weil …?« Sie hätte gerne ergänzt, ›weil ihr einen Knall habt‹, zügelte sich jedoch.

Nur noch in Badeshorts grinste William sie fröhlich an. »Weil es für einen guten Zweck ist.«

Misstrauisch beobachtete sie ihn und versuchte sich von seinem definierten Brustkorb und den Schultern nicht ablenken zu lassen.

»Während wir uns in die Fluten stürzen, sammeln die da drüben …«, er deutete auf eine Gruppe Teenager, »Spenden für das örtliche Krankenhaus, die Schule und den Sportplatz.«

»Und die Menschen in Irland spenden nur, wenn man ihnen ein absurdes Spektakel liefert?« Vic wollte es nicht so recht verstehen.

William lachte. »Nein, aber es hilft.«

Sie schüttelte den Kopf und wandte den Blick ab. Das war ja nicht auszuhalten …

Bei den O'Sullivans herrschte eine unausgesprochene Trennung, was das Weihnachtsschwimmen anging. Während die Frauen dick eingepackt am Ufer warteten, bereiteten sich die Männer auf ihren Einsatz vor. Nicht, dass Frauen nicht an dem Brauch teilnahmen – sie wussten es nur einfach besser und waren nicht scharf auf eine Unterkühlung. Ganz anders hielten es die Männer. Sogar der zehnjährige Liam war mit von der Partie. Sehr zum Leidwesen von Clares vierjährigem Sohn Ronan, der ebenfalls unbedingt ins Wasser wollte, aber nicht durfte.

Vic wandte sich an Aeryn, Cillians Frau. »Und Liam macht da wirklich mit?«

Sie lächelte, wenngleich Vic auch eine kleine Sorgenfalte auf ihrer Stirn entdeckte. »Seit Jahren bettelt er, mitmachen zu dürfen. Dieses Jahr haben wir es ihm zum ersten Mal erlaubt. Aber nur ganz kurz. Nach einer Minute muss er wieder raus.«

Vic nickte. Trotzdem fand sie diese Tradition höchst seltsam. Unwillkürlich murmelte sie: »Auf Social Media geht der Hashtag ›CrazyIrishChristmas‹ bei diesen Bildern bestimmt durch die Decke …«

Ein schrilles Pfeifen ertönte, das Startsignal für das Weihnachtsschwimmen in Appleaugh. Bevor William sich ins Meer begab, zwinkerte er Vic lächelnd zu.

Ohne nachzudenken, rief sie: »Glaub bloß nicht, dass ich dich gesund pflege, wenn du dir eine Lungenentzündung holst.«

William lachte und folgte seinen Brüdern, seinem Vater und seinem mutigen Neffen ins Wasser.

Vic ließ ihren Blick über die O'Sullivan-Männer gleiten.

William hatte das gute Aussehen definitiv von seinem Vater geerbt. Ebenso seine Brüder. Trotz seines Alters war Declan O'Sullivan noch bestens in Form. Sean war etwas schlanker als seine Brüder, irgendwie zierlicher, aber immer noch verdammt gutaussehend. Cillian glich William fast aufs Haar, man bemerkte lediglich einen kleinen Altersunterschied zwischen ihnen. Cillian strahlte mit jeder Faser seines Körpers aus, dass er der Älteste der O'Sullivans war. James, Clares Ehemann, musste sich allerdings bei Weitem nicht verstecken. Gut gebaut, viel zu sportlich und attraktiv reihte er sich bei den O'Sullivans ein. Sollte ihnen je das Geld ausgehen, würde sich der O'Sullivan-Kalender bestimmt gut verkaufen. In Print wie auf Instagram … Vic unterdrückte ein amüsiertes Lachen. Es war absurd.

Vics Blick schweifte zu den Frauen neben sich. Und plötzlich musste sie doch wieder grinsen. Hatte sie selbst eben noch über die schrecklich gutaussehenden Männer sinniert – einer davon immerhin ihr Ehemann –, so taten diese so unterschiedlichen Frauen neben ihr es gewiss auch. Das Lächeln auf deren Lippen und das Schimmern in den Augen verrieten sie.

»Dieser Brauch gehört verboten«, murmelte Vic schmunzelnd.

Ohne den Blick vom Wasser abzuwenden, lachte Aeryn. »Oh nein. Es ist jedes Jahr wieder unsere Belohnung für ein Jahr, in dem wir ihre Launen, Sperenzchen und Nervereien erduldet haben.«

Clare nickte zustimmend. »Eigentlich dürfte ich gar nicht mitreden, weil das alles meine Brüder sind, aber …« Sie strahlte bis hinauf zu ihren grünen Augen. »Diesen Anblick von James möchte ich auch nach bald zehn Jahren nicht missen.«

Lilly kicherte. »Ich weiß, was du meinst, Vic. Aber glaub mir, es ist okay, das zu genießen.« Sie stupste Vic an. »Wir haben es uns alle irgendwie verdient, und du mit Sicherheit auch.«

Sie lächelte vielsagend und schaute dann wieder aufs Meer.

Vic folgte ihrem Blick. Die halbe Gemeinde von Appleaugh lief fröhlich lachend in die eiskalten Wellen der Irischen See hinein. Manch einer tauchte gar mit einem Ganzkörpersprung unter. Angespannt beobachtete Vic, wie William von seinen Brüdern unter Wasser gedrückt wurde, prustend wieder auftauchte und gemeinsam mit seinen jüngeren Geschwistern über Cillian herfiel. Sie benahmen sich, als wären sie eine Horde Jugendlicher, doch schon bald merkte man ihnen die Kälte des Meeres an. Cillian kehrte als Erster zurück, seinen Sohn Liam an der Hand. Der Junge bibberte, aber er hätte nicht stolzer dreinschauen können. Aeryn empfing ihn mit einem dicken Handtuch.

»Na, wie war's, mein Großer?«

»Super!« Er überlegte. »Und ganz schön kalt. Aber super!«

Vic lächelte. Sie mochte den Jungen. Er war so ungezwungen in seiner Art. Natürlich hatte er die grünen Augen der O'Sullivans geerbt, und auch die Haarfarbe erinnerte Vic an die honigbraunen Haare von William und seinen Brüdern. Schon jetzt erkannte sie Züge in seinem Gesicht, die definitiv auf seinen Vater zurückzuführen waren. Und genau wie seinem Dad an diesem Morgen saß auch ihm der Schalk im Nacken. So wie William auch, dachte Vic unwillkürlich. Es musste ein Familienphänomen sein. Anders konnte sie sich das nicht erklären.

Schon bald darauf folgten die anderen O'Sullivans. Allesamt mit leicht blau angelaufenen Lippen, zitternd, aber vor Freude strahlend. Ganz klar, dachte Vic. Die spinnen, die Iren. *#CrazyIrishChristmas*. Eindeutig.

Pflichtschuldig hielt Vic ihrem Mann das Handtuch entgegen, der als Letzter von der Irischen See wieder ausgespuckt worden war. Die anderen waren bereits dabei, sich anzuziehen, und die Frauen machten sich mit den Kindern langsam auf den Weg zu den Getränkeständen weiter oben am Strand.

»Du bist verrückt«, murmelte Vic und bemühte sich, William nicht allzu lange anzusehen. Dieser Körper gehörte mitsamt diesem absurden Weihnachtsschwimmen verboten. Punktum.

Noch während er auf sie zukam, zog er ihr den weichen Stoff aus den Händen und warf ihn über seine Schultern und den Rücken. Erst als er kurz vor ihr war, blieb er schließlich stehen. Obwohl er frieren musste, rührte er sich nicht. Stattdessen betrachtete er sie. Wieder mit diesem sanften Blick, den sie nicht spüren wollte.

»So verrückt, eine Frau zu heiraten, die ich eigentlich kaum kenne?«

Vic versteifte sich. Trotzdem nickte sie. »Ja, so verrückt.«

William tat, als würde er überlegen. Dann zeigte sich plötzlich ein Schmunzeln auf seinen Lippen. »Da habe ich ja eine wunderbare Ausrede.«

»Wofür?« Misstrauisch hob Vic ihren Blick. Sie war sich der Nähe zu William schrecklich bewusst. Ihr Puls beschleunigte sich. Schon wieder.

»Hierfür …«, wisperte William und zog sie liebevoll an sich. Er senkte den Kopf und verschloss ihren vor Entsetzen geöffneten Mund mit einem zärtlichen Kuss. Vic wollte sich wehren, doch sie war sich durchaus gewahr, dass seine Familie nicht weit entfernt stand. Es hätte Fragen aufgeworfen. Also ließ sie es geschehen. Und während ihr Verstand einen Nervenzusammenbruch durchlitt, weil sie tat, was sie tat, jubelte ihr Körper erwartungsfroh.

Sanft und beinahe zurückhaltend spielte Williams Zungenspitze mit ihr. Obwohl seine Lippen kalt hätten sein müssen, spürte sie die Wärme, die er ausstrahlte. Er ließ ihr Zeit, so wie bei ihrem ersten Aufeinandertreffen. Langsam näherten sie sich einander an, und Vic entspannte sich eigenartigerweise. Sie sollte es nicht. Auf keinen Fall. Und doch war es so. Sie lehnte sich ein Stück nach vorn und begann ihrerseits mit unschuldigen Erkundungen. Ihre Hände legten sich wie von selbst auf seinen feuchten Brustkorb, von dem noch immer kleine Wassertropfen abperlten. Kleine Funken sprühten in ihrem Leib und verlangten nach einem großen Feuerwerk. Doch das würde es nicht geben. Ihr Verstand würde das später übernehmen müssen. In diesem

Augenblick war Vic nicht fähig ihrem Körper Einhalt zu gebieten. Sie wollte sich gegen William lehnen und alles um sich herum vergessen. Den Grund, weshalb sie auf dieser Insel war. Den Grund, warum sie sich von William fernhalten sollte. Den Grund, der ihr ganzes Leben für immer veränderte.

Der Kuss schien sich mit einem Mal zu verselbstständigen. Vic hatte nie die Kontrolle gehabt, doch auch bei William schien etwas vorzugehen. Seine Zurückhaltung verflog, und Vic spürte, wie ihrer beider Atem schwerer wurde.

Plötzlich riss Cillians Stimme aus der Ferne die beiden zurück in die kalte Realität.

»Schau sich einer die Jugend von heute an.« Er lachte. »Frisch verheiratet und immer noch kein Schamgefühl.«

»Als ob du so etwas besitzen würdest«, entgegnete Aeryn aus einiger Entfernung über das Meeresrauschen hinweg.

William zog sich nur wenige Millimeter von Vic zurück. Viel zu wenige. Ohne den Blick von ihr abzuwenden, rief er: »Da spricht der pure Neid, Bruderherz. Der pure Neid.«

Er musterte Vic mit einer Mischung aus … Was war es? Sorge und Begehren? Vic war durcheinander. Dieser Kuss hatte sich so warm und gut angefühlt, obwohl er das nicht sollte. Sie rief sich in Erinnerung, was William von ihr verlangte. Doch wieder einmal weigerte sich ihr Körper das anzuerkennen.

Sanft legte er seine Hand auf ihre Wange. Leise flüsterte er, sodass nur Vic es hören konnte: »Ich sollte es nicht, aber … Du machst mich verrückt, weißt du das?«

Vic zog ihre Stirn in Falten. So einfach machte sich der werte Herr das? Im Ernst?! Sie durchlitt ihre wahr gewordene Hölle auf Erden, ertrank in Selbstzweifeln und Zukunftsängsten, und das war alles, was er zu diesem Moment zu sagen hatte? Dass *sie* ihn verrückt machte?

»Nein, William.« Bitterkeit überkam sie plötzlich. »Es gehören immer zwei dazu. Immer.« Sie wich einen Schritt zurück. »Das solltest du am besten wissen.«

All die Funken, die in ihr zu glühen begonnen hatten, stoben davon. Asche der Enttäuschung ersetzte sie. Vic deutete auf William. Leise sagte sie: »Du solltest dir endlich etwas anziehen, bevor du dir wirklich noch eine Lungenentzündung holst. Du wirst dich nicht aus der Affäre ziehen, indem du mich bereits vor der Geburt unseres Kindes zur Witwe machst.«

Sie presste ihre Lippen aufeinander und wandte sich ab. Ihre Worte waren viel zu hart gewesen. Doch ihre Unsicherheit saß furchtbar tief. Sie war es leid, davon herumgeschubst zu werden. Und von William. Denn nichts anderes tat er mit ihr. Sie musste dem dringend ein Ende bereiten.

Cillian und Aeryn, die nichts von der Unterhaltung gehört hatten, erwarteten sie grinsend einige Meter entfernt, und Vic setzte ein erhabenes Lächeln auf, ganz die selbstbewusste New Yorkerin.

»Ich komme mit diesem Weihnachtsbrauch immer noch nicht klar. Und dann heißt es immer, wir Amis wären seltsam.« Sie schüttelte den Kopf und kuschelte sich tiefer in ihren dicken Schal, verschränkte die Arme unter der Brust, und gemeinsam mit ihrem Schwager und ihrer Schwägerin folgten sie den anderen, um sich ein heißes Getränk zu besorgen.

William starrte Vic hinterher. Am liebsten wäre er ein weiteres Mal in die Fluten der Irischen See getaucht, um sich abzukühlen und das Feuer, das sie in seinem Körper verursachte, zu löschen. Er hatte keine Ahnung, wie es dazu gekommen war, doch als er ihren missbilligenden Blick erkannt hatte, hatte er nur ihre karamellfarbenen Augen gesehen. Sie brachten ihn um den Verstand, jedes Mal, wenn sie ihn anblickten. So war es in New York gewesen. Und so war es hier. Zuhause bei ihm in Irland, in Appleaugh.

In New York war er auf Distanz zu ihr gegangen. Er hatte ihr nicht verzeihen können, dass sie ihn mitten auf der Straße mit diesen Neuigkeiten überfallen hatte, obwohl er wusste, dass sie daran keine Schuld trug. Irgendetwas hatte sich in den letzten Tagen verändert. War es ihre traurige, ihre verzweifelte Miene? Er wusste, dass sie sich Sorgen machte.

Um alles. Sie sagte es ihm nicht, doch er spürte es. Eindeutig. Und es war nachvollziehbar.

Dann dieser Moment im Flugzeug, als sie nicht aus ihrer New Yorker Haut gekonnt und ihren Worten freien Lauf gelassen hatte. Es hatte ihn berührt und doch wirklich zum Lachen gebracht. Gestern Nachmittag hatte er sie in die Ecke gedrängt, wie ein mieser Bastard. Und trotzdem hatte sie das erste Kennenlernen mit seiner Familie mit Bravour gemeistert, trotz der Nachricht von Lillys Schwangerschaft. William sah ihr an, wie schwer es ihr fiel, doch sie gab sich ehrlich Mühe, die Unnahbare zu mimen. Das rechnete er ihr hoch an.

Und dann war da noch dieser unaussprechliche Umstand. Solange Vic neben ihm gelegen hatte, in der letzten Nacht im Haus seines Bruders, so lange hatte er schlafen können. Dann war sie gegangen und mit ihr sein Schlaf. Als er ihr gefolgt war und sie auf der Couch im Wohnzimmer entdeckt hatte, hatte sich ein seltsames Gefühl in seiner Brust ausgebreitet. Doch er hatte es einfach nicht geschafft, zu ihr zu gehen. So als hätte sie eine unsichtbare Mauer um sich herum gezogen, die er nicht durchbrechen konnte. So als würde sie nicht zulassen, Gesellschaft zu bekommen. Allen voran nicht von ihm.

Und so war er schließlich zurück ins Gästezimmer gegangen und hatte sich wieder und wieder gefragt, warum er ausgerechnet dann schlafen konnte, wenn Vic bei ihm war und neben ihm lag.

Schnell streifte William sich nun seine Klamotten über. Es war wirklich verdammt kalt. Aber er mochte diese Tradition. Seit er so alt gewesen war wie sein Neffe Liam, ging er jedes Jahr am fünfundzwanzigsten Dezember mit seiner Familie an den Strand von Appleaugh und stürzte sich in die eisigen Fluten. Jedes Mal fühlte er sich lebendig. Er fühlte sich wie ein Teil von etwas Großem. Etwas Bedeutsamem. Etwas, das einen Unterschied machte. Es half ihm, wenigstens einmal im Jahr aus der Ohnmacht zu fliehen, die ihn immer wieder bedrohte. Und besonders nach diesem aufwühlenden Sommer und Herbst hatte er dieses Ritual gebraucht.

Als er dann aus den Fluten zurückgekommen und Vics

Blick auf sich gespürt, die Skepsis und das Unverständnis in ihren Augen gesehen hatte – er hatte sie küssen müssen. Es war, als wäre es das einzig Richtige gewesen. Er könnte sich jetzt einreden, dass er keine Wahl gehabt hatte. Seine Familie war anwesend. Zärtlichkeiten unter frisch Vermählten waren geradezu erwünscht. Aber er wusste es besser. Er hatte es getan, weil er es wollte. Weil er sich immer noch zu ihr hingezogen fühlte.

Ruppig fuhr er sich mit dem Handtuch durch die feuchten Haare. Vic hatte sich nicht gewehrt. Doch William würde sich nicht anmaßen, das auf seine verführerischen Qualitäten zurückzuführen. Seit er sie gestern auf dem Weg zu seinen Eltern um diesen schrecklichen Gefallen gebeten hatte, war Vic nicht mehr sie selbst. Sie tat, wonach er verlangte. Aber würde sie so weit gehen? William hatte keinen Schimmer. Und es ärgerte ihn, dass Vic sich nicht wehrte. Was ein absoluter Widerspruch zu dem war, was er ja von ihr wollte.

William atmete gequält ein. Er war selbst schon ganz durcheinander und wusste nicht mehr, was er wollte – geschweige denn was er zu wollen hatte. In diesem Moment war er sich lediglich einer Sache bewusst. Er wollte Vic. Die sinnliche Frau, die ihn in New York für eine Nacht all seine Sorgen hatte vergessen lassen. Die mit ihm über irische Literatur gesprochen hatte, über süße gesalzene Mandeln hergefallen war und mit ihrer Anwesenheit und einem glitzernden Kleid einen ganzen Raum zum Innehalten gebracht hatte. Er blickte auf und beobachtete, wie Vic und seine Familie zum oberen Teil des Strandes liefen.

Er hatte das Gefühl, einen schrecklichen Fehler zu begehen. Aber wie genau dieser aussah? William wusste es nicht. Und das machte es noch viel schlimmer.

Neun

KINDER. Vic hielt sich an die Kinder. Das hatte sie sich während des kurzen Wegs vom Strand hinauf zu den bunten Ständen, die mit weihnachtlichen Girlanden und Lichterketten geschmückt waren, überlegt. Sie würde, so gut es ihr möglich war, auf Distanz zu den Erwachsenen der O'Sullivans gehen und sich mit den Kindern auseinandersetzen. Deren Fragen fürchtete sie nicht so sehr wie die von Williams Familie. Liam, Kelly und Ronan schienen sie dankenswerterweise zu mögen und nahmen sie schon bald in ihre Crew auf. Vermutlich freuten sich die Kleinen einfach über die Aufmerksamkeit, die ihnen geschenkt wurde.

Vic überwand ihre Müdigkeit und spielte mit den Kids Fangen und Verstecken, erzählte ihnen lustige Geschichten über einen Weihnachtsgrinch und übte sie in Geduld. Denn traditionell gab es die Geschenke erst nach dem Weihnachtsschwimmen – und die doofen Erwachsenen ließen sich schrecklich viel Zeit.

Ganz aus kam sie den O'Sullivans dann aber doch nicht. Declan, Williams Vater, gesellte sich zu ihr und den Kindern, die am Strand nach Muscheln suchten, um aus ihnen ein großes Bild in den Sand zu legen.

Er reichte ihr ein Glas mit einer dampfenden goldenen Flüssigkeit und einer Zitronenscheibe darin.

»Was ist das?«, fragte Vic misstrauisch.

»Hot Whiskey.«

»Heißer Whiskey?«

Declan nickte und nahm einen Schluck von seinem eigenen Getränk. Dann erklärte er ihr: »Das ist Whiskey mit einer Reihe an Gewürzen, Zucker und heißem Wasser aufgegossen.«

»Lass mich raten, noch so ein irischer Weihnachtsbrauch?«

Er nickte lachend. »Exakt.«

Der Duft von Nelken, Sternanis und natürlich Whiskey stieg in Vics Nase. Aus nur ihr bekannten Gründen würde sie keinen Tropfen davon anrühren, und so hielt sie das Glas einfach in ihren Händen und nutzte es als Wärmequelle für ihre vereisten Finger.

Unauffällig musterte Vic ihren Schwiegervater. Er war etwas größer als William, und sein Haar ergraute bereits, doch das ließ ihn sogar noch sympathischer wirken. Er besaß ebenso irisch grüne Augen wie der Rest der Familie, und sein Gesicht strahlte Güte und Weisheit aus. Er sah nicht wie jemand aus, der unüberlegt laut wurde oder sich unnötig aufregte. Nein, er ruhte in sich. Vic beneidete ihn darum.

»William hat erzählt, du hast Literatur studiert?«

»Das stimmt. Und ein bisschen Kommunikationstheorie im Nebenfach.«

Declan schien erfreut. »Er erwähnte auch, dass du Samuel Beckett ausführlich zitieren kannst.«

Vic lachte unwillkürlich auf. »Nur eine Stelle.«

»Das ist mehr, als viele andere von sich behaupten können.« Declans freundlicher Tonfall machte es Vic sehr schwer, sich gegen seine Herzlichkeit zu wehren.

Also reagierte sie auf die einzige Art, die ihr einfiel, um ihrer Rolle der unerwünschten und verzogenen Schwiegertochter nachzukommen. Sie schwieg.

Doch O'Sullivan Senior ließ sich davon nicht beirren. Ein Lächeln legte sich auf sein Gesicht, das dem von William so ähnlich war.

»Falls dir mal der Lesestoff ausgeht, komm gerne bei uns vorbei und bediene dich im Wohnzimmer. Wir dürfen ein paar exklusive Werke von Schriftstellern wie James Joyce, Samuel Beckett, Oscar Wilde und William Butler Yeats unser Eigen nennen.«

Überrascht sah Vic auf. »Exklusive Werke?«

»Originale, Erstausgaben. So etwas. Eine heimliche Leidenschaft.«

Vics Herz schlug ungewollt ein bisschen höher. Sie war ein Fan von Erstausgaben. Man mochte es ihr nicht zutrauen, doch sie hatte Literaturwissenschaft mit ernsthaftem Interesse studiert. Dass sie es nach ihrem Abschluss nie weiterverfolgt hatte, fühlte sich manchmal wie ein Fehler an. Und vielleicht war das ja eine Möglichkeit, um der Kultur und der Heimat ihres frisch angetrauten Mannes ein bisschen näherzukommen. Sie hatte sich vorgenommen, ihn kennenzulernen. Ihn und das Land, aus dem er stammte.

Ihr kam das Zitat des deutschen Schriftstellers und Dramatikers Heinrich Laube in den Sinn, den sie mal in einigen Vorlesungen behandelt hatten. *Bücher sind nicht Denkmäler der Vergangenheit, sondern Waffe der Gegenwart.* Waren die Bücher in Declans persönlicher Sammlung Vics Waffe, um in ihrer vorläufigen Heimat anzukommen und ihr ein Gefühl für die ihr unverständliche irische Art zu verschaffen? Eine Nation ließ sich am besten über ihre Schriftsteller kennenlernen, das pflegte einer von Vics Lieblingsdozenten stets zu sagen. Ja, womöglich hatte er recht. Einen Versuch war es wert. Wenngleich sie dafür sorgen musste, sich zwar Bücher auszuleihen, aber darüber hinaus keine weiteren Sympathien bei Declan zu sammeln. Oh, warum war ihre Rolle so anstrengend geworden?

Fehlende Distanz, schoss ihr auf einmal durch den Kopf. Das war es. In New York waren die Leute nie wirklich an ihr oder ihrem Leben interessiert. Das machte den Small Talk einfach und ihre Rolle zum Selbstläufer. Aber hier in Irland war es anders. Williams Familie begegnete ihr mit aufrichtiger Neugier an Vic als Person. Das war sie nicht gewohnt. Und das machte es ihr viel schwerer, ihr Versprechen an William zu halten. Großartig.

Sich in einem Haufen Bücher zu vergraben, war eventuell sogar ein doppelter Gewinn. Sie lernte etwas über Land und Leute, und gleichzeitig konnte sie sich zurückziehen.

Schließlich nickte Vic vorsichtig. »Ich werde gerne auf das Angebot zurückkommen. Vielen Dank.«

Declan lächelte und beobachtete die Kinder beim Spielen, als er mit angenehm leiser Stimme das Thema wechselte: »Es ist gut, dass William einen sicheren Hafen gefunden hat. Dieses Jahr war nicht leicht für ihn.«

Aufmerksam schaute Vic auf.

»Er hat dir sicherlich von Seans Krankheit erzählt.« Er warf ihr einen fragenden Seitenblick zu.

Vic nickte.

Declans Gesicht wandte sich wieder dem Meer zu. »Wir waren alle geschockt, haben uns ständig gefragt, warum es ausgerechnet Sean treffen musste. Warum überhaupt jemanden aus unserer Familie. Aber diese Fragen führen zu nichts. Die meisten von uns haben das verstanden und sich bemüht, die Diagnose zu akzeptieren.« Er nahm einen weiteren Schluck seines heißen Whiskeys. »Wir können uns so viel beschweren, wie wir wollen, aber es ändert nichts an der Tatsache, dass Sean krank ist. Ich habe lange gebraucht, um das zu verinnerlichen. Manchmal tue ich mich immer noch schwer damit. Das eigene Kind einer solchen Krankheit ausgesetzt zu wissen, gehört zu den schlimmsten Dingen, die einem widerfahren können.«

Liam und Kelly lieferten sich am Strand ein Wettrennen, und ein Lächeln umspielte Declans Mundwinkel.

»Sieh sie dir an, Vic. Kinder sind viel stärker als wir Erwachsenen. Wir sollten uns viel öfter ein Beispiel an ihnen nehmen.«

Vic presste unwillkürlich ihre Lippen aufeinander.

»Von all unseren Kindern, abgesehen von Sean, leidet William am meisten unter der Diagnose seines Bruders.« Declans Ton zeugte von ernster Sorge um seinen Sohn. »Ich weiß nicht, wieso, aber er nimmt es sich äußerst zu Herzen. Er fühlt sich verantwortlich. Dabei braucht er das nicht. Er kann ebenso wenig dafür wie wir anderen. Solche Dinge passieren nun mal. Wie wir damit umgehen, darauf kommt es an.«

Vic zog die Stirn in Falten. Declan hatte recht. William litt unter der Krankheit seines Bruders, ob er es zugeben wollte oder nicht. Sogar mehr noch. Er fühlte sich nicht nur für Sean verantwortlich, sondern für das Seelenheil seiner ganzen Familie. Ihre Ehe und die Rolle, die William ihr dabei zugedacht hatte, waren der beste Beweis dafür.

»Es muss sehr schwer sein zu akzeptieren, dass man die Dinge nicht selbst in der Hand hat«, meinte Vic vorsichtig.

Declan nickte. »Ja, das ist es. Deshalb sind wir sehr dankbar, dass William nun jemanden gefunden hat, der ihm hilft, diese Last zu tragen – und ihm eines Tages vielleicht sogar hilft, sie nicht mehr als solche zu empfinden.«

Übelkeit stieg in Vic auf. Dieses Gespräch drohte in eine Richtung zu driften, in die sie nicht gehen wollte.

Vic schwieg, und Declan wandte sich ihr zu. Er musterte sie mit seinen gütigen, aufrichtigen Augen, und Vic hatte das Gefühl, als könnte er direkt in ihr Innerstes blicken und die unangenehme Wahrheit in ihr lesen.

Leise hakte er nach. »Das hat er doch, nicht wahr?«

Eine Träne lief plötzlich über Vics Wange. Sie kam so schnell zum Vorschein, dass sie nicht mehr rechtzeitig reagieren konnte, um sie verstohlen wegzuwischen. Also starrte sie weiter auf die rauschenden Wellen der Irischen See, immer in der Hoffnung, Declan würde die Träne nicht bemerken. Sie musste lügen. Doch alles in ihr wehrte sich dagegen. Die Wahrheit würde sie allerdings ebenso wenig sagen können. Sie unterdrückte ein Schluchzen, das hartnäckig versuchte an die Oberfläche zu gelangen. Während sie sich eine Strähne aus dem Gesicht strich, kümmerte sie sich um die Beseitigung ihrer Träne, um schließlich zu Declan zu blicken.

In seinen Augen lag so viel Hoffnung. Hoffnung auf etwas, das es nicht geben würde, doch Vic durfte nicht die Person sein, die sie ihm nahm. Nicht heute. Mit aller Macht zwang sie sich zu einem Nicken.

Declan beobachtete sie eine Weile, die ihr wie eine Ewigkeit vorkam, doch sie gab sich alle Mühe, seinem prüfenden Blick standzuhalten. Dann auf einmal lächelte er. Es war ein warmes, liebevolles und ungemein herzliches Lächeln. Eines, das sie nicht verdiente.

»Gut.«

Entgeistert drehte Vic den Kopf weg. Nein, gar nichts war gut. Sie hatte soeben den größten Fehler begangen, den sie hätte tun können. Sie hatte William versprochen, sich nicht in die Herzen seiner Familie zu schummeln. Doch der Blick ihres Schwiegervaters verriet ihr etwas anderes. Er setzte seine Hoffnung in sie. Vic sollte seinen Sohn, William, vor sich selbst retten. Er traute ihr diese herausfordernde Aufgabe zu, und indem sie ihm zugestimmt hatte, hatte sie seine Prüfung bestanden. Sie würde sich arg ins Zeug legen müssen, um diesen Eindruck zu revidieren – und dann würde sie zeitlebens wie eine Wortbrecherin wirken.

Vic bekam keinen Sauerstoff. Der frische irische Dezemberwind umgab sie, doch sie konnte nicht atmen. Sie schmeckte das Salz in der Luft. Der weihnachtliche Duft und der aufsteigende Alkoholgeruch vernebelten ihr die Sinne. Sie wollte rennen. Fort von hier. Aber wo sollte sie hin?

Plötzlich spürte sie, wie sich ein kräftiger Arm um ihre Schultern legte. Declans ruhige Stimme ertönte. Diese Iren umarmten aber auch wirklich jeden und ständig.

»Manchmal erscheinen uns die Dinge viel schwieriger, als sie in Wirklichkeit sind. Ihr werdet das gemeinsam schaffen.« Er drückte sie leicht und ließ sie wieder los, sofort spürte Vic die Kälte um sich herum. Lächelnd fügte ihr Schwiegervater hinzu: »Ein neues Leben stellt uns immer vor neue Herausforderungen. Aber keine davon ist unlösbar.«

Ruckartig hob Vic den Kopf und starrte Declan an. Wie viel wusste er? Hatte er etwa Verdacht geschöpft? Oder meinte er die Ehe mit William, wenn er von *einem neuen Leben* sprach? Vic fühlte sich wie eine Kriminelle, die peinlich genau darauf achten musste, was sie sagte, um nicht überführt zu werden – und die deshalb bald im Irrenhaus landen würde. Oder auf der Anklagebank.

Liam, Kelly und Ronan wählten just diesen Moment, um vor ihnen aufzutauchen und ihre Gaben einzufordern.

»Grandpa, bekommen wir jetzt endlich, endlich unsere Geschenke?« Die süße Kelly schaute flehend zu ihrem Großvater auf. Der ging in die Knie und blickte seiner Enkelin auf Augenhöhe in das gerötete Gesicht.

»Seid ihr dieses Jahr denn auch brav gewesen?«

Liam sprang seiner Cousine zur Seite. »So brav, wie es uns zumindest möglich war.«

Auch der kleine Ronan nickte bescheiden. »Ganz brav.«

Vic lächelte unwillkürlich. Konnte es etwas Zauberhafteres geben als diese drei kleinen Menschen, dick eingepackt, mit roten Wangen und strahlenden Augen, die genauso unschuldig wie frech unter dem Rand ihrer Mützen hervorlugten? Vic mochte nicht bereit dafür sein, Mutter zu werden, doch selbst sie konnte sich diesem herzerwärmenden Bild nicht entziehen. Unbedarft legte sie eine Hand auf ihren Mantel, dorthin, wo das kleine Wesen in ihr wuchs. Es würde in eine gute Familie geboren werden, dachte Vic. Zumindest auf dieser Seite des Atlantiks.

Declan nickte schließlich und erhob sich wieder. »Dann wollen wir mal zu den anderen gehen.«

Gemeinsam schlossen sie zum Rest der Familie auf, der sich angeregt mit einigen Leuten aus dem Ort unterhielt. Alle einen Hot Whiskey in der Hand – bis auf Lilly natürlich. Als sie die fünf auf sich zukommen sah, rief Clare freundlich: »Da ist ja unsere neueste Misses O'Sullivan. Komm, Vic, wir müssen dir ein paar Leute vorstellen.«

Vic versteifte sich ein weiteres Mal. Und bevor sie überhaupt darüber nachdenken konnte, sagte sie – so laut, dass es alle Umstehenden hören konnten: »Malone. Nicht O'Sullivan. Mein Nachname lautet Malone.«

Als hätte sie soeben gebeichtet, den heiligen Saint Patrick verführt zu haben, starrten sie die Menschen mit weit aufgerissenen Augen an. Sofort begann es an einem Ende zu tuscheln. Köpfe wurden zusammengesteckt und mit dem Finger unauffällig auf sie gedeutet. Fantastisch. Sie hatte sich gerade ein ganzes Dorf zum Gegenspieler gemacht. Mit nur einem unbedachten Kommentar, der der Wahrheit entsprach.

Die O'Sullivans wechselten irritierte Blicke, die schließlich bei William hängen blieben. Nicht bei ihr. Lediglich sein Vater richtete sich direkt an sie.

»Du hast Williams Namen nicht angenommen?«

Betont gleichgültig zuckte Vic mit den Schultern. »Nein, ich habe meinen Namen behalten. Ich wusste nicht, dass das scheinbar so ein Problem sein würde …«

Sie räusperte sich und vergrub ihre Hände tiefer in den Taschen ihres hellbraunen Mantels.

»Nun, ein Problem ist es nicht«, bemerkte Declan freundlich. »Nur … ungewöhnlich.«

William musste gewiss stolz auf sie sein. Sie war auf dem besten Weg, sich wieder unbeliebt zu machen. Immerhin etwas.

»Nur weil ich einen Mann heirate, bedeutet das nicht, dass ich mich in allen Belangen nach ihm richten muss. Ich habe für ihn ja bereits meine Heimat aufgegeben. Wieso auch noch meinen Namen?«

Es hatte rein gar nichts damit zu tun. Aber das mussten diese Menschen, die sie anstarrten, ja nicht wissen. Es ging niemanden etwas an, dass sie nicht gewillt war, den Namen eines Mannes zu tragen, von dem sie sich in absehbarer Zeit wieder scheiden lassen würde. Nichts davon erwähnte sie. Von Herzen wünschte sie, sie wäre so selbstbewusst und emanzipiert, wie sie sich gab.

William löste sich aus der Menge heraus und schlenderte zu ihr, schlang den Arm um ihre Taille und lächelte. Als wäre er wirklich verliebt. Er war ein viel besserer Schauspieler, als er zugab.

»Was bedeutet es schon, ob Vic meinen Namen annimmt oder nicht. Und ich bitte euch …« Er lachte und hob die Hand seitlich von seinem Mund hoch, so als würde er den Leuten ein Geheimnis anvertrauen. »Sie ist Amerikanerin und heißt Malone – wenn das kein Zeichen war, weiß ich auch nicht.«

Nun war Vic es, die ihn irritiert ansah.

»Sag bloß, du weißt es nicht?«, fragte er, als er ihren Blick bemerkte.

»Was wissen?« Sie hatte keinen Schimmer, wovon er sprach.

Liam, der unweit entfernt an der Seite seines Großvaters stand, erklärte es ihr mit ernster Stimme. »Malone, das ist wie in Molly Malone. Es gibt ein Lied über sie, und in Dublin steht sogar eine Bronzestatue von ihr. Sie war Fischverkäuferin im achtzehnten Jahrhundert. Das Lied ist so etwas wie eine irische Hymne. Das weiß jedes Kind in Irland.« Er lachte in kindlicher Begeisterung. »Und du trägst ihren Namen!«

Vic zog ihre Stirn in Falten und schaute von Liam zu den anderen in der Menge, die allesamt bestätigend nickten. Manche waren allerdings immer noch geschockt von ihrem Geständnis, ihren eigenen Namen behalten zu haben. Ein bisschen übertrieben, fand Vic. Erneut sah sie zu William auf, der sie immer noch im Arm hielt. Sie ignorierte die verräterischen Funken, die sich in ihrer Leistengegend ausbreiteten.

Plötzlich rief Daniel – oder war es Finn? Sie konnte Williams jüngere Brüder einfach nicht auseinanderhalten. Sie glichen sich viel zu sehr, besonders wegen des geringen Altersunterschieds. »Außerdem soll die gute Molly Malone die Männer in Dublin verrückt gemacht haben!«

Clare widersprach vehement. »Das wissen wir nicht, das Lied gibt einen maximalen Interpretationsspielraum. Insofern …«

»… ist es Haarspalterei. Fakt ist, dass sie eine bedeutende Rolle in der irischen Identität einnimmt.« William beendete den Satz seiner Schwester.

Vic stand etwas unschlüssig da. Was genau sollte sie mit dieser Information anfangen? Und hatte man ihr damit verziehen, den Namen O'Sullivan nicht zu tragen? Sie würde diese Menschen hier auf der Insel wohl nie verstehen. Erstausgaben hin oder her.

Auf einmal stimmte irgendwo jemand eine Melodie an, und nur wenige Sekunden darauf fing mindestens ein

Dutzend der Leute an zu singen. Schmunzelnd blickten die O'Sullivans einander an und schlossen sich ebenfalls an. Vic hörte eindeutig die markante Stimme von Sean heraus.

»In Dublin's fair city, Where the girls are so pretty, I first set my eyes on sweet Molly Malone, As she wheeled her wheelbarrow, Through streets broad and narrow, Crying, Cockles and mussels, alive, alive, oh!«

Oh Gott, was passierte denn hier? Hilfesuchend schaute Vic zu William auf, doch der sang ebenso mit. Mit einem Lächeln auf den Lippen blickte er sie an und hob entschuldigend die Schultern. Vic wurde aus diesem Mann nicht schlau. Was bezweckte er? Sie sollte sich rarmachen, auf Abstand zu seiner Familie gehen, und doch behandelte er sie ganz gegenteilig. Dieser Kerl wusste doch selbst nicht, was er wollte!

»She was a fishmonger, And sure 'twas no wonder, For so were her father and mother before, And they both wheeled their barrows, Through streets broad and narrow, Crying, Cockles and mussels, alive, alive, oh!«

Immer noch dieses Lächeln in seinem Gesicht. Warum denn nur, zur Hölle?

So stand Vic also an Weihnachten umringt von seltsamen Iren am Strand von Appleaugh und wurde mit der heimlichen Hymne der irischen Hauptstadt beschenkt. Weil sie den gleichen Nachnamen innehielt wie die Frau in diesem Lied. Hoffentlich raffte sie nicht das gleiche Ende hin wie die arme Molly, dachte Vic unwillkürlich, als sie die letzte Strophe des Songs hörte.

»She died of a fever, And no one could save her, And that was the end of sweet Molly Malone, But her ghost wheels her barrow, Through streets broad and narrow, Crying, Cockles and mussels, alive, alive, oh!«

Einstimmiger Jubel und Applaus brachen aus, und die Menschen stießen mit ihren heißen Whiskeys auf ein fröhliches Weihnachten an – und auf Molly Malone.

Für einen Moment schien vergessen, dass Vic den ehrenwerten Namen O'Sullivan abgelehnt hatte. Kopfschüttelnd musterte sie die Menschen um sich herum, als plötzlich ein kleiner Mann mittleren Alters mit Nickelbrille und Schiebermütze auf sie zulief. Argwöhnisch betrachtete er sie, bevor er sich an William wandte.

»William, nochmal unseren herzlichen Glückwunsch zur Vermählung. Und wie sagt man so schön bei uns?« Er warf Vic einen misstrauischen Seitenblick zu. »Mögen deine Sorgen weniger werden und deine Glückseligkeiten mehr sein. Und nichts als Glück durch eure Tür kommen.«

William schüttelte die Hand des älteren Mannes und lächelte freundlich. »Ich danke dir, Hugh. Wie läuft es im Laden? Haben wir in Appleaugh etwas Nennenswertes verpasst?«

Hugh überlegte und straffte seine Schultern. »Vermutlich nichts, das für dich von Bedeutung wäre.« Wieder ließ er seine zusammengekniffenen Augen über Vic gleiten. »Oder für sie.«

William nickte zufrieden. »Umso besser. Nollaig Shona Duit, mein Freund.«

»Nollaig Shona Duit!« Er nickte William zu und begab sich dann zurück zu einer Frau in seinem Alter, die eine dicke rosafarbene Strickmütze und einen dazu passenden Schal trug. Energisch diskutierend machten sich die beiden auf den Weg zurück in den Ort.

Irritiert hatte Vic das Szenario verfolgt. »Ich … ich glaube, ich höre einfach auf zu fragen.«

William zog sie leicht an sich, seinen Arm immer noch um ihre Taille geschlungen. Doch dann gab er sie plötzlich frei und lächelte sie an. »Das war Hugh. Er ist eigentlich ein netter Kerl, aber äußerst skeptisch allen gegenüber, die nicht von hier sind. Frag Aeryn, die kann ein Lied davon singen.«

»Ah ja.« Vic verspürte nicht den Drang, mehr über diesen seltsamen Kauz zu erfahren. Sie zog ihre Stirn erneut in Falten und drückte ihre Nase tiefer in den dicken Schal. Es war schrecklich kalt, und die Brise, die vom Meer her wehte, machte es nicht besser. Wenigstens hielt sich ihr Brechreiz an der frischen Luft in Grenzen.

»Alles okay?«, fragte William leise.

Vic überlegte. Was sollte sie darauf antworten? Sie war keine vierundzwanzig Stunden hier und fühlte sich völlig fehl am Platz. Es war richtig gewesen, ihre Ehe auf den ersten Geburtstag des Kindes zu beschränken. Hier würde sie niemals glücklich werden können. Mit einem Mal überfiel sie Heimweh nach New York. Mochte die Stadt bei ihrer Abreise auch den Glanz verloren haben, sie würde ihn sicherlich eines Tages, wenn sich erst einmal alles geregelt hatte, wiederfinden. Sie vermisste die leuchtenden Reklamen am Times Square, die atemberaubenden Wolkenkratzer im Financial District und die kleinen Straßenverkäufe mit schlechtem Kaffee und kalten Hot Dogs. Sie vermisste Manhattan.

»Nein. Nicht wirklich.« Zum ersten Mal sagte sie William die Wahrheit. Kein Sarkasmus. Kein Versuch, ihre Gefühle zu verstecken. Nein, sie sagte ihm ehrlich, wie es ihr ging. »Ich komme mit euren Bräuchen nicht klar, ich verstehe euren Humor nicht – Herrgott, ich habe nicht mal verstanden, was dieser Hugh zum Schluss gesagt hat, dabei sollten wir doch eigentlich die gleiche Sprache sprechen!«

William ergriff ihre Hand und legte sie in seine. Ohne zu fragen, begann er ihre kalten Finger zu wärmen. Sie wollte sie ihm entziehen, doch sie suchte so dringend nach Halt, dass sie ihn selbst von ihrem Ehemann annehmen würde. Trotz allem. Was die Situation nicht besser machte. So viel zu ihrer Emanzipation.

»Unsere Bräuche verstehen wir manchmal selbst nicht. Unser Humor ist eigenwillig, den muss man nicht verstehen. Und Hugh hat uns frohe Weihnachten gewünscht«, erklärte er ihr mit sanfter Stimme.

Wie ein trotziges Kind entgegnete Vic: »Dir. Er hat *dir* frohe Weihnachten gewünscht. Mich kann er offensichtlich nicht leiden.«

»Er hat Aeryn bei ihrer ersten Begegnung als Landstreicherin bezeichnet. Ich finde, da bist du heute im Vergleich ziemlich gut weggekommen.«

Mit zusammengekniffenen Augen blinzelte sie William an. »Herzallerliebst.« So ganz konnte sie ihren Sarkasmus dann doch nicht unterdrücken.

William deutete auf das Glas, das sie in ihrer anderen

Hand noch immer festhielt. »Du hast davon hoffentlich nichts getrunken?«

»Nein, dein Vater hat mich rechtzeitig wissen lassen, was das ist.« Sie schüttelte den Kopf. »Noch so was, wer trinkt denn heißen Whiskey?«

»Fragt die, deren Landsleute sogar eine Kugel Eis in ihr Root Beer geben …«

Unwillkürlich lachte Vic auf. Dann nickte sie. »Okay, der Punkt geht an dich. Lassen wir das lieber.«

Der Gedanke an zuhause ließ sie verstummen.

William sah sich um und ging sicher, dass ihn niemand in der Umgebung hören konnte.

»Ich weiß, wie schwer das für dich sein muss. Das hier ist ein völlig anderes Leben, als du es gewohnt bist. Dazu die Schwangerschaft und … meine Familie. Lass uns das gemeinsam durchstehen, Vic.«

Skeptisch musterte sie ihn. Gestern Abend hatte sie nach seiner Unterstützung gefragt. Wenigstens für den ersten Abend. Nun bot er sie ihr auch für die kommenden Monate an. Aber wie stellte er sich das vor? Genau das fragte sie ihn.

»Gemeinsam? Als Team? Dafür müsste ich erst mal wissen, auf welcher Seite wir stehen. Auf welcher Seite du stehst.«

»Auf der Seite unseres Kindes«, flüsterte er mit Nachdruck.

»Obwohl du es gar nicht willst?« Vic erschrak. Die Worte waren ihr nur so herausgerutscht, doch jetzt, da sie sie ausgesprochen hatte, wollte sie die Antwort umso dringender wissen. Denn das war es, was sie dachte. William stellte sich seiner Verantwortung, seiner Verpflichtung. So wie seine gute Erziehung es von ihm verlangte. Aber tief drinnen, das spürte Vic, wehrte er sich gegen all das genauso wie sie.

Für einen kurzen Moment wich er ihrem Blick aus, doch dann richtete er sich auf und sah ihr fest in die Augen.

»Natürlich hätte ich mir eine andere Reihenfolge gewünscht. Das darfst du mir nicht vorwerfen, Vic. Aber ich mag dich. Sonst wäre …« Sein Blick glitt über ihr Gesicht, ihren dicken Schal und hinunter zu ihrem Bauch, der sich gut verpackt in ihrem Wintermantel versteckte. Schließlich sah er wieder auf. »Sonst hätte ich dich in dieser Nacht nicht zu mir eingeladen. Wir beide wollten dieses Kind nicht, aber jetzt ist es auf dem Weg, und … wir werden Eltern. Dem Kind zuliebe sollten wir es miteinander versuchen. Findest du nicht?«

Vic erstarrte. Was schlug William ihr vor? Ihr Herz raste, und Panik breitete sich in ihrem Körper aus.

»Wir haben darüber gesprochen, William. Ich werde nicht so tun, als wären wir ein glückliches Paar.«

»Das musst du ja gar nicht. Lass uns dort weitermachen, wo wir im Herbst aufgehört haben. Bevor ich weiter durch die Staaten gereist bin.« Er lächelte unsicher. »Lass uns ausgehen. Ein Date. Eins nach dem anderen. Und dann sehen wir, wohin es führt.«

»Du willst ein Date mit mir?« Fassungslos klappte Vic den Mund auf.

»Ja.« William nickte. Erst zögernd, dann bekräftigend. »Ja, ich denke, das will ich.«

»Was ist mit deiner Familie? Soll ich mich nicht als die überhebliche Amerikanerin darstellen, damit sie mich möglichst schnell loswerden wollen? Das ergibt keinen Sinn, William.« Vic bemühte sich ehrlich, einen Weg durch dieses Chaos in ihrem Kopf zu finden. Aber es war, als gäbe es kein Durchkommen. Egal, wie sehr sie es versuchte.

Als hätte sie ihn ertappt, zuckte William leicht zusammen. Er wich ihrem Blick aus.

Ein Stich durchfuhr Vic. Wieder stieg dieses Gefühl der Bitterkeit in ihr auf. »Das dachte ich mir.« Sie entzog ihm ihre Hand. »Du hättest gern alles, nicht wahr? Das Mädchen aus New York in deinem Bett, den ehrbaren Namen an der Haustür und den angeblichen Schutz deiner Familie vor weiterem Leid.« Sie schüttelte traurig den Kopf. »Du sagst die ganze Zeit, du weißt, was du von mir verlangst. Aber du hast keinen blassen Schimmer.«

Sie wich einen Schritt zurück und stopfte die Hände in ihre Manteltasche.

»Vic …«

»Nein, William. Wenn du ein Date mit mir willst, dann hören wir mit diesem Theater auf.« Was sagte sie denn da?! Vic erkannte sich selbst nicht wieder.

Williams Augen verengten sich. »Ich erinnere dich nur ungern daran, aber du hast unserer Ehe ein Ablaufdatum gegeben, bevor sie überhaupt angefangen hat. Nur deshalb versuche ich meine Familie auf diese Weise zu schützen, die du mir vorwirfst.«

Vic nickte. »Ja, weil ich bei meinen Eltern gesehen habe, was passiert, wenn sich ein Teil sehnlichst nach der Zuneigung des anderen sehnt und sie nicht bekommt. Diesen Fehler werde ich nicht machen, William. Ich werde nicht um deine Zuneigung betteln, während du mir innerlich immerzu vorwirfst, dich mit einem Kind gebrandmarkt zu haben.«

»Das habe ich nie getan!« William musste sich zusammenreißen, nicht laut zu werden und so die Aufmerksamkeit der Leute auf sie beide zu ziehen. Leiser fügte er hinzu: »Das hast du behauptet, aber das habe ich nie gesagt.«

»Das musstest du gar nicht. Deine Blicke haben alles gesagt.« Vic lächelte traurig. »Erinnerst du dich, wie Sean gestern Abend von Lillys Schwangerschaft erzählt hat? Deine Augen haben gestrahlt, so ehrlich und aufrichtig, als würdest *du* Vater werden.« Eindringlich sah sie ihn an. »Du wirst Vater, William. Du wirst es.« Sie schüttelte den Kopf. »Mir ist klar, dass das nicht der Plan war. Aber es ist so. Wenn du ein Date mit mir willst, wenn du es wirklich ernst meinst mit unserer Ehe, dann fang damit an, ehrlich für mich und das Kind einzustehen, anstatt deiner Familie etwas vorzuspielen.«

Atemlos starrte Vic ihren Ehemann an. Was war in sie gefahren? Hatte sie gerade zum ersten Mal Rückgrat bewiesen? Ihre Hände zitterten, doch sie zwang sich, ihn mit ihrem Blick festzuhalten.

»Ich will sie nur schützen, Vic. Vor einem Ultimatum, das du gestellt hast«, flüsterte William und betrachtete sie erzürnt.

»Ein Ultimatum, das ich ins Leben gerufen habe, um *mich* zu schützen. Vor einer Zukunft, die uns beide unglücklich machen würde.« Vic dachte an die Worte seines Vaters. »Ich glaube, deine Familie ist viel stärker, als du es ihr zutraust.«

Er richtete die Schiebermütze auf seinem Kopf und musterte sie. In seinen grünen Augen erkannte Vic, wie er mit sich kämpfte. Gut so, denn sie hatte es bis hierher auch nicht leicht gehabt. Er sollte spüren, in welche Ecke er sie drängte.

Leise meinte er: »Du verstehst das nicht. Du hast keine –«

»Keine Familie?«, fiel Vic ihm ins Wort. »Ja, das stimmt. Das, was ich habe, kann man nicht Familie nennen. Vielleicht habe ich deshalb auch eine andere Perspektive auf die Dinge – und mein Ultimatum.« Von ihrem neuen Mut beflügelt, wagte Vic einen weiteren Vorstoß. »Du willst deine Familie schützen, weil Sean krank ist. Aber die Frage ist, brauchen sie diesen Schutz überhaupt?«

Die Stimme ebenjenes Bruders, den Vic gerade erwähnt hatte, durchbrach ihren emotional aufgeladenen Dialog.

»Leute, wir müssen los. Die Kinder steigen uns sonst noch aufs Dach. Liam droht schon, seine Bienen auf uns loszulassen, und wir wissen alle, wie ernst er das meint.« Sean lachte und schaute die beiden abwartend an. »Alles okay bei euch? Kommt ihr?«

Vic musterte William. Er war am Zug. Sie hatte ihren Teil getan. Vielleicht hatte sie sich mit ihrem letzten Kommentar sogar zu viel angemaßt. Aber sie hatte es sagen müssen. Nun lag die Entscheidung bei ihm.

William musterte sie eine gefühlte Ewigkeit. Dann nickte er und setzte ein Lächeln auf, doch seine Augen starrten sie mit diesem aufgewühlten Blick an.

»Wir kommen.«

Enttäuschung durchflutete Vic. Sie hatte William eine Chance gegeben, doch er nahm sie nicht wahr. Ihre Entscheidung, die Ehe zeitlich zu beschränken, verstärkte sich wieder einmal. William war nicht bereit, ihr mehr zu geben, als er wollte. Und das war ihr nicht genug.

Zehn

Der restliche Tag erschien Vic wie eine nicht endende Tortur. Die Bescherung dauerte schrecklich lange, das gemeinsame Essen danach mit sogenanntem Spiced Beef, augenscheinlich auch ein traditionelles irisches Weihnachtsessen, ebenfalls. Anders als noch am Abend zuvor besprochen, erwähnte William mit keiner Silbe Vics Zustand. Also doch kein Weihnachtsgeschenk für seine Familie. Vic war das nur recht.

Es wäre sowieso nicht richtig und nur eine weitere dämliche Theatereinlage gewesen. Trotz ihrer Worte, die sie vormittags am Strand noch in Williams Richtung geschossen hatte, hielt sie sich an ihre Vereinbarung und spielte die unnahbare Amerikanerin.

Vornehmlich, indem sie sich wie schon am Strand von den Erwachsenen fernhielt und sich mit den Kindern beschäftigte. Liam erzählte ihr eine ganze Menge über das Bienenvolk, das ihm gehörte und draußen im Apfelhain der Familie O'Sullivan lebte. Kelly bewunderte Vics Wachsmalkünste, und der kleine Ronan ließ sich die Bücher, die er vom Weihnachtsmann bekommen hatte, ein ums andere Mal von ihr vorlesen.

Immer wieder spürte Vic neugierige Blicke der Familie auf sich, doch sie ignorierte sie geflissentlich, ging Gesprächen aus dem Weg, indem sie vorgab, auf die Toilette zu müssen, oder einsilbige und hochnäsige Antworten äußerte. Man schien es ihr nachzusehen. Zumindest dachte Vic das.

Als es draußen dunkel wurde, entschuldigte Vic sich mit der fadenscheinigen Ausrede, den Jetlag noch immer in den Knochen zu spüren, und bat Cillian, sie zum Cottage zu fahren. Sie wolle William nicht um die Zeit mit seiner Familie bringen, wo er doch so lange in den Staaten gewesen war, erklärte sie.

William. Den ganzen restlichen Tag hatte er sie gemieden. Nicht so, dass es der Familie aufgefallen wäre. Aber Vic. Sie hatte es bemerkt. Sie bemühte sich, ihre Enttäuschung darüber zu ignorieren. Was hatte sie denn erwartet? Dass aus ihrem Desaster plötzlich ein irisches Märchen werden würde? Mit Sicherheit nicht. Sie wusste ja nicht mal, ob sie und William eine Chance hatten. Ja, sie mochte ihn. Zumindest hatte sie den William gemocht, den sie in New York getroffen hatte. Im Herbst. Vor einer gefühlten Ewigkeit. Aktuell benahm er sich nicht unbedingt so, dass sie gern mit ihm zusammen war.

Sie rechnete ihm sein Verantwortungsgefühl hoch an, auch wenn es ihr zuweilen viel zu weit ging. Zudem konnte sie seine Sorge um seine Familie manchmal durchaus verstehen, auch wenn sie inzwischen der Meinung war, dass die O'Sullivans ziemlich gut mit den Schicksalsschlägen fertigwurden, die das vergangene Jahr für sie bereitgehalten hatte. Aber vielleicht kannte sie sie auch noch nicht gut genug, um das zu beurteilen.

In den letzten Stunden hatte sie viel über die Gespräche am Strand von Appleaugh nachgedacht. Über die Worte von Declan, Williams Vater. Und natürlich über den Beinahe-Streit mit William. Sie wunderte sich immer noch, wo all das auf einmal hergekommen war. Als hätte sie es sich gut überlegt. Mitnichten. Es war einfach so aus ihr herausgebrochen. Sie wusste ja nicht mal, ob sie mit William ein Date *wollte*. Ihr Körper, ja der wollte es definitiv. Und wenn es nach ihm ginge, kannte Vic auch bereits den Ausgang dieses Dates. Aber ihr Verstand, der war zögerlich.

William hatte unfassbar viel von ihr verlangt. Außerdem

machte sein wechselseitiges Verhalten sie immer noch ganz kirre. Dieser Mann gab sich so erwachsen, aber er musste dringend an seinem inneren Kompass arbeiten. Wenn er denn überhaupt einen besaß. Aktuell schien er nämlich von einer Richtung in die andere zu schwanken und nirgends den Kurs einzuschlagen.

Cillian stoppte den Wagen vor seinem Cottage und stellte den Motor ab. Pflichtschuldig bedankte Vic sich bei ihm. Sie griff nach der Stofftasche mit Büchern, die sie sich von Declan ausgeliehen hatte. Als sie die Tür öffnete und ausstieg, ertönte Cillians sanfte Stimme, die der seines Vaters sehr ähnlich war.

»Ich weiß nicht, was das zwischen euch ist, aber ich hoffe, es ist von Dauer.« Anders als bei seinem Vater hörte Vic eine gewisse Forderung heraus.

Sie drehte sich zu Williams ältestem Bruder um. »Das ist doch der Sinn einer Ehe, oder?«

Cillian wog seinen Kopf abschätzend hin und her.

»Das sollte man zumindest meinen. Aber nicht jeder denkt so.« Den letzten Satz versah er mit einem kleinen Fragezeichen.

Vic ließ ihren Blick über das Cottage gleiten und dann wieder zurück zu Cillian. »Eine Ehe ist genau so lange von Dauer, wie beide Parteien gewillt sind daran zu arbeiten.«

Aufmerksam musterte ihr Schwager sie. »Dann ist es das, was ihr tut? Ihr arbeitet daran?«

Vic biss sich auf die Zunge. Sie hatte schon viel zu viele Zweifel gesät. Aber das sollte sie ja auch, nicht wahr? Sie tat nur, was William wollte. Also sagte sie: »Das tun wir doch alle irgendwie, oder?«

Cillian räusperte sich. »Es geht mich nichts an, aber um Williams willen bitte ich dich, dir genau zu überlegen, was du tust. William ist eine verwundete Seele, die verletzlicher ist, als sie es sein dürfte. Diese überstürzte Hochzeit passt ganz und gar nicht zu ihm.«

Schon wieder. Schon wieder gab ihr ein O'Sullivan zu verstehen, wie verletzlich William sei. Sie alle machten sich Sorgen um ihn, während er so beständig daran feilte, ihnen ein durchdachtes Bild von sich und ihrer Ehe aufzuzeichnen, damit sie eben genau das nicht taten. Sich um ihn sorgen.

Vic nutzte die Gelegenheit. »Seit wann ist das so?«

Cillian schien abzuwägen, wie viel er ihr sagen sollte, entschied sich dann aber wohl für die ganze Wahrheit. »Von uns sieben war William schon immer der Sensibelste.«

»Das ist per se ja nichts Schlechtes«, warf Vic leise ein.

Cillian schüttelte den Kopf. »Nein, aber für ihn hatte es negative Auswirkungen. Als er Teenager war, hatte unser Dad einen Herzinfarkt. Das hat ihn völlig aus der Bahn geworfen. Als meine Frau Cathy vor einigen Jahren überraschend verstarb, gerieten mein Sohn und ich ziemlich ins Straucheln. Erst Aeryn hat uns aus diesem Gefängnis befreien können.« Pure Liebe lag in Cillians Stimme, als er von seiner jetzigen Frau sprach. Dann wurde er wieder sachlich. »William hat das mehr mitgenommen, als es hätte dürfen. Und dann dieses Jahr Seans Diagnose. Er wird dir davon erzählt haben, nehme ich an?«

Vic nickte. Wieder einmal.

Cillian umfasste das Lenkrad mit der rechten Hand. »All diese Dinge haben sich in Williams Seele gebrannt, und er sucht seither verzweifelt nach einem Halt. Er hat es perfektioniert, diese Dinge zu überspielen, aber mir macht der Junge nichts vor. Das hat er noch nie gekonnt.«

In Vics Kopf fügten sich die Puzzleteile langsam zusammen. In dieser Familie gab es weit mehr Dramen, als eine gemütliche Nachmittags-Sitcom verarbeiten konnte. Sie waren herzlich und liebevoll, und doch trug ein jeder von ihnen etwas mit sich herum. Vic spürte es. Und es war nur natürlich. Doch anders als Cillian schien William sich mit seinem Päckchen nicht auseinandersetzen zu wollen – oder zu können. War sie nur ein weiteres Gepäckstück, das er am Wegesrand aufgelesen hatte, dem gegenüber er sich wegen des Kindes verantwortlich fühlte? Vermutlich.

Ihre Forderung, das Theater vor seiner Familie zu beenden, schien ihr nach der Eröffnung von Cillian nur noch wichtiger. Sie besaß nicht die Absicht, sich einen Platz am Tisch der Familie zu sichern und sie dann rücklings zu verlassen. Doch genauso wenig war sie bereit, Williams verqueres Spiel nach seinen Regeln zu spielen. Nicht mehr. Dieser irische Junge würde sich entscheiden müssen. Ob er wollte oder nicht.

Vic unterdrückte ein Seufzen, dann sah sie zu Cillian auf, die Hand an der Autotür. »Ich habe nicht vor, William oder eure Familie zu verletzen. Gewiss nicht.« Leise fügte sie hinzu: »Aber ab einem gewissen Punkt muss ich mich und …« Sie brach ab und verstummte einen Moment. Dann atmete sie tief durch und begann von vorn. »Ab einem gewissen Punkt muss ich mich selbst schützen. Und wenn dieser Punkt gekommen ist, werde ich mich nicht dafür entschuldigen.«

Cillian musterte sie einen langen Moment. Für eine frisch Vermählte mussten das seltsame Worte sein. Doch dann nickte er. »Das versteht sich von selbst.«

Vic ging einen Schritt zurück. »Gute Nacht.«

Plötzlich lächelte Cillian. »Dad wusste, das hinter deiner Fassade eine gute Seele steckt. Er hat es sofort gesehen. Ich hätte ihm gleich glauben sollen.«

So viel zu ihren schauspielerischen Fähigkeiten. Sie hatte es wohl wirklich verlernt, die überhebliche New Yorkerin zu mimen. Wann war das nur passiert? Ohne es zu wollen, lächelte Vic beinahe.

»Ihr habt mich noch nicht richtig in Aktion gesehen. Ich bin viel arroganter, als ihr denkt.«

Cillian schüttelte lachend den Kopf. »Du hast es wirklich versucht, aber das haben wir dir höchstens ein paar Minuten lang abgekauft. Alle außer Mom und Dad. Denen macht niemand etwas vor.« Er wurde ernst. »In New York magst du vielleicht so jemand gewesen sein, aber hier … Jemand, der sich so viel Zeit für drei Kinder nimmt, die er gar nicht kennt, ihnen aber so aufmerksam zuhört, sie ernst nimmt und sich um ihre Bedürfnisse kümmert – so eine Person kann nicht schlecht sein, Vic. Mit Sicherheit nicht.«

Vic schloss die Augen und stöhnte. *Das* hatte sie verraten. Die Kinder. Ihre selbstgewählten Schutzschilde. Nicht mal achtundvierzig Stunden hatte sie es geschafft, das Bild, das William ihr abverlangte, aufrechtzuerhalten. Sollte sie sich darüber nun freuen oder an ihren Fähigkeiten zweifeln?

Cillian übernahm die Antwort, obwohl Vic sich diese Frage nicht laut gestellt hatte.

»Du kannst nicht gut lügen, Vic. Das spricht für dich.«

Eine Gänsehaut überfuhr sie. Dasselbe hatte William in New York zu ihr gesagt. An diesem schrecklichen Tag, als alles begonnen hatte den Bach runterzugehen. Diese Brüder waren sich viel zu ähnlich. Vic unterdrückte eine Träne, doch bevor sie die Tür zuwerfen konnte, hielt Cillian ihr einen zusammengefalteten Zettel hin.

»Den soll ich dir übrigens noch von Clare geben. Sie hat ihn mir für dich zugesteckt, als wir gegangen sind.«

Erstaunt nahm Vic das Papier entgegen. Dann nickte Cillian ihr zu und ließ den Motor wieder an. Sie schloss energisch die Tür des Pick-ups und winkte ihm. Während er den Wagen wendete und zu seinen Eltern zurückfuhr, strich sie das Notizblatt glatt und las die Nachricht ihrer Schwägerin.

Eine Telefonnummer und eine Adresse in Dublin. Darunter schrieb sie:

Dr. Mulligan ist der Beste, den du in der näheren Umgebung finden kannst. Bei ihm seid du und euer Kleines in guten Händen. Hab keine Angst vor dem, was kommt. Du wirst eine fantastische Mutter – und wann immer du Fragen hast, darfst du dich jederzeit an mich wenden.

XoXo Clare

Sprachlos starrte Vic auf die Handschrift von Williams Schwester. Diese Familie fing an, ihr Angst zu machen. War Vic denn wirklich so durchschaubar? Oder besaßen die O'Sullivans einfach so eine gute Menschenkenntnis? Alle außer William?

Ihre Schwangerschaft war längst durchgesickert. Nach gerade einmal eineinhalb Tagen. Wer außer Clare wohl noch darum wusste?

Vic nahm sich fest vor, bald einen Termin bei besagtem Doktor Mulligan auszumachen. Sie musste sowieso dringend zu einer Kontrolluntersuchung. Viel zu lange hatte sie das vor sich hergeschoben.

Unauffällig sah William auf, als sein ältester Bruder das Wohnzimmer betrat. Vic war nun also alleine im Cottage. Gewiss war sie müde, es war schon später Abend. Und doch war sich William sicher, dass sie nicht nur deswegen die Flucht vom Hof seiner Eltern ergriffen hatte. Sie floh vor seiner Familie. Und vor ihm. Zu Recht.

Er war ein Idiot. Wieso hatte er sich überhaupt darum bemüht? Vic dazu zu bringen, ihre Ehe nicht als vorübergehendes Übel zu betrachten, sondern als den Anfang von etwas Dauerhaftem – warum tat er das? Sehnte er sich so sehr nach einer Frau an seiner Seite? Nein, eigentlich nicht. Lieber redete er sich ein, dass er es wegen des Kindes versuchte. Er war überzeugt davon, dass es für das Baby besser wäre, in eine stabile Familie hineingeboren zu werden. Die Welt war voll von Gefahren, Ernüchterungen und Unsicherheiten. Umso wichtiger war es, dem Kind einen liebevollen Rückzugsort zu schaffen. Und der begann nun mal mit den Eltern. So dachte William zumindest.

Aber vielleicht betrog William sich dabei auch selbst. War er es nicht vielmehr, der sich einen Rückzugsort wünschte, an dem er all seine Ängste und Sorgen vergessen konnte? Es war naiv zu glauben, Vic könnte dieser Ort sein. In ihren Augen erkannte er, dass sie dazu nicht bereit war. Warum sollte sie auch? Ihr Leben stand kopf. Sie hatte ganz andere Probleme.

Warum also versuchte William es überhaupt? Er zwang dieser Frau schon genug auf. Und nun kam er mit einer weiteren Forderung? Oh, verdammt, er hasste es.

Er begehrte sie. Immer noch. Selbst in dem Moment am

Strand, als sie ihn dazu hatte bringen wollen, die Scharade vor seiner Familie zu beenden. Mitnichten würde er das tun. Seine Eltern würden es vielleicht irgendwann durchschauen. Es war manchmal, als wären sie allwissend – niemand machte ihnen etwas vor. Er war vermutlich töricht, es überhaupt zu versuchen. Ebenso seine Geschwister. Und dann würde sich der Kümmerkomplex vollends entfalten. Die Aufmerksamkeit würde allein ihm gelten. Dabei gab es wichtigere Dinge. Sean zum Beispiel. Und das Baby von seinem Bruder und Lilly. All das. Ihre Zukunft war viel unsicherer als seine. Für sie mussten die O'Sullivans da sein, statt sich den Kopf über William und Vic zu zerbrechen.

Zeugte das also nicht davon, wie wichtig es war, dieses Schauspiel aufrechtzuerhalten? Vic verstand es nicht. Und sie würde es wohl kaum je verstehen. Oder?

»Will, du bist dran!«

»Heute noch, Will …«

Die Stimmen von Sean und Clare riefen ihn zurück in die Gegenwart. Er spielte eine Karte, verlor die Runde und runzelte die Stirn, während er nach seinem Cider griff.

»Was ist los mit dir? Du warst noch nie so leicht zu besiegen wie heute«, wunderte sich Sean und zwinkerte zeitgleich Lilly zu, die ein Stück entfernt bei Rose saß und sich mit ihr über irgendetwas unterhielt. Fragend richtete sich Sean schließlich an William. »Was beschäftigt dich?«

William setzte ein freches Grinsen auf. »Ich wiege euch in Sicherheit, um in der nächsten Runde das Überraschungsmoment zu nutzen. Das ist alles.«

Clare lachte auf. »Oh, das glaube ich dir sofort!«

Sean schmunzelte ebenfalls und entschuldigte sich für einen Moment. Und so saßen William und seine Schwester allein am hinteren Teil des Esstischs. William musterte Clare unauffällig. Wie viel wusste sie? Was ahnte sie?

Ohne aufzublicken, meinte sie plötzlich: »Was ist?«

»Nichts.« Ertappt wandte William sein Gesicht ab und gab vor, das Etikett auf seiner Flasche zu studieren. Was hinfällig war – er hatte beim Entwurf selbst mitgeholfen.

Clare legte den Stapel Karten beiseite und schaute

William unumwunden an. »Sie ist eine nette junge Frau.«

»Hm.« William nickte.

»Was hat sie verbrochen, um dich zu verdienen?«

»Hey!« Empört hob William seinen Kopf und funkelte seine Schwester an.

Die lächelte milde und legte eine Hand auf seinen Arm. »Vic ist zu klug, um so schnell zu heiraten. Sie mag Amerikanerin sein, aber sie ist nicht die Frau, die sie vorgibt zu sein.«

Natürlich. Clare hatte sie durchschaut. So viel zu der Frage, wie lange das Schauspiel noch anhalten würde. William konnte Vic nicht mal einen Vorwurf machen. Sie hatte sich wirklich viel Mühe gegeben. War er es vielleicht doch falsch angegangen? Er versuchte zu retten, was zu retten war.

»Ich mag sie. Sie mag mich. Was ist verkehrt daran?«

»Nichts.« Clare schüttelte unschuldig den Kopf. »Außer, dass ihr den ganzen Tag, seit wir vom Strand zurück sind, nicht miteinander geredet habt.«

Seine Schwester hatte es also bemerkt. Wunderbar.

»Wir lassen uns unseren Freiraum. Wir müssen nicht jede Sekunde aneinanderkleben.«

»Natürlich nicht.« Clare nickte und gab vor, Verständnis für ihn zu zeigen.

»Vic vermisst New York. Sie hat Heimweh. Das ist alles.«

Seine Schwester neigte den Kopf leicht nach vorn. »Verständlich, wenn man bedenkt, in welchem Zustand sie sich befindet.«

William wollte nachfragen, was sie damit meinte, doch in diesem Moment stieß Sean wieder zu ihnen. Also begnügte er sich mit einem undurchdringlichen Blick und ignorierte die Wahrheit, die an ihm nagte.

»Also, Will, bereit für eine neue Runde? Wollen wir mal sehen, ob du noch weißt, wie man gewinnt.« Sean lachte herzlich und rückte seine Brille zurecht. Wenn man ihn so betrachtete, würde man nie auf die Idee kommen, welch schwerwiegende Krankheit sich durch seinen Körper arbeitete. Ein Stich durchfuhr William, und er versuchte mühsam seinen Gesichtsausdruck nicht entgleiten zu lassen. Sein Blick schlich über seine anwesende Familie hinweg. Sie alle lachten und unterhielten sich angeregt – selbst zu dieser späten Stunde noch. Ihnen allen war Seans Schicksal bewusst. Doch im Gegensatz zu ihm kamen sie irgendwie damit klar.

William begegnete den Augen seiner Schwester. Sie lächelte ihn liebevoll und ermutigend an, so als wüsste sie ganz genau, welche Gedanken ihn gerade umtrieben. Und vermutlich tat sie das sogar. Clare war ihrer Mutter so ähnlich. Beide hatten einen sechsten Sinn. Wahrscheinlich wussten sie längst die Wahrheit, verloren aber kein Wort darüber.

Mit einem tiefen Atemzug straffte William seine Schultern, rückte seinen Stuhl zurecht und griff nach seinen Karten. »Mach dich auf was gefasst, Sean. Ich werde kein Erbarmen mit dir haben.«

Was für eine Lüge.

Die nächsten Tage bemühte Vic sich um Abstand zu Williams Familie, doch nicht immer konnte sie sich drücken. William hatte recht, war man einmal bei den O'Sullivans, kam man ihnen nicht mehr aus. Im positiven Sinne. Und doch machte es alles nur noch schwerer für Vic. Ihre Müdigkeit lag wie ein dunkler Schatten über ihr, und am liebsten hätte sie einfach den ganzen Tag geschlafen. Dann würde sie sich vielleicht auch weniger übergeben müssen. Mit ein Grund, weshalb sie versuchte, sich von den O'Sullivans fernzuhalten. Ihre Schwangerschaftsanzeichen waren so offensichtlich – und mindestens Clare wusste längst Bescheid. Unwillkürlich seufzte Vic auf und fragte sich, wie lange sie dieses Drama mit sich selbst in der unfreiwilligen Hauptrolle noch weiterspielen sollte.

»Vic! Vic! Vic!« Kelly, Clares neunjährige Tochter, sprang mit leuchtenden Augen neben Vic auf und ab.

Vic atmete tief ein und setzte ein Lächeln auf. »Was

gibt's?«

»Granny und Mom machen Zuckernüsse! Hilfst du uns?« Aufgeregt griff Kelly nach Vics Hand und begann bereits, sie von ihrem Stuhl zu ziehen.

Sie befanden sich mal wieder in der Küche von Williams Eltern. Die Wohnküche und das Wohnzimmer waren der Mittelpunkt des O'Sullivan-Hauses und des familiären Geschehens. Wie Vic erfahren hatte, war es üblich, dass die gesamte Familie die Woche zwischen Weihnachten und Silvester nutzte, um gemütlich zusammenzukommen. Man ließ die Arbeit ruhen, gönnte sich eine gemeinsame Pause und konzentrierte sich auf die Familie.

Drüben vor dem Kamin saß William mit seinen jüngeren Brüdern zusammen und spielte irgendein irisches Kartenspiel. Twenty-Five. Oder Spoil-Five. Jeder nannte es anders. Sie hatten es ihr erklärt, und Vic hatte sogar zwei Runden mitgespielt und eine davon überraschend gewonnen.

Trotzdem war sie nicht in der Stimmung für Konversation, und so hatte sie sich in die Küche für eine heiße Tasse Tee verdrückt. Williams Vater Declan, sein älterer Bruder Sean und Lilly unterhielten sich bei einem herrlich duftenden Kaffee über Seans Pläne für das kommende Jahr. Lilly nippte, wie Vic auch, an einem Früchtetee.

Vic hatte sich schließlich etwas abseits gesetzt und die Tageszeitung aufgeschlagen. Und obwohl ihr Blick über die Zeilen glitt, las sie kein einziges Wort. Stattdessen hing sie in ihren emsigen Gedanken fest und konzentrierte sich darauf, sich nicht schon wieder erbrechen zu müssen. Bis die kleine Kelly auftauchte und sie ins Geschehen entführte.

Etwas schwerfällig folgte Vic ihrer Nichte – das war Kelly ja jetzt irgendwie für sie – in die Küche. Sie hatte bereits bemerkt, dass Rose und Clare etwas vorhatten und mit Töpfen und Schüsseln hantierten. Neben einer Küchenwaage entdeckte sie allerhand Zutaten. Zucker, Vanilleschoten, Zimt und eine Menge Mandeln.

Nun doch ein bisschen neugierig geworden, blickte sie in die Runde. »Was wird das Leckeres?«

Rose griff nach dem Glas mit Zucker und sah fröhlich

auf. »Wir machen gebrannte Mandeln.«

»Zuckernüsse!«, rief Kelly energisch dazwischen.

Clare lachte. »Oder Zuckernüsse. Kelly weigert sich, sie anders zu nennen.«

Liebevoll strich sie ihrer Tochter über den hellen Scheitel, der demjenigen ihrer Mom bis aufs Haar glich.

Das kleine, aber selbstbewusste Mädchen stemmte die Hände in ihre Taille. »Es sind Nüsse, und die werden in Zucker gebadet. Also sind es Zuckernüsse. Das ist doch klar!«

Vic nickte. »Absolut.«

Clare reichte Vic eine Schürze. »Willkommen im Team Zuckernüsse.«

Vic zögerte. Das war genau das, was sie laut William nicht tun sollte. Dazugehören. Sie wollte bereits ablehnen, als Rose sie aufmunternd ansah.

»Es wird dich von deinen Sorgen ablenken, Liebes.« Sie lächelte. »Es ist Tradition bei uns, zwischen den Jahren mindestens eine Fuhre Zuckernüsse zu zaubern. Je eher du es lernst, desto schneller fühlst du dich in Irland zuhause.«

Vic wollte schreien. Sie wollte weinen. Und aus dem Haus rennen. Wie sollte sie jetzt noch davonkommen? Nur indem sie schrecklich unhöflich sein würde. Verdammt, sie wollte das alles nicht mehr. Seit einer halben Woche war sie hier, und mehr und mehr hasste sie die Rolle, die William ihr aufgezwungen hatte.

Kurz nach ihrer Ankunft, als er sie um diesen Gefallen gebeten hatte, hatte er gesagt, er wüsste, wie schwer es wäre, was er von ihr verlangte. Vic unterdrückte den Fluch, der aus ihr herausbrechen wollte. Einen Dreck wusste er. Einen verdammten Dreck.

Aufmerksam musterten die beiden O'Sullivan-Frauen sie, und Vic hätte ihnen am liebsten den Rücken gekehrt. Doch genauso sehr wollte sie einfach hier an diesem gemütlichen Ort bleiben und wenigstens für einen Augenblick spüren, wie Familie sein konnte. Nur ein paar Minuten. Bevor sie sich wieder zurückzog, alleine ins Gästezimmer von Cillians Cottage mit einem Buch in der

Hand und der Decke über dem Bauch, in dem ein Kind heranwuchs, das Vic für ihr Leben doch gar nicht eingeplant hatte.

Sanft legte Clare plötzlich eine Hand auf Vics Oberarm, die Schürze wartete inzwischen auf der Anrichte darauf, von Vic übergezogen zu werden.

»Geht es dir gut?« Ernst schaute ihre Schwägerin sie an.

Rüde nickte Vic. Mit belegter Stimme erwiderte sie: »Ja, mir geht's gut. Alles wunderbar.«

Sie versuchte zu lächeln.

»Müde?«, fragte Clare leise.

Gequält schaute Vic sie an. Kaum merklich nickte sie und heftete dann den Blick auf das Einmachglas mit Zucker, aus dem Rose soeben eine ordentliche Portion in eine große gusseiserne Pfanne hob.

Leise wisperte Clare neben ihr: »Das vergeht. Halte noch ein bisschen durch.«

Oh Gott, warum war diese Familie so verdammt nett? Und verständnisvoll? Und warum schien man sie so einfach durchschauen zu können?

Williams Mutter rief Kelly zu sich, damit sie ihr half, die Mischung aus Wasser, Vanillezucker und normalem Zucker in der Pfanne zum Aufkochen zu bringen. Begeistert rührte die Kleine mit einem Holzlöffel die klebrige Masse um.

Ohne das Gesicht davon abzuwenden, murmelte Vic: »Es tut mir leid.«

Liebevoll legte Clare einen Arm um Vics Schultern. »Wir haben alle unser Päckchen zu tragen. Dafür sollte sich niemand entschuldigen müssen. Auch eine New Yorkerin in glitzernden Pullovern nicht.«

Mühsam unterdrückte Vic eine brennende Träne, die unbedingt hervorblitzen wollte. Clare kannte sie kaum. Und doch kannte sie sie so gut. Warum nur?

Die zuckrige Masse in der Pfanne warf kleine Bläschen, und gemeinsam gaben Rose und ihre Enkelin noch etwas Zimt sowie das Mark einiger Vanilleschoten hinzu. Als die zähe Flüssigkeit erneut aufkochte, wandte Rose sich an ihre jüngst dazugewonnene Schwiegertochter.

»Willst du die Mandeln unterheben, Vic? Es ist wirklich ganz leicht. Ich zeige es dir.« Sie winkte Vic zu sich herüber, und obwohl sie innerlich standhaft blieb, gab Clare ihr einen leichten Schubs, sodass sie schließlich doch zu Rose aufschloss und nach der Schüssel mit Mandeln griff.

Mehrmals atmete Vic ein und aus. Und in diesem Moment fiel es ihr auf. Es war egal. Es war längst hinfällig. Clare hatte sie durchschaut. Und auch Cillian hatte es ihr gesagt. Niemand kaufte ihr die arrogante New Yorkerin wirklich ab. Warum sollte sie sich also noch weiter bemühen? Dieser Tag bewies erneut, dass es dafür zu spät war. Die O'Sullivans hatten sie aufgenommen. Ungefragt. Ohne Wenn und Aber. Einfach so.

Warum sollte sie also nicht hier stehen und mit ihnen Zuckernüsse zubereiten? Es war egal. Sie konnte es nicht mehr rückgängig machen. Sie würde es William erklären müssen. Und ein neuer Plan musste her. Denn nach wie vor war Vic davon überzeugt, dass sie nicht auf Dauer hierbleiben würde. Aber jetzt in diesem Moment? Jetzt war es so schrecklich egal.

Mit wackeliger und von Unsicherheit geprägter Stimme fragte sie: »Also gut, wie viele Mandeln nehmen wir?«

»Alle!«, rief Kelly und strahlte.

Rose hingegen relativierte die Aussage des Mädchens. »Wir fangen mit der Hälfte an. Sonst kommt der Zucker nicht an alle Stellen.«

Vic hielt die Schüssel schräg über die blubbernde gusseiserne Pfanne, und vorsichtig purzelte eine flache Mandel nach der anderen hinunter in die zuckrige Masse. Dann reichte Rose ihr einen Holzlöffel und leitete sie an, wie sie die Nüsse unterheben sollte. Der süßliche Duft von den Unmengen an Zucker sowie die verführerischen Noten von Zimt und Vanille stiegen in Vics Nase, und für einen kurzen Moment schloss sie ihre Augen. Sie dachte an die kleinen blechernen Stände, die die Straßen New Yorks säumten. Mit gebrannten Mandeln, Cashews oder auch Pistazien im Zuckermantel. In ihrer Lieblingsstadt gab es nichts, was es zu Weihnachten nicht gab. Wie oft hatte sie sich in der Adventszeit eine Tüte mit kleinen roten Herzen darauf gegönnt und hinterher einen herrlich verklebten Zuckermund von all den gebrannten Mandeln gehabt? So oft. Und nie wäre ihr dabei eingefallen, dass sie eines Tages in der Küche einer bedeutenden Brauerei-Familie auf dem irischen Land stehen und gemeinsam mit ihrer Schwiegermutter, ihrer Schwägerin und einem neunjährigen Wirbelwind selbst Mandeln zubereiten würde. Während in ihr ein Kind heranwuchs.

Bitterkeit stieg in Vic auf. Und die Frage, wie sie ihr Leben endlich wieder selbst in die Hand nehmen konnte. Es war längst überfällig, dass sie einen Ausweg fand. Williams Plan würde nicht funktionieren. Bei Weitem nicht. Die Blicke, die ihr sowohl Clare als auch Rose – nur um einige Nuancen versteckter – zuwarfen, sprachen Bände. Auch spürte sie die unauffälligen gütigen Augen von Williams Vater immer wieder auf sich. Alle beobachteten sie. Aber nicht mit bösen Hintergedanken. Vielmehr war es … Sorge. Wie hatte es so schnell so schieflaufen können?

Vic schlug ihre Augen wieder auf, fühlte, wie sehr sie New York in ihrem Herzen vermisste, und starrte auf die Pfanne hinab, in der sich dünne wie dicke Mandeln in bräunlichem Zucker suhlten und sich Schicht um Schicht von den kleinen Kristallen ummanteln ließen.

Roses leise Stimme riss sie aus ihren trüben und beinahe verzweifelten Gedanken. »Ich denke, die Mandeln haben genug gebadet.«

Raschelnd breitete sie ein Backpapier auf dem Küchenschrank aus und bedeutete Vic, die Mandeln aus der Pfanne zu heben und auf dem Papier zu verteilen, damit sie dort trocknen konnten.

Erstaunt bemerkte Vic, dass ihr trotz der Süße, die in der Küche hing wie eine dicke irische Regenwolke, zur Abwechslung mal nicht schlecht wurde. Halleluja! Immerhin etwas.

Nachdem auch die letzte Mandel ihren Ausflug ins Zuckerbad beendet hatte, stellte Vic die Pfanne zurück auf den Herd.

Kelly hielt ihr das Einmachglas mit Zucker entgegen.

»Und jetzt noch den Rest!«

Fragend zeigte Vic auf die fertigen Mandeln. »Sind das nicht genug?«

Kelly schüttelte den Kopf. »Das haben wir doch im Nullkommanichts aufgegessen. Wir brauchen viel mehr!«

Clare und Rose lachten.

»Wo sie recht hat, hat sie recht«, meinte Vics Schwiegermutter und erklärte Vic, wie viel Zucker sie in die Pfanne geben musste.

Plötzlich hatte Vic eine Idee und musste lächeln. »Habt ihr Salz?«

Elf

Später am Abend hatte Vic es sich im Gästezimmer von Cillians Cottage gemütlich gemacht. Mit einer flauschigen Decke um die angezogenen Beine saß sie auf dem Sessel am Fenster und las in *Dubliner*, dem ersten Prosawerk des irischen Schriftstellers James Joyce. In fünfzehn Kurzgeschichten beschrieb er die gleichnamige Stadt, indem er sie als Person betrachtete und verschiedene Lebensphasen vom Kind bis zum Erwachsenen durchlaufen ließ.

Keine leichte Lektüre, insbesondere da Dublin in den Erzählungen von Joyce nicht besonders gut wegkam. Das half Vic nicht unbedingt, sich mit ihrer vorläufigen Heimat anzufreunden. Trotzdem gefiel es ihr irgendwie. Joyce schien eine Hassliebe zu Dublin zu pflegen – ein Gefühl, das ihr bekannt vorkam.

Plötzlich klopfte es an der Tür, und kurz darauf streckte William seinen Kopf zu ihr herein.

»Hey, wir wollten heute Abend noch in den Pub gehen. Möchtest du …« Er verstummte mit einem Mal und musterte sie und das Buch. »Was liest du da?«

Vic hielt ihm das Cover gut sichtbar hin. »James Joyce.«

Überrascht kam er auf sie zu. »Wo hast du das denn her?«

»Dein Vater hat es mir geliehen.«

Williams Gesicht ließ sich nicht deuten, und Vic übte sich darin, ihrem Körper weiszumachen, dass es an William rein gar nichts gab, das sie anzog. Eine dreiste Lüge. Unauffällig wandte sie den Blick sicherheitshalber von ihm ab und gab vor, den Klappentext zu studieren.

Williams erstaunte Stimme ertönte. »Seine Erstausgabe? Er hat sie dir geliehen?«

Vic zuckte mit den Schultern. »Ja.«

»Verdammt …«

Nun war Vic es, die irritiert den Kopf hob. »Was ist?«

Kaum merklich schüttelte William den Kopf. »Seine Erstausgaben dürfen normalerweise nie das Haus verlassen, geschweige denn das Wohnzimmer. Da ist er super streng. Im Gegensatz zu sonst.«

Ein Kloß bildete sich in Vics Hals. Mühsam schluckte sie.

»Es war sein Vorschlag, dass ich mir ein paar Bücher mitnehme …« Ihre Stimme war nur mehr ein leises Wispern. Die Erkenntnis, die sich in ihrem Kopf einnistete, hinderte sie daran, lauter zu sprechen. Ihr Schwiegervater hatte für sie eine Ausnahme gemacht. Ausnahmen machte man nicht für Menschen, denen man nicht vertraute. Im Gegenteil. Man gestand sie nur jenen zu, die einem am Herzen lagen. Ein hauchdünnes Zittern durchfuhr Vic. Aber sie hatte es ja bereits geahnt. Es war längst zu spät. Sie hatte es vermasselt.

William starrte sie an, dann das Buch und wieder sie. Schließlich riss er sich zusammen, ignorierte das vorangegangene Gespräch und fragte: »Die anderen gehen heute Abend noch in den Pub. Sie fragen, ob du mitkommst.«

Sie, nicht William. Vic hatte nicht das Bedürfnis, in einen Pub zu gehen. Sie war müde, wollte für sich sein und hatte keinen Nerv für ein Schauspiel, das offenbar überflüssig zu sein schien. Zumal sie sich nicht vorstellen konnte, dass sie sich in einem Pub besonders wohlfühlen würde. Das war einfach nicht ihr Stil. Andererseits spürte sie, dass sie nach bald einer Woche etwas Abwechslung vertragen könnte.

Ihr Ehemann schien immer noch an der Tatsache zu nagen, dass sie dieses Buch in Händen hielt. Und so erwiderte Vic: »Möchtest du, dass ich mitkomme?«

»Darum geht es nicht.« Er wich ihr aus.

»Du willst es nicht«, schlussfolgerte sie.

»Das habe ich nicht gesagt.«

»Doch, aber ohne es in Worte zu fassen.« Sie spürte es an der Art, wie er sie ansah, an seinem Tonfall, seiner Haltung – einfach an allem.

Entnervt hob er die Hände. »Hör auf, mir etwas in den Mund zu legen.«

Vic bemerkte den rauen Ton in seiner Stimme und fühlte sich bestätigt. Es war lächerlich, aber sie konnte sich nicht dagegen wehren, ihn weiter zu provozieren.

»Dann schau in den Spiegel und sag mir, dass du nicht so aussiehst, als würdest du mir gleich an die Gurgel gehen.«

William fuhr sich durch die Haare und stöhnte. »Willst du jetzt mit oder nicht?«

Nein, wollte sie nicht. Sie wollte ihre Ruhe. Ihren Frieden.

Einige Sekunden lang musterte sie William, wie er sie seinerseits unzufrieden beobachtete.

»Ich komme mit«, hörte sie sich sagen.

Was? Wieso? Und wo kam das her? Ihr Kopf und ihre Sprachorgane arbeiteten eindeutig nicht mehr zusammen. So gar nicht.

William ließ sich nicht anmerken, wie er zu ihrer Entscheidung stand. Er nickte abrupt.

»Wir fahren in einer halben Stunde.«

Ein letztes Mal starrte er auf das Buch auf ihrem Schoß. Vic bildete sich ein, so etwas wie Sorge in seinem Gesicht zu sehen, doch schnell wurde sie durch Verschlossenheit ersetzt.

Während William ohne ein weiteres Wort den Raum verließ, legte Vic das Buch beiseite, lief ins Bad und versuchte sich wenigstens ein bisschen herzurichten. Das hier war nicht Manhattan, aber ein wenig Stil sollte sie wohl doch zur Schau stellen.

Eine Dreiviertelstunde später parkte William seinen Wagen vor dem Pub in Appleaugh. Sein Blick schweifte zu Vic auf den Beifahrersitz. Unter ihrem Mantel trug sie eine weiße

Jeans, die sich eng an ihre Hüften schmiegte, sowie einen senfgelben Pullover, der zwar straff an den Unterarmen anlag, nach oben hin jedoch weit geschnitten war und damit viel Interpretationsspielraum ließ, was ihre Figur betraf. Ihre Füße steckten in hellbraunen Lederstiefeln mit einem mörderischen Absatz. Sie seufzte kaum merklich und strich sich eine Strähne hinter das Ohr. Ihr Make-up war dezent, aber betonte genau die richtigen Stellen. Ihre Augen. Ihre Wangenknochen. Ihren Mund.

Ärgerlich wandte William den Blick ab. Vic sah fantastisch aus. Und dummerweise bemerkte das nicht nur sein Gehirn, sondern auch sein restlicher Körper.

Rauer als beabsichtigt sagte er deshalb: »Wir sind spät dran.«

Damit stieg er aus und lief um das Auto herum, um ihr die Tür zu öffnen. Doch Vic war schneller. Sie schwang sich ihre zierliche Handtasche, die aus demselben Leder bestand wie ihre Schuhe, über die Schulter und steuerte auf den Pub zu.

William folgte ihr und fragte sich, warum er so ein Hornochse war. Seit dem Weihnachtsschwimmen nagte etwas an ihm. Während sein Körper sich zu Vic hingezogen fühlte und sie verdammt nochmal berühren wollte, machte sein Kopf ihm einen Strich durch die Rechnung. Er sollte auf sie zugehen, aber er konnte es nicht. Nicht, solange sie nicht einsah, wie wichtig ihre Scharade war.

Er hatte sie heute gesehen, wie sie mit seiner Mom, Clare und der kleinen Kelly in der Küche seiner Eltern die Mandeln zubereitet hatte. Auf ihrem Gesicht hatte er dieses angespannte Lächeln bemerkt, als sie zu dem Salzstreuer gegriffen und aus den klassischen gebrannten Mandeln jene Sorte gezaubert hatte, die sie in New York im *Fiddlestick* so gerne gegessen hatte. Sie bemühte sich um Distanz zu seiner Familie, aber sie machten es ihr ehrlich schwer.

Sie bemühte sich, ihr Versprechen zu halten, und gleichzeitig brach sie es immer wieder. Doch viel schlimmer war, dass er Vic verstehen konnte. Er verspürte sogar den Drang, sich bei ihr zu entschuldigen. Für all das. Aber das war Blödsinn! Er musste an seinem Plan festhalten. Koste es, was es wolle!

Als er vorhin das Buch seines Vaters auf Vics Oberschenkeln hatte liegen sehen, war ihm, als würde man ihm einen Magenschwinger verpassen. Wenn es etwas gab, das Declan O'Sullivan heilig war, dann waren es seine wertvollen Erstausgaben irischer Literatur. Niemand durfte sich ohne seine Erlaubnis auch nur in ihre Nähe wagen – und dann saß Vic in Cillians Cottage und blätterte friedlich lesend darin! Was war in seinen Dad gefahren? Er kannte Vic kaum, und sie durfte Hand an die Bücher legen? Was war hier los, verdammt nochmal? Das war nicht der Plan! Im Gegenteil!

Angestrengt atmete William mehrmals tief durch. Er musste sich beruhigen. Im Pub, wenige Meter entfernt, warteten seine Geschwister und wollten den frisch verliebten William sehen. Er hasste diesen Zwiespalt, den er mit sich herumtrug. Nichts wollte er lieber, als Vic zu berühren, und gleichzeitig wollte er sie weit von sich stoßen. Sie stellte sein Leben auf den Kopf, machte es ihm zur Hölle und sah dabei immer noch wundervoll aus.

Wie aufs Stichwort drehte seine Frau sich zu ihm um. »Wartest du auf etwas Bestimmtes?«

Er ließ seine Augen über ihre Erscheinung gleiten und unterdrückte den Drang, sie an die Hausmauer zu schieben, seine Hände über ihren Körper streichen zu lassen und ihre vollen Lippen mit einem Kuss zu verschließen, der sich gewaschen hatte.

Stattdessen schüttelte er den Kopf und lief an ihr vorbei, öffnete die Ecktür und ließ sie, ganz der Gentleman, als Erste eintreten. Sofort entdeckten sie die anderen O'Sullivans und steuerten auf den Tisch in der hinteren linken Ecke zu. Pflichtschuldig legte er einen Arm um Vics Taille und wurde des süßlichen Duftes von Flieder auf ihrem Hals gewahr. Er streifte ihren Blick, der perfekt arrogant und skeptisch durch den Pub glitt. Sie spielte ihre Rolle. Oder?

. . .

Pubs waren nichts für Vic. Es war erst ihr zweiter und streng genommen ihr erster echter irischer Pub, aber sie spürte sofort, dass das einfach nicht ihre Welt war. Zwar hing hier immerhin kein altes Fahrrad an den Mauern, von denen die Farbe bereits abblätterte, aber trotzdem. Es war … bodenständig? Rustikal? Ja, das traf es noch am besten, ohne beleidigend zu werden. Das Lokal war L-förmig angelegt. Im rechten Teil befand sich eine lange Bar, dahinter eine Spiegelwand, die den Raum künstlich größer wirken ließ. Direkt daran angeschlossen ächzten Regale unter den vielen Flaschen, die sich ebenfalls in dem Glas dahinter spiegelten.

An den Wänden hingen zahlreiche alte Fotos in unterschiedlichen Größen und verschiedenen Bilderrahmen. Ein einheitlicher Stil wurde hier gewiss nicht verfolgt. Auf einigen Regalen und kleinen Wandvorsprüngen befanden sich verstaubte Whiskeyflaschen, auf die Kerzen gesteckt worden waren. Wachsreste hatten sich auf den Glashälsen verewigt. Es roch nach Bier und Pommes, und Vic hoffte inständig, ihre Übelkeit würde sie heute Abend verschonen.

Während sie den linken Flügel entlangliefen, musterte Vic die dunklen Holzstühle und die runden Tische, an denen sie viele Gesichter entdeckte, die auch beim Weihnachtsschwimmen dabei gewesen waren. Mit aller Kraft konzentrierte sie sich auf ihren eigenen arroganten Ausdruck, denn sonst hätte sie sich womöglich noch aus Versehen an William gelehnt, der einen Arm um sie geschlungen hatte und sie nach hinten zu seinen Geschwistern manövrierte. Ihr Körper war ein Verräter. Immer noch.

»William! Vic! Setzt euch!«

»Da seid ihr ja endlich!«

»Wir dachten schon, ihr kommt nicht mehr.«

Ein Durcheinander an Begrüßungen stolperte ihnen entgegen, und Vic entdeckte Clare mit ihrem Mann James, sowie Sean und Lilly und Williams jüngere Brüder. Allen saß ein Strahlen auf den Lippen, und schnell wurden zwei weitere Stühle für sie herangezogen.

»Was willst du trinken, Vic?« Sean, der neben ihr saß, war dabei, aufzustehen.

»Ein …« Vic verstummte. Was sollte sie trinken? Ein Wasser würde wohl zu auffällig sein, andererseits – sie schaute zu Clare, die sie von gegenüber unauffällig beobachtete – es war ja eh schon egal, oder?

»Ein stilles Wasser, bitte.«

Erstaunt hielt Sean inne. »Wasser? Du trinkst Wasser in einem Pub?«

Ein nervöses Flattern durchfuhr Vic. Sie hatte sich irgendwie immer noch nicht daran gewöhnt, dass Sean O'Sullivan tatsächlich Williams Bruder war. Tapfer nickte sie und setzte ein überhebliches Lächeln auf. »Ich traue diesem Apfel-Gebräu nicht. Und Bier mag ich nicht.«

Sean lachte herzlich und schüttelte den Kopf. »William, wie hast du sie in einem Pub kennenlernen können? Ich kann's immer noch nicht glauben.«

William, der sich kurz mit James unterhalten hatte, wandte sich ihr zu und legte seine Hand auf ihre. Ein aufregendes Kribbeln machte sich auf ihrer Haut breit.

»Sie kennt bisher nur Byrnes Cider. Da kann man schon mal skeptisch werden, was Cider angeht.« Frech grinste er zu seinem Schwager und Boss hinüber.

»Pass auf, was du sagst, wenn du morgen noch einen Job haben willst.« Entgegen seiner Drohung lachte James und legte seinen Arm um Clare, die ihn ebenfalls aufzog.

»James versucht immer noch, den Pub hier zu überreden, dass man hier auch Byrnes anbietet und nicht nur O'Sullivans Cider.« Sie senkte die Stimme verschwörerisch und sagte zu Vic: »Als ob er eine Chance hätte. Jeder, der hier Byrnes bestellt, wird hochkant des Pubs, wenn nicht sogar des Ortes verwiesen.«

Vic nutzte die Gunst der Stunde, um von sich abzulenken. »Also wie ist das jetzt? Eure Familie stellt O'Sullivan Cider her, und James«, sie deutete auf ihren Schwager, »gehört *Byrnes Cider*. Die direkte Konkurrenz, richtig? Wie könnt ihr dabei so friedlich an einem Tisch sitzen, wenn ihr doch das gleiche Produkt auf dem gleichen Markt vertreibt?«

James' Augen funkelten, als er seiner Frau einen Blick zuwarf und diese daraufhin antwortete: »Streng genommen bedienen sie zwar den gleichen Markt, aber Byrnes ist dabei, sich international breit aufzustellen. O'Sullivans hingegen fokussiert sich auf seine Heimat, Irland. Man mag es kaum glauben, aber Irland ist ein überraschend großer Abnehmer von Cider. Da bekommen alle was vom Kuchen ab – oder vom Apfel. Je nachdem, wie man es betrachtet.«

Clare schmunzelte.

»Wie macht ihr das in eurer Ehe? Redet ihr da nicht ständig übers Geschäft?«

James schüttelte den Kopf. »Nicht mehr als andere Paare auch. Außerdem ist Clare mit ihren Büchern gut beschäftigt. Sie hat mit der Familienbrauerei ja kaum etwas zu tun. Darum kümmert sich Cillian, seit Declan sich ein wenig aus dem Alltagsgeschäft zurückgezogen hat.«

»Bücher?« Neugierig musterte Vic ihre Schwägerin.

Die nickte. »Ja, ich bin Autorin.«

Vics ehrliches Interesse war geweckt, und sie setzte sich aufrechter hin. »Was für eine Autorin?«

»Ich schreibe Biographien, aber auch Sachbücher rund um die irische Geschichte.«

William gängelte seine Schwester liebevoll. »Du stellst dein Licht unter den Scheffel, Clare.« An Vic gewandt, meinte er voller Stolz in der Stimme: »Sie ist Bestseller-Autorin. In Irland, Großbritannien und mit ihrem letzten Werk sogar in den USA.«

Erstaunt, dass Vic noch nie etwas von Clare gehört hatte, erwiderte sie: »Gibt es jemanden in eurer Familie, der keinen weltweiten Ruhm einfährt?«

Sie dachte an Sean, der die internationalen Charts mit seinem aktuellen Album *Raspberry Love* anführte.

»Die Bälger da drüben.« Clare lachte und deutete auf Williams jüngere Brüder, die alle bereits Anfang oder Mitte zwanzig waren.

Einer von ihnen, Daniel, wehrte sich sofort: »Wir lassen uns nur Zeit, man will den Alten ja ihre wenigen Jahre des Erfolgs lassen, bevor man sie überholt.«

Lautes Lachen ertönte am Tisch, und Vic musterte einen O'Sullivan nach dem anderen. Es war faszinierend. Diese

Familie war so groß, und obwohl es eine Menge Anlass für Neid gab, schien dieses Gefühl nicht mal ansatzweise präsent zu sein. So als würden sie es gar nicht kennen. Hier gab es nur Liebe, Verständnis und gemeinsame Stärke. Vic presste ihre Lippen aufeinander und versuchte sich davon nicht zu sehr beeindrucken zu lassen. Doch das war leichter gesagt als getan. Was hatte sie schon zum Vergleich? Einen Vater, der sich kaum für sie interessierte und sie bei jeder Gelegenheit spüren ließ, dass sie unerwünscht gewesen war.

Ein trauriger Ausdruck huschte über ihr Gesicht, und vehement schüttelte sie den Kopf, um ihre Gedanken zu befreien. Sie sollte es positiv sehen. Ihr Kind würde in eine liebevolle irische Großfamilie geboren werden. Und auch wenn sie nicht Teil davon sein würde, so würde ihr Kind gewiss davon profitieren. Das allein war viel wert, versuchte Vic sich einzureden.

Sean kehrte mit einem Tablett voller Gläser zurück. Spitzbübisch grinsend stellte er Vic das von ihr bestellte Wasser hin. »Ich habe gesehen, Dad hat dich an seine heiligen Schriften gehen lassen?«

»Was?!« Clare horchte auf. »Unmöglich!«

Vic spürte, wie William sich neben ihr versteifte. Unsicher rutschte sie auf ihrem Stuhl hin und her. Ihr Blick wanderte zu Lilly, die am anderen Ende des Tisches saß und sie aufmerksam musterte. Neugierig, aber nicht so allwissend wie der Rest der O'Sullivans.

In diesem Augenblick begann vorne neben dem Eingangsbereich eine dreiköpfige Band zu spielen, und bevor Vic auf Seans Frage reagieren konnte, zog William sie von ihrem Sitz.

»Du wolltest heute Abend doch unbedingt tanzen, Vic. Dein Wunsch ist mir Befehl!«

Ohne Chance auf Gegenwehr stolperte Vic hinter ihrem Ehemann her und war sich der Blicke der anderen nur allzu bewusst.

»Was tust du da?«, echauffierte sie sich. »Ich habe nie gesagt, dass ich tanzen will.«

William stupste sie auf die Tanzfläche, die den Namen

kaum verdiente, da sie so klein war, und legte seine Hände auf ihre Hüften. Sofort spürte Vic ein aufreizendes Ziehen in ihrem Unterleib und wurde noch ärgerlicher.

Die Band spielte eine Unplugged-Version von Coldplays *Higher Power*, und Vic schloss einen Moment lang die Augen und ließ die Musik durch ihre Seele reisen. Sie sog die muffige Luft ein und stellte sich dann der Auseinandersetzung mit ihrem Mann.

Doch der sah sie großzügig an. »Ich rette dich.«

Vic kniff die Augen zusammen. »Man muss mich nicht retten. Und du ganz bestimmt nicht.«

Er grinste verschmitzt, und Vic hasste ihn dafür.

»Ich habe dich vor einem weiteren Verhör bewahrt.«

»Oh wirklich?« Sie hob ihre Brauen in die Höhe. »Hast du nicht vielmehr dich selbst davor gedrückt, zu erklären, warum ich auf die Bücher deines Vaters Zugriff bekomme?«

Für einen Moment lenkte William seinen Blick von ihr, doch dann musterte er sie.

»Wie soll ich etwas erklären, das ich selbst nicht verstehe?«

Die Musik war laut, doch Vic hatte das Gefühl, als würde sie nur Williams Worte wahrnehmen. Seine Finger strichen über ihre Hüfte, und jede Faser ihres Körpers sehnte sich nach ihm. Nach seinen Muskeln und der warmen Haut. Sich selbst verachtend bemühte sie sich um Abstand zu William.

»Lange wird es nicht mehr funktionieren, William.«

Er runzelte die Stirn. »Was meinst du?«

»Dieses Spektakel, das du uns aufzwingst.«

Er unterdrückte ein Stöhnen. »Vic, wir haben darüber gesprochen. Es geht nicht anders. Wir …«

Aufgebracht funkelte sie ihn an. »Du versteckst dich, William. Du versteckst dich hinter dem angeblichen Leid deiner Familie.« Frustriert rief sie: »Ich werde einfach nicht schlau aus dir!«

»Was? Das ist nicht –«

»William! Ich grüße dich, mein Junge!« Der kleine ältere Mann, den Vic zuvor kurz beim Weihnachtsschwimmen kennengelernt hatte, klopfte William auf die Schulter. Hugh, wenn Vic sich richtig an seinen Namen erinnerte. Er trug, wie Vics Mann auch, eine irische Schiebermütze und warf ihr einen mehr als kritischen Blick zu. Na großartig. Sie verdrehte kaum merklich die Augen und ging auf noch mehr Distanz zu William, was nun endlich gelang, da er die Hände von ihren Hüften genommen hatte.

»Abend, Hugh!« Er nickte dem grummeligen Mann zu.

»Wie geht es den frisch Vermählten?«

Vic war sich sicher, einen stillen Vorwurf in Hughs Stimme zu erkennen. Glücklicherweise schien er einer der wenigen zu sein, die es ihnen übel nahmen, keine große Feier in Appleaugh veranstaltet zu haben, um die Eheschließung zu zelebrieren. Vic überraschte es immer noch, dass Williams Familie daraus bisher kein Ding gemacht hatte.

»Verliebt wie eh und je.« William lachte, und beinahe hätte Vic es ihm geglaubt. Nur in seinen Augen bemerkte sie, wie viel Kraft ihn das Schauspiel in diesem Moment kostete.

Hugh nickte. »Ja, ja. Anfangs ist es immer noch recht aufregend, aber keine Sorge, das legt sich bald.«

Ein Zyniker. Na bravo. Vic bemühte sich um einen neutralen Gesichtsausdruck.

William legte den Arm um ihre Schultern, wie zur Untermauerung seiner nächsten Worte. »Ich denke, bei uns wird es anders sein.«

Hugh musterte Vic unumwunden. »Wir haben dich kaum gesehen, seit du angekommen bist. Es fällt schwer, dich kennenzulernen, wenn man dich nie zu Gesicht bekommt.«

Vic verschluckte sich an ihrer Spucke und konnte den Hustenanfall gerade noch unterbinden. Sie setzte ein höfliches Lächeln auf.

»Williams Familie ist recht groß. Ich bin noch dabei, sie kennenzulernen. Ich dachte, das sei angemessen, bevor ich mich einem ganzen Ort widme.« Ihre Stimme klang ein wenig spitz, doch sie konnte nichts dagegen tun. Dieser Hugh war ihr sowohl unheimlich als auch suspekt.

Ein erneuter wertender Blick von ihm und Vic widerstand dem Wunsch, sich abzuwenden und davonzulaufen. In New York sprach man zehn Minuten miteinander, und kein einziges Wort besaß eine tiefere Bedeutung. Es war Small Talk, wie er im Buche stand. Aber hier? Man machte es Vic hier wirklich nicht leicht. Und dieser Hugh schien sie besonders auf dem Kieker zu haben. Sie musste auf einmal auf jedes Wort achten, das sie sagte. Ihre oberflächliche Rolle, die sie in Manhattan auf Partys stets zu spielen wusste, war verschwunden. Sie hatte absolut keine Ahnung mehr, wie sie das bewerkstelligen sollte.

Erneut war sie kurz davor, sich an William anzulehnen. Aber nein! Sie war sauer auf ihn und seine Scharade. Sie würde es alleine schaffen und sich gegen diesen seltsamen Kauz behaupten.

Schließlich nickte Hugh mit einem Ansatz von Verständnis. »Das ist sicherlich richtig.« Und dann meinte er plötzlich: »Die Familie deines Mannes ist hier tief verwurzelt. Du solltest bald beginnen, dieses Land und seine Kultur kennenzulernen.« Missbilligend schob er hinterher: »Wenn du dir dafür nicht zu amerikanisch bist.«

Sprachlos starrte sie Hugh an. Was erlaubte er sich?!

William räusperte sich und versuchte zu vermitteln. »Wir sind erst seit wenigen Tagen hier. Der Jetlag liegt uns noch ein bisschen in den Knochen. Und Hugh, du weißt doch, meine Familie kann sehr vereinnahmend sein. Aber ich bin mir sicher, Vic wird bald mal bei euch im Ort vorbeischauen.« Er wandte sich an Vic. »Nicht, Schatz?«

Fiel William ihr etwa in den Rücken? Oder war das wieder seine Art, sie zu *retten*? So oder so, Vic legte keinen Wert darauf. Auf keines von beiden. Mit größter Selbstbeherrschung schluckte Vic. Betont freundlich erwiderte sie an Hugh gerichtet: »Genau das hatte ich demnächst vor.«

Obwohl sie nun schon ein paar Tage in Appleaugh war, hatte sie tatsächlich nicht viel von dem Ort gesehen. Sie war hauptsächlich in Cillians Cottage oder auf dem Anwesen von Williams Eltern. Ein Tapetenwechsel war also durchaus keine schlechte Idee, zumal sie ja mehr über Williams Heimat lernen wollte. Aber nicht, wenn es sich anfühlte, als hätten Hugh und ihr werter Gatte sie dazu gedrängt. Deshalb ergänzte sie: »Rose und Clare wollten mir sowieso demnächst eine kleine Stadtführung geben.«

Wollten sie nicht. Aber Vic würde sie mit Sicherheit dazu bringen.

William ließ sich seine Überraschung nicht anmerken, lediglich sein Griff um ihre Schultern verstärkte sich ein wenig.

Bevor Hugh noch etwas vorbringen konnte, tauchte Sean plötzlich neben ihnen auf.

»Entschuldigt, dass ich euch unterbrechen muss. Aber Hugh, ich habe da eine Frage, die mir schon lange auf der Seele brennt …« Geschickt schob er den alten Mann Richtung Bar und ließ Vic und seinen Bruder auf der Tanzfläche stehen.

Entgeistert sah Vic ihrem Schwager hinterher. Hatte er sie gerade im wahrsten Sinne des Wortes gerettet?

»Meine Mom und Clare wollen dir Appleaugh zeigen? Davon weiß ich ja noch gar nichts.« Williams Stimme nahm einen nicht deutbaren Klang an, und Vic hätte ihn am liebsten geschüttelt. Sie war es so leid. Dieses ganze Theater.

Müde entfernte sie sich aus Williams Arm und schenkte ihm einen vorwurfsvollen Blick.

»Sie ebenso wenig.« Vic machte Anstalten, zum Tisch zurückzugehen. Doch dann drehte sie sich noch einmal zu William um. »Es fängt an, lächerlich zu werden, was wir hier tun, William. Ich weiß, du willst deine Familie schützen. Aber ganz ehrlich? So wird das nichts. Das Einzige, das du erreichst, ist, dass ich mir vorkomme, als hätte ich eine gespaltene Persönlichkeit.« Sie blinzelte.

»Du weißt, dass das nicht meine Absicht ist. Ich will doch nur –«

Wütend machte sie einen Schritt auf William zu. »Genau, *du* willst nur! Aber wir sitzen beide im gleichen Boot. Du beschwerst dich, dass ich unsere Ehe zeitlich begrenze, aber schau dich doch an. Erst siehst du mich hasserfüllt an, dann ziehen deine verdammten Hände meine Hüften an deine, und dann fällst du mir im nächsten Moment wieder in den Rücken. Und das alles innerhalb einer Stunde.« Vic seufzte unwillkürlich. »So geht das nicht weiter, William. Sonst bin ich spätestens Mitte Januar bereit für die Klapse.«

»Vic …« In Williams Augen tobte ein Kampf, doch Vic ignorierte es.

»Überleg dir, was du willst. Und ob deine Familie wirklich so schwach ist, dass sie die Wahrheit über uns nicht verkraftet.« Ihr Blick glitt zu Sean, der mit einem schelmischen Grinsen auf Hugh einredete und ihm keine Chance zu entkommen gewährte. »Ich glaube, das Gegenteil ist der Fall.«

Vic fuhr sich durch die Haare und ließ William mitten im Pub stehen. Sie war müde und suchte Schutz neben Lilly, die sich mit Clare und James unterhielt. Hätte Vic noch einmal zu William hinübergesehen, wie er da alleine stand und ihr hinterherstarrte, sie hätte bemerkt, dass sich in seinem Gesicht ein Sturm aus Emotionen manifestierte, der ihn um sein eigenes Überleben kämpfen ließ.

Zwölf

William war schlecht gelaunt. Richtig schlecht gelaunt. Seit bald einer Woche war er zurück in Appleaugh, und nichts lief, wie er es sich vorgenommen hatte. Eine innere Unruhe trieb ihn um, und er wusste nichts mit sich und der Welt anzufangen. Seit dem Abend im Pub vor gut drei Tagen ging Vic, so gut sie konnte, auf größtmögliche Distanz. Was er gut finden sollte, denn das war es ja, was er bezweckt hatte. Allerdings betraf diese Distanz lediglich ihn, was ihm wiederum überhaupt nicht passte.

Schon seit Vic ihm nach dem Weihnachtsschwimmen an ihrem zweiten Tag in Irland die Pistole auf die Brust gesetzt hatte, mit so deutlichen Worte, wie er sie noch nie von ihr gehört hatte, fühlte er sich … ja, wie denn eigentlich? Unsicher. Überfordert. Gespalten. Er weigerte sich darüber nachzudenken. Der Vorfall im Pub vor nur wenigen Tagen tat sein Übriges, um ihm die Stimmung zu verhageln.

Mühsam versuchte er seit seiner Ankunft sich abzulenken. Vic brachte ihn durcheinander, und ihre neu gewonnene Stärke drängte ihn in die Defensive.

Seit dem zweiten Weihnachtsfeiertag, der in Irland gemeinhin auch als Saint Stephen's Day bezeichnet wurde und an dem man faul die Füße hochlegte, verbrachte William die meiste Zeit mit seiner Familie. Sie holten nach, was in den drei Monaten seiner USA-Reise auf der Strecke geblieben war. Abends gingen sie in den örtlichen Pub, Sean spielte ihm ein paar neue Songideen vor, er inspizierte mit seinem Vater die Produktionshalle der Familienbrauerei, und gemeinsam schmiedeten sie neue Pläne für das nächste Jahr. Auch wenn er für *Byrnes Cider* tätig war, lag ihm das Familiengeschäft noch immer sehr am Herzen.

Bis auf das eine Mal war Vic nicht mehr mit in den Pub gekommen. Soweit er es mitbekam, verkroch sie sich vorrangig in den Büchern, die sein Dad ihr ausgeliehen hatte. Ab und zu war sie mit Clare oder auch seiner Mutter und Lilly unterwegs. Aber was sie in dieser Zeit machten? Er hatte keinen Schimmer. Vic redete kaum mit ihm.

Cillians Cottage hatten die beiden zwar seit dem sechsundzwanzigsten Dezember für sich allein, da Aeryn einige Auftritte mit ihrer aktuellen Irish Dance Show in Paris absolvierte und Liam und Cillian sie begleiteten, doch von trauter Zweisamkeit konnte nicht die Rede sein. William war beinahe froh, wenn sein Bruder mit Familie an Silvester endlich wieder zurückkommen würde.

William wusste, dass sie weiterhin gern gesehene Gäste im Haus seines Bruders sein würden, doch er hatte vor, im Januar weiterzuziehen. Vic und er mussten endlich irgendwo ankommen und für das Kind ein Zuhause schaffen. William hatte eine Wohnung in Ballybyrne, dem Hauptsitz von *Byrnes Cider*, aber die war zu klein für eine dreiköpfige Familie. Sie brauchten etwas Größeres.

Dieses Kind … Er hatte es irgendwie immer noch nicht ganz verdaut, dass er Vater werden würde. Er sah, wie Vic die Schwangerschaft zusetzte. Und auch wenn sie längst noch keinen Bauch vorweisen konnte, hatte er bei genauerem Hinsehen bemerkt, dass ihre Kurven weicher wurden. Ihre Haut und ihr Haar bekamen so einen seidigen Glanz, und ihm war, als würde ihr Verstand, der sowieso schon messerscharf war, noch an Spitzfindigkeit zulegen.

Und neben ihrer Übelkeit mischte sie sich in den letzten Tagen morgens Tomatenpesto unter ihr Rührei. So als würde es sich um Pasta handeln. Ihre Übelkeit schien langsam besser zu werden. Zumindest bildete William sich ein, sie seltener aufspringen und zur Toilette rennen zu sehen. Er hoffte, dass er recht hatte, denn er spürte, wie anstrengend diese Sache für Vic wurde. Immer noch wirkte sie oft müde und erschöpft. Aber vielleicht war er daran auch nicht ganz unschuldig.

Da sein Bruder Cillian mit seiner Familie auf Reisen war, hätten sie einen perfekten Ort für ihre Zweisamkeit haben können, doch Vic ging ihm, wo sie nur konnte, aus dem Weg. Seit sie allein waren, schlief sie auf dem Sofa im Wohnzimmer und begab sich erst ins Bad, wenn er fertig und nach unten gekommen war. Zugegeben, William tat nicht besonders viel dafür, um an der Situation etwas zu ändern. Er hätte auf Vic zugehen müssen, aber er wusste nicht, wie.

Ihr wunderschöner Körper, den sie in flauschigen glitzernden Pullovern versteckte, brachte ihn von Tag zu Tag mehr in Bedrängnis. Ihre zarten Fingerspitzen, die während der Mahlzeiten kleine Kreise auf die Tischoberfläche malten, erst recht. Doch William knabberte immer noch an dem, was sie ihm am Strand auferlegt und im Pub um die Ohren gehauen hatte. Sie wusste einfach nicht, wovon sie sprach.

Ja, seine Familie war stark. Aber jede Familie hatte eine Belastungsgrenze. Auch die O'Sullivans. Dass Sean und Lilly ein Kind bekamen, war die frohe Botschaft, die diesem verflixten Jahr ein schönes Ende gab. Wie konnte er jetzt kommen und das ruinieren? Dass Clare bereits ahnte, dass etwas im Busch sein könnte, versuchte er standhaft zu ignorieren. Immerhin hatte sie keine weiteren Anspielungen mehr gemacht. Dennoch war William sich ihrer Vermutungen nur allzu bewusst. Und wer wusste, was Vic ihr erzählte, wenn sie wieder unterwegs waren? Er konnte Vic kaum vorwerfen, dass sie sich in dieser Zeit nach einer Freundin sehnte. Sie hatte versprochen auf Abstand zu gehen, gleichzeitig war William sich bewusst, dass man den O'Sullivans nur bedingt abschwören konnte. Und im Pub war er grandioserweise auch noch derjenige gewesen, der Vic ins Geschehen von Appleaugh geschubst hatte, als Hugh danach verlangt hatte. Nein, er konnte es Vic nicht verübeln, dass sie tat, was er ihr auferlegt hatte.

William starrte in seine halbleere Kaffeetasse, die auf der Kücheninsel in Cillians Cottage stand. Morgen war der letzte Tag des Jahres. Abends würde auf dem Hof seiner Familie eine große Silvesterparty stattfinden. So wie jedes Jahr. Das ganze Dorf war eingeladen. Freunde, Familie und Mitarbeiter. Es würde großartig werden, seine Eltern hatten die Planung diesmal gemeinsam mit seinen Geschwistern übernommen – und wenn seine Schwester Clare die Finger im Spiel hatte, wurde es immer etwas ganz Besonderes.

Plötzlich hörte er ein leises Geräusch hinter sich und fuhr herum. Vic kam die Treppe herunter. Geschmeidig nahm sie eine Stufe nach der anderen und ließ ihre Hand leicht über die Holzbrüstung an der Wand tanzen. Sofort spürte er dieses Verlangen in sich aufsteigen.

Als sie ihn sah, schrak sie kurz auf. »Ich wusste nicht, dass du hier bist.«

Rauer als beabsichtigt erwiderte er: »Zufällig wohne ich hier. *Mit* dir.«

Vic betrachtete ihn einen Moment lang, dann nickte sie abwesend. Sie trug wieder einen dieser weißen Wollpullover, die mit glitzernden Sternen versehen waren. Es schien ihm manchmal, als würde ihre gesamte Winterkleidung aus weicher Wolle und Unmengen an Glitzer bestehen. Ihre schulterlangen Haare hatte sie zu einem lockeren Knoten auf den Kopf verbannt, und ihre langen Beine steckten in einer schwarzen Leggins, die leider viel zu sehr betonte, was William seit Wochen entging.

Mühsam riss er den Blick von ihren Schenkeln, ohrfeigte sich im Geist für seine Lust und ärgerte sich sogleich wieder darüber, dass er bei Vic auf der Stelle trat.

Sie setzte sich auf einen der Barhocker, die auf der anderen Seite der Kücheninsel standen, und verschränkte die Finger ineinander.

»Kann ich mir in einer halben Stunde dein Auto leihen?«

»Wofür?« Interessiert blickte William sie an.

»Ich muss in die Stadt. Nach Dublin.«

Erstaunt musterte er seine Frau. »Wieso?«

»Ich habe einen Termin.« Ungeduldig verdrehte sie die Augen. »Kann ich das Auto nun haben, oder nicht?«

Was wollte Vic in Dublin? Was war das für ein Termin? Dazu noch einen Tag vor Jahresende?

Genervt rutschte sie vom Barhocker und blickte sich suchend um. »Vergiss es, ich frag Clare, ob sie mich zum Bahnhof fährt. Ihr habt doch einen Bahnhof, oder?«

Unbedarft nickte William und beobachtete Vic, wie sie ihr Smartphone vom Sofa hochhob und darauf herumtippte. Endlich erwachte er aus seiner Starre.

»Ich fahre dich.«

Vic ließ das Handy sinken und schaute ihn direkt an. »Ich brauche keinen Chauffeur, ich brauche ein Auto. Außerdem bist du heute bei deinen Eltern zum Essen verabredet.«

William erhob sich. »*Wir* sind bei meinen Eltern eingeladen – und streng genommen sind wir das jeden Tag, solange wir hier sind. Also werden sie es verschmerzen, wenn ich heute einmal nicht komme.«

»Ich kann das wirklich alleine machen, William. Du musst nicht mitkommen.«

»Wie oft bist du schon bei Linksverkehr Auto gefahren?«

Vic stöhnte genervt. »Noch nie, aber so schwer kann das ja nicht sein. Ist eben einfach alles wie bei uns auch, nur andersherum.«

Ein leises Lachen schummelte sich unwillkürlich über seine Lippen. Er hob den Finger und zeigte auf sie. »Und genau deshalb fahre *ich*.«

Erneut verdrehte seine Ehefrau die Augen, doch sie widersprach nicht länger.

»Also schön.« Ein Anflug von Unsicherheit erschien auf ihrem Gesicht, doch es wich sogleich einem Hauch von Trotz. Was ging in dieser Frau nur vor? William hätte es zu gerne herausgefunden.

Eine halbe Stunde später saßen sie in Williams Range Rover und fuhren Richtung Süden. Es war das erste Mal seit ihrer Ankunft in Irland, dass sie den beschaulichen Ort verließen.

Indem sie emsig aus dem Beifahrerfenster blickte, gab sie William eindeutig zu verstehen, dass sie nicht an einem Gespräch interessiert war. Seine erneute Frage, was für einen Termin sie in Dublin habe, ignorierte sie schlichtweg.

Draußen zogen die grünen Weiden vorbei, und Vic verbarg ihre Gedanken vor ihrem Mann. Sie hatte sich in den vergangenen Tagen teilweise versteckt. Die O'Sullivans schienen sie viel besser zu kennen und einschätzen zu können, als ihr lieb war. Dass Clare bereits von ihrer Schwangerschaft wusste, behielt sie vor William lieber noch für sich. Damit würde sie es ihm nämlich viel zu leicht machen, und aktuell hegte sie Groll gegen ihn, weshalb er es nicht verdient hatte, dass man es ihm einfach machte.

Sobald er sie nur ansah, fing ihr Magen an zu hüpfen, und eine Gänsehaut überzog sie von Kopf bis Fuß. Er würde nur einen Finger nach ihr ausstrecken müssen, und sie würde zu Wachs in seinen Händen werden. Und das wollte sie nicht.

Seit dem Moment beim Weihnachtsschwimmen hatte sie sich so etwas wie ein Rückgrat angeschafft und war fleißig dabei, sich einen Plan für ihr Leben zu überlegen. Ein Konzept, wodurch sie endlich unabhängiger wurde und Verantwortung für sich selbst übernahm. Dass sie sich nach dem Zuckernüsse-Tag und dem Besuch im Pub von ihm zurückzog und weiteren gemeinsamen Treffen mit Williams Familie aus dem Weg ging, konnte sie ihrem Ehemann gegenüber als Teil der ihr aufgezwungenen Rolle verkaufen. Er wollte es ja so.

Gleichzeitig brach sie daraus aus und erkundete mit Clare und ihrer Schwiegermutter den kleinen Ort. Zudem blieb sie mit Williams Schwester per Nachrichten in Kontakt. Sie verstand, dass Vic Zeit für sich brauchte, und versicherte ihr, dass die O'Sullivans es ihr nicht nachtragen würden. Etwas, das viel zu lieb gemeint und eigentlich gar nicht im Sinne von Vics Rolle war. Aber die war sowieso hinfällig. Das spürte Vic mit jedem Tag deutlicher.

Vordergründig mochte Vic für William noch die unnahbare Amerikanerin spielen, doch war sie das längst nicht mehr. Und jeder wusste es – nur William nicht. Er hielt eisern an diesem bescheuerten Aufzug fest.

Noch war Vic unentschlossen, wie sie fortan mit den O'Sullivans umgehen sollte. Ihr war nicht daran gelegen, Teil dieser Familie zu werden, wo sie doch wusste, dass sie sie bald wieder verlassen würde, aber man ließ ihr scheinbar überhaupt keine Wahl. Über ihren Kopf hinweg hatte Williams Verwandtschaft beschlossen, sie zu mögen.

Umso mehr hatte sie dieses Versteckspiel satt. Am liebsten hätte sie den O'Sullivans einfach reinen Wein eingeschenkt. Sie würden sich vermutlich sowieso schon ihren Teil denken. Doch niemand sagte etwas. Warum ließen sie William das so lange durchgehen? Das fragte Vic sich wirklich.

Milde lächelnd sah Vic aus dem Beifahrerfenster und dachte an Williams ältere Schwester. Clare war ein herzensguter Mensch. Unter ihrer Nachricht, die Cillian Vic eine knappe Woche zuvor zugesteckt hatte, hatte sie Vic ihre Telefonnummer hinterlassen, für den Fall, dass Vic sie erreichen wollte – ohne ein weiteres Dutzend O'Sullivan-Ohren. Noch am gleichen Abend hatte sie Clare geschrieben und sich für die Adresse bedankt. Nachdem sie Mitte der Woche in der Küche der O'Sullivans zusammengestanden hatten, hatte Vic sich zunächst zurückgezogen, um einen klaren Kopf zu bekommen. Doch nach dem Abend im Pub hatte Vic beschlossen, ihren eigenen Weg zu gehen. Ein paar freundliche Nachrichten von Clare hatten sie schließlich darin bestärkt, aus ihrer Einsamkeit auszubrechen. Es tat gut, mit jemandem zu sprechen und sich wenigstens in diesem Rahmen nicht weiter zu verstellen. Unauffällig hatte Vic begonnen ihre Fühler auszustrecken, wer alles von ihrer Schwangerschaft wusste. Clares Antwort war ziemlich eindeutig gewesen.

Alle, Liebes. Alle wissen es.

Was nur verdeutlichte, wie dämlich Williams Theater war. Natürlich konnte seine Geschichte von der aufrichtigen

Liebe immer noch stimmen und das Kind nur das i-Tüpfelchen dessen sein, aber Clares diskrete Andeutungen legten nahe, dass den O'Sullivans durchaus bewusst war, dass es einen Zusammenhang zwischen Ehe und Kind geben musste.

Und wieder war Vic auf einen von Williams Schutzengeln getroffen. Wie schon sein Vater und Vics Schwager Cillian nahm auch Clare ihren Bruder in Schutz.

Obwohl es vermutlich unfair war, ging Vic das allmählich auf die Nerven. Vielleicht kannte sie es auch nur nicht, da sie nie jemanden gehabt hatte, der auf sie aufgepasst hatte, wie diese Familie es untereinander tat. William war sich dessen womöglich gar nicht bewusst. Schließlich führte er sich wie derjenige auf, der seine Familie vor allem Unheil schützen musste.

Unauffällig blickte Vic zu ihrem Gatten am Steuer. Hinter ihm zogen die grünen Weiden vorüber, und wieder trug er seine typische graue Schiebermütze. Vic lächelte trotz ihres Grolls gegen ihn. Sie hatte sich schon so an diese Kopfbedeckung gewöhnt, dass es ihr beinahe fehlte, wenn sie William ohne sah. Seine Wangen waren leicht gerötet und unterstrichen sein attraktives Antlitz. Plötzlich wandte er ihr für einen kurzen Moment das Gesicht zu, als hätte er ihren Blick auf sich gespürt.

Ihr Lächeln verschwand. Die Fronten zwischen ihnen hatten sich in den letzten Tagen verhärtet. Vic war nicht bereit, nach seiner Pfeife zu tanzen, und er war nicht bereit, einen Schritt auf sie zuzugehen, und so umschwirrten sie sich, wie bei einem alten Ritual, bei dem man stets auf der Hut blieb. Es war kindisch. Aber Vic sah nicht ein, nachzugeben. Wozu auch? Sie hatte sich fest vorgenommen, nicht wie ihre Mutter zu enden. Und so würde sie gewiss nicht anfangen, um seine Zuneigung – möge sie auch vornehmlich sexueller Art sein – zu buhlen.

Seine grünen Augen glitten über ihr Gesicht, blieben an ihren Lippen hängen und kehrten zurück zu ihrem Blick. Für ein paar Sekunden wurden seine Züge weich, und er lächelte sie an. Ehrlich. Und aufrichtig. Wärme durchflutete sie. Ihr Hals wurde rau, und ihre Finger strichen nervös über ihre

Oberschenkel. So leicht war sie zu haben. Mit einem einzigen Lächeln. Von einem Mann, der ein riesiges blinkendes Neonschild mit sich herumtrug, auf dem groß und breit das Wort *Schwierigkeiten* prangte.

Ganz kurz nur erwiderte sie sein Lächeln. Dann wandte sie den Kopf ab und schaute wieder hinaus auf die schwarze Teerstraße, die sich durch die Wiesen schlängelte. Emsig lenkte sie ihre Gedanken von dem Iren neben sich auf den vor ihr liegenden Termin. Mehr durch Zufall hatte sie diese Woche jemanden in der Praxis von Doktor Mulligan erreicht. Als sie erklärt hatte, in welchem unbetreuten Zustand sie sich befand und von wem sie die Telefonnummer bekommen hatte, gab man ihr noch in der gleichen Woche einen Termin – obwohl Weihnachtsferien waren. Doktor Mulligan unterbrach ihretwegen seine patientenfreie Zeit. Vic bemühte sich, darin ein gutes Zeichen zu sehen. Hier würde sie in verlässlichen Händen sein. Sie und das Kind.

Vierzig Minuten später parkte William an der Adresse, die Vic ihm gegeben hatte. Er schaute sich neugierig um.

»Was genau ist das für ein Termin, den du hier hast?«

Vic legte die Hand bereits an die Türentriegelung, als sie innehielt. Ihr Herz klopfte bis zum Hals. Sie war nervös. Wegen des Termins. Und … wegen ihrer nächsten Worte. Langsam drehte sie sich zu William herum und hob den Blick. Leise fragte sie: »Möchtest du dein Kind … möchtest du unser Kind gerne kennenlernen?«

Eine sonnengelbe Paprika starrte William an. Daneben eine runde rote Tomate und ein rosa Radieschen, das die Frechheit besaß, ihm die Zunge rauszustrecken. Er wandte das Gesicht von den Bildern im Behandlungszimmer ab und murmelte: »Wieso hängen in so einer Praxis Gemüsefotos an der Wand? Das vermittelt doch einen total seltsamen Eindruck. Als wäre …«

»Halt die Klappe, William.« Vic schaute ihn maßregelnd an, doch sie konnte ihr Schmunzeln nicht ganz verbergen.

Er tigerte weiter durch das Zimmer und blieb bei einem Plakat hängen. Wieder sah er zu seiner Frau.

»Hast du eine Hebamme? Hier steht, man braucht eine Hebamme. Wir brauchen eine Hebamme. Wir –«

»William …« Vics Stimme schwoll bedrohlich an, und er verstummte wohlweislich.

Oh Gott, er war so schrecklich nervös! Nichtsahnend hatte er Vic zu ihrem Termin nach Dublin gefahren, als sie ihn schließlich einweihte, was das überhaupt für ein Treffen war, zu dem sie an einem dreißigsten Dezember musste. Natürlich! Er hatte gar nicht daran gedacht, aber selbstverständlich brauchte sie in Irland einen Arzt, der sie und das Baby betreute. Wieso war ihm das nicht eingefallen?

Ganz einfach. Weil er jeden Gedanken, der mit dem Kind zu tun hatte, weit von sich schob. Seit er davon wusste. Er hatte keine Ahnung, wie er damit umgehen sollte. Das war es. Und nun stand er hier neben Vic, die auf einem modernen Stuhl saß, die Hände in ihrem Schoß und die Finger ineinander verknotet. Ihr rechter Fuß wippte ganz leicht auf und ab. Das war das Einzige, das ihre Nervosität verriet.

Aus einer plötzlichen Eingebung heraus ging er zu ihr, setzte sich auf den zweiten Stuhl und legte seine Hand auf ihre. Ermutigend lächelte er sie an.

»Es wird schon alles gut werden.«

Verblüfft betrachtete sie ihn, so als hätte sie nicht mit so etwas gerechnet. William unterdrückte die Enttäuschung über sich selbst. Was hatte er dieser wunderschönen Frau nur für ein Gefühl vermittelt, dass sie nun hier saß und simple optimistische Worte von ihm als eine Überraschung empfand. Er war so ein Mistkerl.

Mit einem Ruck öffnete sich die Tür, und ein Mann Anfang vierzig mit schwarzem Haar, in Jeans und dunkelblauem Hemd trat ein. Freundlich streckte er ihnen die Hand entgegen.

»Entschuldigen Sie, dass Sie warten mussten. Meine Tochter war der Meinung, es wäre eine gute Idee, sich mit der Treppe im ersten Stock anzulegen.« Er zog die Stirn in Falten. »Spoiler: Es war keine gute Idee und endete mit einer kleinen Platzwunde an der Stirn.« Er lachte. »Gut, dass diese kleinen Bälger so robust sind.«

Er setzte sich hinter seinen Schreibtisch und öffnete die noch ziemlich leere Akte von Vic. Neugierig betrachtete er sie und William.

»Clare O'Sullivan Byrne hat Sie zu mir geschickt?«

Vic bejahte seine Frage. »Ja, sie ist … Sie ist meine Schwägerin. Williams Schwester.«

Vic deutete auf ihn.

Fröhlich nickte der Arzt William zu. »Eine fabelhafte Frau, Ihre Schwester.«

William schmunzelte. »Oh ja, das ist sie definitiv.«

»Und Sie sind in der wievielten Woche?«

»Ende zehnte.«

»Übelkeit, Erbrechen, Erschöpfung?«

Vic nickte wieder. »Alles miteinander.«

»Das wird sich bald bessern. Sie haben das erste Trimester fast hinter sich. Und dann beginnt der gute Teil der Schwangerschaft. Energie, Tatendrang und Lebenslust.«

Vic kniff ihr rechtes Auge leicht zu. »So wirklich vorstellen kann ich mir das noch nicht.«

»Haben Sie sonst irgendwelche Beschwerden?«

»Das reicht mir ehrlich gesagt schon.«

Doktor Mulligan erhob sich und bat Vic, sich auf die Liege, die sich gegenüber vom Schreibtisch – unter den Gemüsefotos – befand, zu legen und den unteren Bauchbereich freizumachen. Er drückte ein paar Knöpfe auf einem großen Gerät links davon und presste aus einer durchsichtigen Tube eine schleimige Flüssigkeit auf Vics Bauch.

»Ihr erstes Kind?«

Vic nickte.

Der Arzt drehte sich zu William. »Eine spannende Zeit, oder?«

William, der bis dahin ziemlich schweigend den Dialog der beiden verfolgt hatte, suchte nach der passenden Antwort. Sein Blick fiel auf Vics unschlüssiges Gesicht, und auf einmal hatte er das Gefühl, etwas richtigstellen zu müssen.

»Spannend, aber auch … ein bisschen angsteinflößend.«

Doktor Mulligan lächelte nachsichtig. »Das ist nur verständlich. Mit einem Kind verändert sich schließlich das ganze Leben. Nichts wird mehr sein, wie es bisher war. Das kann einem schon mal Angst machen. Aber lassen Sie sich beide davon nicht die Freude über dieses Wunder nehmen.«

William versuchte Vics Gesicht zu deuten, aber er schaffte es nicht.

Der Arzt hingegen winkte ihn auf die andere Seite der Liege. »Kommen Sie, wollen wir mal sehen, was Ihr Kleines gerade so treibt.«

Zögerlich schaute er zu Vic. Die nickte kaum merklich, und langsam kam William der Aufforderung des Arztes nach und setzte sich auf den schmalen Hocker, der dort bereitstand. Gebannt und mit klopfendem Herzen verfolgte er jede Bewegung des Arztes, der das Ultraschallgerät über Vics unteren Bauch führte und währenddessen auf einen kleinen Monitor schaute, der die Größe eines Briefpapiers besaß. Blauweiße Farbflächen, ein großer dunkler Fleck und dann rief Doktor Mulligan fröhlich: »Da haben wir den Fratz.«

Beide, sowohl Vic als auch William, starrten auf den Bildschirm.

»Wann war Ihr letzter Ultraschall?«, fragte der Arzt.

»Ich … Ich hatte bisher keinen. In New York hat man nur eine Blutuntersuchung gemacht, da es für einen Ultraschall noch zu früh war.«

Der Arzt lächelte und blickte von ihr zu William und wieder zu Vic. »Dann wird das jetzt etwas ganz Besonderes für Sie.« Er platzierte das Ultraschallgerät neu, drückte ein paar Knöpfe, und plötzlich ertönte ein lautes, kräftiges Klopfen, das von einem scheppernden Gurgeln untermalt wurde.

»Ist das …?«, setzte William erstaunt an.

»Das Herz Ihres Kindes. Kräftig und gesund.« Doktor Mulligan nickte zufrieden. »Hier ist der Kopf, hier das winzige Herz. Sie können es sogar pumpen sehen. Und hier entwickeln sich Arme und Beine. Aktuell natürlich noch sehr klein.« Er deutete mit dem Finger auf das helle Wesen, das sich munter bewegte.

Williams Herz setzte aus. Dieses zarte Ding, das war sein Kind. Dieses unglaubliche Wunder hatten er und Vic vollbracht. In nur einer einzigen Nacht. Er wollte etwas sagen, doch die Worte blieben ihm im Hals stecken. Er war schlichtweg überwältigt. Immer noch hörten sie das klopfende Herzgeräusch des Babys.

Plötzlich spürte er, wie eine feingliedrige kühle Hand sich in seine schob und vorsichtig zudrückte. Er riss den Blick von dem Monitor los und schaute zu Vic. Tränen schimmerten in ihren Augen, und ein fast scheuer Ausdruck lag auf ihrem schönen Gesicht. Er bemühte sich, trotzdem brachte er keinen Laut über die Lippen. Und so tat er das Einzige, was er konnte. Er hob Vics Hand an seine Lippen und drückte einen sanften Kuss auf ihre Fingerspitzen. Eine kleine Träne stahl sich aus seinem Augenwinkel, und er lächelte, während er schwer ausatmete.

»Das ist unser Kind, Vic«, flüsterte er endlich. Es war raus. Und … es fühlte sich seltsam gut an.

Stumm nickte Vic und blickte ihn unumwunden mit ihren Augen an, die in diesem Moment beinahe golden wirkten, bis schließlich eine Mischung aus Schluchzen und Lachen aus ihr hervorbrach und sie sanft und zurückhaltend lächelte. Ihr Groll gegen ihn war wohl für ein paar Minuten vergessen. Liebevoll drückte er ihre Hand und ließ sie auch für den Rest der Untersuchung nicht mehr los.

Ein Gefühl breitete sich in allen Teilen von Williams Körper aus. Er versuchte in sich hineinzuhorchen und herauszufinden, was es war. Und dann – mit einem Mal erkannte er es. Es war Stolz. Und Liebe. Liebe für dieses kleine zarte Wesen, das erst wenige Wochen alt war und schon so einen kräftigen Herzschlag an den Tag legte. Es war noch nicht auf dieser Welt, und schon liebte er dieses Kind.

Er blickte erneut auf den Monitor und schwor sich, alles zu tun, um dieses Kind zu beschützen und es in einer liebevollen Umgebung aufwachsen zu lassen. Er würde für dieses Kind da sein und es niemals im Stich lassen. William betrachtete das kleine zappelnde Ding und versprach ihm, es zu behüten, so gut wie er nur konnte.

Seine Augen glitten hinüber zu Vic. Der Mutter seines Kindes. Eine zufällige Begegnung hatte sie zueinandergeführt. Eine einzige Nacht war der Ursprung für dieses Lebewesen, das sich auf die Welt hier draußen vorbereitete. Er musste endlich anfangen, an seiner Ehe zu arbeiten. Wenigstens für dieses eine Jahr. Vic und er brauchten eine Basis. Und sei es nur eine freundschaftliche. Aber sie mussten um des Kindes willen miteinander auskommen – ohne ständige Streitereien. Und es war an ihm, endlich einen großen Schritt auf Vic zuzugehen. Sie hatte recht.

Dreizehn

VICS HERZ KLOPFTE NOCH IMMER AUFGEREGT vor sich hin, während Doktor Mulligan ihr ein Papierhandtuch reichte, um ihren Bauch von der Ultraschallflüssigkeit zu befreien. Beim ersten Termin, den sie damals in New York wahrgenommen hatte, hatte sie den Schock noch frisch in den Knochen gespürt und war in einem Nebel der Angst verloren gegangen. Heute jedoch war sie viel klarer im Kopf. Das Kind, das in ihr heranwuchs, hatte plötzlich einen Umriss, den sie deutlich erkennen konnte. Noch immer fürchtete sie sich vor dem, was kommen würde. Aber irgendwie war es heute anders gewesen.

Sie blinzelte zu William. Sein Gesichtsausdruck bestand aus einer Mischung aus Verblüffung, Staunen und Stolz. Endlich. Endlich war die Verachtung aus seinem Blick verschwunden. Wenigstens für diesen Moment. Sie würde wiederkommen. Daran zweifelte Vic nicht. Doch scheinbar war William ebenso verzaubert worden wie sie. Von ihrem gemeinsamen Kind.

Ihre Hand lag noch immer in Williams, als sie sich mit der anderen den Bauch abwischte.

Schließlich erhob sich der Arzt. »Soweit zu sehen ist, ist mit dem Kleinen alles in Ordnung. Wenn wir Glück haben, wissen wir in ein paar Wochen, was es wird.« Er lächelte vielsagend. »Machen Sie sich auch keine Sorgen bezüglich ehelicher Aktivitäten. Das schadet dem Kind nicht.«

Kaum merklich erstarrte Vic. Ohne William anzusehen, entzog sie ihm ihre Hand. Als würde er nicht wissen, wovon der Mediziner sprach, wandte William sich Doktor Mulligan zu.

»Wie meinen Sie …?«

Der Arzt lächelte und ließ sich hinter seinem Schreibtisch nieder. »Sex. Manche denken, das wäre während der Schwangerschaft nicht erlaubt. Aber solange es sich gut anfühlt, können Sie machen, was Sie wollen.«

Vic verdrängte die Bilder, die vor ihrem inneren Auge auftauchten. Sie und William. In New York. In dieser Herbstnacht. Der Nacht, die ihnen das hier eingebrockt hatte. Sofort reagierte ihr Körper, und Vic hätte am liebsten mit den Augen gerollt.

Wissend nickte William schließlich und entgegnete nichts weiter. Vic spürte seinen Blick auf sich, doch sie ignorierte ihn, rutschte von der Liege und zog den Pullover über ihren noch recht flachen Bauch. Doktor Mulligan gab ihr noch ein paar Hinweise mit auf den Weg, und sie vereinbarten den nächsten Untersuchungstermin für Ende Januar. Dann verließen sie die leere Praxis.

Vic zog ihren Mantel eng um sich und versuchte auf dem kurzen Weg zum Auto ihre Gedanken zu ordnen. Als sie die Hände in die Taschen steckte, spürte sie das Fotopapier zwischen den Fingern. Das Bild, das der Arzt ihnen mitgegeben hatte. Das erste Foto von ihrem Kind. Vic spürte ein leichtes Zittern, das ihre Hände überkam. Schnell setzte sie sich auf den Beifahrersitz und wartete, dass William den Wagen startete. Dieses Kind wurde mit jedem Tag realer. Und Vic wollte endlich damit beginnen, dem kleinen Wesen ein gutes Vorbild zu werden.

Als William immer noch nicht losfuhr, sah sie fragend zu ihm.

»Was ist?«

Schweigend drehte er ihr sein Gesicht zu. Mit undurchdringlichem Blick musterte er sie. Schließlich meinte er leise: »Wir werden Eltern, Vic.«

Eine Gänsehaut überzog Vic, doch sie erwiderte nichts. Sie war selbst noch dabei, diesen Termin zu verarbeiten. Ihre Einstellung hatte sich nicht geändert. Sie fühlte sich nicht bereit, Mutter zu werden. Aber sie musste es. Bald.

William überlegte und betrachtete sie eingehend, was bei Vic zu einem verräterischen Flattern in der Leistengegend führte. Beinahe hätte sie genervt geseufzt, unterdrückte den Reflex jedoch rechtzeitig und gängelte ihren Körper im Stillen.

Vic bildete sich ein, so etwas wie ein schlechtes Gewissen auf Williams Gesicht zu erkennen. Aber vielleicht auch nicht. Sie kannte den Mann neben sich und kannte ihn doch nicht.

»Clare hat dir den Arzt empfohlen.« Eine Feststellung. Keine Frage.

Vic nickte.

»Woher wusste sie, dass du einen Gynäkologen brauchst?«

Vic musterte ihn abschätzend. Sollte sie um den heißen Brei herumreden? Nein. Sie hatte keine Lust. Sie war es leid. Sie wollte endlich vorankommen. Also entschied sie sich für die schonungslose Wahrheit.

»Sie weiß, dass ich schwanger bin.«

Aufmerksam ließ William seinen Blick auf ihr ruhen. »Woher?«

Vic zuckte mit den Schultern. »Sie ist selbst draufgekommen. Direkt nach dem Weihnachtsschwimmen. Keine Ahnung, was mich verraten hat. Aber wir haben uns ja schon gedacht, dass sie es vermuten könnten. Du erinnerst dich an den ersten Abend bei deinen Eltern?«

Sie würde sich nicht dafür entschuldigen. Ganz gewiss nicht.

William schwieg. Wieder schien er zu überlegen. »Wer weiß es noch?«

»So wie es scheint, alle. Deine Familie ist klüger, als du es ihr zugestehst, William. Sie ahnen es. Alle.«

»Was hast du ihnen gesagt?« Interessiert ließ er seine Augen auf ihr ruhen.

Obwohl er die Frage ohne Vorwurf gestellt hatte, breitete sich Empörung in Vic aus. Er wollte es nicht verstehen. Harsch erwiderte sie: »Gar nichts!« Sie prüfte mit der Hand ihre hochgebundenen Haare und funkelte ihn böse an. »Aber vielleicht sind regelmäßiges spontanes Erbrechen, das Ablehnen von alkoholischen Getränken und ständige Erschöpfungserscheinungen gewisse Anzeichen für eine Schwangerschaft. Oh, und vielleicht hat eine überstürzte Heirat auch für gewisse Vermutungen gesorgt.« Vics Stimme wurde zunehmend lauter. Sie hatte es langsam ehrlich satt. Sie warf die Hände in die Luft und starrte William an. »Was hast du denn erwartet, verdammt?«

William schwieg.

Etwas ruhiger erinnerte Vic ihn an seine eigenen Worte: »Sie fragen nicht, bevor wir es ihnen nicht sagen. Das hast du in der Küche deiner Eltern zu mir gesagt. Warum verwundert es dich plötzlich, dass sie alle Bescheid wissen? Es war doch klar. Vom ersten Moment an, in dem wir das Haus deiner Eltern als Ehepaar betreten haben.« Traurig musterte sie ihn. »Es war doch nur eine Frage der Zeit, bis sie draufkommen würden.«

William nickte. Und plötzlich erwachte etwas in seinem Blick. So als hätte sie ihn aus einer Trance gerissen.

»Natürlich wissen sie es.« Er murmelte es mehr zu sich selbst als zu ihr, und Vic begann die Geduld zu verlieren.

»Ja, tun sie. Inoffiziell zumindest. Können wir jetzt wieder zurückfahren?«

Was war mit diesem Mann nur los? Vic fragte sich ernsthaft, was in seinem Kopf bloß vorging, das sie nicht verstand.

Plötzlich lächelte er sie an, und Vic musterte ihn skeptisch. »Was ist?«

»Machen wir es offiziell.«

»Was?« Irritiert blinzelte sie.

»Machen wir es offiziell«, wiederholte er. »Morgen. Wenn Cillian wieder da ist.«

»Ähm … okay.« Unsicher schaute sie zu ihm. »Vielleicht solltest du da vorher noch etwas wissen …«

Aufmerksam wartete er auf ihre Ausführung.

Jetzt oder nie, dachte Vic. Er würde es schon bald feststellen, und Vic hatte keine Lust mehr auf diese Spielchen. Welchen Grund es in dieser Familie auch dafür gab, William sein Theater durchgehen zu lassen, sie würde William nicht länger etwas vormachen.

»Dein Plan … dass ich mich als die unbeliebte Schwiegertochter etabliere … Das hat nicht so recht –«

William winkte ab. »Ja, ich weiß.«

»Wie …?«

Er wandte den Blick für einen kurzen Moment von ihr ab und lächelte erneut. »Du warst in den vergangenen Tagen meist nicht dabei, aber wann immer wir über dich gesprochen haben, haben alle nur Gutes über dich gesagt.« William schüttelte den Kopf. »Sie kennen dich kaum, aber ständig muss ich mir anhören, was für eine tolle Partie du doch bist.« Er lachte leise auf. »Sie lieben dich, Vic. Keine Ahnung, wie du es angestellt hast. Aber sie lieben dich.«

Ein Kloß setzte sich in Vics Hals fest. Leise Panik breitete sich in ihr aus. Sie hatte es geahnt, doch in den letzten Tagen hatte sie es erfolgreich verdrängt. Aber nun wurde es ihr schrecklich bewusst. Ihr Plan, Williams Plan, würde nicht aufgehen. Sie würde die O'Sullivans mit ihrer geplanten Scheidung vor den Kopf stoßen.

Leise murmelte sie: »Ich wollte das nicht, William. Ich habe wirklich versucht, zu tun, was du von mir verlangt hast.«

Brüsk sah er sie an und nickte. »Ich weiß.«

Eine Träne rann über Vics Wange. Ihr Nervenkostüm war zum Zerreißen gespannt. Die vergangenen Wochen forderten ihren Tribut. »Was machen wir jetzt?«

Für einen Moment war es still im Auto. Dann plötzlich griff William nach ihrer linken Hand, die in ihrem Schoß ruhte. Er betrachtete den Ring an ihrem Finger, der sich nach einer Woche immer noch falsch anfühlte.

»Wir lassen den hier anpassen.« Sacht strich er über den

goldenen Reif und die Haut daneben. Kleine Funken sprühten um Vic herum. Vernichtend drängte sie sie beiseite.

Leise meinte er: »Meine Frau sollte einen Ring tragen, der ihr wie angegossen passt.« Williams Stimme wurde rau, und ein seltsames Gefühl breitete sich in Vic aus. Vorsichtig zog sie ihre Hand zurück.

»Das alles ändert nichts an meiner Entscheidung, William. Ich …« Sie musste dem einen Riegel vorschieben, solange es ging. »Ich spiele nicht die glückliche Ehefrau an deiner Seite. Diese Ehe ist nicht echt, Will …« Zum ersten Mal hatte sie ihn bei seinem Spitznamen genannt, wie seine Brüder es manchmal taten. »Dein Plan, mich zur arroganten Schwiegertochter zu machen, hat nicht funktioniert. Aber ich kann deshalb nicht …« Ihre Stimme brach ab.

Langsam hob er seinen Blick, und Vic erkannte, dass eine weitere Veränderung in ihm vorgegangen war. »Also gut, hören wir auf mit dem Theater.« Er nickte. »Hören wir auf damit.«

Er drehte den Zündschlüssel um, doch bevor er losfuhr, wandte er ihr ein weiteres Mal den Kopf zu. Seine Gesichtszüge wurden weich, als er sagte: »Vic, ich will ein Date mit dir.«

Vics Atem stockte. Ihr Körper jauchzte. Ihr Verstand überschlug sich unruhig.

»William …«, setzte sie an.

Mit Blick auf die Straße unterbrach er sie. »Ich will, dass dieses Kind in Sicherheit aufwächst, Vic. Ich will … Nein, ich wünsche mir, dass wir es miteinander versuchen. Morgen machen wir reinen Tisch bei meiner Familie. Wir …« Er überlegte einen Moment. »Wir müssen ihnen nicht alles sagen. Nur das Offensichtliche.«

Verdattert starrte Vic ihn an. Ihr fehlten die Worte, um zu beschreiben, was sie dachte.

William fuhr leise fort. »Gib uns eine Chance, Vic. Ein Date. Ein Tag nach dem anderen. Und in ein paar Monaten sehen wir, wohin es uns führt.«

Eine tiefe Schlucht riss Vic innerlich entzwei. Auf der einen Seite wollte sie genau das, was William ihr vorschlug.

Sie wollte den Mann an ihrer Seite kennenlernen und herausfinden, was zwischen ihnen sein könnte. Und sie wollte endlich Schluss mit dem Versteckspiel vor seiner Familie machen – was sowieso von Beginn an ein undurchdachter Plan gewesen zu sein schien. Dessen war sie sich inzwischen sicher. Doch auf der anderen Seite fürchtete sie sich vor den möglichen Konsequenzen und hegte immer noch Groll gegen ihn und sein Verhalten. Zudem schwebte das Schicksal ihrer Mutter wie eine dunkle Macht über ihr. Nicht exakt so, aber ähnlich. Was, wenn sie Gefühle für William entwickelte, er diese aber nicht erwiderte? Sie musste an ihrer Bedingung festhalten. Zu ihrem eigenen Schutz.

»Ein Date. Ein Tag nach dem anderen.« Vics Stimme war so leise, sie hörte sich selbst kaum. Dann, mit festerer Tonlage, ergänzte sie: »Aber wenn es zwischen uns nicht funktioniert, lassen wir uns scheiden. Nach dem ersten Geburtstag. Ich werde nicht zuliebe des Kindes eine Ehe vorspielen, die es nicht gibt, und uns beide ins Unglück stoßen. Und damit auch das Kind.«

Nach einer Weile nickte William. »Einverstanden.«

Sofort fügte Vic hinzu: »Und du sagst deiner Familie die *ganze* Wahrheit über uns.«

Ein Hauch des Erstaunens legte sich auf Williams Gesicht, als er ihr einen misstrauischen Blick zuwarf. »Warum ist dir das so extrem wichtig?«

Vic mied ihn und schaute aus dem Fenster. Sie passierten gerade die nördliche Stadtgrenze.

»Beziehungen, die auf Lügen und falschen Tatsachen beruhen, können nie gutgehen.« Sie schluckte und dachte an ihre Mutter. Hätte diese von Beginn an fair gespielt, wäre Vic womöglich eine unglückliche Kindheit erspart geblieben. Vielleicht hätte ihr Dad sie dann beide nicht gar so sehr im Stich gelassen. Und vielleicht würde es Vic heute leichter fallen, anderen Menschen zu vertrauen und eine emotionale Bindung einzugehen. Doch so? Nein, sie traute sich nicht. Immer in der Angst, verlassen zu werden von den Menschen, die sie zu lieben wagte.

Sie unterdrückte erneut das Zittern in ihren Händen. Sie

wollte reinen Tisch mit der Familie O'Sullivan. Ein jeder von ihnen ahnte längst, dass etwas bei William und ihr im Busch war. Indem sie nun aufrichtig waren, ebneten sie womöglich den Weg für eine potenzielle Beziehung. Nur dann konnte Vic in Zukunft guten Gewissens diesen Menschen gegenübertreten. Nur dann gab es eine kleine Chance für sie und William.

Gleichzeitig nahm sie sich fest vor, sich von William nicht länger ein Verhalten vorschreiben zu lassen, das ihrem Wesen widersprach. Es war Zeit für Vic, endlich zu lernen, sie selbst zu sein, und keine Rolle mehr zu spielen. Was ihr ja augenscheinlich nicht besonders gut gelungen war, wenn sie bedachte, wie schnell die O'Sullivans dahintergekommen waren. Ihr Kind verdiente eine Mutter, die sie selbst war. Keine aufgesetzte New Yorker Partyqueen. Keine Schwiegertochter, die man nicht haben wollte. Nein, sie musste endlich die Frau werden, die sie tief im Inneren immer gewesen war.

Sie schob ihren Groll gegen William beiseite. Sie wusste, wie sehr er sich für das Glück seiner Familie verantwortlich fühlte, aber sie war sich sicher, wenn sie nun endlich die Wahrheit erzählen würden, würde es nicht nur für sie, sondern auch für William leichter werden. Aber dafür musste sie ihm die Gelegenheit geben – frei von Vorwürfen und Erwartungen.

»Also gut«, stimmte William zu. »Dann gibst du uns eine Chance?«, hakte er in hoffnungsvollem Ton nach.

Ein Gefühl der Aufregung nistete sich in Vics Schoß ein. So ähnlich wie an dem Herbstabend, an dem sie beschlossen hatte, mit William mitzugehen. Damals hatte es ihr fürchterliche Konsequenzen beschert. Was würde diesmal darauf folgen?

Stumm atmete Vic mehrmals tief durch. Schließlich entschied sie sich dafür, mutig zu sein. Für sich. Für das Kind. Für ihre kleine Familie, um die es in diesem Moment ging.

Sie wandte William den Kopf zu und nickte. Ein unsicheres Lächeln zierte ihre Lippen. Mit nervösem, aber irgendwie auch erwartungsvollem Tonfall sagte sie: »Sieht aus, als hätten wir demnächst ein Date, Mister O'Sullivan.«

William griff nach ihrer Hand und hielt sie locker in seiner. Dann lächelte er ihr vom Fahrersitz aus zu. »Dann haben wir also ein Date, Misses Malone.«

Sie verließen die Vororte, und die weiten grünen Wiesen erstreckten sich vor ihnen. Die schwarze Teerstraße würde sie mit zahlreichen Kurven nach Appleaugh führen. In einen neuen Abschnitt ihres gemeinsamen Lebens. Sie würden bei null anfangen. Also fast.

Fahrig glitten Williams Finger durch seine Haare. Er atmete tief ein und schloss die Augen für einen Moment.

»Alles okay, Will?« Die Stimme seines ältesten Bruders ertönte neben ihm.

William hob seine Lider und nickte. Heute war Silvester. Am Vormittag waren Cillian, Aeryn und Liam von ihrem Kurztrip aus Paris zurückgekehrt. William hatte sie vom Flughafen abgeholt, während Vic sich im Cottage eine letzte Pause vor der großen Feier heute Abend genehmigte.

William war nervös. Er konnte nicht genau sagen, weshalb. Es war nicht so, als würde er seiner Familie heute etwas gänzlich Neues erzählen. Vieles würden sie sich inzwischen wohl zusammengereimt haben. Er war naiv gewesen zu denken, er könnte die Erzählung seiner Ehe lenken. Schmerzlich erinnerte er sich daran, wie wichtig es ihm gewesen war, dass Vic die Rolle spielte, die er ihr zugedacht hatte. All das, um potenzielle Enttäuschungen und neuen Schmerz von seiner Familie fernzuhalten. Aber so wie es aussah, hatten die O'Sullivans über seinen Kopf hinweg entschieden, Vic in ihr Herz zu schließen – trotz aller Bemühungen ihrerseits, die überhebliche New Yorkerin zu mimen.

Tief in seiner Seele hatte er es geahnt. Doch er hatte dennoch gehofft, ihnen etwas vormachen zu können. Nun stand er in der Küche seines Bruders, wartete auf Vic, und in weniger als einer Stunde würde er seiner gesamten Familie die Situation erklären. Er hatte es Vic versprochen. Dieser

Augenblick beim Arzt am Tag zuvor hatte William erkennen lassen, worum es hier wirklich ging. Dieses Kind war real.

Und wie es schien, hatte man hinter seinem Rücken bereits entschieden, Vic zu lieben. Es war richtig, seiner Familie die Wahrheit zu sagen. Das hatte er gestern erkannt, als Vic ihm von Clares Vermutungen erzählte. Er hatte es ja selbst bereits geahnt. Nichtsdestotrotz fragte er sich, was darauf folgen würde. Vic behauptete, seine Familie sei stark. Aber … für wie lange noch? Wenn er das hier vermasselte, dann … Er wollte nicht daran denken.

Beim gemeinsamen Dinner im Cottage hatte Vic dann ein weiteres Mal darauf bestanden, dass er auch wirklich alles erzählen würde. Sie wollte sichergehen. Keine Geheimnisse mehr. Keine falschen Fährten. Keine Schauspielerei. Energisch wie nie zuvor hatte sie ihm deutlich gemacht, dass sie nach der Wahrheit verlangte.

Kein Klartext, kein Date. Und verdammt, er wollte ein Date mit dieser Frau. Er bemühte sich weiterhin sich einzureden, dass er es vor allem um des Kindes willen wollte. Es könnte funktionieren. Er spürte es. Sie würden gute Eltern sein. Gemeinsam. Ohne Scheidung, sondern als Ehepaar.

In dieser Sekunde blickte er auf und sah Vic die Treppe herunterkommen. Sie trug *das* Kleid. Diesen Schneesturm, der ihre fabelhafte Figur umschmeichelte und mit all den Sternen dieses Universums um die Wette funkelte. Ihre makellosen Beine nahmen Stufe für Stufe, und William schaffte es kaum, die Augen von ihr abzuwenden. Ihr braunes Haar hing in fluffigen Locken um ihr Gesicht herum, und ein dezentes Make-up versteckte die Müdigkeit, die die Schwangerschaft in ihr verwurzelt hatte. Da sie erst im dritten Monat war, sah man bei ihrem Bauch noch nichts, das offensichtlich auf das Kind hinwies. Und selbst wenn, sie war die schönste Frau, die heute Abend an Williams Seite hätte sein können.

Verräterisch machte sich sein Körper bemerkbar, und wieder musste er es sich eingestehen. Ja, er wollte dieses Date. Aber nicht nur wegen des sicheren Hafens für ihr gemeinsames Kind. Nein, er wollte dieses Date mit Vic, weil sie ihn und seinen Körper schier um den Verstand brachte. Und heute Abend in diesem Kleid, das sie bei ihrer ersten Begegnung in New York getragen hatte, mehr denn je. Erinnerungen an die gemeinsame Nacht blitzten vor seinem inneren Auge auf, und er musste sich wahrlich zusammenreißen, sie nicht an der Hand zu nehmen und vor den Augen seines Bruders, seiner Schwägerin und seines Neffen hinauf ins Gästezimmer zu ziehen.

Am Fuße der Treppe angekommen, blickte Vic unsicher in die Runde. »Ist das zu viel?«

Aeryn, Williams Schwägerin, lief auf sie zu und umarmte sie mit strahlenden Augen. »Du siehst fantastisch aus! Etwas zu viel vielleicht.« Sie schmunzelte. »Aber Appleaugh kann ein bisschen *zu viel* vertragen, finde ich.«

Liam musterte Vic kritisch. »Welche Farbe ist das? Man erkennt es gar nicht.«

Vic grinste. »Glitzer.«

»Glitzer? Das ist doch keine Farbe.« Verständnislos kaute er auf seiner Unterlippe und unterzog Vic einer weiteren Betrachtung, wie nur Kinder es konnten.

Vic hingegen strich sich eine Locke aus dem Gesicht. »Glitzer ist auch eine Farbe, zumindest wenn man Heidi Klum Glauben schenken mag.«

»Wer ist Heidi Klum?«

William sah das ehrliche Schmunzeln auf den Lippen seines Bruders und den anerkennenden Blick seiner Schwägerin, die sich nun ebenfalls in die Unterhaltung einschaltete.

»Heidi Klum ist ein deutsches Model. Manchmal arbeitet sie auch als Moderatorin im Fernsehen.«

Typisch skeptisch für einen Zehnjährigen entgegnete Liam: »Und weil sie berühmt ist, kann sie einfach behaupten, Glitzer sei auch eine Farbe?«

Vic lachte. »Aber sieh mich doch an …« Sie drehte sich mit ausgebreiteten Armen einmal um die eigene Achse. »Findest du nicht, dass Glitzer hier die vorherrschende Farbe ist?«

Zweifelnd blinzelte Liam zu seinem Vater und seinem Onkel, die sich bisher mit ihrer Meinung zurückgehalten hatten. Leise wisperte der Junge: »Sie ist wirklich Amerikanerin, oder?«

William lachte und klopfte seinem Neffen freundschaftlich auf die Schulter. »Das ist sie.« Er zwinkerte Liam zu. »Lassen wir ihr heute ihren Willen. Es ist Silvester.«

Verschwörerisch grinste der Zehnjährige, dann setzte er ein höfliches Lächeln auf und wandte sich wieder an Vic. »Du siehst ganz toll aus in dem *glitzerfarbenen* Kleid, Tante Vic.«

Er sagte es mit so einer Überzeugung, dass sie allesamt herzlich lachen mussten. Liam selbst am lautesten.

»Wenn das geklärt ist, können wir ja endlich los.« Cillian lief zu Aeryn, legte den Arm um sie und flüsterte: »Du siehst wunderschön aus.«

Es stimmte. Mochte Williams Schwägerin zwar nicht so glitzern wie Vic, so trug sie einen perfekt sitzenden tannengrünen Hosenanzug mit einem modernen Schnitt, der ihrer Tänzerinnenfigur bestens stand.

Die Männer sahen dahingegen beinahe langweilig aus. Smoking lautete die Devise. Zwar gaben die O'Sullivans normalerweise nicht viel auf Förmlichkeiten, doch es war Tradition, sich besonders zum Jahreswechsel herauszuputzen. Das ganze Jahr über war man sich nicht zu schade, Hand anzulegen, Gummistiefel, Arbeitshosen und besonders in den Sommermonaten verschwitzte T-Shirts zu tragen. Doch an diesem einen Tag, wenn ein Abschnitt endete und ein neuer begann, dann holte man auf dem Hof der O'Sullivans die feinsten Kleider aus dem Schrank.

Langsam ging William auf seine Frau zu, die den anderen dreien lächelnd hinterherschaute. Als sie den Kopf wieder in seine Richtung drehte, bemerkte er bei ihr dieselbe Nervosität, die er in sich spürte. Ihre Augen glichen einem Strudel aus Gold und Karamell und glitten über seine Erscheinung hinweg. Sie musste wohl zufrieden sein mit dem, was sie sah.

Dann jedoch schummelte sich eine Falte auf ihre Stirn, und sie zog die Brauen leicht zusammen. Mit großen Augen blickte sie zu ihm auf.

»Was wirst du ihnen sagen?«

Williams Herz machte einen nervösen Satz, doch gleichzeitig fühlte er eine Ruhe, die sich über ihn legte, seit Vic heruntergekommen war. In der letzten Nacht hatte sie nicht auf der Couch im Wohnzimmer geschlafen. Nach dem Abendessen waren sie gemeinsam ins Gästezimmer gegangen und hatten sich zusammen schlafen gelegt. Jeder auf seiner Seite. Irgendwann hatte William einen Arm um Vic geschlungen, und sie hatte sich zu ihm gedreht. Doch mehr war nicht passiert. Und William – er hatte endlich wieder schlafen können. Die ganze Woche, in der Vic sich nachts auf das Sofa verkrümelt hatte, hatte er wie die Monate zuvor auch wachgelegen. Unfähig, auch nur ein Auge zuzumachen.

Somit war er heute erstaunlich erholt, und je länger er in diesen funkelnden Pool aus flüssigem Karamell vor sich blickte, desto ruhiger wurde er.

»Dass ich in New York eine zauberhafte Frau getroffen habe, wir Zeit zusammen verbracht haben und ich dachte, ich würde sie nie wiedersehen – bis ich sie in einem Schneegestöber auf New Yorks Straßen Wochen später wiederfand und erfuhr, dass wir Eltern werden. Seitdem versuchen wir gemeinsam einen Weg zu finden, machen es uns manchmal schwerer als nötig, und weil ich befürchtete, es würde nicht von Dauer sein, wollte ich nicht, dass sie einen Platz in meiner Familie bekommt.« Er lächelte und fügte mit rauer Stimme hinzu: »Aber ich habe die Rechnung ohne diese Frau gemacht und besonders ohne meine Familie, die ein viel zu großes Herz hat.«

Mit glasigen Augen starrte Vic ihn an, und William spürte eine Wärme, die von seinem Herzen aus seinen gesamten Körper flutete. Er meinte jedes Wort genau so.

Eine kleine Träne verfing sich in Vics dunklen Wimpern.

William lächelte. »Gut, dass du wasserfestes Make-up benutzt.«

Nervös und befreiend zugleich lachte Vic plötzlich auf. Sie atmete tief durch und schaute ihm tief in die Augen. Mit einem Rest Strenge musterte sie ihn. »Ist das alles, was du sagen wirst?«

William wusste, was sie von ihm hören wollte. Er hatte gehofft, darum herumzukommen, aber Vic schien eine neue Energiequelle gefunden zu haben. Sie war längst nicht mehr so erschöpft, als dass sie ihm einfach folgen würde. So wie sie es in New York getan hatte. Nein, die Vic, die heute Abend in diesem glitzernden Gewand vor ihm stand, hatte einen sturen Ausdruck in den Augen. Sie würde nicht nachgeben.

Mit leiser Stimme erwiderte er deshalb: »Ich werde ihnen wohl auch sagen, dass ich keine Ahnung habe, wie lange diese Ehe bestehen wird. Dass ich mein Bestes geben werde – und du auch –, aber dass wir nichts erzwingen können.«

Zufrieden nickte Vic, und Erleichterung machte sich in ihrem schönen Gesicht breit.

»Gut.«

William hob seine linke Hand und strich ihr mit den Fingerspitzen eine Locke aus dem Gesicht, die sich schon wieder hervorgeschummelt hatte.

»Hast du eine Ahnung, wie schwer das für mich ist?«

Abschätzend musterte sie ihn. »Mindestens genauso schwer wie meine erste Woche in Irland.«

Er nickte, und ein schlechtes Gewissen überkam ihn. Er hätte das nie von Vic verlangen dürfen. Ein Gentleman würde das nicht tun. Er war ein mieser Bastard gewesen, das von ihr zu erwarten.

»Kannst du mir das verzeihen?« Seine Stimme war nur mehr ein Flüstern, doch er musste es wissen. Unbedingt. Er verdiente ihre Vergebung nicht, aber er brauchte sie. Um den Mut aufzubringen, seiner Familie reinen Wein einzuschenken – trotz all seiner Bedenken.

Die ungeduldige Frage seines Bruders durchbrach den Moment zwischen ihnen.

»Können wir endlich? Oder möchte das frisch getraute Paar eine private Silvesterparty feiern?« Cillian kam mit großen Schritten durch den Flur auf sie zu.

Vic lächelte und nickte William kaum merklich zu. Dann strahlte sie ihren Schwager an, mit einem Lachen, das seit langer Zeit das erste Mal wirkte, als würde es wirklich frei von Herzen kommen.

»In New York kommen die wichtigsten Gäste immer als Letztes.« Sie zwinkerte William zu. »Und wer, wenn nicht wir, sind heute Abend wichtige Gäste?« Sie griff nach seiner Hand und zog ihn zur Erleichterung seines Bruders endlich aus dem Haus.

Vierzehn

Es waren nur noch wenige Minuten, bis dieses seltsame Jahr zu Ende ging, und William ließ seinen Blick durch die umgebaute Scheune gleiten, die auf dem Hof seiner Eltern angesiedelt war. Längst wurde das Gebäude neben der Produktionshalle nicht mehr in seiner ursprünglichen Funktion genutzt. Vor einigen Jahren schon hatte man es saniert und in eine gemütliche Event-Location verwandelt. Normalerweise fanden hier Cider-Tastings und andere Feierlichkeiten der Brauerei statt. Aber auch Festivitäten wie Taufen, Geburtstage oder eben Silvesterpartys wurden hier begangen. Insbesondere wenn die Jahreszeit es nicht zuließ, auf dem Innenhof unter der großen Kastanie zu feiern.

Seine Familie und vor allem Clare hatten ganze Arbeit geleistet. Überall hingen Lichterketten, dunkelgrüne und goldene Luftballons, Girlanden in denselben Farben und natürlich Wimpel von der O'Sullivan-Brauerei. Ganz ohne ging es eben nicht. Links von William waren runde Tische aufgebaut, auf denen sich weiße Tischdecken und aufwendig arrangierte Bouquets aus winterlichen Zweigen tummelten. Zahlreiche leere und volle Gläser zeugten von der Trinkfreudigkeit der Gäste.

Je weiter Williams Augen zur Mitte des Raumes schweiften, desto mehr Menschen sah er vor sich. Jemand hatte Musik aufgelegt, und es wurde getanzt. Von Irish Folk über alles, was derzeit in den Charts lief, ertönte ein Song nach dem anderen in den Lautsprechern. Überall schaute er in strahlende Gesichter. Es war diese besondere Nacht im Jahr, die auf beinahe jeden einen unvergesslichen Zauber ausübte.

Liebevoll musterte er seine Familie, die zwischen den Einwohnern von Appleaugh und den Mitarbeitern der Brauerei umherschwirrte. Kurz bevor sie zur Scheune hinübergegangen waren, hatte William seine Familie um sich und Vic in der Küche seiner Eltern versammelt. Neugierige und erwartungsvolle Gesichter hatten vom Esstisch zu ihm aufgeblickt, als er sich schließlich erhoben und das Versprechen eingelöst hatte, das er Vic gegeben hatte.

Unwillkürlich musste er bei dem Gedanken daran lächeln. Mit fester und ruhiger Stimme hatte er seiner Familie die Wahrheit eröffnet. So, wie er es Vic zuvor angekündigt hatte. Er wusste nicht recht, was er erwartet hatte. Die Reaktion, die darauf gefolgt war, allerdings nicht. Ein Schmunzeln hatte die Gesichter seiner Geschwister geziert, ein verständiges Lächeln das seiner Eltern. Niemand hatte ein Wort gesagt – was in dieser Familie höchst ungewöhnlich war.

Vic hatte sich die ganze Zeit über an seiner Seite befunden, die Hände ineinander verknotet und es vermieden, die O'Sullivans direkt anzusehen, bis es vorbei war.

Schließlich war sein Vater aufgestanden, zu ihnen gekommen und hatte sie beide in den Arm genommen. Mit seiner gewohnt entspannten Stimme hatte er gefragt: »William, warum hast du das nicht gleich gesagt?«

Hilflos hatte William mit den Schultern gezuckt. Die Wahrheit auszusprechen war ihm zu schwer gefallen. Vorsichtig und unauffällig hatte Vic ihre Hand in seine geschoben. Immer noch spürte er ihre zarte weiche Haut auf seiner. Diese Frau war viel zu gut für ihn. Sie hatte ihm verziehen, obwohl er sie zu Schrecklichem gezwungen hatte.

Rose, Williams Mutter, war ebenfalls aufgestanden und hatte lächelnd eine Hand auf Vics Schulter gelegt. »Warum machen es sich die jungen Leute heute alle so schwer?« Kopfschüttelnd hatte sie hinüber zu ihrem Mann geblickt, dann wieder zurück zu ihrem Sohn. »William, du weißt doch, wir nehmen hier jeden so, wie er ist. Mit all seinen Eigenheiten, egal, welche das sein mögen. Du bist doch damit aufgewachsen. Wie konntest du denken, ein bisschen aufgesetzte Hochnäsigkeit würde uns abschrecken?« Milde lächelnd hatte sie zu Vic geblickt. »Abgesehen davon, dass du dir wirklich Mühe gegeben hast, war vom ersten Abend an klar, dass das nicht du bist, meine Liebe.«

Vom anderen Ende des Tisches hatte Clare grinsend eingeworfen: »Aber so ein bisschen entspricht sie schon der typischen New Yorkerin.«

Liam hatte genickt, als wüsste er genau, worum es ging. »Glitzer ist ihre Lieblingsfarbe!«

Sean, Williams nächstälterer Bruder, hatte herzlich über die Aussage seines Neffen gelacht. »Und das würde eine Irin gewiss nie von sich behaupten.«

William hatte sich umsonst gesorgt. Vorerst.

Schließlich hatten sich – wie immer in dieser Familie – alle in den Armen gelegen, und Vic bekam den Neustart, den sie verdiente. Den ganzen Abend über wurde sie von seinen Geschwistern, deren Partnern, seinen Neffen und seiner Nichte belagert. Liebevoll. Aber es glich dennoch einer Belagerung. Es verging kein Moment, in dem sie auf dieser Party alleine war. Ständig hörte William aus irgendeiner Ecke ihr herzliches Lachen oder ihren amerikanischen Akzent. Warum hatte er versucht, sie in eine Rolle zu drängen, die ihr nicht lag?

Plötzlich stellte sich jemand neben William und reichte ihm eine Flasche Cider. »Liebst du sie, Will?«

Erstaunt blickte er zu Sean. Er sah gut aus in seinem Smoking und mit der modernen Brille aus einem dünnen Drahtgestell, die inzwischen zu seinem Markenzeichen geworden war.

»Wir kennen uns kaum.« Seine Augen suchten die Tanzfläche nach Vic ab.

»Und doch hast du sie hierhergebracht. Nach Hause. Zu uns.«

Er räusperte sich. »Hätte ich sie in New York lassen sollen? Schwanger und allein?«

Sean wog seinen Kopf hin und her. »Nicht unbedingt. Aber sie ist eine erwachsene Frau. Sie hätte sich auch ohne Ring am Finger zurechtgefunden.«

Williams Magen zog sich zusammen. Sein Bruder hatte recht. Er wusste es. Aber dennoch leugnete er es vor sich selbst. »Durch die Heirat ist sowohl Vic als auch das Kind finanziell abgesichert. Der Ring macht vieles einfacher.«

»Wirklich?« Skeptisch musterte Sean ihn. »Ich habe den Eindruck, dass er alles nur verkompliziert hat.«

Statt zu antworten, nahm William einen Schluck von seinem Cider.

Sanft fuhr sein Bruder fort: »Verstehe mich nicht falsch, ich mag Vic. Auch wenn ich noch nicht viel über sie weiß. Aber sie wirkt wie eine toughe Frau, und wir O'Sullivans brauchen toughe Frauen. Jemand anderes hält es mit uns nämlich nicht aus.« Er lächelte. »Pass auf, dass du den richtigen Moment nicht verpasst, Will.«

Irritiert schaute William auf. »Was meinst du damit?«

Sean zuckte mit den Schultern. »Wir O'Sullivans haben die Gabe, zu spät zu erkennen, wenn wir eine Frau wirklich lieben. Schau Cillian an, oder mich. Clare ist vermutlich die Einzige, die es bei James damals selbst gemerkt hat. Aber wir männlichen O'Sullivans, uns fehlt da eine Leitung vom Herzen zum Gehirn, glaube ich.«

»Ich werd's mir merken«, murmelte William und bemühte sich, den inneren Aufruhr zu ignorieren, den das Gespräch mit seinem Bruder in ihm auslöste. Nach einer kurzen Pause fragte er: »Wie geht es dir? Also wirklich.«

Seans Gesicht wurde von einem kaum wahrnehmbaren Schatten überzogen, der sich jedoch schon bald wieder verflüchtigte. »Dieses Jahr war teilweise ganz schön mies. Aktuell bin ich fit. Der letzte Schub hat zum Glück keine langfristigen Schäden verursacht. Und es hilft mir, mit meinen Leuten in der Selbsthilfegruppe darüber zu sprechen.« Plötzlich lachte er. »Außerdem schafft Lilly es immer wieder, meiner Angst in den Hintern zu treten, wenn sie doch wieder wagt aufzutauchen.«

William lächelte. »Das ist gut.« Dann suchte er den direkten Blickkontakt zu Sean. »Hast du Angst davor, Vater zu werden?«

»Ehrlich?«

William nickte.

Sean dachte einen Moment lang nach. »Manchmal schon. Es ist eine enorme Verantwortung, die man damit übernimmt. Gepaart mit meiner teils ungewissen Zukunft – ja, das macht mir Angst. Aber … es fühlt sich richtig an. Familie ist mehr als Mutter und Vater. Das Kleine wird in zwei wundervolle herzliche Gemeinschaften hineingeboren. Und wie sagte Lilly mal? Es wird sich vor Liebe kaum retten können. Das gibt mir Kraft, denn ich weiß, wenn ich mal zu schwach bin, sind viele Hände da, die uns auffangen werden.«

William bewunderte den Optimismus, den sein Bruder an den Tag legte, und wünschte, er könnte nur ein Quäntchen davon für sich selbst aufbringen. Sean schien inzwischen immer besser mit seiner Erkrankung zurechtzukommen. Nicht so William. Nach wie vor fühlte er sich von der Welt ungerecht behandelt. Er schaffte es nicht, darüber hinwegzukommen. Die Sorge um seinen Bruder, sie zerfraß ihn innerlich. Nacht für Nacht. Nichts davon sagte er Sean.

Der stellte William schließlich die gleiche Frage. »Und du? Hast du Angst davor, Vater zu werden?«

William schwieg eine Weile. Dann nickte er. »Ich bin darauf nicht vorbereitet gewesen. Es war nicht geplant. Ich … weiß nicht, ob ich überhaupt in der Lage dazu bin, ein Kind großzuziehen.«

Er unterdrückte die Verzweiflung, die in ihm aufloderte. Er dachte zurück an den Moment, als er gestern das erste Mal sein Kind auf dem Bildschirm des Gynäkologen gesehen hatte. Klein, zart, verletzlich. Und voller Magie.

»Was, wenn ich versage, Sean? Wenn ich es nicht schaffe, dem Kind ein sicheres Umfeld aufzubauen. Vic und ich … wir versuchen es. Aber was, wenn es nicht klappt? Wenn wir Fehler machen?«

Sean sah ihn verständnisvoll an. »Wir machen alle Fehler. Auch Mom und Dad haben Fehler gemacht. Niemand ist perfekt, Will. Eltern schon gar nicht.«

Er deutete mit seiner Ciderflasche auf die Tanzfläche, wo Vic gemeinsam mit Lilly, Aeryn und Clare das Tanzbein schwang, als wären sie eine seit Jahren eingeschworene Clique.

»Was können wir unseren Kindern mitgeben? Vermutlich, dass wir alle unser Bestes versuchen, aber dass selbst das manchmal nicht reicht. Aber kommt es darauf an? Solange ihr dem Kleinen all eure Liebe schenkt, ist der größte Teil doch schon geschafft.« Sean lächelte erneut. »Verdammt, schau uns an, Will. Es ist Silvester, und wir reden darüber, wie wir gute Väter werden. Was für ein verrücktes Jahr liegt hinter uns.«

»›Verrückt‹ ist noch untertrieben«, murmelte William.

Ausgerechnet in diesem Augenblick ertönte Seans Erfolgshit *A Wild Girl's Heart* über die Lautsprecher.

Grinsend verdrehte Sean die Augen. »Wer zur Hölle kommt auf die Idee, meine Songs zu spielen, wenn ich anwesend bin? Wir haben doch ausgemacht, dass wir das unterlassen!«

William wollte etwas Ironisches erwidern, doch vor ihm tauchte plötzlich eine strahlende Vic auf und blendete ihn mit ihrem glitzernden Kleid, das ihn noch immer um den Verstand brachte.

»Das ist mein Lieblingslied!« Sie griff nach seiner Hand. »Komm, du musst mit mir tanzen!«

William starrte sie an und bewegte sich keinen Millimeter. Er konnte nicht. Vics Lachen, das Funkeln in ihren Augen und dieser wirbelnde Schneesturm, der ihre wunderschönen Beine wie ein verspätetes Weihnachtsgeschenk hervorlugen ließ, brachten ihn beinahe um seine Fassung.

Auf einmal hielt Vic inne und blinzelte zu Sean hinüber. Zögernd fragte sie: »Ist das jetzt peinlich?« Ihre Augen tanzten zwischen William und seinem berühmten Bruder hin und her, dann schlug sie sich die Hände vors Gesicht. »Oh Gott, es *ist* peinlich!«

Sean lachte und beugte sich zu William. »Sagte ich dir in unserem Gespräch vor deinem Abflug in die Staaten nicht, du sollst dir in New York eine Freundin suchen? Freut mich, dass du es ernst genommen und gleich meinen scheinbar größten Fan geheiratet hast.« Er schmunzelte und wandte sich dann grinsend an Vic. »Es ist *ein bisschen* peinlich. Aber es bleibt ja in der Familie. Also …« Sean nickte William auffordernd zu. »Fehlt euch nicht noch so was wie ein Hochzeitstanz?«

Schelmisch lachte er und begab sich auf die Tanzfläche zu Lilly und den restlichen O'Sullivans.

Ein Schmunzeln legte sich auf Williams Lippen, während er Vic noch immer betrachtete. Sanft zog sie an seiner Hand und legte den Kopf schief.

»Worauf wartest du?«

»Ich kann nicht tanzen. Ich habe genauso linke Füße wie Cillian.« Sein Auftritt im Pub vor ein paar Tagen war eine Ausnahme gewesen, um dem Verhör seiner Geschwister zu entkommen.

Vic drehte sich prüfend zur Tanzfläche und wenige Sekunden später wieder zu William.

»Cillian tanzt trotzdem.« Sie deutete mit dem Daumen hinter sich.

»Weil er mit Aeryn verheiratet ist. Da muss jeder in der Familie tanzen.«

»Also auch du!« Frech lachte sie ihn an. Und dann köderte sie ihn mit der besten Waffe, die sie unter diesem fantastischen Outfit hervorholen konnte. »Wenn du heute Abend mit mir tanzt, zählt das als unser erstes Date.« Für einen kurzen Moment zog sie die Stirn in Falten. »Oder unser zweites. Also je nachdem, wo man anfängt zu zählen.«

Williams Schmunzeln wurde größer. Sie war gut. Verdammt, sie war gut. Ihre karamellfarbenen Augen sprühten heute seit vielen Tagen das erste Mal wieder kleine Funken. Etwas in ihr musste sich gelöst haben. Sie war nicht mehr so verkrampft, eine kaum wahrnehmbare Emotion umgab sie, so etwas wie … War es Optimismus?

Ein Stich durchfuhr William. Erneut fragte er sich,

warum er Vic nicht so genommen hatte, wie sie war. Warum hatte er ihr seinen Plan aufgedrückt, anstatt die Dinge langsam anzugehen und sie gemeinsam mit ihr zu durchdenken? Diese Frau mochte sich in einem Moment der Schwäche auf ihn eingelassen haben. Weil sie in jenem Augenblick geglaubt hatte, keine Wahl zu haben. Doch die Karten hatten sich neu gemischt. Sie fand zu ihrer inneren Stärke zurück. Nun war William es, der sich ins Zeug legen musste. Für das Kind. Für sich. Für sie drei.

Also ließ er sich auf Vics Deal ein. Sanft drückte er ihre Hand, die seine noch immer umfasste, und ging langsam einen Schritt auf sie zu.

»Du willst bei unserem ersten Date tanzen?«, fragte er lächelnd.

Vic nickte. »Will ich.« Keck warf sie ihre lockigen Haare nach hinten. »Und wenn du nicht bald mitkommst, ist mein Lieblingslied vorbei.« Sie grinste. »Und da wir den Peinlichkeitsgrad in Sachen Sean O'Sullivan eben sowieso schon überschritten haben, würde ich jederzeit zum DJ gehen und ihm sagen, er soll den Song nochmal spielen.«

William lachte. »Das können wir Sean nicht antun.«

»Doch, könnten wir.« Sie musterte ihn ernst, und ein seltsamer Ausdruck legte sich über ihr Gesicht. Doch dann schmunzelte sie. »Aber ich lasse dir trotzdem die Wahl.«

Sie war zu gut für ihn. Mit einem Mal schoss William dieser Gedanke wieder durch den Kopf. Und er jagte ihm eine Heidenangst ein. Ohne nachzudenken, drückte er ihr einen sekundenlangen Kuss auf die Lippen, dann zog er sie in die Mitte des Raumes, und gemeinsam tanzten sie dem neuen Jahr entgegen.

Fünfzehn

»Was machen wir hier?« Neugierig schaute Vic sich um.

Vor wenigen Minuten hatte William das Auto geparkt, und nun liefen sie die belebten Straßen von Dublin entlang. Sie befanden sich im südlichen Teil der Stadt. Ein breiter Bach plätscherte an diesem kalten Januartag vor sich hin, und ein Taubenschwarm präsentierte elegante Formationen am Himmel über ihnen.

Das neue Jahr war nun bald eine Woche alt, und Vic verzeichnete fünf Dates mit William auf ihrer imaginären Liste. Oder sechs. Je nachdem, wie man zählte. Sie hatte sich noch nicht entschieden. Es hatte sie unendlich viel Mut gekostet, doch als William sein Versprechen gehalten und seiner Familie die Wahrheit über ihre Ehe erzählt hatte, war in Vic ein unerwarteter Schub an Energie freigesetzt worden. Sie konnte es noch immer nicht genau beziffern, aber in jenem Moment hatte sie plötzlich den Mut und die Kraft gespürt, die sie brauchte, um sich auf eine Annäherung mit William einzulassen. Ihr Verstand hatte endlich erhalten, wonach er verlangte. Zumindest ein bisschen davon.

Zum ersten Mal, seit sie in Irland angekommen war, war die Angst nicht mehr das vorherrschende Gefühl gewesen. Die Reaktion der O'Sullivans hatte sie letztlich in ihrer Einschätzung bestärkt, dass es richtig gewesen war, ihnen die Wahrheit zu sagen. All das hatte ihr geholfen anzukommen.

Und seit einer langen Zeit hatte Vic sich plötzlich auf die bevorstehende Party gefreut. Sie würde anders sein als zuhause in New York. Anders, aber vielleicht sogar besser.

Und so war es schließlich gewesen. Sie hatte interessante Unterhaltungen mit den Menschen aus Appleaugh geführt – sogar mit diesem seltsamen Kauz Hugh. Den ganzen Abend lang hatte sie gelacht und getanzt. Und für einen Moment hatte sie sogar vergessen, welche Zukunft wohl auf sie warten mochte.

Erst als der Countdown bis Mitternacht heruntergezählt worden war, sich alle auf dem Innenhof des Anwesens versammelt und mit blitzenden Wunderkerzen in der Hand in großer Erwartung auf den Jahreswechsel verharrt hatten, hatte Vic sich einen sorgenvollen Blick auf das gestattet, was kommen würde. Sie hatte keine Ahnung, was es bedeutete, Mutter zu werden oder zu sein. Sie wusste nicht, wie sich ihre Beziehung mit William entwickeln würde, und sie fragte sich noch immer, was sie abseits dessen mit ihrem Leben anfangen sollte. Sie wollte eine Aufgabe finden, die sie nicht nur zufriedenstellte, sondern auch finanziell unabhängig machte. Das war längst überfällig.

Während sie in die Funken der Wunderkerze in ihrer Hand gestarrt und sich um all das Gedanken gemacht hatte, hatte sie Williams Hand auf ihrem Rücken gespürt. Er war dicht neben ihr gestanden, und als es schließlich so weit war und das neue Jahr begann, hatte er geflüstert: »Neues Jahr. Neue Chance.«

War dem so? Nach kurzem Überlegen hatte Vic genickt. Sie wollte es endlich besser machen als in den vergangenen Wochen. Und Monaten. Und vielleicht sogar Jahren. Ihr Leben würde sich nun von Grund auf ändern. Aber sie wollte selbst bestimmen, wie es aussehen sollte. Wenigstens soweit es ihr möglich war.

Ihr Energielevel hatte in dieser Silvesternacht überraschend lange angehalten, sodass sie zusammen mit William und seiner Familie bis weit nach Mitternacht in das neue Jahr hineingefeiert hatte.

Die nächsten Tage hatten sie teilweise mit Williams

Familie verbracht, allerdings reisten seine Geschwister, die nicht länger in Appleaugh lebten, nach und nach in ihr eigenes Leben zurück. Clare begab sich mit ihrer Familie nach Ballybyrne. Der Ort lag etwa eine halbe Stunde entfernt, wie Vic erfahren hatte. Sean und Lilly brachen ebenfalls auf und reisten wieder nach Dublin. Williams jüngere Brüder blieben, bereiteten sich jedoch auf einen Kurztrip nach Norwegen vor. Bevor sie sich wieder der Arbeit in der Familienbrauerei beziehungsweise ihrem Studium widmeten, wollten sie in Skandinavien Ski fahren. Oder wie William es ausdrückte: ›Über die Schneepisten stolpern.‹

Die Arbeit in der O'Sullivan-Brauerei würde erst nach dem sechsten Januar wieder aufgenommen werden. Aeryn fuhr ebenfalls nach Dublin, um sich auf eine neue Show vorzubereiten, sodass Cillian und Liam eine Woche sturmfrei hatten. Und so wurde es ruhiger auf dem Hof der O'Sullivans.

William bereitete sich an manchen Tagen für ein paar Stunden bereits wieder auf seine Arbeit für *Byrnes Cider* vor, und Vic nutzte die Gelegenheit, um mit Rose ein paar Besorgungen in Appleaugh zu machen – und dieses kleine besondere Fleckchen Erde und seine Bewohner etwas besser kennenzulernen. Dabei war sie auch auf Hugh getroffen. Doch Vic hatte ihren Charme spielen lassen. Und sie war sich beinahe sicher, dass sie langsam einen Draht zu dem alten Mann aufbaute. Womöglich half es aber auch, dass Rose dabei an ihrer Seite gewesen war.

Vic und William waren weiterhin im Gästezimmer von Wills älterem Bruder untergebracht, und Vic fragte sich allmählich, wie lange sie noch dort bleiben würden. Auf ihre Fragen zu diesem Thema wich William ihr geschickt aus. Vorerst würde sie es hinnehmen, denn ihre Gedanken schweiften viel zu oft um ihren Ehemann. Und solange sie nicht alleine mit ihm unter einem Dach lebte, schaffte sie es, standhaft zu bleiben. Das Knistern zwischen ihnen war nicht wegzudiskutieren. Und mit jedem Tag wurde es stärker. Doch Vics Stolz zwang sie, es nicht zu überstürzen. Diese

Beziehung brauchte eine stärkere Grundlage als körperliche Anziehung.

Immerhin nahm William seine Aussage, ›Ich will ein Date mit dir‹, sehr ernst. An jedem einzelnen Tag seit Neujahr entführte er sie für ein paar Stunden. Er zeigte ihr die Umgebung von Appleaugh, fuhr mit ihr nach Dublin und ging mit ihr in sagenhaften Restaurants essen. Sie hatten ein Theaterstück besucht, und an einem überraschend schönen Tag mit Sonnenschein hatte er ihr eine kleine Wanderung am Strand von Appleaugh aufs Auge gedrückt. Ihr Highlight war ohne Frage der Besuch in der sagenhaften Bibliothek des Trinity College in Dublin gewesen. Die lange Halle, die an ein Kirchenschiff erinnerte und so vielen literarischen Schätzen ein Zuhause gab – Vic war im siebten Himmel gewesen. Auf ihren Streifzügen redeten sie und William viel und lernten sich endlich besser kennen. Und Vic hatte das Gefühl, mit jedem Tag ein bisschen mehr von Williams Charakter zu entdecken.

Er war unglaublich loyal, und seine Familie und Freunde standen für ihn an erster Stelle. Da gab es keine Kompromisse. Direkt daran angeschlossen folgten seine Arbeit für das Unternehmen seines Schwagers und seine Leidenschaft für das Brauwesen. Eine Familienkrankheit, wie er es schmunzelnd nannte. Mit ganzem Herzen setzte er sich für *Byrnes Cider* ein, blieb dennoch mit seiner Seele der Familienbrauerei treu ergeben und packte bei der jährlichen Apfelernte mit an, beriet seinen Bruder in geschäftlichen Fragen und unterstützte in der Produktion, wenn Not am Mann war – und er offiziell Urlaub hatte.

Cider war für diesen Mann kein Geschäft. Es war sein Leben. Das wurde Vic immer deutlicher, je häufiger sie darüber sprachen. Gleichzeitig spürte sie jedoch, dass tief in ihm etwas arbeitete. Seine Familie war sein Anker im Leben, gleichzeitig schien diese Sicherheit zu schwinden. Er formulierte es nicht so, aber in all den kleinen Nebensätzen hörte Vic es unausweichlich heraus. Und das Theater, das sie gespielt hatten, bewies es. Die Angst, seine Familie könnte ein erneuter Schicksalsschlag ereilen, war allgegenwärtig.

Die Sorge um seinen kranken Bruder Sean ließ ihn zu keinem Zeitpunkt los.

Manchmal hatte Vic das Gefühl, dass William sich viel mehr auflud, als ihm zustand. Doch wie konnte sie darüber urteilen? Sie hatte nie eine Familie gehabt, in der man sich umeinander sorgte. War es also vielleicht ganz normal? Dann zweifelte sie allerdings wieder daran. Sie bekam mehr und mehr den Eindruck, dass William ebenjene schrecklichen Ängste zu Boden drückten. Das konnte nicht richtig sein.

Ein Hitzeschub stob durch ihre Adern, als William seine Hand um ihre legte und sie aus den Gedanken riss.

»Ich will dir etwas zeigen.« Er bog in eine kleine Seitengasse, hielt vor einem modernen vierstöckigen Haus und zog einen Schlüssel aus der Jackentasche. Lächelnd deutete er mit dem Kopf in den Hauseingang und öffnete die Tür. »Komm!«

Neugierig folgte Vic ihm in den vierten Stock hinauf – zum Glück mit dem Fahrstuhl. Oben angelangt, gab es lediglich eine einzige dunkelgraue Wohnungstür, auf die William zusteuerte. Mit einem Klicken im Schloss schob er den Schlüssel herum und drückte die Tür auf.

Ein eigenartiges Gefühl begleitete Vic, als sie das Apartment betrat. William folgte ihr schweigend. Die Wohnungstür mündete direkt in ein Wohnzimmer. Der Bereich war riesig, man hätte eine Turnhalle daraus machen können. Zumindest von der Fläche her. Der Fußboden war mit breiten Holzbrettern im Fischgrätenmuster ausgelegt und sorgte für eine rustikale Atmosphäre in dem sonst neuwertigen und hochmodernen Raum. Weiße Wände, edle Armaturen und etwas, das Vic die Sprache verschlug. Gegenüber der Eingangstür gab es statt einer Mauer lediglich eine Fensterfront, die sich über die gesamte Zimmerlänge erstreckte. Eine breite Schiebetür führte hinaus auf eine groß angelegte Dachterrasse. Hinter der gläsernen Brüstung konnte Vic beinahe die ganze Stadt überblicken. Denn anders als in New York war in Dublin der vierte Stock bereits ziemlich hoch angesiedelt.

Vic zwang sich, ihren Blick weiter schweifen zu lassen.

Ein stattliches hellbraunes Sofa mit beigefarbenen und weißen Kissen begrüßte sie in der Mitte des Wohnzimmers, an dessen Enden standen kleine viereckige Holztische aus Birke. Man hatte die Rinde vereinzelt an den Holzstreben belassen, was den rustikalen Touch des Apartments unterstrich. Eine Lampe aus großen runden Glaskugeln spendete warmes Licht über der Sofalandschaft.

Langsam lief Vic weiter in den Raum hinein. Rechts hinter einem Mauervorsprung entdeckte sie eine moderne Küche mit weißen Hängeschränken, einem Induktionsherd, zwei Öfen auf Brusthöhe und einem riesigen weißen Kühlschrank im Stil der Fünfzigerjahre. Vic hätte sich nicht gewundert, wenn sie darin drei Dutzend Coca-Cola-Flaschen finden würde. An der hinteren Wand der Küche fiel durch ein schmales, längliches Fenster Licht ein.

William befand sich währenddessen am anderen Ende des Wohnzimmers und winkte sie zu sich herüber. »Schau mal, hier.«

Immer noch ein wenig verwirrt, was sie hier eigentlich machten, durchquerte Vic das Apartment. William stand unter einem runden Mauerdurchbruch, der links vom Wohnbereich abzweigte und in einen länglichen Flur führte. Zwei moderne Sessel in grau meliertem Stoff standen auf einem flauschigen weißen Teppich, dazwischen ein runder weißer Beistelltisch mit einer hellbraunen Vase aus Glas darauf.

Mehrere Zimmer zweigten von dem Flur ab. Eins davon war ein geräumiges Schlafzimmer, das ebenfalls an einer Seite mit einer Fensterfront ausgestattet war, wohinter sich ein separater Balkon erstreckte. Ein großes Boxspringbett und eine schlichte weiße Kommode, darüber ein quadratischer Spiegel mit Glühbirnen, wie in einem Backstagebereich, waren die einzigen Möbelstücke in dem Raum.

Bevor Vic William in die anderen Zimmer folgte, blieb sie rätselnd stehen. »Was ist das hier?«

William nahm seine Schiebermütze ab, die ihn tagein, tagaus begleitete. Er deutete Richtung Wohnzimmer. »Ich finde, es ist Zeit, dass wir Cillian wieder sein Gästezimmer zurückgeben.«

Irritiert schaute Vic sich um. »Das ist *deine* Wohnung?«

William neigte den Kopf. »Noch nicht. Aber sie könnte es sein. Es könnte unsere Wohnung sein.«

»Ich verstehe nicht ganz …«

William lief zu den großen Fenstern des Schlafzimmers. Während er hinausschaute, meinte er: »Ich habe eine Wohnung, in Ballybyrne. Aber wir brauchen etwas Größeres. Und ganz ehrlich, du bist ein Stadtmensch. Ich bezweifle, dass du dich in dem kleinen Ort – wenngleich er wirklich schön ist – zuhause fühlen wirst. Dublin könnte schon eher dafür sorgen, dachte ich. Deshalb habe ich mich gemeinsam mit einem Makler nach Objekten erkundigt. Das hier ist mein Favorit, die Möbel könnten wir übernehmen. Was denkst du?«

Er drehte sich zu ihr um.

Sprachlos und perplex starrte Vic ihren Mann an. »Du … Du willst, dass wir hier zusammen leben?«

»Vorerst, ja. Wenn es uns doch nicht gefällt, können wir uns zusammen etwas anderes suchen. Aber wir könnten hier sofort einziehen, und ich finde, dass uns nach zwei Wochen O'Sullivan-Getummel ein bisschen Privatsphäre zusteht.«

Der letzte Satz ließ bei Vic einen hüpfenden Flummi in ihrem Magen herumspringen, der sich mit einem heißen Kribbeln in ihrem Schoß niederließ und sie von dem Gespräch ablenkte. Mühsam konzentrierte sie sich wieder auf das Wesentliche. Dabei vermied sie allerdings William anzusehen, denn inzwischen machte sie selbst sein bloßer Anblick mit diesen irisch grünen Augen, den perfekt sitzenden Jeans und dem schlichten Pullover unter seinem Wintermantel verrückt. Sie war eben doch nur ein Mensch. Eine Frau. Mit einer funktionierenden Libido und aufgewühlten Hormonen.

Vorsichtig strichen ihre Fingerspitzen über die weiße Kommode, neben der sie stand. Ihr Blick glitt erneut durch das Zimmer und blieb schließlich doch wieder an William hängen. Seine Augen verengten sich kaum merklich und ließen sie nicht los.

Sie musste dem ein Ende bereiten. Sofort. »Willst du mieten oder kaufen?«

William räusperte sich. »Mieten. Bis wir uns final entschieden haben. Die Option besteht.«

»Du weißt, dass ich mir das unmöglich leisten kann. Wenn ich richtig informiert bin, sind die Preise in Dublin nicht weit entfernt von New Yorker Mieten.«

Lächelnd schüttelte William den Kopf. »Mach dir keine Gedanken um Geld. Darum kümmere ich mich.«

Stur hielt Vic dagegen. »Ich will mich nicht länger aushalten lassen, William. Das geht schon viel zu lange so. Ich werde mir eine Arbeit suchen.«

Erstaunt hob William die Augenbrauen. »Wieso? Ich verdiene mehr als genug für uns beide.« Leise fügte er hinzu: »Für uns drei.«

Vic schluckte. Doch sie würde darauf bestehen. »Ich weiß, dass du es nett meinst – und nicht chauvinistisch.« Sie rügte ihn lächelnd. »Aber ich will endlich etwas Sinnvolles tun. Ich will nicht so weitermachen, wie ich in New York aufgehört habe. Das liegt hinter mir, William. Und wie könnte ich mich besser einleben als mit einem Job, bei dem ich auf Leute treffe?«

William überlegte einen Moment. Dann zuckte er mit den Schultern. »Also gut. Warum nicht?« Er grinste. »Meine Erlaubnis brauchst du ja zum Glück nicht mehr. So weit sind wir in diesem Land bereits.«

Vic lachte. »Ich hatte schon befürchtet, dem wäre nicht so.«

William ging auf sie zu und griff nach ihrer Hand. »Dann nehmen wir sie?«

»Die Wohnung?«

William nickte und betrachtete sie eingehend. Er war ihr so nah, Vic hätte sich nur ein Stück nach vorne lehnen müssen, und ihre Lippen hätten sich berührt. Sie zwang ihre Gedanken, wieder auf die wichtigen Dinge zu blicken.

William hatte recht. Sie brauchten dringend eine eigene Wohnung. Einen Rückzugsort. Einen Platz für ihre Familie, die sie gründeten. Und so nett es auf dem Land auch war, William schätzte sie völlig richtig ein. Ihr fehlte das Stadtleben!

Mit einem Rest Zögerlichkeit lächelte sie. »Ja.«

Ohne von ihr abzurücken, zückte William sein Smartphone, wählte einen Kontakt aus seinem Adressbuch und tippte auf eine Nummer. Kurz darauf klang er geschäftlich. Währenddessen sah er ihr die ganze Zeit in die Augen. Vic wollte sich rühren, doch sie konnte nicht. Etwas hielt sie, wo sie war.

»Marc, hi! William hier.« Er lachte über etwas, das am anderen Ende der Leitung gesagt wurde. Dann nickte er. »Ja, wir haben uns entschieden. Wir nehmen sie.« Kurze Stille. »Genau, erst mal zur Miete.« Wieder Stille. »Großartig, ich hole die Papiere in den nächsten Tagen ab. Bleibt es beim Einzugsdatum?« Er schmunzelte. »Fantastisch. Ich bin dir was schuldig!« Nach nicht mal zwei Minuten beendete William das Telefonat und steckte sein Smartphone zurück in die Hosentasche.

»Die Wohnung gehört uns.« William atmete zufrieden aus.

»Welches Datum ist für den Einzug vorgesehen?«

Er wog den Kopf hin und her, dann lächelte er verschmitzt. »Sagen wir einfach, wir sind soeben eingezogen.«

Misstrauisch musterte Vic ihren Mann. »Aber … Ich verstehe nicht ganz …«

William richtete seine Schiebermütze. »Marc ist ein alter Schulfreund von mir. Er ist der Makler, über den ich die Wohnung gefunden habe. Er verschafft mir ein bisschen mehr Flexibilität und hat bei den Eigentümern bereits ein gutes Wort für uns eingelegt.«

»Die Schlüssel …« Vic dämmerte es langsam.

»Eigentlich bekommt man die natürlich nicht, bevor man die Verträge nicht unterschrieben hat. Aber ich wollte … Ich wollte das hier mit dir alleine machen. Diese Entscheidung ist wichtig. Und privat.«

Unwillkürlich fing ihr Magen an zu hüpfen. »Du hast an alles gedacht. Mal wieder.«

Plötzlich hob er eine Hand und legte sie an Vics Wange. Stumm betrachtete er sie, und nach nur wenigen Sekunden hatte Vic das Gefühl, er würde viel mehr sehen können als nur ihre Augen. Die letzten Tage waren intensiv gewesen. Sie hatten so viel Zeit zusammen verbracht, ihre Kraft kehrte endlich zurück, und die Erschöpfung legte sich. Auch die Übelkeit war fast verschwunden. Sie spürte, wie ihr Körper vor Energie vibrierte, und sie würde es nicht mehr lange schaffen, Williams Berührungen zu widerstehen. Doch die Frage war, musste sie das überhaupt? Sie waren verheiratet. Sie erwarteten ein Kind. Sie hatten soeben ihre erste Wohnung gemietet. Wer wenn nicht sie hatte das Recht, diesen Mann zu berühren? Sich in ihm zu verlieren und alles andere auszublenden?

Die Flamme, die seit Tagen in ihr loderte, gewann an Stärke. Unaufhörlich bahnte sie sich ihren Weg und stieß eine Welle der Erregung durch Vics Körper.

Immer noch trennten sie nur wenige Zentimeter von William. Sie roch den vertrauten Duft von Tannennadeln und einer Prise Meer. Sie spürte die warme weiche Haut seiner starken Hand auf ihrer Wange und flüsterte leise: »Dann … sind wir jetzt zuhause?«

»Wir sind zuhause. Nur wir beide«, wisperte er mit rauer Stimme.

Plötzlich musste sie schmunzeln. »Hast *du* die Heizung angestellt oder dein Kumpel Marc?«

Ein Schalk blitzte in seinen Augen auf. »Das war Marc. Bevor er mir gestern die Schlüssel gegeben hat.«

»Kluger Mann.«

Langsam beugte er sich zu ihr und flüsterte an ihren Lippen: »Du sollst dich hier schließlich wirklich zuhause fühlen.«

Vic spürte Williams warmen Atem auf ihrer Haut, und ihr war, als würde ihr Körper aus glühendem Feuer bestehen. Kleine Funken stoben in jede ihrer Zellen, zündeten die Lunte und entfachten ein riesiges Gebilde aus heißen zuckenden Flammen.

Mühsam sammelte sie ihre Worte zusammen. »Ich glaube, ich brauche ein bisschen mehr als eine Heizung, um hier anzukommen.«

Mehr war nicht nötig. Gemeinsam überwanden sie die letzten Millimeter, die sie kaum noch voneinander trennten. Sanft fanden sich ihre Lippen und begrüßten sich zärtlich wie gute alte Freunde, die einander viel zu lange nicht getroffen hatten.

Ein leiser Seufzer entfuhr Vic unwillkürlich, und sie ignorierte wohlweislich die kleine Alarmmeldung, die ihr Verstand ihr zukommen zu lassen versuchte. Nein. Sie wollte das. Sie wollte William. Und das war gut so. War sie zu gutmütig für ihn? Vielleicht. Aber sie sehnte sich nach Beständigkeit und Ruhe.

Zunächst noch etwas zurückhaltend suchte William ihre Nähe. Liebevoll spielte seine Zunge mit ihrer, erkundete ihre Lippen, und schließlich war Vic es, die den nächsten Schritt wagte. Während der Kuss an Intensität zulegte und ihr Verstand schon bald aufgab und sich dankenswerterweise verabschiedete, ließ sie ihre Hände über Williams Körper gleiten. Sie spürte die definierten Muskeln, die ausgeprägten Sehnen und die weichen Stellen, von denen sie wusste, wie gut sie sich anfühlten. In den letzten Nächten waren sie immer enger zusammengerückt, und sie hatte sich seltsam geborgen gefühlt, wenn er seinen Arm um sie legte und sie leicht an sich drückte. Geborgen. Und … sicher. Dabei war ihr Leben noch immer vom Gegenteil geprägt.

Wie von selbst entledigten sie sich ihrer Kleidung, bis Vic nur noch in schwarzer Spitzenunterwäsche vor ihm stand. Es war verdammt wenig Stoff und doch einiges mehr, als William zu verzeichnen hatte. Er war ihr in den wenigen Sekunden voraus gewesen.

Mit einem Selbstbewusstsein, von dem Vic nicht wusste, wo es herkam, musterte sie ihren Gatten, wie er so vor ihr stand und sie seinerseits betrachtete. Sie genoss es viel zu sehr, zu sehen, dass sie dieses Begehren in einem Mann wie William entfachen konnte. Oh Gott, sie war sogar ein bisschen stolz auf sich. Was sagte das nur Schreckliches über sie aus?

Ein plötzliches, wenn auch scheues Schmunzeln legte sich auf ihre Lippen. Bevor sie es verstecken konnte, zog

William sie an sich, ließ seine Hände über ihren Rücken gleiten, und während er ihren Hals mit kleinen heißen Küssen versah, murmelte er: »Was amüsiert dich so?«

Sie wollte es ihm nicht sagen. Und doch wollte sie es. Sie hatte eindeutig ein Problem mit Entscheidungen.

Plötzlich erschauderte Vic leicht. William hatte eine äußerst empfindliche Stelle hinter ihrem Ohr gefunden und ließ nicht von ihr ab. Seine Art, sie zum Antworten zu bewegen.

»Ich bin irgendwie …« Aufgekratzt lachte Vic auf.

»Wir sind verheiratet. Du kannst mir alles sagen, Vic.«

Sie spürte das Lächeln auf Williams Lippen, während er damit fortfuhr, sie ein bisschen zu quälen.

Sie atmete tief durch. »Ich bin irgendwie stolz auf mich.«

Erstaunt hob er den Kopf und schaute sie sowohl fragend als auch mit diesem brennenden Verlangen in seinem Blick an.

»Das musst du nicht verstehen«, murmelte sie und bereute ihren Kommentar sogleich.

Langsam ließ er seine Augen über ihren fast nackten Körper gleiten. Aufreizend langsam. Als er schließlich wieder zu ihrem Gesicht zurückkehrte, spürte Vic, dass sie sich beide nicht mehr würden zurückhalten können. Egal, wie sehr sie es versuchen würden.

Zärtlich strichen Williams Finger über ihre Hüften. Dann beugte er sich zu ihr, dicht neben ihr linkes Ohr, und flüsterte: »Du hast jedes Recht, stolz auf dich zu sein, Vic. Von der ersten Sekunde, als du in diesem Kleid neben mir aufgetaucht bist, hast du mich um den Verstand gebracht. Ich kann meinem Körper sagen, was ich will, aber er weigert sich zuzuhören, wenn er weiß, dass du in der Nähe bist.« Er hauchte einen Kuss auf ihre Lippen. »Du bist genauso atemberaubend wie die Stadt, aus der du kommst.«

Wortlos starrte Vic ihn an. Ihr Herz schlug Saltos. Ihre Emotionen glichen den funkelnden Wunderkerzen, die sie in der Silvesternacht angezündet hatten. Doch glücklicherweise konnte sie nicht länger über Williams Worte nachdenken, denn plötzlich hob er sie hoch, lief die wenigen Schritte zu dem Bett, das im Schlafzimmer stand, legte sie sanft ab und begann ihren Körper auf alle erdenklichen Arten zu erkunden.

Schon bald wurde Vic von blanker Lust und einem stechenden Verlangen übermannt. Sie revanchierte sich, indem sie William zwang, die Position zu tauschen, und sich in aller – wenn auch mühsam erreichten – Ruhe ihres BHs und Slips entledigte. Seine Augen verengten sich und beobachteten jede Regung ihres Körpers. Betörend langsam setzte Vic sich schließlich rittlings auf ihn und lud ihren rechtlich angetrauten Ehemann endlich dazu ein, diese bereits andauernde Ehe zu vollziehen.

Vic war noch nie rachsüchtig gewesen, aber dieses eine Mal nutzte sie ihre machtvolle Stellung aus, um sich für das Theater, das William ihr aufgezwungen hatte, zu rächen. Sträflich langsam nahm sie William in sich auf, doch statt einen Rhythmus aufzulegen, erhob sie sich wieder. Nur ein winziges Stück. Allerdings reichte es aus, um Williams Augen aufflackern zu lassen und ihm ein Stöhnen zu entringen. Mehrfach wiederholte Vic die Prozedur, bis sie es selbst kaum noch aushielt.

Williams Hände griffen nach ihren Hüften, und mit einem liebevollen Kraftakt hinderte er Vic daran, ihre Qual ein weiteres Mal durchzuführen. Ein gepresstes Lächeln zierte sein Gesicht.

»Genug ist genug.« Seine Stimme klang so rau und wispernd, dass Vic ihn fast nicht verstand.

Ein Lächeln legte sich auf ihre Lippen, während ihr Körper kurz davor war, in ein tosendes Feuerwerk aufzugehen. »Genug?«, flüsterte sie dicht an seinem Ohr. »Nein, wir New Yorkerinnen bekommen nie genug.«

»Vic …« Ein weiteres Stöhnen.

Endlich gab sie ihnen beiden, was sie verdienten. Vollkommen und ohne Rücksicht nahm sie ihn in sich auf, und gemeinsam steuerten sie in einem eingängigen schnellen Takt auf die Spitze zu. Wellen der Erregung schlossen sich zusammen zu einem riesigen Tsunami, der Vic in der Mitte ihres Körpers traf und sie in Höhen katapultierte, von denen sie nicht wusste, dass sie existierten. Endlich entfachte sich das Feuerwerk, dessen Zündschnur vor so vielen Tagen verlegt worden war. Vic hielt nichts zurück, nahm sich, was ihr zustand, und wurde von einer Wucht erschüttert, die so intensiv war, dass es ihr den Atem raubte.

Sechzehn

Ein ungewohntes Glücksgefühl begleitete Vic, als sie am nächsten Morgen an der Seite von Clare, Aeryn, Lilly und ihrer Schwiegermutter ein kleines süßes Café mitten in Temple Bar betrat. Wie Rose ihr auf dem Weg nach Dublin erklärt hatte, war das Viertel Dreh- und Angelpunkt in der Stadt, was die Pubszene anbelangte, und außerdem war es ein beliebtes Ziel von Touristen aus aller Welt. Auf dem Weg zum Café kamen sie, wie zur Bestätigung von Roses Worten, an unzähligen Pubs vorbei.

Einer von ihnen ließ Vics Herz für einen kurzen Moment aussetzen. Es war ein Eckgebäude aus altem Backstein. Zahlreiche goldene Lichterketten baumelten von den oberen Stockwerken an den Mauern herab, während das Erdgeschoss mit einer roten Holzfassade versehen war. An der Ecke im ersten Stock war ein großer geschmückter Tannenbaum von außen montiert, und überhaupt strahlte das Haus noch immer eine weihnachtliche Stimmung aus. Kleine urige Fenster gaben Einblick in einen gemütlichen, rustikalen Pub. In goldenen Buchstaben waren die Worte *The Temple Bar* auf einer schwarz gestrichenen Leiste über dem Eingang verewigt worden.

Vic erkannte den Pub. Er war auf dem schwarzweißen Foto gewesen, das im *Fiddlestick* hing. Dem Pub in New York, in dem sie William zum ersten Mal getroffen hatte.

Dem Pub, in dem alles seinen Anfang genommen hatte. Ein kleiner Schauder lief über ihren Rücken, bevor sie sich beeilte zu den anderen aufzuschließen.

Wie Rose ihr erzählt hatte, war der heutige sechste Januar ein besonderer Tag. In Irland nannte man ihn das *Kleine Weihnachten* oder auch weniger feministisch das *Weihnachten der Frauen*. In einer Welt, in der man noch davon ausging, dass die Frauen sich während der Festtage um alles kümmerten, erhielten ebenjene Damen eine knappe Woche nach Silvester einen offiziellen Tag Pause. Sie trafen sich im Pub oder zum Shoppen, während die Männer zuhause den Weihnachtsschmuck abnahmen und das Abendessen vorbereiteten. Wer diesen Brauch missachtete, sollte im neuen Jahr vom Pech verfolgt werden, hieß es.

Kopfschüttelnd hatte Rose gelacht und gesagt: »Ich mag vielleicht häufiger hinter dem Herd stehen als Declan. Aber das liegt nur daran, dass der Mann einfach nicht kochen kann. Niemals hätten wir sieben Kinder durchgebracht, wären wir von seinen Kochkünsten abhängig gewesen.« Lächelnd hatte sie hinzugefügt: »Wir führen eine sehr ausgeglichene Ehe, deshalb haben wir diese Tradition vom sechsten Januar ein bisschen abgewandelt. Früher bin ich mit Clare alleine in die Stadt gefahren, und wir haben uns einen Mutter-Tochter-Tag gegönnt. Als sie erwachsen wurde, haben wir den Brauch beibehalten – und stetig erweitert.«

Rose spielte auf die *gewonnenen Töchter* an, wie sie Aeryn, Lilly und nun auch Vic gerne bezeichnete. Dass Lilly und Sean nicht verheiratet waren, war in diesem Moment nebensächlich, wie Vic erfreut feststellte.

Vic und William waren am Abend zuvor zurück nach Appleaugh gefahren. All ihre Sachen waren schließlich noch dort. Daher war sie heute Morgen mit ihrer Schwiegermutter gemeinsam Richtung Dublin aufgebrochen. Nahe Temple Bar waren sie auf Clare, Aeryn und Lilly getroffen, die in dieser Woche bereits in Dublin verweilten.

Nun ließen sich die fünf Frauen an einem runden Holztisch in dem gemütlichen Café nieder. Vic sah sich neugierig um und spürte sogleich, wie wohl sie sich hier fühlte. Die Wände waren weiß gestrichen, während bunt zusammengewürfelte Stühle für ein paar Farbakzente sorgten. Überhaupt sah alles ein bisschen durcheinander aus, aber genau das versprühte einen gewissen Charme, dessen sich kaum einer erwehren konnte. Im hinteren Teil des Ladens reihte sich auf einer Theke aus Holz eine süße Köstlichkeit an die nächste. Links davon führte eine unscheinbare Tür vermutlich in die Küche.

Just in diesem Moment öffnete sie sich, und eine strahlende Frau mit typisch irisch roten Locken kam mit einem Korb duftender Zimtschnecken in den Gastraum. Als sie die Runde um Vic herum erblickte, wurde ihr Lächeln noch breiter. Sie musste Mitte oder Ende dreißig sein, besaß schlanke, weiche Kurven und leuchtende Augen. Mit einer fröhlichen Leichtigkeit stellte sie das Gebäck neben einer großen professionellen Kaffeemaschine aus Edelstahl ab und eilte zu ihnen an den Tisch.

»Hallo ihr Lieben! Wie geht es euch?« Lächelnd umarmte sie eine nach der anderen. Für jede hatte sie eine persönliche Begrüßung parat – keine Frage, die Frauen kannten sich seit Jahren.

Schließlich erhob auch Vic sich, um der Unbekannten die Hand zu reichen. Clare übernahm die Vorstellung, während die Frau Vic neugierig musterte.

»Vic, das ist Mara. Sie ist die Frau meines besten Freundes.« Clare lachte. »Aber eigentlich gehören die beiden längst zur Familie, nicht, Mom?«

Rose nickte lächelnd. »Selbstverständlich.«

Dann wandte sich Vics Schwägerin an die immer noch freundlich schmunzelnde Frau. »Mara, das ist Vic. Unser jüngster Familienzugewinn.«

Erstaunt hob Mara eine Augenbraue, doch bevor sie fragen konnte, erklärte Lilly: »William hat Hals über Kopf in New York geheiratet.«

»Ach was?« Amüsiert betrachtete Mara Vic und reichte ihr die Hand. »Ich muss sagen, so hätte ich unseren Will gar nicht eingeschätzt.« Sie lächelte. »Willkommen in Dublin,

Vic. Wie ich sehe, haben die O'Sullivans dich längst in Beschlag genommen.«

Vic nickte zurückhaltend. »So kann man es ausdrücken.« Dann lächelte sie und setzte sich wie die anderen wieder. »Sie haben ein viel zu großes Herz.«

Mara blieb neben ihnen stehen und nickte.

»Das ist wahr. Aber sie zeigen es nur jenen, die es auch verdient haben«, flüsterte sie so laut, dass alle Anwesenden es hören konnten.

Grinsend warfen sich Clare und Rose einen Blick zu, wie ihn nur Mutter und Tochter austauschen konnten.

Dann richtete Mara sich liebevoll an Lilly. »Wie geht es dir, meine Liebe? Treibt dich der kleine Balg schon um?«

Lilly fuhr sich lachend durch die offenen blonden Locken. »Frag nicht, ich könnte schon wieder auf der Toilette verschwinden, wenn ich nur daran denke.«

Verständnisvoll verdrehte Mara die Augen und legte ihre Hand auf Lillys Schulter. »Oh, ich verstehe dich nur zu gut. Bei Joan Mary ging es mir ganz genauso. Nur Andrew hat mich mit der Übelkeit verschont.« Sie warf einen Blick in die Runde. »Wie geht es den Männern? Benehmen sie sich?«

Aeryn grinste. »Sie treiben uns in den Wahnsinn, aber haben wir sie uns deswegen nicht auch irgendwie ausgesucht?«

Mara nickte. »Auf jeden Fall.« Sie lachte herzlich und wandte sich ein weiteres Mal an Vic. »Und du bist aus New York?«

Vic nickte. Gebannt hatte sie die fröhliche Unterhaltung verfolgt. Es lag so viel Herzlichkeit im Raum, sie hätte nur ihre Hand ausstrecken müssen und hätte die Zuneigung aus der Luft greifen können. Eine tiefe Sehnsucht breitete sich in ihr aus. Wie es wohl war, sich einer so liebevollen Familie sicher zu sein? Auf ihren Halt, ihren Rat und ihre Liebe setzen zu können?

»Wie gefällt dir das triste Irland?«, fragte Mara.

Aufmerksam blickten sie nun fünf neugierige Augenpaare an, und Vic überlegte. Sie musste tatsächlich nachdenken. Sie hatte bei Weitem noch nicht genug von dem Land oder auch nur von Dublin gesehen. Aber … Ja, seltsamerweise fand sie es gar nicht so trist.

Zugegeben, das Wetter war meistens eine Katastrophe. Ständig regnete es oder eine dicke Nebelsuppe umgab sie, aber trotzdem baute sie langsam eine Brücke zu der Grünen Insel auf. Vielleicht lag es an den Regenbögen, die sie entdeckte, wenn sich die Sonne kurz nach einem dieser unzähligen Schauer für einen Moment blicken ließ. Wann immer sie die bunten Naturschauspiele sah, versetzte es Vic in diesen magischen Zustand, der nur ihr gehörte.

Minutenlang stand sie dann da und beobachtete die Farben, die sich von dem meist dunkelgrauen Himmel abhoben und ihr zeigten, dass es auch außerhalb New Yorks ein Schillern, ja vielleicht sogar ein bisschen Zauber gab.

Vic riss ihre Gedanken von den Regenbögen fort und lächelte zu Mara auf. »Ich glaube, Irland hat mehr zu bieten, als ich zunächst angenommen habe. Insofern muss ich wohl erst noch einiges entdecken, bevor ich mir ein finales Urteil bilden kann.«

In gespielter Ehrfurcht schaute Mara zu den anderen Frauen und hob eine Augenbraue. »Wie macht ihr das nur immer wieder? Ihr wickelt sie alle um den Finger, ihr O'Sullivans!«

Vic lachte, und der Rest fiel kichernd mit ein.

Bald darauf verabschiedete Mara sich wieder und kam ihren Verpflichtungen nach, denn wie Clare nach ihrem Abschied erzählte, gehörte der fröhlich frechen Frau das gemütliche Café.

Ein liebevolles Lächeln umspielte Clares Lippen, als sie sagte: »Cliff, mein bester Freund, war ein ziemlicher Schürzenjäger – bis Mara ihm den Kopf verdreht hat. Die beiden hatten es nicht leicht. Aber sie haben umeinander gekämpft.« Andächtig blickte Clare ihrer Freundin nach. »Und es hat sich gelohnt. Wirklich gelohnt.«

Gänsehaut überzog Vics Unterarme. Sie kroch hinauf zu ihren Schultern und setzte sich in ihren Nacken. Unauffällig zog sie die weiten Ärmel ihres dunkelblauen Strickpullovers enger um die Handgelenke. Beinahe war sie sich sicher, dass

Clare ihr das einfach so erzählte, ohne Hintergedanken. Doch dann dachte sie an die Bemerkung von Mara. *Wie macht ihr das nur immer wieder? Ihr wickelt sie alle um den Finger, ihr O'Sullivans!* Und unwillkürlich fragte Vic sich, was wohl in den Köpfen von Rose, Clare, Aeryn und Lilly vorgehen mochte. Wobei sie Lilly ein wenig ausklammerte. Sie schien selbst erst seit einigen Monaten zur Familie zu gehören.

Vic atmete tief durch und beschloss, ihre Gedanken nicht weiter darum kreisen zu lassen. Denn das würde sie unweigerlich auch zu William führen, und sobald sie nur im Entferntesten an ihn dachte, spürte sie sofort dieses leidenschaftliche Ziehen in ihrer Leiste, das nervöse Hüpfen ihres Magens und das Lächeln, das sich auf ihre Lippen schummeln wollte. Und mit diesen Reaktionen wollte sie sich heute nicht auseinandersetzen. Nicht nachdem sie gestern miteinander geschlafen hatten und William gerade in diesem Augenblick dabei war, seine – und ihre – Sachen in die neue Wohnung zu bringen.

Vic wollte jeden Moment nehmen, wie er kam. Ohne Scheu. Ohne Konsequenz. Ein Date nach dem anderen. Ein Tag nach dem anderen. Das war der Plan. Einzig und allein das war der Plan.

Sie schaute auf die große Schiefertafel, die über der Theke hing. Dann blickte sie zu den so unterschiedlichen Frauen an ihrem Tisch und lächelte. »Was könnt ihr empfehlen?«

Das Frühstück artete in einen langen Brunch bis weit nach Mittag aus. Gemeinsam bestellten sie sich allerhand leckere Sachen, und alle probierten von allem. Süßes Gebäck von Apfeltaschen bis Zimtschnecken, Jogurt mit frischem Obst und knusprigem Müsli, herzhaftes Rührei und gebratener Speck – es gab nichts, was es heute nicht gab.

Vic bediente sich, achtete jedoch darauf, nicht zu viel und nicht zu fettig zu essen. Sie vertraute dem neuen Frieden ihrer Schwangerschaftsübelkeit noch nicht. Lilly hielt es ähnlich, allerdings befand sie sich weiterhin in der ›aktiven Phase‹, wie die beiden es ironisch bezeichneten.

Hatte Vic sich am Weihnachtsabend noch davor gefürchtet, dass Lillys Schwangerschaft für sie zu einem Problem werden könnte, war sie an diesem Tag plötzlich dankbar dafür, ihre Empfindungen mit jemandem zu teilen, der genau in diesem Moment das Gleiche durchlebte wie sie. Natürlich, die Bedingungen waren immer noch unterschiedlich. Aber seit William seiner Familie die Wahrheit gesagt hatte, fiel es Vic leichter, das zu akzeptieren.

Anders als zunächst befürchtet, verglich sie sich nicht mit Lilly. Das, was die lebenslustige Frau neben ihr und Williams Bruder Sean miteinander teilten, war etwas ganz Besonderes. Es war Vic schon früher aufgefallen, aber in den vielen Gesprächen heute noch mehr. Lilly und Sean waren so stark und mutig, bestritten gemeinsam ein Leben, das aufgrund von Seans Krankheit unberechenbar war. Und trotzdem ließen sie sich beide ihre Lust auf das Leben nicht nehmen. Im Gegenteil. Sie lechzten danach und stellten es auf die Probe. Der Schritt, eine Familie zu gründen, bewies es deutlich.

Lilly besaß eine erfolgreiche Künstleragentur in Dublin, die zahlreiche bekannte Tänzer und Tänzerinnen des Irish Dance vertrat – sie war übrigens auch Aeryns Agentin und augenscheinlich beste Freundin, wie Vic heute erfuhr. Trotz der vielen Arbeit, die Lilly aus tiefstem Herzen liebte, und der Herausforderung, mit einem der derzeit erfolgreichsten Musiker der Welt zusammen zu sein, genoss sie jede Sekunde ihrer Schwangerschaft. Sie war nicht naiv. Nein, sie vertraute auf sich und Sean. Auf ihre Liebe zueinander und auf die Familie, die für sie da war.

Vic beneidete sie. Ehrlich und aufrichtig. Aber nicht missgünstig. Je länger Vic sich mit Lilly unterhielt, desto mehr schloss sie die beinahe gleichaltrige Frau mit den wippenden blonden Locken und den hübschen Kurven in ihr Herz und bewunderte sie für ihren Mut und ihre Kraft. Nein, ›Neid‹ war doch das falsche Wort. Bewunderung. Das empfand Vic für Lilly.

Und nicht nur für Lilly. Für all die wundervollen Frauen, die heute mit Vic an diesem runden Holztisch saßen. Sie erfuhr so vieles über die Familie O'Sullivan. Schönes, Trauriges, Witziges und Überraschendes. Und mit jedem Gespräch, mit jedem Lächeln und jedem Wimpernschlag spürte Vic, wie in ihr der inständige Wunsch wurzelte, zu diesen Menschen zu gehören.

War dieser Wunsch anmaßend? War er naiv? Oder war er ein ganz kleines bisschen berechtigt und … nachvollziehbar? Diese vier Frauen hatten ihr allein heute um ein Vielfaches mehr aufrichtiges Interesse an ihr und ihrem Leben in New York entgegengebracht als ihr eigener Vater oder ihre sogenannten Freundinnen in den letzten fünf Jahren.

Wenngleich Vic sowohl Lucy als auch Charlie zugutehalten musste, dass sich beide seit ihrer Abreise regelmäßig bei Vic mit allerhand Nachrichten meldeten. Vic war hingegen diejenige, die nur selten antwortete. Sie war zu sehr mit sich beschäftigt und wusste nicht recht, was sie den zwei Frauen erzählen sollte. Sie wusste doch selbst kaum, wie es ihr gerade wirklich ging – und sie wollte sich nicht damit auseinandersetzen. Und so war es einfacher, die nett gemeinten Nachrichten der beiden zu ignorieren oder nur kurz zu beantworten.

Vic dachte an ihren Dad, mit dem sie an Neujahr kurz telefoniert hatte. Sie hatten sich ein gutes neues Jahr gewünscht, Oberflächlichkeiten ausgetauscht, und Frances Malone hatte sich bemüht, seine Missbilligung nicht allzu offensichtlich durch seine Worte hindurchscheinen zu lassen. Doch es war vergebens. Vic spürte es dennoch. Noch immer war er mit sämtlichen Entscheidungen, die Vic getroffen hatte, unzufrieden. Angefangen bei dem Kind, das sie nicht abtrieb, bis hin zu der Tatsache, dass sie einen beinahe fremden Mann geheiratet und ihm in seine Heimat gefolgt war. Vic hatte längst aufgegeben, verstehen zu wollen, was in ihrem Vater vorging. Das kostete sie Kraft, die sie an anderen Stellen wesentlich nötiger hatte.

Schweigend verfolgte Vic die aktuelle Diskussion vor sich.

Clare lehnte sich seufzend zurück und pickte ein paar Krümel auf dem Tisch mit der Zeigefingerspitze auf. »Manchmal glaube ich einfach, dass er sich übernimmt.«

Lilly schüttelte den Kopf. »Er braucht das, Clare. Das ist es, was ihn ermutigt weiterzukämpfen.«

Aeryn schaltete sich ebenfalls ein. »Du bist doch nicht anders, Clare. Wenn du deine Buchprojekte verfolgst, kann dich auch nichts und niemand davon abhalten.«

Rose nickte. »Das ist wahr. Und du weißt, Sean hat noch nie das getan, was man von ihm erwartet hat.«

Clare hob die Augenbrauen und musterte die Runde. »Ich weiß. Ich mache mir trotzdem Sorgen um ihn.«

»Das tun wir alle.« Rose wurde ernst. »Aber genauso wie alle anderen verdient Sean diese Entscheidungen selbst zu fällen.«

»Aber muss es denn gleich wieder eine Welttournee sein? So kurz nach der Geburt?«

Lilly lächelte liebevoll. »Es ist ein halbes Jahr nach der Geburt, Clare.«

»Sag' ich doch!«

Aeryn sprang Lilly bei. »Das ist doch eine gute Gelegenheit zu testen, wie belastbar eure kleine Familie ist. Du wirst Sean einige Zeit begleiten, oder?«

»Genau. Nach den ersten vier Wochen in Europa ist er in den USA. Dort reisen der Zwerg und ich dann hin und begleiten ihn für ein paar Wochen.«

Überrascht sah Vic auf. »Ist das nicht ziemlich anstrengend für dich und das Kind?«

Lilly grinste optimistisch. »Wir können nicht lange stillsitzen, weder Sean noch ich. Und je eher das Kind sich daran gewöhnt, desto besser. Außerdem kommen meine Eltern einen Teil der Zeit ebenfalls mit. Ich bin also nicht allein, wenn Sean unterwegs ist.«

Clare leerte ihre Kaffeetasse und sah dann liebevoll zu Lilly hinüber. »Aber versprich mir, dass du einschreitest, wenn es dir oder Sean zu viel wird.« Brummend schob sie hinterher: »Und wenn ich eigenhändig in die Staaten fliege, um euch daran zu erinnern, mal auf die Bremse zu treten.«

Rose legte eine Hand auf die unruhigen Finger ihrer Tochter. »Sean kann gut auf sich selbst aufpassen – und Lilly auch. Das weißt du doch, mein Schatz.«

»Ich weiß.« Clare lächelte trotzig. »Und dennoch bestehe ich darauf.«

Lillys Augen wurden feucht, und unauffällig wischte sie sich mit den Fingerspitzen über die nassen Winkel. »Und dafür lieben wir dich.«

Lächelnd blickten die beiden Frauen einander an, dann wurde es für einen Moment still am Tisch.

Plötzlich hörte Vic sich fragen: »Wie macht ihr das?«

Sie biss sich auf die Unterlippe. Warum fragte sie danach? Sie öffnete ein Fass, das besser geschlossen bleiben sollte. Es ging sie nichts an. Und doch wollte sie es endlich wissen.

»Was meinst du?«, erkundigte sich Rose.

»Diese … Dieser Überfluss an Liebe füreinander. Ihr sorgt euch umeinander, und doch lasst ihr den Menschen ihren Freiraum, selbst zu entscheiden. Auch wenn diese Entscheidungen manchmal falsch sind. So wie …« Sie verstummte. Aber dann entschied sie sich für das offene Gespräch. Was hatte sie zu verlieren? Sie holte tief Luft. »So wie bei William. Ihr habt alle geahnt, dass bei uns etwas nicht stimmt. Clare, du hast es sofort gewusst.« Fest schaute sie ihre Schwägerin an. Dann glitt ihr Blick weiter zu Aeryn. »Und Cillian auch. Und Declan. Rose. Ihr alle.« Vic lehnte sich nach vorne, stützte die Ellbogen auf der Tischplatte ab und musterte die anwesenden Frauen eingehend. »Warum habt ihr William diese Scharade so lange durchgehen lassen, wo ihr doch längst wusstet, dass ich nicht die Frau bin, dich ich vorgab zu sein? Wo ihr doch wusstest, dass William euch eine Geschichte auftischt?«

Schweigend blickten die Frauen sich an, bis schließlich alle Augen auf Rose lagen und diese nach ihrer warmen Kaffeetasse griff. Einen Moment lang überlegte sie sichtlich. Dann erhob sie leise, aber bestimmt das Wort. Freundlich sah sie auf.

»Es gibt eine Regel in unserer Familie. Wir akzeptieren

den anderen, wie er ist. Wir akzeptieren seine Meinung, sein Verhalten und die Dinge, die er nicht kann. Nur wenn wir einander akzeptieren und uns den Raum geben, den jeder von uns braucht, können wir auch friedlich miteinander leben.« Rose drehte den Becher in ihrer Hand. »Dazu gehört auch, dass wir einander zugestehen, selbst zu bestimmen, wann wir die anderen in etwas einweihen.«

Vics Schwiegermutter deutete auf Lilly. »Sean hat uns erst sehr spät erzählt, dass er krank ist. Wochen nach der Diagnose kam er nach Hause und berichtete uns davon. Aber wir haben ihm deshalb keinen Vorwurf gemacht. Er musste diese lebensentscheidende Veränderung zunächst mit sich selbst ausmachen, bevor er bereit war, mit uns darüber zu sprechen. Es ist sein Leben. Und auch wenn wir ihn über alles lieben, haben wir kein Recht, ihm dahingehend Vorschriften zu machen.«

Mit ruhiger Stimme fuhr Rose fort: »Genauso halten wir es bei William. Haben wir von Beginn an geahnt, dass hinter dieser plötzlichen Heirat mehr steckt, als er uns erzählt hat? Natürlich. Man hat es euch angesehen. Wir haben es dir angesehen, meine Liebe.« Rose lächelte. »Aber es ist Williams Leben, und niemand von uns hat das Recht, ihm vorzuschreiben, wie er es zu führen hat. Wenn er sich dafür entscheidet, uns etwas vorzuspielen, wird er früher oder später darauf kommen, dass es sinnvoller ist, uns die Wahrheit zu sagen. Wann er das macht, ist allein seine Entscheidung. Nicht unsere.«

Vic behielt für sich, dass es wohl mehr *ihre* Entscheidung gewesen war, die William zur Wahrheit gebracht hatte. Oder ihre Erpressung. Je nachdem, wie man es nennen wollte.

»Aber macht man sich selbst nicht etwas vor, wenn alle so tun, als würden sie das Spiel mitspielen? Macht ihr es William dadurch nicht … schwerer?«

Rose wog ihren Kopf hin und her. »Declan und mir war immer wichtig, dass unsere Kinder den Zeitpunkt selbst bestimmen, wann sie uns ihr Herz ausschütten.«

Vic konnte den Standpunkt ihrer Schwiegermutter durchaus nachvollziehen. Trotzdem zweifelte sie weiterhin daran, dass es immer richtig war, so zu handeln. Vielleicht war sie aber ein wenig voreingenommen. Schließlich ging es hierbei auch um sie. Und die ersten Tage in Irland gehörten immer noch zu den schlimmsten ihres Lebens. Ein kleiner Stich zuckte durch ihr Herz. Sie hätte es viel einfacher haben können. Waren die Ängste und Zweifel, die sie in Bezug auf die Schwangerschaft verfolgt hatten, nicht schon schlimm genug gewesen?

»Ich …« Vic zog die Stirn in Falten und starrte auf den goldenen Ring an ihrem Finger. »Was ich nicht verstehe, ist, wir haben dieses Theater gespielt, weil William der Überzeugung war, er müsste euch – seine Familie – vor weiterem Schmerz schützen. Schmerz, für den ich verantwortlich sein könnte. Und gleichzeitig … Gleichzeitig erzählt mir einer nach dem anderen, wie sensibel William ist und dass er es sei, den man schützen müsste. Weil er sich die Dinge zu sehr zu Herzen nehme.« Vic schüttelte den Kopf. Sie versuchte Ordnung in ihre Gedanken zu bringen.

Fragend blickte sie auf. »Würden ein paar klare Worte dieses Durcheinander nicht leichter machen? Ihr scheint viel stärker zu sein, als William sich bewusst ist. Und William ist … Er ist …« Vic suchte nach den richtigen Worten. »William ist schrecklich verletzlich, weil er sich ständig Sorgen um euch alle macht. Indem er versucht, euch zu schützen, gerät er in einen Teufelskreis, der ihm nicht guttut – und der darin endet, dass … dass wir euch eine Lüge vorspielen sollten.«

Erstaunt musterten die vier Frauen sie. Vic verstummte und bereute ihre ehrlichen Worte beinahe. Es war nicht fair, diesen wundervollen Frauen Vorhaltungen zu machen. Aber ganz umhin kam Vic nicht. Es lag zu viel Wahrheit in dem eben Gesagten.

Clare und Rose wechselten einen langen Blick. Ebenso mit Aeryn und Lilly. Stille vereinnahmte den Tisch, nur das beständige Gemurmel der anderen Gäste rund herum war zu hören. Vic wurde schlecht. Aber nicht wegen der Schwangerschaft. Sie hatte sich gerade in eine Familienregel eingemischt, diese in Frage gestellt und das, obwohl sie selbst kaum lange genug dazugehörte. Und es vielleicht nie tun würde.

Rose starrte sie mit einer Mischung aus Interesse, Irritation und Überraschung an. Vic konnte regelrecht sehen, wie es in ihrem Kopf arbeitete. Ähnlich sah es bei Clare aus. Aeryn und Lilly lehnten sich schweigend in ihren Stühlen zurück und überließen den O'Sullivans eine passende Reaktion darauf. In Aeryns Gesicht bildete Vic sich ein, so etwas wie Anerkennung und Respekt zu entdecken. Und auch Lilly schien ihren Worten nicht ganz abgeneigt zu sein. Nicht, dass es darum ging, die Frauen auf Vics Seite zu ziehen. Aber vielleicht waren ihre Vermutungen ja doch nicht ganz falsch, wenn sie nicht alleine damit war.

Plötzlich wandte Clare sich an ihre Mutter. In ruhigem Ton meinte sie: »Freiheraus auf die Zwölf. Typisch amerikanisch, nicht?«

Rose nickte schweigend und ließ ihre mütterlichen Augen nicht von Vic. Die wurde währenddessen langsam unruhig. Was hatte sie nur getan?

Dann auf einmal lehnte Rose sich zu ihrer Tochter hinüber. »Da leben wir seit bald vierzig Jahren so, und dann kommt eine junge New Yorkerin zu uns, wirft unser Konzept über den Haufen, und weißt du, was dabei eigentlich das Schlimmste ist, Clare?«

Clare schüttelte den Kopf und erwiderte den Blick ihrer Mutter. Die beiden wirkten, als würden sie ein privates Gespräch führen und die anderen drei Frauen wären nur zufällig am selben Tisch gestrandet. Bevor Rose antwortete, wandte sie ihren Kopf jedoch wieder zu Vic, die ihr gegenüber saß. Sie setzte ein aufrichtiges Lächeln auf.

»Das Schlimmste ist, dass diese junge Frau recht hat.«

Vics Atmung blieb aus, und entsetzt starrte sie über den Tisch. Aeryn und Lilly, die jeweils seitlich von ihr saßen, nickten anerkennend und schmunzelten. Clare ebenso.

Rose hingegen klopfte zweimal auf die Holzplatte und räusperte sich. »Meine liebe Vic, du hast einer alten irischen Frau gerade die Leviten gelesen. Ist dir das klar?«

Ohne nachzudenken, platzte Vic heraus: »Weise. Nicht alt.«

Rose grinste verräterisch. »Jetzt bloß nicht frech werden, so viel vertrage ich an einem einzigen Tag nicht mehr.«

Erleichtert atmete Vic endlich aus. Sie hatte dieser Familie soeben bewiesen, dass sie Rückgrat besaß. Und sosehr sie sich auch wünschte, ein vollwertiger Teil der O'Sullivans zu sein, so war sie längst nicht blind für die Dinge, die ihrer Meinung nach nicht richtig waren. Und genau das hatte sie soeben klargemacht. Zögernd legte sich ein Lächeln auf ihre Lippen, als ihr plötzlich ein Gedanke kam und sie innehielt. William würde ihr den Hals umdrehen, würde er von ihren deutlichen Worten gegenüber seiner Familie zu hören bekommen. Und kein Zweifel, er *würde* davon erfahren. Aber auch damit würde sie fertigwerden. Leise seufzte sie.

Siebzehn

Bald darauf verabschiedeten sich die fünf Frauen von Mara und dem gemütlichen Café und nutzten die Januarsonne für einen Spaziergang durch die Stadt. Nachdem sie Temple Bar an der Nordseite verlassen hatten, folgten sie der Uferpromenade des Liffey, dem Fluss, der die irische Hauptstadt durchzog. Möwen kreischten über ihren Köpfen, und gelbblaue Doppeldeckerbusse fuhren an ihnen vorbei. Nach einer Viertelstunde erreichten sie eine Bronzestatue. Ein Mann, er trug eine Schiebermütze und einfache Arbeiterkleidung, kniete sich mit einem Bein auf den Boden, während er das andere weit von sich streckte und den Fuß gegen den Grund drückte, um mit aller Kraft das Seil, das er in seinen Händen hielt und das an der Kaimauer hinablief, zu sich heraufzuziehen.

Vic blieb stehen und betrachtete das Kunstwerk eingehend. Obwohl es sich um eine Figur aus Bronze handelte, hatte Vic das Gefühl, als könnte sie die Anstrengung, die dieser Moment dem jungen Mann abverlangte, in seinem Gesicht ablesen. Beinahe war ihr, als würde sie das Ächzen seiner Lunge und die Anspannung seiner Muskeln hören können.

»*The Linesman* von Dony MacManus.« Aeryn trat neben Vic. »Das Werk feiert die Arbeiter der Dubliner Docklands, auf deren Rücken die Stadt gebaut wurde.«

Vic musterte die Statue. »Es ist sehr einprägsam.«

Sie musste an die Kurzgeschichten von James Joyce aus *Dubliner* denken. Sie hatte die Stadt in der letzten Woche endlich zu erkunden begonnen, und je mehr sie über sie erfuhr und je mehr Ecken sie kennenlernte, desto besser gefiel sie ihr. Dublin war nicht New York, aber Vic war inzwischen nicht mehr so abgeneigt, eine Weile hier zu leben. James Joyce hatte es nicht geschafft, sie abzuschrecken.

»Dublin hat viel mehr zu bieten, als ich dachte«, fügte Vic hinzu und ließ ihren Blick den Fluss entlanggleiten.

Aeryn grinste. »Die Stadt gehört nicht umsonst zu den Favoriten, wenn es um Instagramtauglichkeit geht.«

Vic lachte unwillkürlich. »Ich weiß gar nicht, wann ich das letzte Mal auf Instagram gewesen bin.«

Überrascht bemerkte Vic, dass sie tatsächlich überlegen musste. Dann erinnerte sie sich an das Gespräch mit Charlie und Lucy vor ihrem Abflug nach Dublin. Entsetzt hatten sie festgestellt, dass Vic seit Wochen nichts gepostet hatte. Sorgen hätten sie sich deshalb bereits gemacht. War es nicht verrückt? Man ließ die Social-Media-Kanäle eine Weile ruhen, und dann plötzlich machten sich die Menschen Sorgen um sie? Aber vorher nicht? Vielleicht tat sie ihren beiden Freundinnen – wenn sie es denn überhaupt waren – unrecht. Trotzdem war es eine seltsame Welt, in der sie lebten.

Vics Gedanken schweiften ab. Bevor William in Vics Leben getreten war, hatte sie in den Tag hineingelebt, sich Abend für Abend auf eine Party begeben und die Annehmlichkeiten des Lebens genossen. Sie hatte auf Instagram tausende von Followern täglich mit beeindruckenden Bildern aus New York und von ihren Aktivitäten versorgt und in beinahe stündlichen Storys die Leute auf dem Laufenden gehalten. Absurd, wenn man bedachte, dass in ihrem Leben kaum etwas wirklich Wichtiges passierte. Aber allein die neue Nagellackfarbe galt hier bereits als große News.

Schon öfter hatte Vic diese Oberflächlichkeit genervt, aber es war zur Routine geworden. Es war ein Teil ihres Lebens und des Images, das inzwischen an ihr haftete. Sie hatte es nicht anders gekannt. Nicht so richtig. Doch jetzt, wenn sie mit Abstand darauf zurückblickte, kam sie sich seltsam dämlich vor. Sie hatte eine Person dargestellt, die es nach außen hin vielleicht wirklich so gab. Innerlich aber war nichts davon sie. Oder nur wenig. Aber … wer war sie dann? Was wollte sie vom Leben?

Die vielen Stunden über den Büchern von Williams Vater hatten ihre Leidenschaft für Literatur und Kultur wiedererweckt. Sie hatte sich im Studium nicht umsonst dafür entschieden. Den Menschen Kultur näherzubringen, über Schrift und Wort – das war etwas Großartiges. Aber wie sollte ihr das weiterhelfen?

Vic schüttelte leicht den Kopf und unterzog das Kunstwerk vor sich einer erneuten Betrachtung. Dann plötzlich meinte sie, ohne gezielt jemanden anzusprechen: »Ich brauche endlich einen Job. Eine Aufgabe. Etwas, das einen Sinn ergibt.«

Aeryn musterte sie aufmerksam. »Einen Job?«

Vic sah zu ihr auf und nickte. »Etwas, wofür ich mich begeistern kann und hinter dem sich keine leeren High-Society-Hülsen verstecken. Ich bin das so leid.«

Aeryn betrachtete sie einen Moment lang. »Du hast Kommunikationstheorie studiert, nicht?«

Vic wog den Kopf hin und her. »Nur im Nebenfach. Aber ich habe nie beruflich etwas damit gemacht – oder irgendetwas, das man ernst nehmen könnte.«

Aeryn überlegte, dann holte sie ihr Smartphone aus einer kleinen ledernen Handtasche. Wenige Sekunden später schaute sie Vic prüfend an.

»Ich glaube, ich habe da eine Idee.« Sie winkte die anderen drei Frauen, die sich in der Nähe auf eine Bank gesetzt hatten, zu sich herüber und rief: »Was haltet ihr von einem Besuch in der *ThreeArena*? So in …«, sie schaute erneut auf ihr Handy, »einer halben Stunde?«

Lilly strahlte. »Du meinst …?!«

Aeryn nickte schmunzelnd und stupste Vic liebevoll an. »Wir müssen Vic doch ein wenig irische Kultur näherbringen, oder nicht?«

Einstimmig nickte die Truppe.

Zufrieden lachte Aeryn. »Dann ist es beschlossen. Wir müssen uns allerdings beeilen!«

Irritiert blickte Vic zwischen den Frauen hin und her. »Worum geht es?«

Aeryn schlang einen Arm um ihre Schultern. »Um das Schönste, das Irland je hervorgebracht hat.« Sie lächelte vielsagend. »Und vielleicht um einen Job für dich.«

Magisch. Verträumt. Kraftvoll. Vic konnte sich nicht entscheiden. Sie war schlichtweg verzaubert. Die Melodie hallte in ihren Ohren nach, und die eleganten wie energischen Bewegungen spielten sich wieder und wieder vor ihrem inneren Auge ab. Aeryn hatte nicht zu viel versprochen. Mit einem Anruf hatte sie Vic und den anderen O'Sullivans die besten Plätze in der Nachmittagsvorstellung ihrer Irish-Dance-Kompanie in der *ThreeArena* verschafft. Die Spielzeiten variierten oft, sodass die Aufführungen meist erst abends begannen, bei besonders hoher Nachfrage aber schon am Nachmittag eine Show stattfand. So auch an diesem sechsten Januar, an dem die Kompanie in Dublin gastierte. Aeryn war erst am Abend wieder in der Besetzung, weshalb sie den Tag mit Vic und den anderen verbringen konnte.

Zum ersten Mal in ihrem Leben wohnte Vic einer solchen Aufführung bei, und sie war von Beginn an fasziniert. Ergriffen folgte sie der Geschichte und schloss die Tänzer allesamt in ihr Herz. Sie spürte die Emotionen, die auf der Bühne entfacht und ins Publikum hineingetragen wurden. Mit aller Wucht nahm sie den Ehrgeiz und den Perfektionismus wahr, den dieser Tanzsport den Künstlern abverlangte. Doch sie liebte es. Sie fieberte mit, konnte sich an den Schrittfolgen nicht sattsehen und genoss das Klappern der speziellen Tanzschuhe auf dem harten Boden. Nun konnte sie endlich verstehen, was Aeryn und Lilly damit verbanden. Irish Dance war Magie. Zauber. Ein Glitzern am Ende des Regenbogens, der sich über die Grüne Insel erstreckte. Ein bedeutendes Stück kulturellen Erbes Irlands.

Vic barg ihren Kopf an die Lehne des Beifahrersitzes, als Rose das Auto plötzlich anhielt. Eigentlich waren sie auf dem Weg zurück nach Appleaugh. Der Tag war überraschend und irgendwie schön gewesen. Und so blickte Vic irritiert zu ihrer Schwiegermutter. Doch bevor Vic fragen konnte, meinte die: »Den ganzen Nachmittag habe ich über deine Worte nachgedacht, Vic. Was du im Café gesagt hast, über William.«

»Ich wollte nicht –«, begann Vic defensiv, doch Rose unterbrach sie liebevoll.

»Ich weiß, ich weiß. Aber … Du hast recht. Das habe ich nicht nur so dahingesagt. Je länger ich darüber nachdenke, desto mehr bin ich davon überzeugt. Wir … Ich hätte früher mit William reden müssen. Ich hätte ihn wissen lassen müssen, dass wir euch längst durchschaut hatten.« Entschuldigend blickte sie Vic an. »Es tut mir leid, dass es für dich dadurch unnötig lange so schwer gewesen sein muss.«

»Es geht dabei nicht um mich.« Vic sprach die Worte aus und dachte zuerst, sie hätte ein bisschen gelogen, doch dann spürte sie plötzlich, dass dem nicht so war. Ja, natürlich stimmte es. Es hätte für Vic leichter sein können. Aber in diesem Moment dachte sie nur an William. Er litt. Das spürte sie. Und diese innere Zerrissenheit, die ihn umtrieb, hätte wenigstens ein bisschen eingedämmt werden können, hätte man ehrlich miteinander gesprochen.

Rose nickte. »William ist sensibel. Damit haben die anderen schon recht. Aber seit heute glaube ich, dass wir ihn manchmal ein bisschen zu sehr beschützen wollen. Mehr als ihm guttut. Das Leben ist hart, Vic. Wir alle schleppen etwas mit uns herum, womit wir fertigwerden müssen. Wie wir damit umgehen, das müssen wir lernen. Aber das können wir nicht, wenn man uns nicht lässt.« Sie lächelte Vic zu. »Ich bin sehr froh, dass du hier bist, Vic.«

Rose schüttelte den Kopf, als Vic etwas erwidern wollte. »Ich weiß, dass die Zukunft von dir und William ungewiss ist. Aber du hast mir heute klargemacht, dass ich bei aller Liebe zu meinem Sohn ihn manchmal weniger beschützen sollte. Um seinetwillen. Dafür danke ich dir.«

Eine Träne rollte Vic über die Wange, und energisch wischte sie sie weg. Rose war ein herzensguter Mensch, und diese Worte von ihr zu hören, fühlte sich so seltsam an. Sie sollte Vic nicht danken. Sie hatte nichts Besonderes getan.

Leise räusperte sie sich. Dann meinte sie, weil sie den Moment nutzen wollte: »Ich will euch nicht wehtun, Rose. Deshalb bin ich auf Williams Bitte eingegangen und habe versucht, diese Rolle zu spielen. Und …« Sie bemühte sich stark zu sein. »Ich versuche William und mir eine Chance zu geben. Aber wenn es nicht klappt – ich hoffe, du weißt, dass ich euch damit niemals verletzen wollen würde.«

Nachsichtig nickte Rose ihr zu. »Was zwischen euch beiden auch sein mag, geht nur euch etwas an, meine Liebe. Was wir denken oder fühlen, ist dabei unwichtig.«

Vic hätte ihr gerne geglaubt, doch dafür hatte sie in den letzten zwei Wochen einen viel zu tiefen Einblick in diese Familie erhalten. Sie sorgten sich umeinander, sie liebten einander, und sie fühlten miteinander. Wie auch immer es zwischen ihr und William enden oder weitergehen würde – diese Familie war immer emotional involviert. Sie waren wie eine große Pfanne zuckriger Mandeln. Stupste man eine der Nüsse in eine bestimmte Richtung, veränderte sich auch die Position der restlichen klebrigen Zuckermasse.

Zurückhaltend lächelte Vic. Es sollte ihr Angst machen, und ein bisschen tat es das auch, weil sie sich plötzlich selbst für das Glück der O'Sullivans verantwortlich fühlte. Aber gleichzeitig war sie seltsam demütig. Dass ihr Wohl jemandem so am Herzen liegen konnte, der gleichzeitig doch viel misstrauischer ihr gegenüber sein sollte, erwärmte ihre einsame Seele. Und dieses Gefühl war wunderschön. Und kostbar.

Plötzlich zog Rose einen Schlüsselbund aus dem Handschuhfach vor Vic und reichte ihn ihr.

»Was ist das?«, fragte Vic.

Rose deutete auf die andere Straßenseite. »William bat mich heute Morgen, dass ich dich am Ende des Tages hierherbringe und dir den Schlüssel gebe. Er meinte, du wüsstest, wo du hinmusst.«

Vic schaute durch die Windschutzscheibe und musterte die bereits dunkle Umgebung. Nach wenigen Sekunden erkannte sie endlich, wo sie war.

Erstaunt wandte sie Rose das Gesicht zu. »Ich dachte –«

Freundlich fiel Rose ihr erneut ins Wort. »Geh schon. Er wartet bestimmt schon auf dich.«

Ein aufregendes Kribbeln durchfuhr Vic. Ernst blickte sie ihre Schwiegermutter an. »Danke. Für alles.«

Doch die winkte ab. »Nicht dafür, Vic. Nicht dafür.«

William wusste, dass Vic nach Hause kam, bevor er sie hörte oder sah. Es war ein Gefühl, das plötzlich über ihn hereinbrach, das er nicht in Worte fassen konnte. Zwei Minuten später drehte sich der Schlüssel im Schloss, und die Wohnungstür öffnete sich langsam. Leise trat Vic ein, und sofort fand ihr Blick ihn. Er stellte seinen Laptop beiseite und erhob sich von der Couch, um ihr entgegenzugehen.

Zufrieden musterte er sie. Ein Leuchten umgab sie. Von den schulterlangen braunen Haaren über die goldglänzenden Augen, ihren Mantel, den darunter liegenden dunkelblauen Pullover, auf dessen rechter Schulter kleine funkelnde Sternchen eingenäht waren – ja, selbst ihre schlanken langen Beine in der schwarzen Jeans und den halbhohen grauen Stiefeln schienen von dem Leuchten eingehüllt zu sein.

Den ganzen Tag hatte William damit verbracht, seine Sachen aus seiner Wohnung in Ballybyrne, wo sich der Hauptsitz von *Byrnes Cider* befand, zu packen und hier nach Dublin zu schaffen. Vic hatte lediglich ihre Koffer aus New York mitgebracht. Insofern war ihr Hab und Gut in der neuen Wohnung recht übersichtlich. Viel hatte William noch nicht ausgepackt. Ihnen fehlten noch eine ganze Menge Möbel und anderer Utensilien. Doch für den Moment war das vollkommen gleich. Wichtig war, dass sie beide hier waren.

Vic gestern zu berühren, ihre Haut auf seiner zu spüren und ihren Körper mit allen Sinnen wahrzunehmen, ihre frechen Worte zu hören und ihre sinnlich verspielten Lippen zu küssen – es hatte sich angefühlt, als wäre das das Einzige, was William wollte. Den ganzen heutigen Tag hatte er sich danach gesehnt, sie um sich zu haben. Ihr Lachen und ihren amerikanischen Akzent zu hören. Sie zu berühren und sich in ihren Karamellaugen zu verlieren. Mühsam hatte er sich innerlich zurechtgerufen und nach dem Umzug stattdessen versucht, sich mit etwas Arbeit abzulenken. Es hatte nur mäßig funktioniert.

Langsam lief er auf Vic zu, die die Tür hinter sich schloss, sich mit dem Rücken vorsichtig dagegenlehnte und ihre Hände dahinter verschränkte. Ihre Handtasche hatte sie auf den Boden gestellt, und nun blickte sie sich ehrfürchtig um.

Er widerstand dem Drang, sie direkt hier im Flur zu küssen und seine Hände unter den weichen Strickpullover zu schieben. Stattdessen fragte er: »Wie war dein Tag?«

Irritiert unterbrach sie die Wohnungsmusterung und schaute zu ihm. Dann, aus dem Nichts heraus, begann sie plötzlich laut und herzlich zu lachen. Ein leicht spöttischer Zug bildete sich um ihre süßen Mundwinkel, und frech funkelte sie ihn an.

»Werden wir jetzt so ein Paar?« Grinsend schraubte sie ihre Stimme eine Lage höher. »*Schatz, wie war dein Tag? Hast du an die Milch gedacht?*«

William lachte unwillkürlich und blieb etwa zwei Schritte vor ihr stehen. Er legte den Kopf schief und schmunzelte. »Ich habe tatsächlich Milch gekauft.«

»Vorbildlich. Das gibt bestimmt einen Fleißpunkt auf der Wie-werde-ich-ein-guter-Ehemann-Liste.«

Fast erwartete William, dass Vic ihm spitzbübisch die Zunge rausstreckte. Doch den Gefallen tat sie ihm nicht. Stattdessen zog sie ihre Arme hinter dem Rücken hervor. An einem Finger baumelte der Schlüsselbund, den er seiner Mom am Morgen überreicht hatte.

Vic musterte ihn streng. »Warum hat deine Mom mir den gegeben?«

»Weil du hier wohnst.«

Sie schüttelte den Kopf. »Wir haben uns heute Morgen gesehen. Warum hast du ihn mir nicht selbst gegeben?«

William überlegte. Nachdem sie gestern Abend zurück nach Appleaugh gefahren waren und ein letztes Mal im Gästezimmer seines Bruders übernachtet hatten – verdammt, es war ihm schrecklich schwergefallen, die Finger von Vic zu lassen –, hatte er die seltsame Idee gehabt, dass es eine schöne Überraschung wäre, wenn Vic und er heute Abend ihr neues gemeinsames Leben in Dublin beginnen würden, nicht erst am nächsten Tag, wie ursprünglich geplant.

Seit sie sich offiziell dateten, regte sich in ihm der massive Wunsch, alles richtigzumachen. Damit sie eine Familie wurden. Dass Vic heute Teil der O'Sullivan'schen Tradition geworden und mit seiner Mutter, seiner Schwester und Aeryn und Lilly unterwegs gewesen war, ließ ihn daran denken, wie recht Vic gehabt hatte, seiner Familie die Wahrheit zu sagen. Vielleicht hatte er seiner Mom deshalb die Schlüssel zugesteckt. Es war ein Symbol. Rose überreichte ihrer Schwiegertochter den Schlüssel für ein Leben in Irland. Ein Leben in der Familie der O'Sullivans. Es … es hatte sich für ihn irgendwie richtig angefühlt. Jetzt fragte er sich, ob er dem zu viel Bedeutung beimaß.

Unschlüssig zuckte er mit den Schultern. »Es sollte eine Überraschung sein.«

Vic legte den Kopf schief. Eine Weile bedachte sie ihn mit einem Blick, den er nicht deuten konnte. Doch er spürte, wie sein Körper immer lauter nach ihr rief. Er bemühte sich, es zu ignorieren und sich allein auf ihr Gesicht zu konzentrieren.

»Okay.« Schließlich nickte sie kaum merklich. Leise fragte sie: »Also, Will. Wie war dein Tag?«

Er lächelte unwillkürlich. »Sicher nicht so spannend wie deiner.«

Das Leuchten kehrte zurück, und ein Strahlen breitete sich auf ihren Lippen aus. Und als hätte er den richtigen Knopf gedrückt, sprudelten die Worte unaufhörlich aus ihr heraus. Sie erzählte von dem Pub, den sie wiedererkannt hatte, vom Frühstück im Café, von ihrem Spaziergang durch die Stadt – und von der Irish Dance Show.

»Noch nie habe ich so viele Emotionen bei einer Tanzaufführung verspürt, Will! Das ist unglaublich! Dieses Tempo, diese Kraft, diese Energie – wir müssen uns das zusammen ansehen. Es ist einfach unfassbar. Die Tänzer legen eine Präzision in ihre Schritte, und diese Story, die sie erzählen – so emotional! Mir war gar nicht bewusst, wie spannend die irische Kultur ist!« Vic war nicht zu stoppen. Ihre Begeisterung für die neu entdeckte Kunstform schien keine Grenzen zu kennen.

Lächelnd beobachtete er, wie Vic ihm die Storyline der Show mit ihrem gesamten Körper erzählte. Ihr Gesicht spiegelte sämtliche Gefühle wider, sie riss ihre Arme hoch, wedelte mit ihren Händen umher und schaffte es kaum, stillzustehen. Als wäre irgendwo in ihren Genen eine typische Italienerin versteckt.

Plötzlich verstummte sie, und William befürchtete schon, sie würde gleich platzen. Sie hielt etwas zurück, das unbedingt aus ihr herauswollte. Sie kam auf ihn zu, schlug ihm hektisch, aber sacht mit den flachen Händen auf die Brust, und er hätte schwören können, sie mindestens zweimal hüpfen gesehen zu haben.

»Und, oh mein Gott, du weißt nicht, was Aeryn mich gefragt hat!«

Lachend ging er darauf ein. »Was hat sie dich gefragt?«

»Die Irish Dance Academy sucht eine Social-Media-Managerin. Sie wollen in den sozialen Medien präsenter werden, um eine neue weltweite Zielgruppe zu erreichen. Uuuuuund Aeryn hatte die Idee, ob ich nicht Lust auf den Job hätte!«

Perplex starrte William die aufgeregt zappelnde Vic an. »Du? Wie kommt sie denn auf dich?«

Doch noch bevor Vic es ihm erklärte, wusste er, wieso. Er musste seine Frau nur anschauen. Ihre Aufregung, die nicht enden wollende Begeisterung. Es war, als hätte sich ein neues Lebenslicht in ihr entzündet. Vermutlich hatte Aeryn genau geahnt, was sie bei Vic mit einem Besuch ihrer aktuellen Show auslösen würde. Aeryn hatte ein feines Gespür für die Menschen um sich herum. So wie sie einst bei Williams Bruder und seinem Neffen geahnt hatte, was sie bedrückte und die beiden vom Leben abhielt, so hatte sie vermutlich auch bei Vic gesehen, dass ihr etwas fehlte. Und diese Lücke hatte sie begonnen zu füllen. Er schuldete seiner Schwägerin etwas. Etwas Großes.

»Na ja, wir haben über mein Leben in New York gesprochen, und ich habe erzählt, wie mein Tagesablauf vor …« Sie verstummte für einen Moment. »Wir haben darüber gesprochen, wie ich meine Follower auf Instagram mit meinem Leben unterhalten habe. Das ist etwas, was ich gut kann, aber ich habe die Fähigkeiten für das falsche Ziel eingesetzt. Ich wäre nie darauf gekommen, dass das für etwas sinnvoll sein könnte, aber Aeryn hat mir erzählt, was die Academy vorhat, und ich glaube … das könnte die Aufgabe sein, nach der ich hier gesucht habe. Diese Verbindung aus Kultur und Social Media, das ist so spannend …«

Plötzlich scheu geworden, rückte sie ein Stück von William ab und verschränkte die Arme vor der Brust. Trotzig schaute sie zu ihm auf. »Ich kann nicht viel, aber ich weiß, was die Leute in den sozialen Medien sehen wollen. Ich spreche ihre Sprache.«

William überbrückte den aufgekommenen Abstand mit einem einzigen Schritt. Leise lächelnd meinte er: »Du kannst viel mehr als das, Vic. Du besitzt ein enormes Wissen über Literatur. Du weißt inzwischen wahrscheinlich mehr über die irische Kultur als ich, allein aus den ganzen Büchern, die du verschlingst, seit wir hier sind. Außerdem weißt du, wie man Menschen begeistert. Das ist eine beneidenswerte Fähigkeit. Und vielleicht hast du ja recht, vielleicht ist dieser Job in Verbindung mit einem wichtigen Teil irischer Kultur der Schlüssel, damit du dich hier in Irland zuhause fühlst. Die Academy ist nicht der Broadway, aber Aeryn weiß, wie man die Show zum Funkeln bringt. Hilf ihr dabei.«

Überrascht öffnete Vic den Mund. »Dann findest du die Idee gut?«

William nickte. »Warum nicht? Probier es aus. Falls es doch nicht das Richtige für dich ist, suchst du dir etwas anderes. Dich drängt nichts, Vic.« Er griff nach ihrer Hand und hielt sie locker in seiner. »Finde heraus, was du willst. Tu, was dich glücklich macht.«

Nach einem Moment der Stille wisperte sie kaum hörbar vor ihm: »Ich will ein gutes Vorbild für das Kind sein.« Sie räusperte sich und erwiderte seine Berührung mit ihren zarten Fingern. »Ich will endlich ein Ziel in meinem Leben. Ich will unabhängig sein. Und … ich will, dass unser Kind sich immer geliebt fühlt. Von uns beiden. Egal, wie wir zueinander stehen.«

William schluckte. Er spürte, wie ernst es Vic damit war. Er hörte die Unnachgiebigkeit in ihrer Stimme. Diesen eisernen Ton, der keine Widerrede duldete. Gleichzeitig blickten ihre Augen ihn so flehend und bittend an, dass ihm die Knie weich wurden. Wie schaffte diese Frau es nur, ihn so aus dem Konzept zu bringen? Mit ein paar wenigen Worten, die ehrlicher nicht hätten sein können, brachte sie seine ganzen Gedanken durcheinander. Nur eines, das war ihm klar. So klar, dass er es nie vergessen würde.

Er legte seine Stirn an ihre und flüsterte: »Ich werde unser Kind immer lieben. Immer. Das verspreche ich dir.«

William meinte es so. Genauso. Wenngleich er hoffte, dass er und Vic die Kurve bekommen würden, und aktuell schienen sie auf einem guten Weg zu sein, so würde er, auch wenn es schiefging und sie sich scheiden lassen würden, seinen Frust darüber niemals an dem Kind auslassen. Ein Kind musste in Liebe und Sicherheit groß werden. Nur auf diesem Wege konnte man ihm einen guten Start ins Leben ermöglichen. Und das verdiente das Kleine. Egal unter welchen Umständen es gezeugt worden war.

Erleichtert blickte Vic zu ihm auf, doch dann zog sie ihre Stirn noch einmal in feine Falten. »Versprechen muss man halten.«

William nickte. »Das tue ich.«

Sie betrachtete ihn ein paar Sekunden lang. Dann legte sich der Hauch eines Lächelns auf ihr Gesicht. »Ich weiß.«

In ihrer Stimme lag eine Sicherheit, die er noch nie bei ihr vernommen hatte. Sie war überzeugt von dem, was sie sagte. Von dem, was er ihr versprach. Er würde sich daran halten, was auch kommen würde.

Zärtlich hob William seine Hand, legte sie um ihren Hinterkopf und widerstand nicht länger dem Willen seines Körpers. Er wollte Vic. Einen ganzen Tag lang hatte er sie nicht gesehen, und er hatte sie mehr vermisst, als gut für ihn war. Langsam näherte er sich ihrem Gesicht, streifte ihre Wange mit seinen Lippen, stupste ihre Nasenspitze vorsichtig mit seiner an und legte dann den Mund auf ihren. Vergessen war ihre Scheu. Fordernd und sanft zugleich verlangte sie nach mehr. Sie fühlte sich so weich an und so … richtig.

Mit einem leisen Stöhnen schloss er seine Augen und ließ sich von ihr in eine Welt ziehen, die viel besser war als alles, was sich außerhalb der Mauern dieses Apartments befand. Er vergaß die Sorge um seinen kranken Bruder. Er vergaß die Sorge um seine Familie. Er vergaß, unter welchem Stern ihre Ehe stand. Er vergaß, wie schlecht er schlief, wenn Vic nicht bei ihm war. All das vergaß er für einen wertvollen Augenblick, von dem er wünschte, er würde nie zu Ende gehen.

Ein Schauder rann über Vics Rücken hinweg, vorbei an Williams großen, warmen Händen, die ihr sanft über die Wirbelsäule fuhren. Sie schwebte auf einer Wolke aus Energie und neu gefundenem Optimismus. Sie sah den Regenbogen am Ende des wattierten Gebildes, auf dem sie sich befand, und je schneller sie darauf zulief, desto größer wurde ihre Angst, den Absprung nicht rechtzeitig zu schaffen. Sie steuerte auf einen bunten, fröhlichen Weg zu, doch nur ein Schritt zu viel nach rechts oder links und sie würde fallen.

Und niemand würde da sein, um sie aufzufangen. Sie war auf sich gestellt. Nur solange sie auf den farbenfrohen Regenbogen zusteuerte und ihn auch erreichte, tanzten glitzernde Funken um sie herum. Aber was, wenn sie ins Straucheln geriet? Ihre Gefühle für William hatten sich in etwas verwandelt, dem sie keinen Namen zu geben wagte. Sie erfüllten sie mit Wärme, mit Kraft und einem unbekannten

Mut. Doch was, wenn sie sich zu sehr darauf verließ? Was, wenn sie mit diesen neuen Emotionen alleine war? Was, wenn man sie verließ? So wie ihre Mom es getan hatte. So, wie ihre Internatsfreundin Halle es getan hatte. Was dann?

In einer seltsamen Verzweiflung drängte Vic sich enger an William. Sie durfte nicht stolpern oder das Gleichgewicht verlieren. Auf keinen Fall durfte sie den Regenbogen verfehlen. Zu viel hing davon ab.

Mit einem Seufzen versank sie in Williams Berührungen und verbot sich, über ihre nächsten Schritte nachzudenken. Sie musste einfach laufen. Und versuchen, darauf zu vertrauen, dass sie den Regenbogen erreichen würde. Ohne Fehltritte.

Berauscht und verwirrt von ihrem inneren Aufruhr griff sie nach Williams Händen, die sich immer noch auf ihrem Rücken befanden. Sie löste sich aus dem innigen Kuss, der ihre Gefühle nur noch mehr aufwirbelte, und musterte ihn für wenige Sekunden. Dann lief sie Richtung Schlafzimmer, zog William hinter sich her und zwang sich, nicht darüber nachzudenken, wo sie all das hinführen und was wohl abseits des Regenbogens auf sie warten würde.

Ein kurzer Krampf in ihrem Magen ließ sie zusammenzucken, doch er verschwand so schnell, wie er gekommen war, und gemeinsam mit William ließ sie sich von ihrem Verlangen durch die Nacht leiten.

Wenige Tage nach dem *Kleinen Weihnachten* und Vics Besuch in der Irish Dance Show erhielt Vic einen Anruf von Aeryn. Damit verbunden war eine Einladung in die Irish Dance Academy hier in Dublin. Nervös und voller Vorfreude kam sie zu dem Treffen, bei dem nicht nur Aeryn, sondern auch die Direktorin und der Pressereferent sowie der Tourmanager der Kompanie anwesend waren. Gemeinsam besprachen sie die Ziele, die mit der neuen Social-Media-Strategie einhergehen sollten, und Vic sprühte nur so vor Ideen, die bei den Verantwortlichen auf Begeisterung stießen.

Da Vic neu in der Welt des Irish Dance war, betrachtete

sie die Dinge aus einer frischen Perspektive. Sie war sozusagen selbst die Zielgruppe, die die Academy ansprechen wollte. Damit wusste Vic genau, was es brauchte, um die Kampagne zu einem Erfolg zu führen. Trotzdem wollte sie nicht zu viel versprechen. Professionell für ein Unternehmen – nichts anderes war die Academy am Ende des Tages – zu arbeiten, bedeutete viel Verantwortung zu tragen. Hier ging es schließlich auch um Geld. Aus diesem Grund bestand Vic von sich aus auf einer viermonatigen Probezeit.

Die Academy hatte lediglich zwei Monate vorgeschlagen, aber Vic wollte erst konkrete Ergebnisse liefern, bevor man sie fest anstellte. Das erschien ihr nur fair. Insbesondere da ihre einzige Qualifikation ihr eigener Umgang mit Social Media war – und ein Masterabschluss, den sie nie in der Praxis angewandt hatte. Es gab Menschen, die Kommunikation studiert und darin bereits zahlreiche Jahre Erfahrung gesammelt hatten. Sie hingegen war streng genommen nur eine Quereinsteigerin. Sie wollte sich ihre Position verdienen und sie nicht erhalten, nur weil sie die Schwägerin der wichtigsten Tänzerin der Academy war. Vitamin B war hilfreich, aber darauf allein wollte Vic sich nicht ausruhen.

Zudem würde sie schon bald einige Zeit ausfallen, da sie sich um einen kleinen Wurm zu kümmern hatte, der unbedingt auf die Welt kommen wollte. Daher wollte Vic ihren Wert für die Academy erst unter Beweis stellen, bevor sich diese ihr gegenüber verpflichtete.

Noch am gleichen Tag unterschrieben beide Parteien den vorläufigen Vertrag, und schon am nächsten Morgen begann Vic ihre neue Stelle. Sie spürte die Energie in ihrem Körper, die Müdigkeit und Erschöpfung waren verschwunden. Fingen nun tatsächlich die guten Monate der Schwangerschaft an, so wie Doktor Mulligan es vorhergesagt hatte? Vic hoffte es.

Aufregung und Neugier begleiteten sie in den darauffolgenden Tagen. Sie lernte eine Menge über den irischen Tanzsport und erhielt von Aeryn und anderen Tänzerinnen der Academy hilfreiche Einblicke in deren Training, Proben und die Konzeption der aktuellen Show. Mit jeder Stunde kamen

Vic neue Ideen, wie man all das auf den Social-Media-Kanälen der Academy verwenden und damit auch die irische Kultur stärker ins Rampenlicht rücken könnte.

Nach der ersten Woche, die sie hauptsächlich in Begleitung der Kompanie verbracht hatte, zog Vic sich mit ihrem neuen Laptop zurück und arbeitete ein Konzept aus. Sie erstellte Listen mit Inhalten, die sie benötigte, und Ansprechpartnern, die sie dafür würde kontaktieren müssen. Des Weiteren machte sie verschiedene Online-Schulungen für den Einsatz und die Erstellung von professionellen Werbeanzeigen in den sozialen Medien. Worauf musste sie achten? Wie bestimmte sie die Zielgruppe? Und wie erreichte sie nachhaltig viele Menschen, die potenziell Interesse an der Arbeit der Academy hätten?

Begierig sog sie alle Informationen auf, die man ihr zur Verfügung stellte. Schnell bekam sie ein Gespür für die richtigen Fragen, holte das Meiste aus den Workshops für sich heraus und wendete es direkt in ihrem aufgestellten Konzept an.

Vic lebte auf. Endlich hatte sie das Gefühl, etwas Sinnvolles zu tun. Sie hatte Spaß an ihrer Arbeit, und sie war überzeugt davon, dass sie es gut machen würde. Außerdem spürte sie, wie sehr sie den Kontakt zu anderen Menschen vermisst hatte. Durch ihre kommunikative Art, die sie früher auf den New Yorker Partys beliebt gemacht hatte, fand sie schnell einen Draht zu den Leuten der Academy und war bereits nach der ersten Woche ein fester Bestandteil des Teams.

Wenn sie nach getaner Arbeit in die Wohnung zurückkehrte und mit William kochte, gemeinsam zu Abend aß und von ihrem Tag erzählte, hätte sie stundenlang über ihre Pläne für die Academy reden können. Beinahe war es ihr, als würde die Schwangerschaft in den Hintergrund rücken, so sehr genoss sie die neue Herausforderung. Praktischerweise lenkte sie die aber auch von ihren Ängsten und Zweifeln ab, wie es sein würde, wenn das Kind da war. Noch immer war sie unsicher, ob sie eine gute Mutter würde sein können.

Die Beziehung zu William entwickelte sich überraschend

gut. Was vielleicht auch daran lag, dass sie es beide nicht mehr schafften, die Finger voneinander zu lassen. Seit sie es sich gestattet hatten, aufeinander zuzugehen, schien der Bann gebrochen zu sein. Sobald Vic auch nur an ihn dachte, spürte sie das unbedingte körperliche Verlangen nach seinen Berührungen, seinem warmen Atem auf ihrer nackten Haut und den zärtlichen Worten, die er ihr ins Ohr flüsterte.

William hatte sich in einem der anderen Räume ein Arbeitszimmer eingerichtet, in dem er die meisten Tage verbrachte. Ein bis zwei Mal pro Woche fuhr er in die Zentrale von *Byrnes Cider* nach Ballybyrne, doch die restliche Zeit blieb er in Dublin. Morgens achtete er darauf, dass Vic frühstückte, bevor sie zur Academy aufbrach. Denn vor lauter Tatendrang würde sie am liebsten das Apartment verlassen, ohne etwas zu sich zu nehmen.

Nach und nach etablierten die beiden einen geregelten Alltag. Doch trotz Arbeit und Routine hielten sie weiter an ihren regelmäßigen Dates fest. Etwas, das beiden wichtig geworden war. William zeigte ihr die schönsten Ecken von Dublin, führte sie in Restaurants aus, und gemeinsam erkundeten sie das kulturelle Leben der irischen Hauptstadt. Sie lachten zusammen, diskutierten über Politik, Literatur, Kunst und ob irischer Whiskey besser war als amerikanischer. Nicht dass Vic derzeit welchen trinken durfte, aber argumentieren konnte sie dennoch äußerst überzeugend. Insbesondere, wenn diese Gespräche innerhalb ihres Apartments stattfanden. Schaute sie William nur lange genug in die grünen Augen, begann ihr Körper zu klingen, und auch William vergaß bald, worüber sie gerade sprachen, und ehe sie sich versahen, entledigten sie sich gegenseitig ihrer Kleidung und verfielen einander.

Weder Vic noch William schienen dem Einhalt gebieten zu können. Vic versuchte es positiv zu sehen. Trotzdem machte sie sich Gedanken, ob diese körperliche Anziehung alleine reichen würde. Oder war doch mehr zwischen ihnen? Mit jedem Tag lernten sie einander besser kennen, lernten den anderen zu verstehen und ein Gespür für die Bedürfnisse des jeweils anderen zu entwickeln.

Es lief so gut, dass es Vic beinahe Angst machte. Sie hatte den Absprung auf ihren Regenbogen geschafft. Ihr Weg wurde von strahlend hellen Funken begleitet, und mit jedem Schritt schien sie sicherer zu werden. Und doch, die Furcht, danebenzutreten, blieb. Sie lastete auf Vics Seele wie eine dunkle Wolke, die ihren leuchtenden Regenbogen jederzeit unter sich begraben konnte.

Nichts davon sagte sie William. Sie wusste, wie sehr er hoffte, dass es zwischen ihnen funktionierte. Er gab alles dafür, und manchmal hatte Vic Sorge, dass er es vielleicht sogar zu sehr wollte. Sein Verantwortungsgefühl war so ausgeprägt, ein Scheitern würde er nicht akzeptieren. Aber war es das, was sie wollte? Eine Ehe, in der ein Partner aus ständigem Pflichtgefühl handelte? Sicher, der Sex war berauschend. Die Gespräche inspirierend und sie lachten so viel miteinander, dass Vic beinahe vergaß, weshalb sie den Ring an ihrem Finger trug.

Trotzdem dachte sie immer wieder an die Ehe ihrer Eltern. War sie dabei, sich in William zu verlieben, während er in alldem nur seiner Verantwortung frönte? Sie traute sich nicht, ihn zu fragen. Gleichzeitig wollte sie ihm aber auch keine falschen Hoffnungen machen und ihn glauben lassen, die Scheidung wäre längst vom Tisch.

Vorerst versuchte sie weiterhin einen Tag nach dem anderen zu nehmen und sich vor all ihren Sorgen und Gedanken mithilfe ihres neuen Jobs zu verstecken. Zudem half die Arbeit bei der Academy, ihr immer wieder aufflammendes Heimweh nach New York zu besänftigen. Dublin war eine schöne Stadt. Vic mochte die vielen kleinen Straßen, die gemütlichen Cafés und ja, sie wurde langsam aber stetig wärmer mit der irischen Lebensweise. Dennoch fehlten ihr die Wolkenkratzer ein bisschen.

Und so verging die Zeit wie im Flug, und der erste Monat des neuen Jahres neigte sich dem Ende zu. Vic war inzwischen in der vierzehnten Woche und wurde nachts immer häufiger von unerwartetem Appetit heimgesucht. Anfangs hatte sie sich gar nichts dabei gedacht, bis William sie eines späten Abends grinsend gefragt hatte, ob sie sicher war, dass ein nächtlicher Snack wirklich aus einem Schokoriegel und einer Portion geriebenem Cheddar bestehen sollte.

Irritiert hatte sie ihn angestarrt und dann auf den Teller in ihrer Hand geblickt. Ein unaufhaltsames Kichern hatte sich in ihr gelöst, und lachend hatte sie geantwortet: »Ich teile, wenn du willst.«

Er hatte nicht gewollt, sie aber schmunzelnd in den Arm genommen, nachdem sie sich mit ihrem Snack zu ihm ins Bett verkrümelt hatte.

Jetzt atmete Vic ein letztes Mal die frische Abendluft ein, dann holte sie den Schlüssel aus ihrer Handtasche und begab sich in den Wohnkomplex, in dem sich ihr Apartment befand. Es war spät geworden. Sie hatte sich so in ihre Arbeit vertieft, dass sie die Zeit vergessen hatte. Und so hatte sie heute sagenhafte elf Stunden in der Academy verbracht. Sie war müde, aber dennoch fühlte sie eine unerschöpfliche Energie in sich.

Ein sekundenlanger Krampf durchbrach ihre gute Stimmung, doch wie schon in den letzten Tagen ließ der kurze Schmerz in ihrem Bauch schnell wieder nach. Vic dachte sich nichts dabei. Sie hatte gelesen, dass sich die sogenannten Mutterbänder nach einiger Zeit in der Schwangerschaft zu strecken begannen, um sich auf das größer werdende Kind einzustellen. Zudem würde sie demnächst sowieso ihren Kontrolltermin bei Doktor Mulligan haben. Sie würde ihn darauf ansprechen.

Vic schloss gerade die Tür zur Wohnung auf, als sie erneut von dem bereits bekannten Schmerz überrascht wurde. Unwillkürlich krümmte sie sich und hielt inne, bis der Vorfall vorüber war. William, der auf der Couch gesessen hatte, eilte besorgt zu ihr.

»Vic, was ist los? Alles okay?«

Sie setzte ein Lächeln auf. »Ja, alles gut.«

Sie legte ihre Tasche auf der Kommode neben der Tür ab und fuhr sich unbedarft über den unteren Bauchbereich.

Stirnrunzelnd betrachtete William sie. »Du musst dich schonen.«

Gereizt hob Vic den Kopf. »Ich bin schwanger, nicht

krank.« Sie hatte diese Floskel nie sagen wollen, doch William ließ ihr keine Wahl. »Es geht mir gut.«

Demonstrativ schaute er auf seine Armbanduhr. Dann lächelte er liebevoll. »Du hast schon wieder die Zeit vergessen.«

Schuldbewusst zuckte Vic mit den Schultern.

Sanft legte William ihr eine Hand auf den Oberarm. »Hast du wenigstens daran gedacht, etwas zu essen?« Er lächelte. »Nächtliche Schokoriegel mit Cheddar sind nicht die optimale Ernährung für eine schwangere Frau.«

Sie wusste Williams Sorge zu schätzen, trotzdem gefiel sie ihr nicht. Vic fühlte sich ertappt. Sie hatte in der Tat nicht ausreichend gegessen. Zu vertieft war sie in ihre Planung gewesen. Der Relaunch der Academy-Kanäle in den sozialen Medien sollte in wenigen Tagen stattfinden, und Vic hatte allerhand mit den Vorbereitungen dafür zu tun.

Trotzig musterte sie William. »Deine Sorge ist unbegründet, Will.«

Er nickte und lächelte. »Ich weiß.« Er ließ seine Hand hinunter zu ihrer gleiten und umfasste sie liebevoll. »Und trotzdem will ich, dass es dir … dass es euch gutgeht.«

Unwillkürlich entzog sie ihm ihre Hand und entfernte sich ein paar Schritte von ihm. Schließlich wandte sie ihm das Gesicht zu und flüsterte: »Und das ist das Problem. Du willst immer, dass es den Menschen um dich herum gutgeht. Ständig machst du dir Sorgen.«

In einem Anflug von Verzweiflung erinnerte sie sich an die zahlreichen Momente, in denen William glaubte, unbeobachtet zu sein. Dann fiel seine gute Laune von ihm ab, und tiefe Sorge zeichnete nicht nur sein Gesicht, sondern seine gesamte Körpersprache. An beinahe jedem Tag in diesem Monat hatte sie diese Verwandlung an ihm beobachtet.

In ihren Gesprächen hatte sie häufig seine Sorge um Sean, seinen Bruder, herausgehört. Aber auch sie und das Kind nahmen inzwischen einen großen Platz in seinen Ängsten ein. Seine Familie sowieso. Er fühlte sich für sie alle verantwortlich. Dabei stand es gar nicht in seiner Macht.

Doch das schien er nicht zu verstehen, egal, wie oft Vic versuchte, dieses Thema anzusprechen.

So auch jetzt. William versteifte sich und blickte sie starr an. »Was ist falsch daran, sich um die Menschen zu sorgen, die einem nahe sind?«

›Menschen, die einem nahe sind.‹ Der Halbsatz rief einen unerwarteten Stich in Vics Herzen hervor. Hatte er die Formulierung mit Absicht so gewählt? Nicht ›Menschen, die man liebt‹?

Vic schüttelte den Kopf, um ihre Gedanken davon loszueisen. Fest schaute sie ihrem Mann in die Augen, die plötzlich wieder von diesem gequälten Ausdruck umgeben waren.

»Es macht dich kaputt. Das ist falsch daran.«

Warnend hob William seine Hand und deutete auf Vic. »Es macht mich nicht kaputt.«

Seine Stimme klang gepresst.

Anders als sonst hielt Vic ihm entgegen: »Doch, aber du merkst es nicht.« Sanft fügte sie hinzu: »William, Nacht für Nacht stehst du am Fenster, starrst hinaus in die Dunkelheit, und jedes Mal kann ich deinen Kopf geradezu arbeiten hören.«

Sarkastisch musterte er sie: »Und was hörst du?«

»Du verfluchst die Welt für die Krankheit deines Bruders. Du fühlst dich schuldig, weil du nicht weißt, wie du ihm helfen kannst. Am liebsten würdest du ihm die Diagnose abnehmen und hasst dich dafür, dass du es nicht kannst.«

Keine Regung auf seinem Gesicht. »Du hast keine Ahnung.«

Langsam ging sie auf ihn zu. »William, du musst endlich aufhören, dir diese Dinge so zu Herzen zu nehmen. Es –«

»Was erwartest du von mir, Vic?«, fiel William ihr ungehalten ins Wort. »Wie kannst du verlangen, dass ich aufhöre, mir um meinen Bruder Sorgen zu machen? Die scheiß Krankheit bestimmt sein ganzes restliches Leben, und niemand von uns kann etwas dagegen unternehmen. Wir sind allein von der Gnade ihres Verlaufs abhängig. Verdammt nochmal, natürlich hadere ich mit dem Schicksal! Natürlich geht mir das nicht aus dem Kopf! Will ich ihm helfen? Will ich ihn davor schützen? Ja, Scheiße nochmal!« Heftig atmend betrachtete er sie, die Stirn in tiefe Falten gezogen. »Schreib mir nicht vor, was ich fühlen soll, Vic.«

Energisch schüttelte sie den Kopf. »Das mache ich doch gar nicht! Aber siehst du denn nicht, dass du nichts an der Situation ändern kannst? Wem ist damit geholfen, wenn du dich von deinen Ängsten und Sorgen auffressen lässt? Konzentrier dich auf die Dinge, bei denen du etwas tun kannst.«

»Die da wären?« Bitter verschränkte er die Arme vor der Brust.

»Dein Bruder ist ein unglaublich starker Charakter. Wenn er es schafft, sein Leben mit der Multiplen Sklerose zu leben, warum du dann nicht auch? Meinst du nicht, dass ihm viel mehr geholfen wäre, wenn du mit ihm die guten Seiten des Lebens genießt, statt mit dem Schicksal zu hadern und darüber nachzugrübeln, was wäre wenn?« Sie wagte einen weiteren Vorstoß. »Was, wenn es bei dem guten Verlauf bleibt und er mithilfe der Medikamente ein fast normales Leben leben kann? Dann hast du hingegen all die Jahre an die Sorge verschwendet. Willst du unserem Kind nicht zeigen, dass es an das Gute im Leben glauben sollte?«

Vic verstummte. Sie war zu weit gegangen. Das spürte sie. Aber etwas in ihr hatte sie dazu getrieben. Sie ertrug es nicht länger, wie William sich sein Leben zur Hölle auf Erden machte, weil er sich dauernd für alles und jeden verantwortlich fühlte. Sie musste endlich Klartext mit ihm sprechen.

Unnachgiebig blickten seine grünen Augen zu ihr. »Dafür, dass du so gut wie nie über deine Familie sprichst, scheinst du ganz schön viel über familiäre Beziehungen zu wissen. Was sich gehört und was nicht.«

Er kämpfte mit harten Bandagen. Sie hatte damit gerechnet. Selbstverständlich. Sie ignorierte den Schmerz, der sich in ihrer Leistengegend bildete.

»Du willst etwas über meine Familie hören?« Mit leidvoller Stimme fuhr sie fort. »Also schön. Meine Mutter war hinter dem Geld meines Vaters her. Als sie ihn nicht rumbekam, schob sie ihm ein Kind unter. Mich. Er fühlte sich verantwortlich, also heiratete er sie. Doch sein Leben lang nahm er ihr diesen Zug übel. Er verwehrte ihr jegliche Gefühle und strafte sie mit Verachtung. Und mich auch.« Zitternd atmete Vic ein. »Schließlich flüchtete meine Mutter sich in Affären, One-Night-Stands und verfiel in schwere Depressionen. Sie überließ mich mir selbst. Und dann, als mein Vater endlich eingriff, lief sie davon. Sie ertrug die emotionale Kälte meines Vaters nicht mehr. Und mich auch nicht.«

»Vic …« Betroffen ging William einen Schritt auf sie zu, aber Vic funkelte ihn aufgebracht an.

»Nein, du wolltest es hören.« Sie unterstrich ihre Aussage mit einer Handbewegung. Eisern erzählte sie weiter. »Ich war ein ungewolltes Kind, das zum Spielball seiner Eltern wurde. Ich habe nie erfahren, was es bedeutet, geliebt zu werden, William. Ich habe nie gespürt, wie es ist, in Sicherheit und Geborgenheit aufzuwachsen.« Mit zitternder Stimme ergänzte sie: »Maße ich mir an, dir zu sagen, du sollst aufhören dir Sorgen zu machen? Ja. Weil ich am besten weiß, wie wichtig es ist, umsorgt zu werden. Aber das, was du tust, ist toxisch. Für dich. Und für die Menschen, die du liebst.«

Der Schmerz in ihrem Bauch wurde immer stärker. Krampfartige Wellen brachen über sie herein. Tapfer hielt sie dagegen.

Leise flüsterte sie: »Hör auf, dich verantwortlich zu fühlen, William. Gib den Menschen deine Liebe und geh den Weg gemeinsam mit deinem Bruder. Aber akzeptiere, dass du manche Dinge nicht ändern oder beeinflussen kannst. Es wird immer etwas geben, wovor wir Angst haben, aber du darfst dich von dieser Angst nicht beherrschen lassen.«

Den letzten Satz presste sie noch mühsam hervor, doch dann gewann der Schmerz die Oberhand. Er zwang sie in die Knie. Es fühlte sich an, als würde sie ihre Periode in tausendfacher Stärke durchleben. Ihre Muskeln zogen sich zusammen, immer und immer wieder, und panische Angst breitete sich in ihr aus. Scharf sog sie die Luft ein und versuchte, wieder die Kontrolle über ihren Körper zu erlangen, doch sie schaffte es nicht. Das Baby. Etwas stimmte nicht. Zu lange hatte Vic es ignoriert, und nun würde sie die Konsequenzen dafür ertragen müssen. Verzweiflung, Furcht, Hilflosigkeit – all das prasselte auf einmal auf sie ein und trieb die Schmerzen in unfassbare Höhen.

Sofort war William an ihrer Seite und beugte sich zu ihr. Er legte einen Arm um ihre Schultern und sah sie verzweifelt an. »Was ist los? Hast du Schmerzen?«

Als sie nicht antwortete, fluchte er laut und lief zum Couchtisch, um sein Handy zu holen. Ihr Körper gehorchte ihr nicht mehr. Sie bekam keine Luft, ihre Gedanken rasten, und ihr Bauch schmerzte höllisch. Wie durch einen Nebel hörte sie, wie William einen Krankenwagen rief.

Was hatte sie nur getan? Eine erneute Welle des Schmerzes überrollte sie, und unwillkürlich presste sie ihre Beine zusammen. Dann plötzlich, es fühlte sich so surreal an, spürte sie, wie eine warme klebrige Flüssigkeit zwischen ihren Schenkeln hinauslief und ihre Hose feucht werden ließ. Wie in Trance tastete sie mit ihren Fingern danach. Als sie die Hand hob, schrie sie auf. Voller Panik rief sie nach William.

Sofort war er wieder bei ihr und kniete sich neben sie. »Was ist los, Vic? Rede mit mir!«

Ängstlich starrte sie ihn an und hielt ihm ihre Hand hin. »Blut, William.« Heiser und verzweifelt wisperte sie. »Das Baby …«

Tränen liefen über ihre Wangen.

Es war ihre Schuld.

Achtzehn

ANGSTSCHWEIß BILDETE sich unter Williams Achseln. Sein Herz klopfte unaufhörlich schnell, und sein Kreislauf drohte ihn aus den Schuhen zu schubsen. Doch er musste stark bleiben. Noch nie in seinem Leben hatte er eine solche Panik gespürt wie in dem Moment, als Vic ihm ihre blutige Hand entgegengestreckt und ihn mit diesen verzweifelten Augen angestarrt hatte, während Tränen über ihr Gesicht liefen.

Zum bestimmt zehnten Mal in der letzten Viertelstunde erhob sich William von dem Stuhl im Wartezimmer und tigerte nervös und ungeduldig auf und ab. Er steckte den Kopf hinaus in den Gang, suchte ihn nach einem Arzt oder einer Krankenschwester ab, doch er fand niemanden. Wieso war hier niemand? Irgendjemand musste ihm endlich sagen, was mit Vic und dem Baby war!

Der Krankenwagen war innerhalb weniger Minuten bei ihnen gewesen, und doch hatte es sich wie eine nicht enden wollende Ewigkeit angefühlt. Hilflos hatte er neben Vic auf dem Boden gekauert und versucht, ihr Halt zu geben, während sie mit immer heftigeren Schmerzen gekämpft hatte. Die Fahrt im Rettungswagen war eine einzige Tortur gewesen, und er hatte all seine Kraft aufwenden müssen, um die Sanitäter nicht ständig zu fragen, was denn los sei. Sie hatten genug damit zu tun, Vic zu helfen.

In der Notaufnahme hatte man ihn schließlich von Vic

getrennt, um sie zu untersuchen und zu versorgen. Tief in sich wusste er, dass die Leute nur ihren Job machten, aber jetzt, in diesem Augenblick empfand er nur simple Panik. Er war ihr Ehemann, verdammt nochmal! Wer wenn nicht er sollte zu ihr dürfen?

Seufzend fuhr er sich durch die Haare und setzte sich ein weiteres Mal auf den vermaledeiten Stuhl im Wartezimmer. Die Uhr an der Wand tickte unaufhörlich und erinnerte ihn mit jeder Sekunde daran, wie lange er schon hier war und auf Nachricht von den Ärzten hoffte.

Erneut ertönte Vics Stimme in seinem Kopf, wie sie ihn versuchte zu überzeugen, sich endlich keine Sorgen mehr um sie zu machen. Aber hatte er nicht recht gehabt? Er hätte deutlicher darauf bestehen müssen, dass sie sich schonte. Es war ja schön, dass sie in der Academy so aufblühte – und Gott, ja, das tat sie –, aber der Preis dafür war zu hoch. Eindeutig! Sie hatte zu viel gearbeitet, nicht gut genug gegessen, und er hatte nicht genügend auf sie aufgepasst. Es war seine Schuld. Er hätte sich um sie kümmern müssen. Er hätte nicht mit ihr streiten dürfen. Es war offensichtlich, dass das zu viel für sie gewesen war.

Er verstand immer noch nicht, warum er so harsch reagiert hatte. Aber er wollte sich auch nicht damit auseinandersetzen. Alles, was er wollte, war, zu Vic zu gehen, ihre zarten Finger in seiner Hand zu halten und ihr zu versichern, dass alles gut werden würde.

»Mister O'Sullivan?«

Ruckartig hob William den Kopf. Eine Ärztin in seinem Alter blickte ihn fragend an. Sofort stand er auf.

»Ja, das bin ich. Wie geht es meiner Frau?« Angst und Hoffnung kämpften in ihm um die Vorherrschaft. Doch als er der Medizinerin in die Augen sah, wusste er, dass die Hoffnung keine Chance haben würde. Nicht den Hauch einer Chance.

»Ich bin Doktor Archwood. Ich bin Gynäkologin hier im Krankenhaus. Ihrer Frau geht es den Umständen entsprechend gut. Wir haben sie stationär aufgenommen. Sie braucht jetzt viel Ruhe. Es …« Sie zögerte einen Moment.

»Was ist passiert? Was ist … mit dem Kind?« William traute sich kaum zu fragen. Seine Kehle schnürte sich zu, und er rang nach Atem.

Die Ärztin blickte ihn ernst an. »Es tut mir sehr leid, aber Ihre Frau hatte eine Fehlgeburt, Mister O'Sullivan. Wir konnten nichts mehr für den Fötus tun. Um sicherzugehen, dass keine Gewebereste in der Gebärmutter zurückgeblieben sind, mussten wir eine Ausschabung des Organs vornehmen. Das ist ein üblicher Vorgang in … diesen Fällen.« Sie räusperte sich. »Körperlich sollte Ihre Frau sich in einigen Tagen wieder erholt haben. Emotional … Sie müssen jetzt sehr stark sein. Holen Sie sich Hilfe, wenn Sie das Gefühl haben, dass Sie es alleine nicht schaffen. Das ist vollkommen verständlich.«

Entgeistert starrte er die Frau vor sich an. Eine unerklärliche Leere breitete sich in ihm aus. »Aber … wie? Wie konnte es dazu kommen?«

Entschuldigend schüttelte sie den Kopf. »Es gibt viele Gründe für einen Frühabort. Die meisten passieren bis zur siebten Schwangerschaftswoche. Aber auch in der vierzehnten Woche kommt so etwas viel häufiger vor, als wir uns das wünschen. Was am Ende der genaue Grund bei Ihrer Frau gewesen ist, darüber können wir nur spekulieren. Sie sollte in einigen Wochen auf alle Fälle noch einmal zur Nachuntersuchung bei ihrem Gynäkologen vorbeischauen.«

In der Tasche ihres Arztkittels ertönte ein eindringliches Piepen. Sie zog ein kleines schwarzes Gerät heraus, stellte den Ton ab und blickte William mitfühlend an. »Es tut mir sehr leid, aber ein neuer Notfall.« Bevor sie ging, sagte sie: »Halten Sie sich nicht zu lange mit der Frage nach dem Warum auf. Das hilft weder Ihnen noch Ihrer Frau. Wichtig ist, dass Sie jetzt füreinander da sind.«

Sie nannte ihm noch die Station und das Zimmer, auf das man Vic gebracht hatte, dann verabschiedete sie sich und lief rasch zurück zu den Behandlungsräumen.

Fehlgeburt. Frühabort. Ein ums andere Mal hörte er diese Worte in seinen Ohren widerhallen. Dieses kleine zappelnde Wesen, dessen kräftiges Herz er vor wenigen Wochen noch gehört und dem er versprochen hatte, es vor allen Gefahren dieser Welt zu beschützen – es war fort. Nicht mehr da. Tot. Es hatte nie richtig gelebt. Mühsam sog William Luft in seine Lungen, trotzdem hatte er das Gefühl, ersticken zu müssen. Der Sauerstoff kam nicht bei ihm an. Er hatte versagt. Sein Versprechen, das Kind zu beschützen, er hatte es nicht ansatzweise einhalten können.

Eine Träne stahl sich aus seinem Augenwinkel. Sein Kind. Ihr gemeinsames Baby. Sie hatten es verloren, ohne je die Chance bekommen zu haben, es kennenzulernen. Sie würden nie das Lachen hören, die Freude in seinen Augen sehen oder die Liebe spüren, die es ihnen entgegenbrachte. Nichts davon würde jemals sein. Innerhalb weniger Stunden war ein Leben, das noch gar nicht richtig begonnen hatte, beendet worden.

Verzweiflung nistete sich in jede von Williams Zellen. Trauer und Wut mischten sich zu einem gefährlichen Cocktail, und aufflammende Reue ließ ihn gefrieren. Er hätte besser aufpassen müssen. Dieser unnötige letzte Streit mit Vic. Das hätte nicht passieren dürfen! Es war seine Schuld.

Das Ticken der Uhr im Wartezimmer ertönte wie ein Donnergrollen in seinen Ohren. Vic. Er musste zu Vic. Er durfte sie jetzt nicht alleinlassen.

Betäubt und unfähig, seine Gedanken zu sortieren, eilte er zum Treppenhaus, lief auf die entsprechende Etage und klopfte an der Tür, die die Ärztin ihm genannt hatte. Er atmete tief durch, bekam immer noch nicht genügend Luft, doch er riss sich zusammen. Er musste jetzt stark sein. Für Vic. Vorsichtig öffnete er die verblasste Holztür und trat in das Zimmer ein. Ein einziges kleines Nachtlicht sorgte dafür, dass man in dem Raum etwas sehen konnte.

Man hatte Vic aufgrund von Williams Angaben bei der Einweisung in der Notaufnahme ein Einzelzimmer gegeben. Der nüchterne Raum beinhaltete eine kleine Sitzecke mit zwei unbequemen Sesseln und einem niedrigen Holztisch. Gegenüber davon stand ein typisches Krankenhausbett mit weißer Bettwäsche. Auf dem Kissen erblickte William das blasse Gesicht von Vic. Sie hatte die Augen geschlossen, ihre

Atmung war flach. Vielleicht schlief sie, um sich von den Strapazen zu erholen.

Auf leisen Sohlen lief er zu ihr und musterte sie stumm. Ihre Hände lagen seitlich ihres Körpers auf dem weißen Laken, und obwohl sie schlief, bildete William sich ein, noch immer die Panik in ihrem Gesicht zu sehen. Ohne unnötig viele Geräusche zu machen, holte William sich einen der Sessel, stellte ihn neben das Bett, warf seine Jacke über die Lehne und setzte sich.

Sanft legte er seine Hand auf die von Vic und betrachtete seine Frau. Sie wirkte zerbrechlich und erschöpft. Der Moment auf den verschneiten Straßen New Yorks schummelte sich in seine Gedanken. Damals hatte sie ebenso gewirkt. Doch heute … Heute war es viel schlimmer.

Plötzlich zuckten Vics Lider unruhig, und nach wenigen Sekunden öffnete sie ihre Augen. Sofort fiel ihr Blick auf ihn. Verzweiflung überkam sie.

Sanft strich William mit der anderen Hand über ihre Stirn und flüsterte: »Ruh dich aus. Ich bin hier.«

Eine Träne lief aus ihrem Augenwinkel hinab auf das Kissen. »Das Baby … es ist …«

William nickte und versuchte seinen eigenen Schmerz zu verdrängen. »Ich weiß. Die Ärztin hat es mir gesagt.« Er schluckte. »Du musst dich jetzt erholen, das ist das Wichtigste, mein Schatz.«

In Zeitlupe schüttelte sie den Kopf, und ein herzzerreißendes Schluchzen entfuhr ihr. »Es ist meine Schuld.« Sie presste die Lippen aufeinander, und Tränen überströmten ihr Gesicht. »Ich … Es ist meine Schuld.«

Vehement widersprach William ihr, während sein Herz sich auf schmerzvolle Art zusammenzog. »Das ist es nicht. Am allerwenigsten ist es deine Schuld, Vic.«

Liebevoll streichelte er ihre Hand. »Schlaf ein bisschen. Dein Körper braucht jetzt eine Pause.«

Sie starrte ihn mit dunklen Augen an. Kein Wort kam mehr über ihre Lippen, bis sie nach einigen Minuten schließlich den Kopf zur Seite neigte und die Lider wieder schloss.

Unaufhörlich liefen die Tränen über ihre Wangen, und leise weinte sie in das weiße Kissen.

Die ganze Zeit über versuchte William ihr ein Gefühl von Sicherheit zu geben. Er hielt ihre Hand, tupfte ihr die Wangen trocken und strich ihr Mal um Mal über das braune Haar. Mit aller Macht schluckte er seinen eigenen Kummer hinunter und bemühte sich, für Vic da zu sein. Doch schon bald brachen seine schlecht gebauten Mauern ein. Eine kleine Träne nach der anderen stahl sich aus seinen Augenwinkeln. Unbedacht räusperte er sich, und Vic hob erneut ihre schweren Lider. Als sie ihn und seine Tränen sah, bewegte sie ihre Hand in seiner, drückte kraftlos zu, und stumm blickten sie einander an.

In ihren Gesichtern spiegelten sich die Emotionen des jeweils anderen. Trauer, Verzweiflung, Angst, Wut und unendliche Reue. Vic hatte es ausgesprochen. William noch nicht. Und doch war Vic klug genug, um zu ahnen, dass er ebenso fühlte. Das wusste William. Sie gaben sich beide selbst die Schuld für das, was passiert war.

Wieder hatte das Schicksal ihm einen schier unmöglichen Schlag verpasst. Wieder fühlte er sich machtlos. Hilflos. Ängstlich. Von der Welt im Stich gelassen und betrogen. Betrogen um sein eigenes Kind.

Vic fühlte sich leer. Sobald sie die Augen schloss, lebte der Schmerz erneut in ihr auf, obwohl es längst vorbei war. Nie würde sie die Krämpfe vergessen oder das Blut an ihren Fingerspitzen und die unbändige Panik in ihrem Herzen. Vor einer Woche war sie zusammengebrochen und hatte ihr Kind verloren. Überhaupt – verloren! Wieso bezeichnete man das so? Als hätte sie ihren Schlüssel irgendwo liegen lassen. Als würde sie ihr Portemonnaie nicht mehr finden. Als wäre ihr ein Taschentuch aus der Hand gefallen. Das waren Dinge, die man verlor.

Aber ein Kind? Mochte es auch noch so klein und noch so früh in seiner Entwicklung gewesen sein, es hatte ein Herz gehabt. Vic hatte es schlagen hören. Sie hatte es gesehen.

Und jetzt? Es war fort. Man hatte es ihr genommen. Das Schicksal hatte es ihr verwehrt, und Vic wurde von Selbstvorwürfen niedergetrampelt.

Hatte sie in den letzten Wochen zu viel gearbeitet und zu wenig auf sich geachtet? Hatte sie sich nicht ausreichend geschont? Oder – und das war viel schlimmer als alles andere – hatte sie das Kind mit ihren eigenen Ängsten, Zweifeln und Gedanken abgetrieben? Oft genug hatte sie gedacht, dass sie doch eigentlich gar kein Kind hatte haben wollen. Immer wieder waren diese Gedanken in ihrem Kopf präsent gewesen. War sie gut genug, um Mutter zu sein? Würde sie dem Kind ein sicheres Zuhause bieten können? Und wie würde sich die Situation mit William regeln, wenn das Kind da war? All diese Fragen hatten sie so oft beschäftigt.

Vic versuchte realistisch zu denken. Sie hatte die Dreimonatsgrenze gerade so überschritten. Nicht umsonst behielten es viele werdende Eltern für sich und erzählten erst nach diesem kritischen Punkt Familie und Freunden von der Schwangerschaft. Doch auch danach war ein Abgang nicht ausgeschlossen. Es konnte immer etwas passieren, egal wie gut die Voraussetzungen waren.

Die Natur führte ihre eigene Regie. Sie gab. Sie nahm. Und sie erklärte nichts.

Und trotzdem fühlte Vic sich allein für den Verlust ihres Babys verantwortlich. Sicher, sie wusste immer noch nicht, ob sie eine gute Mutter geworden wäre. Aber … das würde sie nun auch niemals erfahren. Ihre Ängste hatten das Kind aus ihrem Schoß getrieben. Sie allein war schuld daran. Ihre Gedanken hatten dafür gesorgt.

Mit aller Macht kämpfte sie gegen die aufsteigenden Tränen an und kuschelte sich tiefer in die Wolldecke, die William ihr übergelegt hatte. Fest verschränkte sie die Arme vor ihrem Bauch, zog die Knie an und starrte durch die Fensterfront des Apartments hinaus in den grauen Februarhimmel. Sie versuchte den Moment zu vergessen, in dem die Ärzte ihr in der Klinik mitgeteilt hatten, dass die Blutungen zu einer Fehlgeburt gehörten. Um sicherzugehen, dass keine Gewebereste in der Gebärmutter blieben und später für

Schwierigkeiten sorgten, war das Organ ausgeschabt worden. Es klang brutaler, als es vielleicht war, und doch … Es war die Hölle.

Gewebereste. Das war alles, was von ihrem ungeborenen Kind übrig geblieben war. Dieser Augenblick erschien ihr wie das Schlimmste, das sie je hatte erleben müssen. Die körperlichen Schmerzen hatten bald nachgelassen. Dafür stieg ihr mentaler Kummer ins Unermessliche. Ihre Seele litt, ihre Gedanken hassten sie, und ihr Lebensmut war vergangen. Nach zwei Tagen hatte sie das Krankenhaus verlassen dürfen. Seitdem war sie eins mit dem Sofa in ihrem Apartment geworden. Sie aß kaum, schlief unruhig und weinte bitterlich.

William tat, was er nur konnte, doch ging es Vic am besten, wenn er nicht anwesend war. Er machte ihr keine Vorwürfe. Im Gegenteil. Sie spürte, wie er selbst die Schuld für all das bei sich suchte. Natürlich. Wie immer. Doch so wenig wie bei allem anderen war er dafür verantwortlich.

In seinen Augen sah sie immerzu die Trauer und die Sorge – und das wollte sie nicht erkennen. Sie war erleichtert, dass er ihr keine Vorwürfe machte, obwohl sie es diesmal vermutlich verdient hätte. Nein, William umsorgte sie liebevoll. Zu liebevoll.

Er hatte es außerdem übernommen, seiner Familie die Nachricht zu unterbreiten. Wieder rollten Tränen über Vics Wangen. Sie wusste nur zu gut, wie schwer William dieses Gespräch gefallen sein musste. Wieder wurde seiner Familie Schmerz zugefügt. Wieder konnte er nichts dagegen unternehmen. Und diesmal war er die Ursache dafür. Zumindest würde er das denken. Dessen war Vic sich sicher.

Verzweifelt biss sie sich auf die Unterlippe. Sie hätte ihre Rolle besser spielen müssen. Dann wäre man ihnen nie draufgekommen, und vielleicht wären die O'Sullivans dann sogar froh, dass der Schrecken ein Ende hatte. Aber so? Vic hatte einen Platz in ihren Herzen erhalten, und so fühlten sie mit ihr und William. Sie hielten sich mit Besuchen wohlweislich zurück, dennoch schickten sie ihr liebevolle Nachrichten, aufmunternde Blumensträuße und herzliche Umarmungen, die William ihr überbrachte.

Es war schrecklich. Vic wollte einfach nur weg. Weg von der verständnisvollen Familie O'Sullivan, die sie nicht verdient hatte. Weg von William, der sich so herzlich und sanft um sie kümmerte. Weg von dem Apartment, in dem sie ihr Kind *verloren* hatte.

»Hey …« William setzte sich neben sie und hielt ihr eine Tasse dampfenden Tee hin. »Wie fühlst du dich?«

Vic riss den Blick vom irischen Himmel los und wischte sich die Tränen vom Gesicht, bevor sie zu William hinübersah und den Becher entgegennahm.

Stumm musterte sie ihn. Williams Augen waren von Müdigkeit gezeichnet. Ebenso seine attraktiven Gesichtszüge. Seine Schultern und sein Nacken wirkten, als würde er eine tonnenschwere Last mit sich herumtragen, und seine Haare waren verstrubbelter als sonst. Vermutlich vom vielen Haareraufen. Eine Geste, die er ständig tat, seit sie die Klinik verlassen hatten, und er dachte, sie würde es nicht sehen.

Einzig seine Lippen zierte ein liebevolles Lächeln, das Vic jedoch gar nicht sehen wollte. Es schmerzte zu sehr.

»Elend«, flüsterte Vic. Sie wusste, dass es keinen Sinn hatte, es zu leugnen. William kannte sie zu gut dafür. Und es war zu offensichtlich. Aufmerksam blickte sie ihn an. »Und du?«

Kurz ließ sein Lächeln nach. »Ich bin traurig. Aber auch … dankbar, dass dir nichts passiert ist.«

»Nichts …«, wiederholte Vic leise und wandte den Kopf ab.

Vorsichtig griff William nach ihrer anderen Hand, die noch immer fest in ihrer Armbeuge lag. »So meinte ich das nicht.«

»Ich weiß.« Vic schluckte. Dann sah sie auf. »Wie viel Uhr ist es?« Sie hatte das Gefühl für Zeit und Raum eingebüßt. Zu lange schon saß sie auf diesem Sofa und verlor sich in ihren kummervollen Gedanken.

William blickte auf die Uhr an seinem Handgelenk. »Halb vier.«

Mehr sagte er nicht, doch Vic spürte, dass ihn etwas beschäftigte.

»Was ist?«

Nachdenklich betrachtete er sie. Dann schüttelte er den Kopf. »Nein, nicht so wichtig.«

Stur schaute sie ihren Mann an. »Sag schon. Ich halte es aus. Ich bin ein Wrack, aber ich halte es aus.«

Sanft lächelte er und strich ihr behutsam über die Handoberfläche. »Du bist kein Wrack. Es geht dir nicht gut. Und du hast jedes Recht, so zu fühlen.«

»Was wolltest du mir sagen?« Sie ignorierte seine freundlichen Worte. Sie musste. Alles andere hätte sie nur noch tiefer in den Abgrund gezogen.

»Cillian und Aeryn haben gefragt, ob sie heute Abend auf einen Sprung vorbeikommen dürfen. Sie wollen nicht lange bleiben, nur … Nur nach dir sehen.« William hob seinen Blick, und wieder erkannte Vic die Sorge auf seinem Gesicht. Wie auf Kommando ergänzte er: »Aber ich sage ihnen ab. Du brauchst Ruhe und niemanden, der um dich herumtänzelt.«

Vic hätte ihm am liebsten zugestimmt. Sie wollte niemanden sehen. Schon gar niemanden von seiner Familie. Das würde ihr nur noch stärker vor Augen führen, wie sehr sie versagt hatte und welches Leid sie den O'Sullivans zufügte. Leid, das sie nicht verdient hatten.

Gleichzeitig wusste sie aber, dass sie sich nicht für immer würde verstecken können. Irgendwann musste sie sich dem Leben wieder stellen. Egal, wie weh es ihr tat und wie wenig sie sich dazu in der Lage fühlte.

Also nahm sie all ihre Kraftreserven zusammen und schüttelte den Kopf. »Nein, schon gut. Sie können gerne kommen. Vielleicht … vielleicht tut mir ein wenig Ablenkung sogar gut.«

Sie brachte ein tapferes Lächeln zustande.

»Wirklich?« Misstrauisch drückte William ihre Hand.

Sie nickte.

»Okay.« Ein Schimmer der Erleichterung fiel auf sein Gesicht, und Vic wusste, dass es richtig war. William brauchte seine Familie, um über diesen Verlust hinwegzukommen. Die ganze Woche hatte er viel mit ihnen telefoniert, doch das war nicht das Gleiche. Und er weigerte sich, sie länger als nötig allein zu lassen. Lediglich für ein paar Stunden verließ er sie manchmal, um wichtige, nicht aufschiebbare Arbeit in Ballybyrne zu erledigen.

Das waren die wenigen Momente, in denen Vic ansatzweise aufatmen konnte. Sie fühlte sich grauenhaft deswegen. William war der vermutlich rücksichts- und liebevollste Mann, den sie in dieser Situation an ihrer Seite haben konnte. Und genau das war das Problem.

Der Regenbogen … Ihr Fuß war wenige Millimeter zu weit zur Seite getreten, und nun befand sie sich im freien Fall. Es hätte ihr schon längst klar sein müssen, doch sie hatte es wohlweislich verdrängt.

William erhob sich von der Couch, streifte ihr einen Kuss auf die Lippen und ging ins Arbeitszimmer, wo sein Handy lag, um seinem Bruder wegen des Besuchs Bescheid zu geben.

Vic sah ihm nach und spürte, wie ihre Gefühle sich über ihren Verstand hinwegsetzten. Sie hatte es nicht gewollt, und doch hatte sie sich in ihren Ehemann verliebt. Sie hatte sich in William verliebt. Wieder durchfuhr sie eine Welle des Schmerzes, diesmal jedoch auf eine andere Art und Weise.

Die letzten Wochen, jedes einzelne Date, jede Berührung, jede Liebkosung und jede von frechen Argumenten gespickte Diskussion hatten sie auf diesen Weg geführt. Ihr Regenbogen, er war geebnet von der Liebe, die sie zu diesem Mann empfand. Sie hatte es nicht gewollt, aber es war geschehen.

Vor wenigen Tagen noch hatte sie gedacht, dass sie vielleicht wirklich eine Zukunft haben könnten. Als Familie. Und als Paar. Noch immer hatte sie Zweifel gehabt, aber tief in sich den Wunsch nach einem Happy End gespürt. Vielleicht, ganz vielleicht hätte es geklappt.

Aber … Nein. Jetzt nicht mehr. Der Streit, den sie vor einer Woche in Bezug auf Williams Verantwortungsgefühl gehabt hatten, war zu Recht geführt worden. Vic wusste, dass William sie mochte. Und ja, sie waren körperlich auf mehr als nur einer Wellenlänge, aber das reichte ihr nicht. Vic wollte keine Beziehung, auf deren einer Seite ihre Liebe stand und auf der anderen lediglich Williams Verantwortungsgefühl. Sie war klug genug, um diese beiden Dinge nicht miteinander zu verwechseln. William liebte sie nicht. Er fühlte sich für sie verantwortlich. Dass sie sich freundschaftlich verstanden und auch noch gut im Bett zusammenpassten, war ein willkommener Bonus für die Lage, in der sie sich befanden. Oder befunden hatten. Denn jetzt war ja alles anders.

Vic wandte den Blick vom Flur ab, in dem William verschwunden war. Sie hätte sich nicht verlieben dürfen. Es verkomplizierte nur alles. Vor der Fehlgeburt. Und jetzt noch mehr. Fest nahm sie sich vor, William niemals etwas von ihren Gefühlen zu sagen. Er würde sich verpflichtet fühlen, sie glücklich zu machen. Auch wenn er sie nicht liebte. Und in dieses Leben wollte Vic sich um keinen Preis der Welt drängen lassen.

Wie so oft musste sie an ihre Eltern denken. Ihre Situation war so anders, aber irgendwie doch so ähnlich. Vic kam nicht umhin, Parallelen zu erkennen. Eine Ehe, die unter falschen Voraussetzungen geschlossen worden war. Eine Frau, die sich ihr Leben anders vorgestellt hatte. Ein Mann, der sein Verantwortungsgefühl wichtiger nahm als alles andere. Es konnte nicht gutgehen. Nicht für Vic.

Seit William an ihrem Krankenbett in der Klinik gesessen hatte, tobte ein Kampf in ihr. Sie liebte diesen Mann. Aus tiefstem Herzen. Aber sie war nicht naiv. Nicht mehr. Ihre Ehe hatten sie aufgrund der Schwangerschaft begonnen. Nur deshalb war Vic nach Irland gekommen. Und nur wegen des Kindes hatten sie es miteinander versucht. Doch dieses Kind … gab es nicht mehr.

Alles, was übrig geblieben war, waren Kummer und Leid. Und die bittere Erkenntnis, dass Vic William und seiner Familie einen unsäglichen Schmerz zugefügt hatte. Etwas, von dem sie versprochen hatte, es um jeden Preis zu verhindern. Deshalb stand sie vor einer Entscheidung. Einer Entscheidung, die ihr das Herz aus der Brust reißen würde. Doch sie war notwendig.

Zitternd atmete sie ein, und wieder stiegen Tränen in ihr auf, als William ins Wohnzimmer zurückkehrte. Hektisch fuhr sie sich mit den Händen über das gerötete Gesicht und konzentrierte sich auf seine Worte.

»Die beiden sind unterwegs und in etwa einer Stunde da. Ist das okay für dich?«

Überrascht blickte Vic auf. »Schon? Ich dachte, sie kommen heute Abend.«

William lächelte entschuldigend. »Sie lieben dich, Vic. Sie wollen unbedingt kommen.«

Leise Panik lief Vic den Nacken hinunter. Das war der Grund, weshalb sie ihre Entscheidung nicht mehr sehr viel länger aufschieben durfte. Ihre Zeit auf diesem Sofa war vorüber. Ob sie wollte oder nicht.

Brüsk nickte sie, setzte ihre Tasse auf dem Couchtisch ab und schälte sich aus der flauschigen Wolldecke. »Dann gehe ich lieber nochmal duschen.«

In größtmöglichem Abstand lief sie an William vorbei und begab sich eilig in das geräumige Bad, das zu ihrem gemeinsamen Schlafzimmer gehörte. Sie zog ihre Jogginghose, ihren weiten dünnen Pulli aus weicher Wolle mit den glitzernden Schneeflocken und ihre Unterwäsche aus und betrat die weiß gekachelte Regendusche. Sie drehte den Hahn auf und spürte die glühend heißen Wassertropfen auf ihrem Körper. So heiß, dass es beinahe wehtat. Aber Vic brauchte das jetzt. Sie musste ihre steifen Glieder aufwärmen und sich von ihren Gedanken ablenken. Von ihrer dummen, furchtbar dummen Liebe zu William. Und dem schmerzlichen Verlust ihres Babys. Und um sich für das zu stärken, was ihr nun bevorstand.

Neunzehn

Zweieinhalb Stunden später steckte Vic in einer herzlichen Umarmung ihrer Schwägerin fest. Fast eine halbe Minute lang drückte Aeryn sie an sich. Dankbar erwiderte Vic die Geste und gestattete sich einen Moment lang, sich an eine Schulter zu lehnen und das Gefühl von Familie zu genießen. Cillian und Aeryn waren dabei, sich zu verabschieden. Nach einem Kaffee, aufrichtigen Worten und einer gehörigen Portion Liebe machten die beiden sich wieder von dannen. Sie wussten, was sich gehörte.

Vic schätzte das mehr, als ihr lieb war. Sowohl, dass die beiden extra gekommen waren, als auch, dass sie ihren Besuch auf eineinhalb Stunden begrenzt hatten.

Noch immer hielt Aeryn sie eng umschlungen. Leise flüsterte sie Vic nun ins Ohr: »Nimm dir Zeit, um es zu verarbeiten, Vic. Aber wirf deshalb nicht alles hin, ja?«

Vic erstarrte. Langsam löste sie sich aus den Armen ihrer Schwägerin und blickte unsicher in deren grazile Gesichtszüge. Sie hatte Aeryn viel zu verdanken. Vom ersten Tag an hatten sie und ihr Mann Vic aufgenommen, ihr keine unangenehmen Fragen gestellt, sondern eine, wenngleich auch liebevolle, Distanz gewahrt. Aeryn hatte sie mit Irish Dance in Kontakt gebracht und ihr einen Job verschafft, von dem Vic nie geahnt hätte, dass er ihr so viel bedeuten würde. Sie verdrängte den Gedanken daran, dass die Academy den Relaunch wegen ihrer … wegen des Vorfalls verschoben hatte. Sie wollten ihn nicht ohne Vic durchziehen – alles fußte auf ihrem Konzept. Nach nur wenigen Wochen war sie fest in dem Team der Academy verankert, sodass sie sich bereits mit einem schlechten Gewissen auseinandersetzen musste, was ihre künftigen Pläne betraf.

Ohne Vics weitere Reaktion abzuwarten, gab Aeryn ihr einen freundschaftlichen Kuss auf die Wange. »Passt auf euch auf.«

Cillian, der sich noch mit William unterhalten hatte, kam zu ihnen und umarmte Vic. Allerdings wesentlich kürzer als seine Frau zuvor. Dann verabschiedeten sich die beiden, versicherten sich, dass Vic und William sich meldeten, wenn sie etwas brauchten, und schließlich schloss William die Wohnungstür hinter seinem Bruder und seiner Schwägerin.

Vic atmete tief durch und verschränkte die Arme vor ihrem Oberkörper. Es war erst früher Abend, aber sie fühlte sich müde und erschöpft. Der Besuch hatte sie mehr Kraft gekostet, als sie besaß. Niemand verlangte, sie lächeln zu sehen, und trotzdem war es energiezehrend, über das Geschehene zu sprechen und wieder zu einem alltäglichen Modus zurückzukehren. Cillian und Aeryn besaßen dankenswerterweise so viel Taktgefühl, dass Vic die Zeit gut überstanden hatte. Und doch – ihr war wesentlich elender zumute als noch vor zwei Stunden.

Allerdings könnte das auch daran liegen, dass ihre Entscheidung nun endgültig gefallen war. Sie hatte William beobachtet. In jeder seiner Gesten, in all seiner Mimik und im Zusammenspiel mit seinem Bruder und Aeryn spürte Vic, dass ihn die Verantwortung beherrschte. Während des gesamten Gesprächs hatte sie gemerkt, wie er versuchte, das Leben wieder in den Griff zu bekommen. Doch er strauchelte. Und wann immer er zu Vic hinübersah und sie es nicht schaffte, ihren eigenen Schmerz rechtzeitig zu verbergen, rutschte er noch tiefer in seine eigene Verzweiflung.

Das konnte Vic nicht länger zulassen. Dafür liebte sie ihn zu sehr.

»Hast du Hunger?« William sah auf seine Armbanduhr. »Wir könnten uns noch etwas bestellen, wenn du magst.«

Stumm musterte sie ihn. Seine irisch grünen Augen, die honigfarbenen Haare, den verführerischen Mund – sie würde ihn vermissen. Vom Grunde ihrer Seele. Aber sie hatte keine Wahl. Anders als zu Beginn ihrer Ehe fällte sie ihre Entscheidung ganz allein. Und William würde sie akzeptieren müssen. Auch wenn Vic wusste, dass er das nicht tun würde. Deshalb durfte sie ihm auch nichts sagen.

Abrupt nickte sie. »Ja, gern.«

Vic musste etwas essen, und sie schuldete es William, seine Mühen zu würdigen. Ihr Start mochte holprig und von Verachtung geprägt gewesen sein, doch in den letzten eineinhalb Monaten waren sie sich nähergekommen, hatten einen Neubeginn gewagt und so viel übereinander gelernt, dass es falsch wäre, ihn heute Abend zu verprellen. Insbesondere bei dem, was sie vorhatte.

Erleichtert lächelte William. »Worauf hast du Lust?«

Vic überlegte kurz. »Italienisch?«

William nickte. Gemeinsam bestellten sie, wonach ihre hungrigen Mägen verlangten, und eine Stunde später saßen sie gemeinsam an dem langen weißen Esstisch in der geräumigen offenen Küche.

Eine Pizza mit Thunfisch, Pasta mit Lachs, cremiger Büffelmozzarella und hauchdünnes Carpaccio sowie frisch duftendes Knoblauchbaguette warteten darauf, von ihnen verspeist zu werden. William betrachtete das Etikett auf der Weinflasche, die man ihnen mitgeliefert hatte. Er grübelte, dann stellte er sie in einen der Küchenschränke und holte stattdessen zwei Gläser Wasser. Kommentarlos setzte er sich zu Vic.

»Trink ruhig ein Glas, wenn du willst«, meinte Vic freundlich. Sie hätte liebend gern von dem Wein probiert, doch sie wollte ihren Körper so kurz nach dem, was vorgefallen war, nicht mit Alkohol belasten. Dabei hatte sie das dringende Bedürfnis, mehr als nur zu kosten. Sie wollte vergessen. Alles. Aber Alkohol war keine Lösung. Dämlich, aber es war so.

William schüttelte den Kopf. »Nein, den heben wir uns für ein anderes Mal auf.«

Ein schmerzhafter Stich durchfuhr Vics Herz, doch sie behielt es für sich und griff stattdessen nach ihrer Gabel. William wusste nicht, dass es ein *anderes Mal* nicht geben würde. Unmöglich. Gleichzeitig wollte sie nicht daran denken, wie ihre Zukunft wohl aussehen mochte. Morgen, wenn William nach Ballybyrne fahren würde, würde sie ein paar Anrufe tätigen – und dann würde sie ihre Koffer packen. Es war Zeit. Zeit, um nach Hause zu gehen. Zurück nach New York.

Unauffällig ließ William seinen Blick über Vic schweifen. Sie war so still. Seit sie aus der Klinik entlassen worden war, hatte sie so schrecklich wenig geredet. Er konnte es ihr kaum verübeln, doch verstärkte es seine Sorge um sie nur noch mehr. Verständlicherweise hatte sie sich zurückgezogen. Ihr bester Freund war nun die Couch im Wohnzimmer, dicht gefolgt von der Wolldecke, die William für sie gekauft hatte. William gab ihr Zeit. Er wusste, dass sie sie brauchte. Und er auch. Während Vic tapfer mit sich selbst ins Reine zu kommen versuchte, bemühte William sich nach vorne zu blicken.

Es fiel ihm furchtbar schwer. Hätte es diesen dämlichen Streit nicht gegeben, hätte er besser auf Vic aufgepasst – dann wäre ihnen das vielleicht erspart geblieben. Noch immer haderte er mit den Worten, die Vic ihm entgegengeschleudert hatte, bevor sie zusammengebrochen war. Natürlich fühlte er sich verantwortlich. Natürlich machte er sich Sorgen um die Menschen, die ihm nahestanden. Was wäre er für ein Sohn, was für ein Bruder und was für ein Ehemann, wenn er das nicht täte? Es zeigte doch lediglich, wie sehr ihm diese Menschen am Herzen lagen.

Du verfluchst die Welt für die Krankheit deines Bruders. Du fühlst dich schuldig, weil du nicht weißt, wie du ihm helfen kannst. Am liebsten würdest du ihm die Diagnose abnehmen und hasst dich dafür, dass du es nicht kannst.

Vic hatte ins Schwarze getroffen. Mit voller Wucht. Ohne Erbarmen. War er von der Realität enttäuscht? Fühlte er sich vom Schicksal mies behandelt? Ja, aber zu Recht! Und Vic hatte es gesehen und eiskalt beim Namen genannt.

Hätte sie sich nicht so aufgeregt – über ihn! –, dann wäre es vielleicht nie zu ihrem Zusammenbruch gekommen. Dann wäre ihr beider Kind noch dort, wo es sein sollte. Bei Vic. Schmerzlich krampfte sich sein Magen zusammen. Der Appetit verging ihm. Die Schuldgefühle fraßen sich durch ihn hindurch wie eine Made durch den Speck. Sie verschonten nichts. Mühsam schluckte William.

Seit einer Woche versuchte er sich nichts anmerken zu lassen. Er wusste, Vic würde es nicht gutheißen. Und gleichzeitig gab sie sich selbst die Schuld. Er spürte es an ihrem Verhalten. Er sah es in ihren Augen. Deshalb tat er alles, was er konnte, um ihr diese Gefühle zu nehmen. Doch verzweifelt musste er sich eingestehen, dass es nicht so wirkte, als wäre er erfolgreich damit.

Vic pikste ein paar Nudeln auf ihre Gabel und ließ sie in ihrem Mund verschwinden. Er vermisste sie, dabei lebten sie in der gleichen Wohnung, sie schliefen im gleichen Bett und aßen am selben Tisch. Und doch fehlte sie ihm. Er unterdrückte die Wut, die in ihm aufstieg.

Warum war sein Bruder an Multipler Sklerose erkrankt? Er schlug sich tapfer, aber William konnte es einfach nicht akzeptieren. Warum hatte man ihm und Vic dieses Kind genommen? Es war nicht geplant gewesen, aber er hatte es geliebt. Warum war William es, der seiner Familie so viel Schmerz zufügte? Sie waren stark, aber jeder hatte seine Grenzen. Warum? Warum das alles?

Plötzlich rutschte ihm sein Besteck aus der Hand und fiel klirrend auf die Tischoberfläche. Erschrocken schaute Vic auf.

»Alles okay?«

Er zwang sich zu einem Lächeln. Mit rauer Stimme meinte er: »Ja, alles gut.«

Misstrauisch zog sie ihre feinen Augenbrauen zusammen und bedachte ihn mit einem strengen Blick. »Du lügst.«

Er starrte sie an. Nach wenigen Sekunden fing er sich endlich wieder. »Ich bin müde. Das ist alles.«

Vic ließ ihre Gabel sinken. »Es ist die Verantwortung, nicht?«

William versteifte sich. In ihrem Ton lag Sorge, kein Vorwurf. Schweigend nahm er seine Gabel und das Messer wieder in seine Hände.

Als er nicht antwortete, räusperte Vic sich. Mitfühlend betrachtete sie ihn. »Es ist nicht deine Schuld, Will. Und du bist nicht dafür verantwortlich.«

William musterte sie. »Du ebenso wenig, Vic.«

Kummervoll verzog sich ihr Gesicht. »Doch. Aber eines Tages komme ich darüber hinweg. Vielleicht.« Sie streckte die Hand nach ihm aus, zog sie allerdings zurück, bevor sie ihn berührte. »Versprich mir, dass du nicht auch noch für … für das hier die Verantwortung übernimmst. Bitte tu dir das nicht an. Das Schicksal ist mies. Aber da kannst du nichts für.«

»Das macht es nicht einfacher.« Was redete er da? Er sollte für Vic da sein, nicht umgekehrt! William raufte sich die Haare und bemühte sich ruhig zu bleiben.

»Ich weiß.« Mit traurigen Augen nahm Vic ihr Wasserglas in die Hand. »Aber ich will nicht, dass es dich kaputtmacht. Und du bist so kurz davor …«, sie hob ihre andere Hand und deutete einen winzigen Abstand zwischen ihrem Daumen und ihrem Zeigefinger an, »unter deinem Verantwortungsgefühl kaputtzugehen. Das ist es nicht wert, Will.«

Schweigend atmete William durch. Vics Worte gruben sich in sein Hirn, aber sie kamen nicht an. Er versuchte es. Aber es ging nicht. Zu tief saß die Verantwortung in ihm fest. Doch das würde er Vic nicht sagen, wenn sie es nicht sowieso schon ahnte. Der Ausdruck auf ihrem Gesicht schnürte ihm die Brust ab. Deshalb bemühte er ein Lächeln auf seine Lippen.

»Wir sollten wohl beide davon loskommen. Schauen wir gemeinsam nach vorne.«

Von Herzen wünschte er, er würde meinen, was er sagte.

Aber er wusste, dass er sich selbst betrog. Doch um Vics willen musste er diese Worte aussprechen.

Die Fassade seiner Frau verschloss sich augenblicklich wieder. Und William fühlte sich noch schlechter als zuvor. Wann hörte dieser Teufelskreis endlich auf?

Schlag um Schlag spürte Vic, wie ihr Puls in die Höhe schoss. Ihre Nerven waren zum Zerreißen gespannt. Sie saß auf der Sofakante und aktivierte das Display ihres Smartphones, das auf dem Couchtisch lag. Kurz nach zwölf Uhr mittags. William würde jeden Moment durch die Wohnungstür kommen.

Ihr Blick streifte die Koffer, die neben der Tür auf sie warteten. Gepackt und fertig für die Reise in ihre Heimat. Am Vormittag hatte sie mit Lucy und Charlie telefoniert. Trotz des Zeitunterschieds hatte sie sie erwischt – auf einer Party. In New York war es zwei Uhr morgens gewesen, als Vic bei Charlie anklingelte. Sie hatte fast nicht geglaubt, dass jemand abnehmen würde, doch sie war eines Besseren belehrt worden.

Charlie hatte ihrer Überraschung über den Anruf ordentlich Luft gemacht, und Vic war sich immer noch nicht sicher, ob bei dem Lärm im Hintergrund alles angekommen war, was sie Charlie gesagt hatte. Aber darauf kam es nicht an. Solange ein einziger Teil des Gesprächs zu ihrer alten Bekannten durchgedrungen war.

Danach hatte Vic schließlich ihren Flug gebucht. Sie erschauderte immer noch bei dem Gedanken, was sie diese spontane Reise finanziell kostete. Doch bald würde sich ihr Kontostand wieder heben. Sie glaubte fest daran. Sie hatte einen Plan. Und sie würde sich von nichts und niemandem abhalten lassen.

Sie verdrängte den Kummer in ihrem Herzen. Würde sie ihre Emotionen zulassen, würde sie es nicht aus dieser Wohnung, nicht zu diesem Flug und nicht zurück nach New York schaffen. Aber bleiben durfte sie nicht. Auf keinen Fall.

Eigentlich hatte sie einfach gehen wollen. Ohne etwas zu

sagen. Ohne etwas zu hinterlassen. Ohne sich dem stellen zu müssen, was in wenigen Minuten folgen würde. Aber sie wusste, dass das falsch gewesen wäre. Und alles andere als fair. Gestern noch hatte sie sich vorgenommen, William niemals etwas von ihren Gefühlen zu sagen. Aber war sie nicht diejenige gewesen, die ständig darauf bestanden hatte, ehrlich und aufrichtig zu sein? Hatte sie nicht gepredigt, dass es mit Lügen nur schiefging und man keine Chance hatte?

Heute Nacht, als sie in Williams Armen gelegen, seinen regelmäßigen Atem gehört und seine Haut auf ihrer gespürt hatte, war es ihr bewusst geworden. Sie durfte sich nicht davonstehlen wie bei ihrem One-Night-Stand in New York. Diesmal musste sie bleiben, sich erklären und dann mit Würde aus dem Haus gehen.

Also saß sie nun hier. Reisefertig und absolut nervös. Sie hatte sich innerlich die Worte zurechtgelegt, aber sie ahnte bereits, dass ihr nichts davon einfallen würde, würde William erst vor ihr stehen und sie vorwurfsvoll anstarren. Daher hoffte sie auf eine Eingebung, wenn es schließlich so weit war.

Sie atmete tief durch und tippte erneut auf ihr Smartphonedisplay. Erst zwei Minuten später als vorhin. Was würde sie dafür geben, dieses Gespräch schon hinter sich zu haben?

Plötzlich hörte sie, wie ein Schlüssel in die Tür gesteckt wurde, und in der nächsten Sekunde öffnete sie sich. Langsam erhob Vic sich von der Couch und schaute zu William, der in die Wohnung eintrat. Er hatte weder sie noch das Gepäck gesehen und rief: »Vic? Ich bin wieder da!«

William sah von seinem Schlüsselbund auf. Sofort fiel sein Blick auf die beiden Koffer. Irritation breitete sich auf seinem Gesicht aus. Er riss den Kopf hoch und fand Vic.

»Was soll das?« Er hatte einen Verdacht, aber Vic spürte, wie er dagegen ankämpfte und nach einer anderen Erklärung suchte.

»Ich … ich reise ab.« Vics Stimme war kaum zu hören.

William stellte seine Aktentasche auf die Kommode neben der Tür und starrte sie an.

»Wo willst du hin?«

Vic schluckte. »Nach Hause.«

Er stellte sich mit Absicht dumm. Sie wusste es.

»Das hier ist unser Zuhause.« Er breitete die Arme für wenige Sekunden aus.

Vic kam langsam auf ihn zu und schüttelte den Kopf. »New York ist mein Zuhause. Das war es immer. Und das wird es immer sein.«

»Wie lange wirst du weg sein?«

Wieder fühlte Vic diesen unsäglichen Schmerz in der Brust. »Für immer. Ich … Ich komme nicht wieder.«

Verständnislos riss William die Augen auf. Allmählich dämmerte es ihm, aber er wehrte sich weiterhin gegen die Erkenntnis. »Was soll das bedeuten?«

Klartext. Vic musste Klartext sprechen. Ob sie wollte oder nicht. Sie atmete tief durch und fing an.

»Es gibt keinen Grund, unsere Ehe unnötig in die Länge zu ziehen. Das … das Kind ist …« Vic schluckte. »Der Grund für diese Ehe war das Baby. Da wir uns aber nicht länger als glückliche Familie versuchen müssen, gibt es auch für diese Ehe kein Argument mehr. Wir können mit dem Theater aufhören, und jeder kehrt in sein eigenes Leben zurück.«

Sie hasste sich dafür. Jedes Wort stieß elend in ihr auf. Doch sie musste es tun. Um sich selbst zu schützen. Es würde jetzt unfassbar wehtun. Aber irgendwann würde sie darüber hinwegkommen und rückblickend feststellen, dass es schwer, aber richtig gewesen war.

William schien das anders zu sehen. Verständlicherweise. Erzürnt hob er die Augenbrauen und polterte: »Was redest du für einen Blödsinn?«

Beharrlich heftete Vic ihren Blick auf seine Brust und redete weiter. »Keiner von uns wollte diese Ehe wirklich. Und jetzt … Jetzt gibt es nichts, was uns noch daran bindet.«

»Du machst Schluss?«

»Ich würde es nicht so ausdrücken, aber … Ja.«

»Vic, das ist doch absoluter Schwachsinn!« Mühsam rang William um seine Fassung. »Du stehst unter Schock. Die Fehlgeburt. Der Verlust. Ich verstehe das. Wirklich. Ich kämpfe selbst immer noch damit. Aber deshalb musst du doch nicht gleich alles hinschmeißen, was wir hatten«, presste er hervor.

»Ich schmeiße nicht alles hin. Es ist eine logische Konsequenz. Sobald ich weg bin, wirst du das auch erkennen und mir recht geben.«

Energisch schüttelte William den Kopf. »Blödsinn!«

»Ich versprach dir, alles zu tun, um deiner Familie Kummer zu ersparen. Und was habe ich getan? Einen Platz in ihrem Herzen habe ich mir geholt, weil ich meine Rolle nicht gut genug gespielt habe. Und jetzt? Jetzt trauern sie um unser Kind. Wenn ich damit mein Versprechen nicht gebrochen habe, weiß ich auch nicht. Es ist besser für alle von euch, wenn ich jetzt gehe.«

»Sag das nicht.« Ein weicher Ausdruck legte sich auf Williams Gesicht. »Wir kriegen das gemeinsam irgendwie hin.« Beinahe verzweifelt fügte er hinzu: »Hast du nicht gesagt, dass meine Familie viel stärker ist, als ich es ihr zutraue? Solltest du dann nicht erst recht darauf bauen?« Er schüttelte kaum merklich den Kopf. »Bleib hier, Vic.«

»Mach es uns nicht unnötig schwer«, flüsterte sie.

Das hätte sie nicht sagen dürfen. Erbost lief William die letzten Meter, die sie trennten, zu ihr und baute sich vor ihr auf. In seinen Augen sah sie den Schmerz, die Überforderung und noch etwas, das sie nicht zu deuten wusste. Mühsam hielt sie an ihrer Überzeugung fest. Sie durfte nicht nachgeben. Diesmal nicht.

»Unnötig schwer?«, wiederholte William. »Du bist diejenige, die hier mit gepackten Koffern steht. Warum zur Hölle wirfst du hin? Was ist mit uns? Wir mögen uns. Wir lachen zusammen. Wir schlafen zusammen. Wir sind Freunde.«

Einer der Nerven, die in Vic so fürchterlich angespannt waren, drohte zu reißen. Für einen winzigen Augenblick schloss sie ihre Lider. Freunde. Nein, sie waren keine Freunde. Das konnten sie nicht sein. Nicht für Vic. Sie würde nicht die Lass-uns-Freunde-bleiben-Schiene fahren. Unmöglich. Alles in ihr sträubte sich vor ihren nächsten Worten, doch sie zwang sich mit aller Macht, es auszusprechen. Das war sie sich selbst schuldig. Und William auch.

»Ich liebe dich, William. Deshalb kann ich nicht bleiben.« Die beiden Sätze schafften es kaum über ihre Lippen, und sie blickte scheu zu Boden. Als William nichts erwiderte, hob sie den Kopf. Sein Gesicht war von einer seltsamen Blässe überzogen. Entrückt starrte er sie an.

Endlich erhob er seine Stimme. Leise und vorwurfsvoll. »Wenn du mich liebst, würdest du bleiben.«

Er zerriss ihr Herz in Millionen kleine Fetzen. Sie hatte es geahnt, und doch wurde sie von der Heftigkeit ihrer Gefühle überrannt. Ihre Seele kämpfte zitternd um das blanke Überleben.

»Wenn ich bleibe, zerstört mich meine Liebe zu dir. Und das kann ich … das darf ich nicht zulassen.« Vic presste ihre Lippen aufeinander.

William wollte etwas erwidern, doch sie kam ihm zuvor.

»Ich weiß, dass du mich magst. Aber du liebst mich nicht. Und das musst du auch nicht. Alles, was du fühlst, ist Verantwortung und Loyalität.« Traurig blinzelte sie. »Aber das allein reicht mir nicht. Und ich werde nicht jahrelang auf etwas hoffen und warten, das es nicht geben wird, und schließlich daran zugrunde gehen. Meine Mutter hat dieses Schicksal gewählt. Aber ich werde diesen Fehler nicht machen.«

»Woher willst du wissen, dass ich dich nicht liebe?«

Vic musterte ihn. »Wenn du es würdest, würdest du mir diese Frage nicht stellen.«

Beschämt blickte er zur Seite.

Vic zwang sich zu atmen. Der Druck in ihrer Lunge stieg unaufhörlich. Zitternd sagte sie: »Mit dem Kind … vielleicht hätten wir eine Chance gehabt. Aber jetzt … Ich kann nicht bleiben, Will.« Ihre Stimme glich nur noch einem Wispern. »Bitte versteh doch.«

Seine Augen suchten ihr Gesicht ab, und Vic wurde sich seiner Nähe viel bewusster, als ihr lieb war. Denn stärker und stärker nahm sie seinen Kummer wahr. Sie wusste, was sie ihm antat, würde ihn in eine Krise stürzen. Weil er sich wieder und wieder die Schuld für alles geben würde. Ihr Herz blutete allein bei dem Gedanken daran. Und doch musste sie in diesem Augenblick eine gesunde Portion Egoismus an den Tag legen. Sonst würde sie am Ende diejenige sein, die innerlich zerstört werden würde. Für immer.

William würde sich eines Tages wieder fangen und erkennen, dass sie richtig gehandelt hatte. Aber Vic – sie würde sich nie davon erholen, wenn sie jetzt nicht fortging und einen Schlussstrich zog. Egal, wie weh es tat. Egal, wie sehr sie es hasste. Egal, wie ungewiss ihre Zukunft war. Das Kind war fort, ihre Liebe zerstörerisch und ihr Leben zerbrechlich.

»Ich verstehe es nicht«, flüsterte William mit rauer Stimme. Enttäuschung lag in seinem Blick. »Aber ich weiß, dass ich dich nicht aufhalten kann.« Nach einem Moment des Schweigens fügte er leise hinzu: »Sean hat gesagt, du bist tough. Er hat recht. Nur weiß ich nicht, ob im positiven oder negativen Sinne.«

Damit drehte er sich um und lief zur Tür. Die Hand am Knauf, fragte er, ohne sich umzudrehen: »Wie kommst du zum Flughafen?«

Vic konnte nicht mehr. Sie war kurz davor zusammenzubrechen. Seelisch. Mit erstickter Stimme antwortete sie: »Ich habe ein Taxi bestellt.«

William nickte. Dann öffnete er die Tür und wandte sich noch einmal um. »Hast du dich von ihnen verabschiedet?«

Vics Hals wurde so eng, sie konnte nicht atmen. Sie wusste, wen er meinte. Seine Familie. Sie stahl sich davon, nachdem sie ihr einen Platz in ihren Herzen geschenkt hatten.

»Ich kann nicht … Ich …«

William nickte wieder. »Sie werden es wohl verstehen – und mir damit zehn Schritte voraus sein. Wie immer.« Er musterte sie ein letztes Mal. Sein Blick glitt über ihr Gesicht, ihren Oberkörper, hinab zu ihren Beinen und wieder zurück zu ihren Augen. Mit so viel Bitterkeit in der Stimme, wie man nur hineinlegen konnte, richtete er sich ein letztes Mal an sie: »Warum gibst du uns keine Chance?«

Tränen liefen über Vics Wangen. Sie schaffte es nicht länger, sie zurückzuhalten.

»Weil wir nie eine hatten.«

William starrte sie einen Moment lang an, dann drehte er sich um, ging hinaus und zog die Wohnungstür von außen ins Schloss. Er war fort. Obwohl es Vics Entscheidung gewesen war, fühlte sie sich, als wäre sie verlassen worden. So wie einst von ihrer Mutter. Und von Halle. Aber es war allein ihre Wahl gewesen, die sie getroffen hatte. Aus Selbstschutz.

Vic ging in die Knie, barg ihr Gesicht in den flachen Händen und weinte. Es tat so schrecklich weh. Sie hatte ihr Kind verloren. Sie hatte sich in einen Mann verliebt, der sie nicht lieben konnte, weil er vom Schicksal getrieben wurde. Und nun verließ sie die einzige Familie, die sie je hatte kennenlernen dürfen.

In wenigen Stunden würde sie im Flugzeug nach New York sitzen. Sobald sie am Dubliner Flughafen war, würde sie um einen Anruf bei Aeryn und einen weiteren bei Clare wohl nicht herumkommen. William hatte recht. Seine Familie würde es verstehen. Aber diese beiden Frauen hatten sich für sie eingesetzt. Es war das Mindeste, dass Vic ihnen wenigstens kurz Bescheid gab. Klartext. Sie sollte sich an ihre eigenen Maßstäbe halten.

Inständig klammerte Vic sich an die Vorstellung, dass der Kummer eines Tages nachlassen und ihr Herz und ihre Seele mit einer großen Narbe davonkommen würden. Diese Hoffnung war alles, was sie aufstehen ließ. Sie schnappte sich ihre Handtasche von der Couch, sah sich ein letztes Mal in dem Apartment um und floh schließlich mit ihren gepackten Koffern.

Als Vic in dem Taxi saß, das sie bestellt hatte, fragte sie sich: War sie feige? Nein. Sie war eine verwundete Seele, die verzweifelt versuchte zu überleben. In einer Welt, die nicht dafür gemacht war, Schwäche zu zeigen. Zu oft war sie in den letzten Wochen schwach gewesen. Doch um ihretwillen durfte sie das nicht länger zulassen. Nie wieder.

In diesem Moment fuhren sie an der Bronzestatue von Molly Malone vorbei. Vic erinnerte sich an die Sage, die sich um diese Frau rankte. Mit klopfendem Herzen spielte sich die Szene vom Weihnachtsschwimmen vor ihrem inneren Auge ab. Die Einwohner von Appleaugh, die das Lied von Molly Malone für sie sangen. Weil sie den gleichen Nachnamen trug.

She died of a fever, and no one could save her, and that was the end of sweet Molly Malone.

Vic litt nicht an Fieber. Aber an einem gebrochenen Herzen. Wegen ihres Kindes. Wegen ihres Mannes. Wegen ihres Lebens. Niemand würde sie retten können. Nur sie selbst. Nur Vic konnte dafür sorgen, dass es mit ihr nicht ebenso zu Ende ging wie mit der lieben Molly.

Das Taxi fuhr weiter und half Vic aus der irischen Hauptstadt zu entkommen.

Zwanzig

VERDAMMT GROẞER MIST. Das war es. Nichts anderes. Ohne ein bestimmtes Ziel zu haben, fuhr William durch die Straßen Dublins. Seit einer halben Stunde. Er war wütend, enttäuscht, verletzt und verzweifelt. Hatte er nicht alles gegeben? Hatte er nicht alles versucht, um das Schicksal gnädig zu stimmen? Und doch hatte es ihm wieder einen Strich durch die Rechnung gemacht.

Mit aller Kraft hatte William an seiner Ehe gearbeitet. Er mochte Vic. Sie verlieh ihm eine seltsame Ruhe, einen Auftrieb und eine Kraft, deren Ursprung er nicht ausmachen konnte. Mit ihr an seiner Seite hatte er sich sicher gefühlt. Er hatte nachts endlich schlafen können. Über Wochen hinweg.

William hielt den Wagen und parkte. Wie von selbst war er zu der Wohnung von Sean und Lilly gefahren. Er wusste nicht, was er hier sollte. Trotzdem stieg er aus und lief mit eingezogenem Kopf – es war bitterkalt an diesem Februartag – auf die Haustür zu. Mit klammen Fingern betätigte er die Klingel. Sekunden später wurde die Tür geöffnet.

Sean stand in seinem üblichen Outfit aus Chinos und Hemd vor ihm. Nur ein Blick genügte, und er runzelte die Stirn über seiner schmalen Brille. »Was ist passiert?«

William vergrub die Hände noch tiefer in seinen Hosentaschen und sah seinen Bruder mit leerem Blick an.

»Sie ist weg.« Er schluckte. »Sie hat einfach aufgegeben.«

Mitgefühl breitete sich auf Seans Gesicht aus. Er trat vor und umarmte seinen jüngeren Bruder herzlich. Dann lehnte er sich zur Seite und ließ William in die Wohnung. Wenige Minuten später saßen sie in der großen Küche an einem runden Glastisch, jeder eine Tasse Kaffee vor sich. Doch keiner von ihnen rührte sie an.

William heftete seine Augen fest auf den schwarzen Inhalt seines Bechers. Sean fragte nicht nach, er ließ ihm Zeit, selbst den Moment zu wählen, wann er berichten würde, was vorgefallen war. Schließlich hob William seinen Kopf, der sich zentnerschwer anfühlte.

»Sie stand da mit gepackten Koffern und meinte, es gäbe keinen Grund mehr für unsere Ehe, weil das Baby …« Er schaffte es nicht, es auszusprechen. Doch das musste er auch nicht. Sean wusste, was er meinte. Plötzlich wurde Williams Stimme lauter. Anklagend musterte er Sean. »Und weißt du, was sie gesagt hat?«

Sean schüttelte wie zu erwarten den Kopf.

»Dass sie mich liebt! Ist das nicht bescheuert? Wenn sie mich doch angeblich liebt, warum zur Hölle macht sie Schluss?« Wieder raufte William sich die Haare. »Das ergibt überhaupt keinen Sinn.«

Mit kritischem Blick meinte Sean: »Aber das hast du sie so nicht gefragt, oder?«

William schaute wieder in seinen Kaffee. »Möglicherweise … schon.« Wieder hob er den Kopf. »Aber das ist nicht der Punkt. Sie ist der Meinung, dass ich nur aus Verantwortungsgefühl und Loyalität bestehe. Dass ich nicht fähig bin, sie zu lieben. Sie zieht es überhaupt nicht in Betracht!«

»Liebst du sie denn?« Seans ruhige Stimme stand im krassen Gegensatz zu Williams polternden Ausrufen.

»Keine Ahnung. Vielleicht. Vielleicht auch nicht. Ich mag sie.« Er fuhr sich über das Gesicht. »Warum muss es immer gleich Liebe sein? Das zwischen uns … es hätte funktionieren können. Es hat funktioniert. Wir haben Fortschritte gemacht.« William ballte die Hand zur Faust. Dann plötzlich wurde er leise und seine Stimme brüchig. »Wir haben gestritten. Bevor … bevor sie das Kind verloren hat. Es war meine Schuld. Ich hätte besser auf sie aufpassen müssen. Auf sie beide.«

Sean beugte sich nach vorne und legte eine Hand auf Williams Unterarm. Sanft hielt er seinem Bruder entgegen: »Niemand von euch hat Schuld an dem, was passiert ist, Will. Niemand.«

»Was haben wir falsch gemacht? Als Familie. Was haben wir O'Sullivans verbrochen, dass das Schicksal so mit uns umspringt?« Williams Stimme war von Bitterkeit durchzogen, die sich tief in seinem Herzen verankert hatte. Seit so vielen Jahren. Zum ersten Mal ließ er sie ungefiltert hervorkommen. Er war es so leid. Er konnte nicht mehr. Ohne Vic an seiner Seite fühlte er sich nicht stark genug, sich alldem weiter entgegenzustellen. Ein schaler Geschmack bildete sich auf seiner Zunge, sein Magen zog sich zusammen, und seine Speiseröhre wurde von Säure verätzt. Aus allen Poren und Zellen strömte die Bitterkeit durch seinen Körper. Die Enttäuschung. Die Ängste. Alles kroch hervor.

»Dads Herzinfarkt. Cathys Tod und das Leid von Cillian und Liam, das darauf folgte.« Voller Verzweiflung blickte er seinem Bruder in die gleichen grünen Augen, wie William sie selbst besaß. »Deine Multiple Sklerose. Und … unser Kind. Warum das alles, Sean? Was haben wir falsch gemacht, dass wir das verdient haben?«

Sean schwieg und betrachtete William aufmerksam. Dann, nach einiger Zeit rückte er seine Brille zurecht, erhob sich und kam um den Tisch herum. Er setzte sich auf den Stuhl direkt neben William und legte ihm einen Arm um die eingesackten Schultern. Durchdringend musterte er William, der immer noch von seinen Gefühlen übermannt zu werden drohte. Nicht fähig, sich ihnen entgegenzustellen.

»Wir haben nichts falsch gemacht.«

»Aber warum das alles?« Blanke Verzweiflung nahm von William Besitz.

»Weil wir stark genug sind.«

Verständnislos starrte er seinen Bruder an, während Sean zu einer Erklärung ansetzte.

»Das Schicksal spielt dieses Spiel mit uns, weil es weiß, dass wir es aushalten. Wir Menschen sind viel stärker, als wir denken. Manchmal drohen wir unterzugehen. Wir fühlen uns überfordert und missverstanden. Wir fühlen uns betrogen und um unser Glück gebracht. Aber trotz allem haben wir es in der Hand. In diesen Momenten müssen wir daran erinnert werden, dass wir stark genug sind, damit umzugehen. Wir stehen wieder auf und lassen uns nicht unterkriegen. Das Schicksal weiß, dass wir es schaffen können. Deshalb erlegt es uns diese Herausforderungen auf.«

»Das ist verrückt.«

Sean schüttelte leicht den Kopf. »Nein, gar nicht mal. Dad? Hat den Herzinfarkt überlebt und währenddessen unseren Schwager auf den rechten Weg geführt. Cathys Tod war schrecklich, aber Cillian und Liam haben es überstanden. Mit Aeryns Hilfe. Meine MS – ja, verdammt, sie ist Mist. Aber sie ist ein Teil von mir, und wir machen das Beste daraus. Lilly und ich lassen uns von ihr nicht aufhalten, sondern sagen uns: ›Jetzt erst recht. Gemeinsam.‹« Sean drückte seinen Arm liebevoll enger um Williams Schultern. »Könnten wir es alle etwas einfacher haben? Bestimmt. Aber wir wachsen an diesen Dingen, Will. Das ist es, was sich Leben nennt.«

»Ich kann das nicht. Ich schaffe das nicht mehr, Sean. Ich schaff' es einfach nicht.« William hatte diese Worte nicht aussprechen wollen. Doch nun waren sie raus. Das Letzte, was er wollte, war, seinem Bruder Kummer zu machen. Aber es war so. Er konnte nicht mehr. Er brach zusammen. Unter all der Last. Unter all dem Kummer. Unter all den Sorgen. Vics Abreise hatte ihn erschüttert und stürzte ihn in einen Abgrund, so tief und dunkel, dass ihm die Kraft fehlte, sich davor zu schützen, geschweige denn den Sturz abzufangen.

Erschlagen von der Macht dieser Gefühle sackte William restlos in sich zusammen. Er stützte seinen Ellbogen auf die Tischplatte vor sich, barg seinen Kopf in seinen Händen und schloss die Augen. Er wollte nicht mehr daran denken. Er wollte die Ängste nicht mehr spüren, die all diese Vorkommnisse in ihm auslösten. Er wollte seine Familie schützen, statt sie immer wieder leiden zu sehen.

Verantwortung und Loyalität. Deshalb hatte Vic ihn verlassen. Weil sie es nicht mehr ertrug, wie er sich verhielt. All die Schicksalsschläge hatten ihn zu dem Mann gemacht, der er war, und nun liebte ihn jemand wirklich und wahrhaftig – und doch verließ ihn diese Frau. Weil er nicht fähig war, unter der Last, die er mit sich herumschleppte, etwas anderes zu empfinden als Verantwortungsgefühl.

Vic war tough. So tough. Aber doch reichte es nicht, um jemanden wie ihn nehmen zu können, wie er war. William war das Problem. Er war wütend, dass Vic gegangen war, und gleichzeitig verstand er sie nun. Warum hätte sie bei ihm bleiben sollen? An dem Ort, wo sie alles an das Kind erinnerte? Bei dem Mann, der nicht fähig war, dem Schicksal mutig und energisch entgegenzutreten? Er schaffte es ja nicht mal, allein zu schlafen und seine Gedanken für wenige Stunden auszusperren oder ihrer Herr zu werden. Wie sollte er sich dann einem Leben stellen, das ihn wieder und wieder auf so anstrengende Weise herausforderte?

William war nicht der Typ für Selbstmitleid. Aber in diesem Moment war einfach alles zu viel.

Mühsam hob er den Kopf und sah seinen Bruder an. »Warum das Kind? Welcher Plan steckt dahinter, einem kleinen Wesen das Lebenslicht zu nehmen, bevor es überhaupt eine Chance hatte?«

Sean schluckte sichtlich. »Weil ihr es aushaltet, Will. Du und Vic. Weil ihr es aushalten könnt.«

William lachte sarkastisch auf. »Oh ja. Wir halten es aus. Offensichtlich.« Traurig schüttelte er den Kopf. »Das ist doch alles Mist.«

»Gib dir Zeit, um darüber hinwegzukommen. Verlang nicht immer so viel von dir selbst.« Sean lehnte sich ein Stück zurück. »Du kannst die Welt nicht retten. Und das ist auch nicht deine Aufgabe. Manchmal muss man den Schmerz und die Angst zulassen, um die Kontrolle über sie zu gewinnen.«

William schwieg. Immer noch füllte ihn Bitterkeit aus. Es umhüllte ihn wie ein undurchdringlicher Nebel.

Plötzlich sagte Sean leise: »Als ich die Diagnose im Frühsommer erhielt, habe ich die Angst nicht zugelassen. Ich habe mich die ganze Zeit dagegen gewehrt, weil ich dachte, nur so würde ich es schaffen, damit umzugehen. Aber das war falsch. Lilly hat es mir gezeigt. Nur wenn ich die Angst, die Trauer und die Wut darüber zulasse, komme ich darüber hinweg und kann weitermachen. Diese Gefühle haben ihre Berechtigung. Ich kann die Diagnose nur akzeptieren, wenn ich meinen damit verbundenen Emotionen ihren Raum zugestehe.« Liebevoll ergänzte er: »Du bist wütend, William. Aber du lässt deine Gefühle nicht zu. Du willst immer nur weitermachen, die Menschen um dich herum schützen und sie vor Schlimmerem bewahren. Hör auf damit. Lass die Emotionen zu und lerne die Dinge zu akzeptieren. Glaub mir, damit lebt es sich viel leichter.«

William schwieg beharrlich. Er wollte seinem Bruder glauben. Er wollte daran glauben, dass es einen Ausweg für ihn gab. Aber er schaffte es nicht. Mit seltsam entrückter Stimme sagte er schließlich: »Ich kann nicht. Ich weiß nicht, wie. Ich … Mir fehlt die Kraft. Ich kann nicht mehr, Sean.«

William hasste es, sich das einzugestehen. Aber durch Vics Abreise hatte sich ein Loch in seine Seele gebrannt, das es ihm unmöglich machte, seine Energie zu reaktivieren. Seine Quelle war versiegt. Verschwunden. Verloren.

Wie aus weiter Ferne hörte er Seans ermutigende Stimme. »Du bist stärker, als du denkst. Du hast die Kraft, Will. Du hast sie. Tief in dir. Ich weiß es.«

Doch William war am Boden. Er war ein O'Sullivan, doch das Schicksal hatte ihn in die Knie gezwungen. Über Jahre hinweg hatte es sich über ihn hergemacht. Und jetzt gab es William den finalen Todesstoß. Es nahm ihm das Kind, das er nicht gewollt und schließlich doch so geliebt hatte. Es verwehrte ihm die Frau, die stark genug für ihn gewesen war und die er mit seinem Verhalten verprellt hatte. Weil er unfähig war zu lieben. Er war endgültig besiegt worden. Vom Schicksal. Vom Leben. Von allem.

. . .

Zur gleichen Zeit tippte Vic am Nordamerika-Gate des Dubliner Flughafens die Handynummer von Clare auf ihrem Smartphone an. Aeryn hatte sie soeben über ihre Abreise informiert. Sie hatte es zähneknirschend akzeptiert. Trotzdem hatte sie vorher minutenlang versucht, sie zum Bleiben zu bewegen. Aber Vic konnte nicht. Bleiben war keine Option. Sie hatte Aeryn schließlich versprechen müssen, sich regelmäßig zu melden. Außerdem würden sie eine Lösung für Vics Job an der Academy finden müssen, doch Aeryn hatte Vic beruhigt und gemeint, sie solle sich erst einmal erholen. Danach würde man über alles reden können.

Das bekannte Piepen ertönte in Vics Ohr, und gleich darauf hörte sie Clares gütige Stimme. »Vic! Wie fühlst du dich?«

»Durchwachsen.« Mühsam räusperte sich Vic. Aeryn zu sagen, dass sie dabei war, Irland zu verlassen, war schon schwer gewesen. Aber Clare? Das würde furchtbar werden. Vic ahnte es und wünschte, sie hätte mehr Energie, als sie tatsächlich besaß. Mit bebender Stimme begann sie Clare in ihre bereits umgesetzten Pläne einzuweihen.

»Clare, ich weiß, du wirst mir den Kopf dafür abreißen, aber bitte – versuch es zu verstehen. Ich … Ich gehe zurück nach New York.« Vic atmete zitternd ein und heftete ihren Blick fest auf den Bildschirm des Gates, der ihren Flug in die Heimat ankündigte.

»Wie bitte? Wann?« Clares Stimme überschlug sich.

»Ich muss das tun, Clare. Ich kann nicht bleiben.« Vic legte ihre freie Hand an ihre Kehle. »Ich bin bereits am Flughafen, aber ich wollte es dir persönlich sagen, dass ich –«

»Das ist doch Blödsinn!« Ihre Schwägerin bemühte sich um einen versöhnlichen Ton. »Ich weiß, das ist zurzeit alles etwas viel. Du hast viel durchgemacht und die … Ich kann mir kaum vorstellen, wie hart es für dich sein muss. Aber muss deine Reaktion gleich so drastisch ausfallen? Warum brichst du von jetzt auf gleich alle Zelte ab?«

Vic biss die Zähne zusammen, bevor sie antwortete. »Es

geht nicht anders. Ich kann … Ich halte es in dem Apartment nicht mehr aus. William … Das Baby … Ich schaffe das nicht. Es ist einfach zu viel, Clare.«

»Das verstehe ich.« Sie überlegte einen Moment. Dann schlug sie vor: »Warum kommst du nicht ein paar Tage zu uns nach Ballybyrne? Ein bisschen Ruhe und frische Landluft werden dir guttun, und in einer Woche hast du deine Kräfte wieder etwas aufgetankt. Und dann sehen wir weiter. Was hältst du davon?« Leise fügte sie hinzu: »Lauf nicht weg, Vic. Du und William – euch verbindet etwas. Das spürt jeder, der euch nur für ein paar Sekunden miteinander sieht.«

Oh ja, und wenn Clare wüsste, was es war, dann würde sie Vic vermutlich keinesfalls ziehen lassen. Tapfer hielt Vic Williams Schwester stand.

»Das ist sehr lieb von dir, aber das wird mir nicht viel weiterhelfen, fürchte ich. Ich muss zurück nach New York. Dort bin ich zuhause.« Plötzlich war Vic sich dessen gar nicht mehr so sicher, aber wenn sie diese Zweifel zuließ, würde sie es nie ins Flugzeug schaffen.

»Bist du dir ganz sicher, dass du weißt, was du da tust?« Clares Fürsorge trieb Vic die Tränen in die Augen.

»Das bin ich.«

Von wegen. Aber sie versuchte es sich weiterhin einzureden.

Clare seufzte hörbar berührt. Mit bedrückter Stimme fragte sie: »Was sagt William dazu?«

»Er ist nicht begeistert.« Das war die Untertreibung des Jahres. Tränen liefen Vic über die eingefallenen Wangen.

Schweigen am anderen Ende. »Du liebst ihn, nicht?«

Vics Herz zog sich schmerzhaft zusammen. »Es ist einfach passiert …«

»Aber warum gehst du dann? Ich bin mir sicher, William liebt –«

»Nein!« Vic unterbrach ihre Schwägerin beinahe verzweifelt. »William liebt mich nicht, und deshalb kann ich auch nicht bleiben.«

»Woher willst du das wissen?«, fragte Clare.

Mit zitternden Fingern umklammerte Vic ihr Handy.

»William fühlt sich für mich verantwortlich. Er ist loyal und sorgt sich um jeden, der ihm annähernd wichtig ist. Aber das ist keine Liebe, Clare. Das … Er liebt mich nicht. Und ich halte es nicht aus, nach allem, was passiert ist, zu bleiben.«

»Gib ihm Zeit, Vic. William kämpft an vielen Fronten gleichzeitig. Aber er ist entspannter geworden, seit du da bist. Das ist uns allen aufgefallen.«

Vic bezweifelte das.

»Ich kann nicht, Clare. Ich … Ich bin nicht so stark wie ihr. Meine Kapazitäten sind begrenzt und nach all den Wochen erschöpft. Irgendwann … irgendwann geht es einfach nicht mehr.«

»Selbstschutz«, murmelte Clare. »Du aktivierst deinen Selbstschutz, nicht?«

Ein Schluchzen entrang sich Vics Hals, und sie schluckte schwer. »Ja.«

Die Worte wirkten eine Weile nach, dann meinte Clare schließlich: »Das verstehe ich. Nimm dir die Zeit, die du brauchst, aber versprich mir, dass du noch einmal darüber nachdenkst, wenn sich der Sturm gelegt hat, ja? Gib William nicht auf, weil es schwierig wird. Ihr habt schon so viel gemeinsam durchgestanden.«

Wieder erzitterte Vics gesamter Körper. Sie nickte, auch wenn Clare es nicht sehen konnte. »Sag deinen Eltern, dass es mir leidtut. Ich … Es tut mir so furchtbar leid.«

»Das muss es nicht. Sie werden es verstehen.« Clares weiche Stimme begann Vics Schutzpanzer zu durchbrechen, und so beeilte Vic sich, den Anruf zu beenden.

»Ich melde mich.«

»Unbedingt. Du bist eine O'Sullivan – ob du den Nachnamen nun angenommen hast oder nicht. Du gehörst zur Familie, Vic. Vergiss das nie.«

Ohne ein weiteres Wort zu verlieren, legte Vic auf. Wenn sie gedacht hatte, sie hätte den Todesstoß bereits zu spüren bekommen, so hatte sie zuvor gar nicht gewusst, wie sich das anfühlen würde. Clares letzte Äußerung riss Vics sorgfältig gebaute Dämme ein und flutete ihr gebrochenes Herz. Es war leichter gewesen, bevor Vic fühlte, was ihre Schwägerin ihr versichert hatte. Sie war ein Teil der Familie O'Sullivan. Und jetzt stieß sie sie vor den Kopf, weil sie sich in den sensibelsten ihrer Söhne verliebt hatte – und nicht stark genug war, um bei ihm zu bleiben und darauf zu hoffen, dass er womöglich eines Tages so etwas wie Liebe für sie empfinden würde.

Einundzwanzig

WER AUCH IMMER BEHAUPTETE, seelischer Schmerz würde mit der Zeit schwächer oder erträglicher werden, hatte noch nie selbst welchen durchlebt. Keinen echten zumindest. Seit zwei Monaten war Vic zurück in New York, doch statt besser hatte sie das Gefühl, dass ihr Kummer nur noch größer wurde. Von Tag zu Tag. Von Woche zu Woche. Von Monat zu Monat.

Äußerlich riss sie sich zusammen und hielt eine funktionierende Fassade aufrecht, doch sobald sie alleine in ihrem Schutzbunker war, wie sie ihre kleine Wohnung heimlich nannte, prasselten all die Emotionen und der Schmerz auf sie ein, und sie hatte das Gefühl, daran zu zerbrechen. Wieder und wieder.

Der Griff um ihren Coffee-to-go-Becher verstärkte sich, und Vic konzentrierte sich auf die Wellen, die eine der Fähren auf dem East River auf dem Weg Richtung Süden hinterließ. Es war Anfang April, und der Frühling legte sich langsam über die Millionenstadt. Die Sonnenstrahlen und die kleinen grünen Knospen an Büschen und Bäumen halfen Vic ihre Stimmung wenigstens für kurze Zeit anzuheben. Als sie Anfang Februar aus Dublin geflohen war, war sie in eine ungewisse Zukunft aufgebrochen. Erneut. Nur diesmal in die andere Richtung über den Atlantik, zurück nach New York.

Es war die richtige Entscheidung gewesen. Das sagte sie sich immer wieder.

Charlie und Lucy hatten ihr ihre letzte Bitte im Dezember tatsächlich erfüllt und die Kartons, die Vic vor ihrer Abreise nach Irland gepackt hatte, bei sich eingelagert. Vics Wohnung war Anfang Januar schließlich möbliert von ihrem Vater verkauft worden. So wie er es angekündigt hatte. Alles, was Vic noch besaß, war in ihren Koffern verstaut oder wartete in dem Dutzend Kartons in Charlies Abstellkammer. Viel war es nicht, aber es half Vic bei ihrem Neustart in New York.

Als Vic nach einem schrecklichen Flug, auf dem sie kaum geschlafen hatte und von ihren Gefühlen und der Erinnerung an Williams enttäuschtes Gesicht gefoltert worden war, in New York ankam, wollte sie mit der U-Bahn zu Charlies Apartment fahren. Doch als sie sich mit ihrem Gepäck auf den Weg machen wollte, tauchten plötzlich Charlie und Lucy vor ihr auf. Frisch gestylt und aufgeregt liefen die beiden auf sie zu und umarmten sie stürmisch.

»Vic!«

»Da bist du ja endlich wieder, Vic!«

Vic ertrank in einer Wolke aus teurem Parfum und war dennoch eigenartig erleichtert, die beiden zu sehen.

»Was macht ihr denn hier?«, fragte sie, als sie endlich wieder Luft bekam.

Vorwurfsvoll musterte Charlie sie und schwang ihre langen schwarzen Haare nach hinten. »Du glaubst doch nicht, dass wir dich alleinlassen bei allem, was passiert ist?«

»Was ist überhaupt passiert?«, mischte Lucy sich mit neugierigem Blick ein.

Berechtigte Frage, dachte Vic. Sie hatte den beiden kaum etwas bis gar nichts erzählt. So hatte sie es auch weiterhin halten wollen, aber irgendetwas in ihr sagte Vic, dass es nicht fair wäre. Wenigstens eine abgespeckte Variante musste sie erzählen. Aber nicht jetzt.

»Können wir das etwas später erörtern? Ich bin ziemlich

müde.« Das war sie tatsächlich. Gegen die Zeit zu fliegen, war viel anstrengender. In Irland war es bereits tief in der Nacht, während hier in New York erst früher Abend war.

Lucy, die ihre roten Haare zu einem aufwendigen Pferdeschwanz hochgebunden hatte, hatte sich einen von Vics Koffern geschnappt und sich bei ihr untergehakt.

»Na gut, aber du musst es uns erzählen! Wir haben so lange nichts von dir gehört.« Sie lächelte Vic an und knuffte sie spielerisch in die Seite. Es stimmte, Vic hatte die vielen Nachrichten der beiden viel zu lange unbeantwortet gelassen.

Die nächsten zwei Wochen wurde Vic ungefragt von Charlie in deren Gästezimmer einquartiert. Sie hatte keine Bleibe, und ihre Freundin bestand darauf, Vic das Leben etwas leichter zu machen. Gemeinsam mit Lucy widmeten sie sich schließlich den Kartons mit Vics alten Sachen. Wobei *alt* gewiss nicht die richtige Bezeichnung war. Drei Tage nach Vics Ankunft in New York trommelten sie, Charlie und Lucy ihr gesamtes Netzwerk für einen spontanen Flohmarkt zusammen. Das war Vics Plan. Sie musste zu Geld kommen. Dringend. Und sie saß auf einer Menge teurer Designerklamotten, die kaum getragen waren. Wenn das kein Kapital war, wusste Vic auch nicht weiter.

Zugegeben, die Idee war nicht allein auf ihrem Mist gewachsen. Vor einiger Zeit – bevor all diese Katastrophen in ihrem Leben ihren Lauf genommen hatten – hatte Vic einen Roman gelesen. *Shopaholic* von der britischen Autorin Sophie Kinsella. Darin verschuldete sich eine junge Frau zunehmend, weil sie den hübschen und teuren Dingen einfach nicht widerstehen konnte. Als sie schließlich vor dem Nichts und einem Haufen Kreditkartenabrechnungen stand, zog sie blank – und verkaufte all ihre Designerklamotten. Vic hatte sich an die Geschichte erinnert, als sie über die vielen Kleidungsstücke in den Kartons nachgedacht hatte. Und was Becky Bloomwood in *Shopaholic* konnte, konnte eine Vic Malone doch auch, oder? Gesagt, getan.

Sie aktivierte all ihre Kontakte, die sie in ihrem Smartphone finden konnte. Alles Menschen aus ihrer Party-Gänger-Zeit. Wie ein Lauffeuer verbreitete sich die Nachricht von Vics persönlichem Ausverkauf. Und nichts liebten New Yorker mehr als Designerklamotten zu reduzierten Preisen. Lucy hatte über ihre Eltern einen kleinen Nebenraum von einem fancy Café in Greenwich aufgetrieben, in dem sie die Kleidung wie in einem Pop-up-Store zur Schau stellten, und noch bevor sie die Türen morgens öffneten, standen draußen bereits Menschen Schlange.

Es war ein großes Getümmel, das Vic viel Kraft abverlangte. Aber sie schaltete in ihren Überlebensmodus und brachte Stunde um Stunde hinter sich. Nur dank der Hilfe von Charlie und Lucy konnte Vic den großen Andrang bewältigen. Bis zum späten Nachmittag waren doch tatsächlich alle Kleider, Oberteile, Röcke, Hosen, Schuhe und Accessoires, die Vic eingelagert hatte, verkauft worden. Vic hatte all ihre Designerteile abgestoßen. Selbst das glitzernde Kleid, das aus Eiskristallen und Schneeflocken bestand und an dem ihr Herz und so viele Erinnerungen hingen. Es war ihr so schwergefallen, aber sie hatte es tun müssen. Für ihren Neuanfang.

Viele der Leute waren aus reiner Neugier gekommen. Denn ein solcher Ausverkauf war immer mit einer persönlichen Tragödie verknüpft. Und jeder liebte die Dramen anderer New Yorker. Es lenkte von den eigenen Problemen ab und sorgte für Small Talk auf der nächsten Party. Doch Vic wusste die Menschen zu ködern, ohne ihre Geschichte tatsächlich preiszugeben. Ihrem ehemaligen It-Girl-Dasein sei Dank. Sie warf den Leuten unwichtige Brocken hin, spickte sie mit einem charmanten Lächeln und hob im nächsten Satz die Einzigartigkeit des *Gucci*-Kleides hervor, das neben ihr auf einem Bügel hing.

Am Ende des Tages war Vic geschafft, aber fast ein bisschen glücklich. Die leeren Kartons riefen in ihr ein Gefühl der Freiheit hervor. So als hätte sie Altlasten abgeworfen, um sich auf einen neuen Abschnitt vorzubereiten. Das war ihr altes Ich. Jetzt würde sie an ihrem neuen arbeiten können. Danke, Becky Bloomwood.

Gemeinsam mit Charlie und Lucy machte sie bei einem späten Cappuccino in dem Café nebenan Kassensturz. Es war unglaublich. Zwölf Kartons voller Designerklamotten hatten ihr nicht weniger als eine mittlere fünfstellige Summe beschert. Vieles davon verdankte sie dem unnachgiebigen Verhandlungsgeschick ihrer beiden Freundinnen. An ihnen waren wahre Verkaufstalente verloren gegangen, dachte Vic lächelnd. Sie hatte endlich ein eigenes Polster aufgebaut.

Zwar hatte sie noch immer etwas Geld auf ihrem Konto gehabt. Reste der monatlichen Unterhaltsüberweisungen ihres Vaters. Doch sie wollte fortan auf eigenen Beinen stehen. Deshalb fasste sie – bis auf die Begleichung der Flugkosten von Dublin nach New York – dieses Geld nicht weiter an. Nun hatte sie endlich Reserven, mit denen sie freier agieren konnte. Streng genommen hatte sie all diese Klamotten auch mit dem Geld ihres Vaters erstanden, aber irgendwo musste man ja mal einen Punkt machen. Und Vic fand, dass er ihr diese Einnahmen schuldete. Für all seine Abwesenheit in ihrem Leben. Nicht, dass das mit Geld aufzuwiegen wäre, aber es war ein Anfang.

Über ihr Netzwerk hatte Vic schließlich eine verhältnismäßig günstige Wohnung am Rande von Brooklyn gefunden. Die Miete war für die Größe völlig übertrieben, und das Apartment glich mehr einer Bruchbude, aber Vic hatte ihre Ansprüche heruntergeschraubt. Ihr vorrangiges Ziel bestand darin, endlich auf eigenen Füßen zu stehen. Und wenn das bedeutete, ganz unten anzufangen, dann war es eben so. Was hatte ihr das schillernde Leben gebracht? Nichts außer Einsamkeit und Kummer.

Charlie wollte sie überzeugen, in ihrem Gästezimmer zu bleiben, aber Vic weigerte sich vehement. Sie wollte nicht länger auf Kosten anderer leben. Sie musste ihren eigenen Weg finden, und dazu gehörte, ihren Lebensunterhalt in jeglicher Hinsicht selbst zu bestreiten. Das war längst überfällig.

Den letzten Abend vor ihrem Umzug verbrachte sie mit Charlie und Lucy in Charlies Wohnzimmer bei Sushi und warmer Sake.

»Ich weiß gar nicht, wie ich euch danken kann. Ohne eure Hilfe hätte ich das bestimmt nicht hinbekommen.« Vic schaute dankbar in die Gesichter der beiden, als Lucy plötzlich ihre Stäbchen beiseitelegte und Vic ungewöhnlich ernst ansah.

»Was ist mit dir passiert, Vic? Warum hast du dich nicht bei uns gemeldet?«

Unwohl blickte Vic auf ihren Teller, auf dem ein paar einsame Reiskörner ihr Dasein fristeten. Klartext. Sie nahm ihr neues Lebensmotto ernst. Es war an der Zeit, ehrlich zu den beiden zu sein.

»Ich war so mit mir selbst beschäftigt, dass ich es nicht für wichtig gehalten habe. Ihr wart …« Vic atmete tief durch und schaute auf. Sie musste ehrlich sein. »Ich habe immer alles mit mir alleine ausgemacht. Ich hatte nicht das Gefühl, dass uns mehr verbindet, als eine Party nach der anderen zu erobern.«

»Wir sind Freunde, Vic«, warf Charlie leise ein.

»Das dachte ich nicht. Ihr beide wart vielleicht Freunde. Aber ich … ich habe lange keine Freunde gehabt.«

Mit kaum hörbarem Flüstern sagte Lucy: »Weil du es nicht zugelassen hast.«

Erschrocken starrte Vic die junge Frau an. »Was meinst du damit?«

Lucy richtete sich in ihrem Schneidersitz auf. »Du bist eine Wucht, wenn es darum geht, gute Laune auf einer Party zu verbreiten. Aber so offen wie du dich dort gibst, so verschlossen bist du, wenn es um dich persönlich geht. In all den Jahren bist du uns immer ausgewichen, sobald es auch nur annähernd um dich als Mensch ging. Du hast uns nicht an deinen Gedanken, deinen Wünschen oder deinen Sorgen teilhaben lassen. Wir haben das akzeptiert, weil wir dich mögen. Irgendwann haben wir aufgehört zu fragen und darauf gewartet, dass du dich von selbst eines Tages öffnest.«

Lucy und Charlie sahen einander und dann wieder Vic an.

Schließlich fügte Charlie hinzu: »Doch dann hast du angerufen, gesagt, dass du geheiratet hast und nach Irland gehst. Du warst einfach weg. Ohne dich richtig zu verabschieden. Und jetzt bist du wieder da und sagst, dass du nie Freunde gehabt hast? Wir sind deine Freunde. Wir lieben dich, Vic. Aber du hast uns nie eine Chance gegeben, dir das zu zeigen.«

Tränen füllten Vics Augen. Hatten die beiden recht? Immer hatte sie nur die Oberflächlichkeit in ihrer Freundschaft zu den beiden gesehen. Sie hatte Lucy und Charlie für die typischen New Yorker Partymädels gehalten. Aber hatte sie selbst vielleicht dafür gesorgt, dass dieser Eindruck bei ihr entstanden war? Hatte sie sich von Beginn an gegen eine engere Beziehung gewehrt – ohne es zu merken?

Plötzlich blitzten Erinnerungen in ihrem Kopf auf. Nachrichten, Gespräche, Treffen.

Da war dieser eine Abend, als Vic wieder einmal von ihrem Vater enttäuscht worden und sie ungewohnt einsilbig dagesessen war und Lucy minutenlang darauf bestanden hatte, dass Vic ihr ihr Herz ausschüttete. Sie hatte gar gedroht, ihre eigene Geburtstagsparty abzusagen, die in weniger als einer Stunde hätte beginnen sollen. Lächelnd hatte Vic ihren Kummer relativiert und das Gespräch auf die extra gebuchte Band gelenkt, die auf der Feier für Stimmung sorgen sollte.

Da war dieser Brunch, den Charlie und Lucy überraschend für Vic gegeben hatten, um sie von einem der wenigen Verflossenen abzulenken, die Vic in New York je gehabt hatte. Später hatte Vic durch Zufall erfahren, dass Lucy dafür extra einen lang ersehnten Termin bei einem von Manhattans Top-Friseuren abgesagt hatte. Seit Monaten hatte sie davon geschwärmt – nur um ihn wegen Vics deprimierter Laune zu canceln und sie mit French Toast und frischem Orangensaft aufzuheitern.

Da war dieser Ausflug nach Rockaway Beach, auf dem Charlie hartnäckig nach Vics Mom gefragt und Vic lachend vorgegeben hatte, sich kaum an ihre Mutter zu erinnern – was okay war, denn welche erwachsene Frau klammerte sich schon an jemanden, den es im Grunde nie richtig gegeben hatte? Im nächsten Moment hatte Vic den Spieß umgedreht und die Aufmerksamkeit auf Charlie gelenkt.

Vic war eine Meisterin, sich vor persönlichen Fragen zu drücken. Es war wahr. Sie hatte zeitlebens niemanden an sich herangelassen. Und sie wusste auch, warum. Weil sie Angst hatte, verlassen zu werden. So wie von ihrer Mutter. Und wie von Halle. Sie hatte weder Charlie noch Lucy eine angemessene Chance gegeben.

Mit zitternder Stimme fragte Vic: »Ihr müsst wahnsinnig enttäuscht von mir sein. Warum tut ihr das alles trotzdem für mich?«

Sie spielte auf die letzten Wochen an. Ohne zu zögern, hatten die beiden sich für Vic ins Zeug gelegt und ihr geholfen, in New York Fuß zu fassen. Sie hatten ihr ein Dach über dem Kopf gegeben und dabei nie gefragt, warum das alles. Was Vic für Oberflächlichkeit gehalten hatte, war in Wahrheit Rücksicht gewesen. Schon immer. Wie hatte sie das so missverstehen können? Sie war nicht allein. War es nie gewesen. Doch sie hatte es nicht gemerkt.

Charlie lächelte. »Weil wir Freunde sind. Das machen Freunde füreinander.«

»Du hast deine Gründe für all das. Was wären wir für Freunde, wenn wir dir nicht helfen würden?«, stimmte Lucy zu.

Dicke Tränen tropften Vic nun von den Wangen. Ein Schluchzen entfuhr ihr, und durch ihren nassen Schleier erkannte sie, wie auch bei Lucy und Charlie die Augen feucht wurden.

»Es tut mir so leid«, wisperte Vic.

»Das muss es nicht.« Angestrengt schaute Lucy an die Decke ihres Apartments. Mit einem schluchzenden Lachen rief sie: »Hört auf zu heulen, mein Make-up ist nicht wasserfest!«

Zwischen Tränen und Lachen lagen sich die drei plötzlich in den Armen. Vic hatte Freundinnen. Zwei junge Frauen, auf die sie sich verlassen konnte. Sie hatten es ihr mehr als einmal in den letzten Tagen bewiesen. Wie hatte sie so dumm sein und die beiden aus ihrem Leben ausschließen können? Diesen Fehler würde sich nicht noch einmal machen. Sie musste endlich lernen, sich ihnen zu öffnen.

Als sie sich nach ein paar Minuten alle wieder beruhigt hatten – das Make-up war längst dahin –, begann Vic schließlich mit leiser Stimme zu erzählen. Sie verdrängte den Schmerz nicht, der dabei ihre Worte färbte. Er gehörte dazu. Und Charlie und Lucy verdienten zu wissen, weshalb Vic überstürzt nach Irland gereist und genauso überraschend wieder zurückgekehrt war.

Sie erzählte von dem One-Night-Stand nach dem Abend im *Fiddlestick*, von der ungeplanten Schwangerschaft, dem Ultimatum ihres Vaters und der unerwarteten Begegnung mit William kurz vor Weihnachten. Sie berichtete von der Heirat, der Rolle, die sie Williams Familie hatte vorspielen sollen, deren jähem Ende und dem Versuch, mit William eine Familie zu gründen, die für das Kind gut sein würde. Am schwersten fiel es ihr, über die Fehlgeburt zu sprechen. Aber sie musste es endlich jemandem sagen. Sie durfte nicht länger alles mit sich alleine ausmachen. Eine gefühlte Ewigkeit brauchte sie, um zwischen neuen Tränen, diesmal geprägt von Trauer und Liebe, über den Verlust zu sprechen.

Nur über eines sprach sie nicht. Ihre Liebe zu William.

Voller Mitgefühl saßen Charlie und Lucy ihr gegenüber, nahmen sie schließlich in den Arm und drückten sie fest.

»Vic, warum hast du nie auch nur ein Wort gesagt? Wenn wir das gewusst hätten … Oh, Süße!« Charlie war selbst den Tränen nahe, und auch Lucy kämpfte mit ihren Emotionen.

»Versprich uns, dass du nie wieder abhaust, ohne uns einzuweihen. Okay?«

Gerührt und seltsam erleichtert, nickte Vic. Wider Erwarten fühlte es sich gut an, ihre Geschichte erzählt zu haben. Es änderte nichts an dem Schmerz, den sie empfand. Aber sie wusste, sie würde künftig jemanden haben, mit dem sie ihn teilen konnte. Von jenem Abend an gab Vic sich alle Mühe, sich in ihrer Freundschaft zu Charlie und Lucy zu öffnen. Es war alles so neu und ungewohnt, aber sie machte Fortschritte.

Jetzt ließ Vic ihren Blick erneut über den East River und die beeindruckende Brooklyn Bridge schweifen. In wie vielen Wohnzimmern dieser Welt hingen Fotos von diesem

Bauwerk? In unzähligen, das war klar. Vic war froh, wieder in New York zu sein. Sie hatte begonnen Irland zu mögen, auch Dublin war eine wunderschöne Stadt. Aber New York war ihre Heimat. Hier gehörte sie her. Das redete sie sich immer wieder ein.

Hier konnte sie immerhin in der Anonymität zwischen den zahlreichen Wolkenkratzern verschwinden und ihre Wunden versorgen. Und davon gab es viele. Viele, die so tief saßen, dass sie bereits dabei waren, sich zu entzünden. Vic tat, was sie nur konnte, aber die Zeit heilte ihre Verletzungen nicht. Im Gegenteil.

Unwillkürlich dachte sie an William. Seit ihrem Weggang aus Dublin hatte sie ihn nicht mehr gesprochen. Sie hatte ihm geschrieben, dass sie gut angekommen war, doch darauf hatte er verständlicherweise nicht reagiert. Krampfhaft zog sich ihr Herz zusammen, und sofort stiegen wieder Tränen in ihr auf. Sie hoffte inständig, dass diese Tränen eines Tages versiegen würden, aber dieser Zeitpunkt schien in weiter Ferne zu liegen.

Sie liebte William, und sie vermisste ihn jeden Tag. Gleichzeitig schaffte sie es nicht, über den Verlust ihres Kindes hinwegzukommen. Sie hatte es wirklich versucht. Und manchmal bildete sie sich ein, es würde besser werden. Doch dann sah sie eine schwangere Frau auf der anderen Straßenseite, und ihr war, als wäre es erst gestern gewesen, dass sie zusammengebrochen war und das Blut an ihren Fingerspitzen erblickt hatte. Ihre Schuldgefühle ließen nicht nach. Nur manchmal schaffte sie es, sie tiefer zu verstauen und mit anderen Dingen zu überlagern.

Gesundheitlich ging es ihr gut. Ihr Körper hatte sich erholt, und laut ihrer Gynäkologin hier in New York stand einer erneuten Schwangerschaft in einiger Zeit nichts im Weg. Auch sie hatte Vic nicht sagen können, was der Grund für die Fehlgeburt gewesen war. Junge, gesunde Frauen verloren Kinder. Immer wieder. Viel häufiger, als den Menschen bewusst war, denn diese Frauen sprachen kaum bis gar nicht darüber. So wie Vic.

Sie versuchte, wie so viele ihrer Leidensgenossinnen,

alleine damit fertigzuwerden. Neben Schmerz und Trauer verspürte sie eine gewisse Scham – und die immer präsente Schuld. Sie hatte sie aus Dublin mit herübergebracht. Sie war jung und gesund, und dennoch hatte ihr Körper es nicht geschafft, dieses Kind bis ganz zum Schluss auszutragen. Stimmte etwas nicht mit ihr? Was hatte sie falsch gemacht? Warum ausgerechnet ihr Baby?

Körperlich mochte sie für einen neuen Versuch bereit sein. Aber mental? Nein. Ihre Angst vor einer Wiederholung war viel zu groß. Würde sie schwanger werden, sie würde ständig fürchten, dass es wieder so plötzlich vorbei sein könnte. Dass das Kind nicht bereit für das Leben war. Dass sie etwas falsch machte. Zwei Monate war es her, und doch beschäftigte Vic dieses Thema tagtäglich.

Manchmal versuchte sie Charlie und Lucy ihre Gefühle zu erklären. Aber nicht nur, dass es so schwierig war, die richtigen Worte dafür zu finden. Die beiden konnten aus offensichtlichen Gründen nicht nachvollziehen, wie es Vic ging. Sie gaben sich Mühe und versuchten, Vic Mut zu machen. Und Vic wusste das zu schätzen. Und doch fühlte sie sich unverstanden. Sie war allein mit ihrem unsäglichen Schmerz. Mit ihrer Trauer. Mit ihrer Wut. Mit ihrer Schuld. Mit ihrer Scham.

Aus tiefstem Herzen hoffte sie, dass es William besser ergehen würde. Er hatte seine Familie. Wenn er nur zuließ und daran glaubte, dass die O'Sullivans stark genug waren und er sie nicht länger schützen musste, dann würde er gemeinsam mit ihrer Hilfe darüber hinwegkommen. Vielleicht hatte er es längst geschafft. Vic wünschte es sich so sehr für ihn, auch wenn tief in ihrem Inneren etwas hartnäckig daran zweifelte. Sie wusste, wie William war. Eher würde er sich selbst aufgeben, als die Verantwortung abzulegen.

Zitternd hob Vic ihren Kaffeebecher an die Lippen und nahm einen Schluck von dem cremigen Koffeinschaum darin. Ihr Leben hatte sich in den letzten Monaten wahnsinnig verändert. Kurz nachdem sie in New York angekommen war, hatte sie sich mit einem schlechten Gewissen bei der Academy in Dublin gemeldet. Gemeinsam mit Aeryns Unterstützung hatte sie ihre Situation erklärt. Es war gut gewesen, dass sie noch am Dubliner Flughafen bei ihr angerufen und sich verabschiedet hatte. Wieder war man ihr mit zu viel Verständnis entgegengekommen, wie Vic fand.

Hatte sie zu Beginn des Gesprächs mit den Verantwortlichen der Academy noch befürchtet, man würde sie hochkant rausschmeißen, war sie überraschend eines Besseren belehrt worden. Man war so überzeugt von ihrer Arbeit und ihrem Konzept, dass man ihr angeboten hatte, den Job von New York aus zu machen.

Einen Monat nach ihrem Weggang aus Dublin war der Relaunch der Social-Media-Kanäle durchgeführt worden. Während Vic fortan weiter für die Planung der Inhalte zuständig war, erhielt sie Hilfe von einem jungen Studenten, der sich um die visuellen Aufnahmen vor Ort kümmerte. Fotos und Videos kamen also direkt aus den Räumen der Academy, während die Texte und Ideen dazu aus New York stammten. Es funktionierte überraschend gut, und die Follower- sowie Interaktionszahlen untermauerten das nachhaltig. Besonders in den USA gingen auch die Verkaufszahlen für die kommenden Shows in die Höhe.

Vic konnte sehr zufrieden mit sich und ihrer Arbeit sein. Wenngleich sie der Kontakt zur Academy schmerzhaft an ihre Zeit in Irland und alles, was damit verbunden war, erinnerte. Sie konnte immer noch nicht glauben, dass Aeryn und Clare ihr nichts nachtrugen. Mit beiden hatte sie vor ihrem Abflug telefoniert. Es war ihr schrecklich schwergefallen, aber keine von ihnen hatte ihr einen Vorwurf gemacht. Man hatte sie zähneknirschend ziehen lassen, wenngleich sie sich hatte verpflichten müssen, sich regelmäßig bei ihnen zu melden. So ganz frei gaben die O'Sullivans sie schließlich doch nicht. Clares letzte Bemerkung verursachte in Vic immer noch furchtbare Schuldgefühle, die sie nicht hätte haben sollen. Sie versuchte rational an die Sache heranzugehen. Die O'Sullivans waren in erster Linie Williams Familie. Nicht ihre.

Irgendwie war es schön zu wissen, dass sie dort drüben

Menschen hatte, die es gut mit ihr meinten und denen sie etwas bedeutete. Gleichzeitig verschärfte es ihr schlechtes Gewissen. Sie war einfach gegangen, hatte William sich selbst überlassen und die O'Sullivans, die sie aufgenommen hatten, vor den Kopf gestoßen. Aber jetzt musste Vic zunächst ihr Leben wieder auf die Reihe bringen.

Sie hatte sich wie versprochen bei Aeryn und Clare gemeldet. Auch mit Lilly tauschte sie Nachrichten aus. Doch wohlweislich hielt sie den Kontakt sehr reduziert. Es schmerzte zu sehr. Und sie wollte unbedingt vermeiden, eine von ihnen nach William zu fragen. Und das würde sie. Weil sie sich nicht zurückhalten könnte. Weil sie ihn immer noch so sehr liebte. Und so beschränkte sie sich auf Nachrichten statt Gespräche. Bis heute.

Zweiundzwanzig

Mühsam zwang Vic ihre Gefühle in eine Box, verstaute sie so weit weg wie nur möglich und holte ihr Smartphone heraus. Sie hatte eine Verabredung. Am Telefon.

Mit zitternden Fingern wählte sie die Nummer aus und wartete, dass am anderen Ende der Leitung jemand abnahm. Schneller als erhofft, meldete sich eine vertraute weibliche Stimme.

»Vic! Ich habe schon auf deinen Anruf gewartet. Wie geht es dir?«

»Gut so weit. Ich bin in meinem Leben angekommen, denke ich.« Eine glatte Lüge. Sie hangelte sich von einem Tag zum anderen. Aber das würde sie ihrer Schwägerin nicht sagen. Aeryn war ihr eine Freundin geworden, wie sie sich eingestehen musste. Und auch wenn sie sich bemühte, sich ihren neuen Freundinnen zu öffnen, es gelang ihr nicht immer. Die Unsicherheit war manchmal doch noch viel zu groß.

Ob Aeryn an ihrer Aussage zweifelte, ließ sie Vic jedenfalls nicht spüren. Stattdessen bestärkte sie Vic. »Das freut mich zu hören! In der Academy sind sie ganz aus dem Häuschen, was die letzte Kampagne von dir angeht.«

Sicheres Terrain. Das war gut. Dankbar sprang Vic darauf an. »Ja, deshalb rufe ich auch an. Wir wollten demnächst eine Takeover-Reihe planen. Die Stars der Show übernehmen für einen Tag die Kanäle der Academy. Natürlich habe ich dabei sofort an dich gedacht. Hättest du Lust dazu?«

Aeryn lachte. »Ihr seid ja mutig! Puh … aber ja, warum nicht? Ihr werdet mir einiges zeigen müssen. Wie du weißt, meide ich die sozialen Medien seit einiger Zeit. Aber für euch mache ich eine Ausnahme. Woran hattest du gedacht?«

»Nimm uns einen Tag lang mit. Das fängt beim ersten Kaffee morgens an, über deine Fahrt zum Training, das Training selbst und alles, was du an diesem Tag noch so treibst. Meetings mit Kollegen in der Academy und abends irgendwas Schönes zum Abschluss. Ihr habt doch diesen Tänzer-Stammtisch in diesem einen Pub … Wie hieß er noch gleich?«

»Du meinst das *Cassidy's*?«

»Genau! Nimm die Leute dorthin mit. Das werden sie lieben.«

»Zu Befehl!« Aeryn lachte erneut. Dann fragte sie: »Wann bin ich dran? Und an wen habt ihr noch gedacht?«

Vic nannte ihr das Datum und eine Reihe von Namen.

»Ja, das ist eine gute Auswahl. Die Leute werden bestimmt mitmachen. Und so gibt es aus allen Bereichen jemanden, der was erzählen kann. Vom Coach über Manager bis hin zu verschiedenen Tänzerpositionen. Tolle Idee!«

»Danke!« Vic freute sich ehrlich über Aeryns Feedback. Sie klärten noch einige Details für den Takeover und verließen zu Vics Leidwesen viel zu bald das sichere Terrain. Vic hatte es geahnt, und sie zwang ihren inneren Impuls, einfach aufzulegen, nieder.

»Auf die Gefahr hin, dass du mich anlügst – was ich verstehen kann, wie geht es dir wirklich, Vic?«, fragte Aeryn behutsam.

»Ich … Es gibt bessere Tage und schlechtere«, antwortete sie ausweichend. Und bevor sie sich stoppen konnte, rutschte ihr heraus: »Wie geht es euch?« Wenigstens hatte sie nicht direkt nach William gefragt.

»Oh, wir kommen zurecht. Ich denke …« Aeryn überlegte einen Moment lang. »Allen tut es leid, was passiert ist, aber ich denke, sie haben es gut verarbeitet. Allerdings wird Lilly dafür nun noch ärger umsorgt.«

Vic presste die Lippen aufeinander, doch sie war irgendwie froh, dass Aeryn sie nicht mit Samthandschuhen anfasste. »Das verstehe ich, aber wie ich von Lilly hörte, geht es ihr und dem Baby bestens.«

»Ja, das stimmt. Und sie und Sean haben vielleicht auch bald wieder ihre Wohnung für … Ach, vergiss es«, ruderte sie plötzlich zurück.

»Nein, was ist mit ihrer Wohnung? Lilly hat nichts erzählt! Du musst keine Rücksicht auf mich nehmen, Aeryn. Ich freue mich für die beiden. Ehrlich.«

»Das … ist es nicht.«

»Sag schon, Aeryn. Behandle mich nicht wie ein rohes Ei.«

Aeryn gab nach, und Vic wünschte, sie wäre nicht so hartnäckig gewesen. »Sean versucht, William davon zu überzeugen, endlich bei ihnen auszuziehen.«

Irritiert umklammerte Vic ihr Smartphone in ihrer Manteltasche. Sie prüfte, ob ihre Kopfhörer richtig saßen, und fragte: »William wohnt bei Sean?«

Aeryn räusperte sich unangenehm berührt. »Gewissermaßen.«

Frag nicht nach, Vic. Frag einfach nicht nach. Ihr Verstand hämmerte auf sie ein, doch ihr Herz legte sich auf ihre Zunge. »Wieso?«

»Willst du das wirklich wissen?« Aeryn sprach besorgt und liebevoll auf sie ein. »Ich weiß, warum du gegangen bist. Alle wissen es. Und das ist eine Sache zwischen euch. Ich …«

Vic hatte bereits gehört, dass ihr Abgang und vor allem ihre Worte davor die Runde gemacht hatten. Sie konnte es William nicht verübeln, dennoch hätte sie es begrüßt, wenn nicht jeder der O'Sullivans wüsste, wie sehr ihr Herz gebrochen war und dass sie nicht stark genug war, um bei William zu bleiben. Niemand machte ihr einen Vorwurf. Wenn sie mit Aeryn, Clare oder Lilly schrieb, ging es kaum darum. Trotzdem … Es hätte nicht sein müssen. Vermutlich hatte

William es nur einem erzählt. Aber die O'Sullivans waren eine eingeschworene Bande. Da blieb nichts lange wirklich geheim. Besonders nicht, wenn sie sich Sorgen umeinander machten.

»Was ist passiert?« Vic bereute die Frage, noch während sie sie stellte. Doch ihr Herz schmerzte, es pochte, und es zwang sie dazu.

»Anfangs sollte es nur für ein paar Tage sein, bis William wieder auf die Beine kommt. Nach … Nachdem du gegangen bist, war er ziemlich am Boden. Es war alles irgendwie zu viel für ihn. Sean hat ihn in ihrem Gästezimmer untergebracht. Und dort ist er … immer noch.«

»Ich bin vor zwei Monaten abgereist«, flüsterte Vic.

»Ich weiß.«

»Warum?« Mehr fragte Vic nicht, doch Aeryn verstand.

»Es ist, als wäre er nicht mehr er selbst. Er funktioniert nur noch. Er schläft so gut wie nie, arbeitet sich die Seele aus dem Leib und geht allen aus dem Weg.« Aeryns Stimme war von Unbehagen gezeichnet. »Nur mit Sean redet er noch. Manchmal. Und James, aber dann nur über die Arbeit. Wir machen uns alle große Sorgen um ihn.«

Alles in Vic zog sich zusammen. Ein Schatten legte sich über sie, und sie hatte das Gefühl, als würde man ihr den Boden unter den Füßen wegreißen. Was hatte sie diesem Mann angetan?

»Ich wollte nicht …« Vic fehlte die Luft, um weiterzureden. Ihre Seele schrie auf, ihr Herz, das sie noch immer versuchte zu kitten, zersprang, und in ihrer Kehle manifestierte sich ein Kloß, den sie nicht lösen konnte.

»Das wissen wir, Vic. Aber … warum bist du gegangen? Verstehe mich nicht falsch, ich mache dir keinen Vorwurf. Ich weiß selbst, wie schwierig ein Weg sein kann, wenn man ihn sich selbst suchen muss. Aber wenn du William liebst, warum bist du gegangen, Vic?« Aeryns Stimme war so sanft, dass es Vic die Tränen in die Augen trieb.

Sie heftete den Blick starr auf das Wasser vor sich und versuchte tief durchzuatmen. Klartext. Immer wieder wurde sie damit konfrontiert. Noch einmal rang sie mühsam nach

Luft und erklärte schließlich ihre Sicht der Dinge. Sie wiederholte, was sie Clare vor zwei Monaten bereits erzählt hatte, und spürte, dass sie immer noch felsenfest davon überzeugt war.

»Ich liebe ihn, Aeryn. Aber ich kann nicht mit jemandem zusammen sein, der mich nicht liebt. Er würde aus Verantwortungsgefühl versuchen, mich glücklich zu machen. So wie er es bei seiner Familie ständig versucht. Nur mit dem Unterschied, dass er euch aus tiefster Seele liebt. Aber ich habe mehr verdient als Verantwortungsgefühl, Loyalität und Schuldgefühle für etwas, für das William nichts kann.«

»Du denkst, er liebt dich nicht?«

»Ich weiß es. Für alle fühlt er sich verantwortlich. Für seine Eltern. Für seine Brüder. Allen voran für Sean. Und für mich. Er hat mich geheiratet aus Verantwortung dem … dem Kind gegenüber. Und er gibt sich die Schuld für …« Vic konnte es immer noch nicht beim Namen nennen. »Er gibt sich die Schuld dafür, weil wir vorher gestritten haben. Aber das ist nicht seine Schuld. Wenn ich danach bei ihm geblieben wäre, hätte er aus Verantwortungsgefühl und Schuld versucht, mich glücklich zu machen. Aber das kann nicht gutgehen. Niemals würde diese Konstellation funktionieren. Wir würden beide unglücklich werden.« Vic zitterte und wisperte: »Deshalb bin ich gegangen.«

Schweigen. Dann fügte sie leise hinzu: »Und weil ich das Mitgefühl nicht mehr ertragen habe. Und diese Wohnung, in der all das passiert ist. Ich konnte nicht dort bleiben.«

»Das verstehe ich.« Aeryns Stimme war ebenso leise wie Vics.

»Es tut mir leid, was mit William passiert. Es bricht mir das Herz. Erneut. Aber … niemandem ist geholfen, wenn ich … Aeryn, ich kann nicht … Das ist …«

»Shhhh. Alles gut. Vic, es ist in Ordnung. Ich habe es dir nicht deshalb erzählt. Eigentlich wollte ich es dir gar nicht sagen.« Verständnisvoll unterbrach ihre Schwägerin sie. »Sag mir nur, liebst du ihn immer noch?«

Dieses Gespräch erinnerte sie viel zu sehr an den Dialog mit Clare. Sie sollte auflegen. Einfach auflegen. Stumm blickte Vic auf den East River und das gegenüberliegende Ufer mit der breiten Promenade. Zahlreiche Jogger nutzten das gute Wetter für eine Laufrunde in der Mittagspause. Eine Familie mit zwei kleinen Kindern begutachtete die vorbeiziehenden Fähren. Eine Träne lief über Vics Wange.

»So sehr, wie man einen Menschen nur lieben kann«, flüsterte sie.

Wieder dominierte Stille das Telefonat. Vics Herz pochte so heftig und schmerzhaft, sie hätte es am liebsten abgeschaltet. Doch das war keine Option. Mühsam verdrängte sie die Bilder von William, die vor ihrem inneren Auge auftauchten. Was war nur los mit ihm? Wieso ließ er sich so gehen? Warum igelte er sich so ein? Er sollte verdammt nochmal kämpfen. So wie sie!

»Aeryn, ich … ich muss jetzt los. Es tut mir leid.« Vic schluckte. »Ich melde mich wegen des Takeovers und …« Eine kurze Pause. »Sag den anderen liebe Grüße von mir.«

»Das mache ich. Und mach dir keine Sorgen. Wir bekommen William schon wieder in die Spur. Jeder O'Sullivan scheint diese Phase mal durchzumachen. Es hat noch immer gut geendet. Ich hab dich lieb, Vic. Pass auf dich auf!«

Nachdem sie sich verabschiedet und aufgelegt hatten, sinnierte Vic, was Aeryn mit ihrem letzten Kommentar gemeint haben könnte. Was war *diese Phase*? Sie verbannte ihre Grübeleien aus ihrem Kopf. Sie verursachten nur noch mehr Kummer in ihrer Seele. Und zu wissen, wie schlecht es William ging, machte auch ihren täglichen Kampf nur schwerer.

War es ihre Schuld? Weil sie ihn alleingelassen hatte, obwohl sie beide unter der Fehlgeburt litten? Aber wie hätte sie bleiben können, in dem Wissen, ihn zu lieben, wo er es doch nicht konnte? Wieder einmal fragte sie sich, wann die Zeit endlich ihren Job erledigen und ihre geschundene Seele flicken würde.

Eine Gänsehaut überlief Vic, und sie zog den Kopf tiefer in den gelben Wollschal, der um ihren Hals lag. Der Frühling legte sich zwar über New York, doch am Wasser waren die

Temperaturen zuweilen immer noch eisig. Sie warf einen Blick auf ihre Armbanduhr, die unter dem beigefarbenen Mantel hervorlugte. Es war Zeit. Für den nächsten Kampf, den sie führen musste.

Ein altes, zerbrechliches Porzellangefäß. Am Boden hatten sich Kaffeereste abgesetzt, und auch an den Innenwänden hatte die braune Suppe ihre Spuren hinterlassen. Der liebliche Duft der kräftigen Bohnen war längst vergangen, und was blieb, war nur mehr ein schaler Geschmack. So fühlte sich William. Wie ebenjene Kaffeetasse. Seit Wochen. Zerbrechlich, herabgesetzt, vergangen und schal. Und leer. Schrecklich leer und kraftlos.

Vor ihm tauchte die kleine Tankstelle am Ortseingang von Appleaugh auf. Ohne nachzudenken, lenkte er sein Auto auf den daran angeschlossenen übersichtlichen Rastplatz und stieg aus. Frühlingshafter Wind empfing ihn ebenso wie der frische Geruch von Wiesen und der Irischen See, die nur unweit von ihm entfernt in gemütlichen Wellen hin und her schaukelte. Müde drückte er die Wagentür zu und lief zum Rand des Teers, um einen besseren Blick auf das Meer zu haben.

Es war bereits später Nachmittag, und die Sonne schien ihm in den Rücken, während er seine Hände in die Hosentaschen schob und seine Augen unglücklich über die See glitten. Sein Schlafmangel machte ihm ernsthaft zu schaffen. Er fühlte sich ausgelaugt und fragte sich, wie er die nächsten Tage und Wochen, ja gar die nächsten Monate überstehen sollte.

Schmerzhaft erschien Vics verletzliches Gesicht vor ihm. Wie sie da stand. Mit gepackten Koffern in ihrem Apartment in Dublin. *Wir hatten nie eine Chance.* Wieder hallten ihre Worte durch seinen Kopf. Und wieder verursachten sie ihm Magenkrämpfe. Was hatte er sich erhofft? Dass sie blieb? Dass sie einfach weitermachen würden? Dass … alles gut werden würde? Aber wie? Wie sollte alles gut werden können bei dem, was geschehen war?

Als Sean der Familie seine Diagnose eröffnet hatte, war William in einen Rechercherausch gefallen. Er hatte das gesamte Internet durchforstet. Immer in der Hoffnung, auf eine bahnbrechende Lösung zu stoßen. Natürlich hatte er sie nicht gefunden. Und doch hatte er wenigstens das Gefühl gehabt, etwas zu tun. Obwohl er nichts entdecken konnte, hatte er immerhin den Drang bedient, Sean irgendwie zu helfen. Nächtelang hatte er Fachartikel gelesen, Interviews mit Experten, Forschungsberichte und so viel mehr. Alles, was er hatte finden können. Vermutlich kannte er sich mit Multipler Sklerose inzwischen besser aus als der Rest seiner Familie zusammen. Das Wissen brachte ihn kaum weiter, aber das Gefühl … Wenigstens war es das Gefühl, etwas zu tun.

Aber bei Vic? Bei seinem Kind? Erneut hatte er die schlaflosen Nächte im Netz verbracht. Und wieder hatte er zahlreiche Artikel gelesen und sich über Fehlgeburten, ihre Gründe, ihre Folgen und alles, was sonst damit zu tun hatte, informiert. Doch es war geschehen. Es gab keine Hoffnung mehr. Es war vorbei. Und er sollte es längst akzeptiert haben. Aber er konnte nicht. Die Ungerechtigkeiten in seinem Leben nahmen ihm die Luft zum Atmen. Sie nahmen ihm den Mut, wieder aufzustehen.

Obwohl er derzeit bei Sean und Lilly wohnte, suchte er die Einsamkeit. Er ignorierte die Anrufe seiner Geschwister. Er schob die Besuche bei seinen Eltern weit von sich. Und auch den Annäherungsversuchen seiner Schwägerinnen ging er gekonnt aus dem Weg. Nur James schaffte es, ihn zu erwischen, aber das war allein der Arbeit geschuldet. Jeglichen Fragen zu Williams derzeitiger Situation schob er sofort einen Riegel vor, sodass James schon bald verstanden hatte und ihn in Ruhe ließ.

Der einzige Mensch, den William ansatzweise an sich heranließ, war Sean. Aber auch das mehr gezwungenermaßen als freiwillig. Meistens saßen sie zusammen am Esstisch, jeder einen Cider vor sich, sprachen über Rugbyergebnisse, die bevorstehende Apfelblüte auf dem Hof ihrer Eltern und Seans Therapie sowie die Planung seiner kommenden Tournee. Ab und zu gesellte Lilly sich zu ihnen, doch war sie feinfühlig genug, William nicht zu drängen. Die Arme hatte sowieso schon ein schlechtes Gewissen wegen ihrer Schwangerschaft.

Ein fahles Lächeln huschte über Williams Lippen. Er neidete es seinem Bruder nicht. Im Gegenteil. Er war froh, dass bei Lilly weiterhin alles gesund und munter war und das Schicksal wenigstens an dieser Stelle Gnade zu zeigen schien.

William wusste, dass sie ihm alle helfen wollten. Ihre zahlreichen Kontaktversuche belegten es. Aber er hatte keinen Nerv dafür. Er war es doch stets gewesen, der sich um alle gesorgt hatte. Das war sein Job gewesen. Seine Aufgabe. Er hatte das Unheil abwenden wollen. Aber er hatte versagt.

Der Wind frischte auf und fuhr ihm unter die offene Regenjacke. Doch er merkte es gar nicht. Zu sehr war er in seinen Gedanken versunken, die ihn in der dunklen Tiefe hielten, seit Vic ihn verlassen hatte. Er wollte wütend auf sie sein, aber konnte es nicht. Stattdessen spürte er nur den Schmerz und die Leere, die sie bei ihm hinterlassen hatte. Vic war gegangen. Sie hatte sich einen Weg aus diesem Chaos gesucht. Und er? William versank in Selbstmitleid. In Selbsthass. Und in Selbstverachtung.

Er wollte weg. Einfach nur weg von allem und jedem.

»Ich glaube, wir werden einen guten Frühling erleben.«

William schreckte auf und schaute sich um. Zwei Schritte von ihm entfernt entdeckte er den alten Hugh. Er musste von der gegenüberliegenden Straßenseite gekommen sein. Dort, wo die aneinandergereihten Häuser in bunten Farben von Tulpenrot über Fliederlila bis hin zu Kleegrün standen, besaß Hugh einen kleinen Laden, den er gemeinsam mit seiner Frau führte. Hugh gehörte zu Appleaugh wie der Apfel zur Ciderproduktion. Sie waren unzertrennlich und schon immer miteinander verbunden.

Der freundliche, wenngleich manchmal auch etwas engstirnige kleine Mann nickte ihm zu.

Mühsam räusperte William sich und murmelte ertappt: »Tag, Hugh.«

Dann blickten die beiden Männer schweigend auf die Irische See. Möwen kreisten über einem Fischkutter, der von seiner Tagesfahrt zurückkehrte. Sie umgaben das Boot wie eine Wolke wild kreischender Furien, und doch hatte das Bild eine beruhigende Wirkung auf William.

Nach einer Weile hörte er erneut die beinahe ebenso krächzende Stimme von Hugh.

»Wie geht es dir, mein Junge?«

William bemühte sich, nicht genervt aufzustöhnen. Er wusste, der alte Mann meinte es gut. Er war ein enger Freund der Familie. Dennoch hatte William keine Lust, mit ihm über … all das zu reden. Also fasste er sich kurz.

»Gut.«

»Nah.« Hugh kratzte sich ungelenk am Hinterkopf und bedachte William mit einem skeptischen Ausdruck. Es gab übrigens niemanden auf der ganzen Welt, der diese Art von Blick so perfektioniert hatte wie Hugh. »Du machst es dir ganz schön schwer, nich'?«

Irritiert musterte William ihn. »Was meinst du?«

»Schon als kleiner Bengel hast du dir alles zu Herzen genommen. Das hat sich mit den Jahren nicht geändert.«

Brüsk erwiderte William: »Na und?«

»Ich sag' dir was, mein Junge.« Hugh wog seinen Kopf leicht hin und her, als würde er abwägen, wie viel er erzählen sollte. »Ich bin ein alter Sturkopf, der alles Neue und Fremde verabscheut.«

Überrascht wandte William sich ihm zu. So viel Einsicht war äußerst untypisch für Hugh. Aber die Beschreibung traf es ziemlich gut. Der kleine Mann liebte es, Falschparker im beschaulichen Appleaugh persönlich auf ihr Fehlverhalten hinzuweisen. Fremden gegenüber tat er sich äußerst schwer und empfing sie mit nur muffigem Gemurmel. Touristen mochte er gleich zweimal nicht in seinem Laden haben. Und er war ein altes Tratschmännlein, das über alles und jeden in Appleaugh Bescheid wusste. Als Williams Schwägerin Aeryn das erste Mal einen Fuß in diesen Ort gesetzt hatte, hatte sie die volle Härte von Hugh zu spüren bekommen. Heute noch erzählte man sich die Geschichte, die sich zwischen den beiden auf ebendiesem Parkplatz abgespielt hatte.

Aber so eigen der alte Mann auch war, er war loyal und im Herzen gut. Er zeigte das nur nicht so gerne nach außen. Anders als in diesem Augenblick, wie William erstaunt feststellte, als Hugh weitersprach.

»Als du mit deiner amerikanischen Eroberung an Weihnachten nach Haus' gekommen bist, war ich nicht besonders von ihr angetan. Wie lange kanntest du das Mädchen? Und dann kam es mir. Sie musste schwanger sein. Natürlich.« Hugh wirkte, als würde er mit sich selbst reden statt mit William. Dieser hätte sich am liebsten wieder in sein Auto gesetzt, doch er war zu gut erzogen und blieb, wo er war. Und hörte sich schmerzlich die Worte des alten Mannes an.

Bestätigend nickte Hugh. »Aber sie kam später ab und zu in meinem Laden vorbei.« Plötzlich lächelte er. Der alte Kauz lächelte! »Ich habe mich sehr gewehrt, aber sie hat einen schrecklich überzeugenden Charme versprüht.«

»Sie war in deinem Laden? Wann?« William spielte ihren Aufenthalt in Gedanken durch. Dann erinnerte er sich daran, dass Vic seine Mom gelegentlich in den Ort begleitet hatte.

»Oh, sie war nicht oft da. Zwei, drei Mal vielleicht. Gemeinsam mit deiner Mutter.«

Erstaunt schüttelte William den Kopf. Doch dann hielt er inne. Was machte das für einen Unterschied? Es erinnerte ihn nur daran, welch dummen Plan er ihr hatte aufdrücken wollen. Das Schauspiel für seine Familie, das von Anfang an die dämlichste Idee seines Lebens gewesen war. Unwillkürlich zuckte er mit den Schultern und vergrub seine Hände noch tiefer in den Hosentaschen. Er wandte sich wieder dem Meer zu. Der Fischkutter war inzwischen aus seinem Blickfeld verschwunden.

Mit leiser, aber immer noch dieser typisch krächzenden Stimme meinte Hugh auf einmal: »Victoria ist eine gute Frau, William. Du solltest sie zurückholen. Sie hat dich entspannt. Und das hat bisher noch niemand geschafft.«

Ein Schauder rann über Williams Rücken. Ohne seine

Augen von der See abzuwenden, murmelte er: »Woher willst du das wissen?«

»Ich kenne dich, seit du ein kleiner Junge gewesen und durch die Straßen von Appleaugh geflitzt bist. Ich sehe dich nicht mehr so oft wie früher, aber ich erkenne immer noch, wenn dich etwas umtreibt. Und seit bekannt ist, dass Sean krank ist, bist du so rastlos wie ein verirrtes irisches Schaf, das auf der Suche nach seiner Herde ist.«

»Ein sehr netter Vergleich«, brummte William.

Hugh klopfte ihm auf den Rücken. »Wenn's doch wahr ist.« Plötzlich hielt er inne. »Oh, schon so spät! Ich muss zurück in den Laden.« Ein letztes Mal spürte William die Hand des Familienfreundes auf seinem Schulterblatt. »Lass das Glück nicht an dir vorbeiziehen, mein Junge.«

William drehte sich zu dem Mann und nickte ihm zu. Aber in seinem Inneren schien sich die Dunkelheit noch weiter auszubreiten. Er wusste die Worte des Alten zu schätzen, insbesondere da solche Ansprachen nicht zu dessen täglichem Verhalten gehörten. Darauf konnte William sich gewaltig etwas einbilden. Stattdessen fühlte er sich ... wie ein verirrtes irisches Schaf. Oh, verdammt!

Resigniert riss er die Hände aus seinen Hosentaschen, fuhr sich durch die Haare und richtete seine Schiebermütze. Die Dämmerung setzte langsam ein, und er verlor wahrlich die Orientierung in seinem Leben. Er war es so leid.

Würde Vic wenigstens an seiner Seite sein ... er hätte einen Fixpunkt, der ihm helfen würde, den Weg wiederzufinden. Doch sie war nicht hier. Und sie würde auch nicht wiederkommen. So viel stand fest.

Dreiundzwanzig

Die Sonne stand hoch am Himmel, und aus den zahlreichen Wolkenkratzern im Financial District strömten Männer und Frauen in ihre wohlverdiente Mittagspause. An den kleinen blechernen Ständen auf den Straßen bildeten sich lange Schlangen, und überall hörte Vic geschäftige Stimmen. Sie hatte den East River mit Blick auf die Brooklyn Bridge und die herumschwirrenden Möwen längst hinter sich gelassen und bog Richtung Süden ab. Sie kreuzte die Wall Street und konnte die New Yorker Börse in der Parallelstraße erahnen. Ein mächtiges Gebäude, mit einer riesigen amerikanischen Flagge über die vorstehenden Säulen gespannt. Es strahlte genau den Patriotismus aus, den man an so vielen Ecken der Stadt bemerkte.

Ihr Blick fiel auf einen Laden in der Wall Street. Der berühmte Juwelier. *Tiffany's*. Sie spürte den schmalen goldenen Reif um ihren Ringfinger, wandte den Blick ab und beeilte sich der William Street zu folgen – ausgerechnet! –, nur um an der nächsten Ecke auf *The Irish Punt* zu stoßen. Einen Irish Pub. Was war nur los mit ihrem Leben? Sie war gewiss nicht abergläubisch, und doch hatte sie das Gefühl, dass das Schicksal ihr irgendetwas mitteilen wollte, seit sie heute mit Aeryn telefoniert hatte. Ärgerlich und missmutig schob sie ihre Gedanken beiseite und konzentrierte sich auf das Treffen, zu dem sie unterwegs war.

Nach nunmehr zwei Monaten traute sie sich endlich, ihrem Vater gegenüberzutreten. Es gab viel zu klären. Mit ihrem neuen Leben in New York hatte Vic sich fest vorgenommen auch hierunter einen Schlussstrich zu ziehen. Ihr Vater hatte äußerst erstaunt reagiert, als sie ihn vor zwei Tagen anrief, um ihm zu sagen, dass sie zurück in den Staaten war. Ja, richtig. Sie hatte sich die ganze Zeit über nicht bei ihm gemeldet. Zwar hatte er ihr immer wieder in regelmäßigen Abständen Nachrichten geschickt und auch bei ihr angerufen. Doch sie hatte ihn ignoriert. Sie war nicht bereit dafür gewesen. Warum auch? Er hatte sie quasi mit seinem Ultimatum in schwangerem Zustand auf die eiskalten Straßen New Yorks gesetzt.

Vic schob den Gedanken an diesen Moment und jegliche Erinnerungen an ihren Ehemann beiseite, verließ die William Street und beeilte sich an ihr Ziel zu kommen. Sie war mit ihrem Vater zum Mittagessen verabredet.

Eine Viertelstunde später saß sie ihm schließlich gegenüber. Noch immer versuchte sie zu verdauen, was sie heute über William erfahren hatte. Sie war nicht ganz bei sich. Mit Mühe riss sie sich zusammen.

Die Begrüßung mit Frances Malone war kühl ausgefallen, aber das war keine Überraschung. Für keinen von beiden. Nachdem sie ihre Bestellung beim Kellner aufgegeben hatten, musterte Vic ihren Dad. Er war adrett gekleidet. Ein maßgeschneiderter grauer Anzug, ein weißes Hemd, eine teure Krawatte. Ein wohlhabender New Yorker Geschäftsmann, der sich auszustatten wusste. Seine buschigen Augenbrauen wurden von kleinen grauen Fäden durchzogen, ebenso wie sein dunkles Haar. Allerdings verlieh ihm das einen weisen Ausdruck, der in der Geschäftswelt durchaus hilfreich war. Nicht, dass er das nötig gehabt hätte. Er war ein Mann, der seine Unternehmen im Griff hatte und stetig für sprudelnde Einnahmen sorgte.

Frances griff nach der weißen Stoffserviette und breitete sie auf seinem Schoß aus, als er das Gespräch eröffnete. »Wie kommt es, dass du zurück bist? Wie lange wirst du bleiben?«

Er wusste nichts. Gar nichts. Vic unterdrückte ein sarkastisches Auflachen. Stattdessen nahm sie einen Schluck Wasser und atmete tief durch. Sie musste diesen Kampf führen. Für sich. Und für ihre Zukunft. Was war das heute nur für ein Tag?

»Ich bin Anfang Februar zurückgekommen und werde bleiben. Ich gehe nicht wieder nach Irland.«

Erstaunt hob Frances seinen Blick. »Was sagt dein Mann dazu?«

Ein Stich durchfuhr Vic, doch sie blieb stark. »Ich bin eine unabhängige Frau, er muss dazu nichts sagen.«

»Er sollte wohl ein Mitspracherecht haben, schließlich erwartet ihr ein Kind.«

Kaum merklich unterdrückte Vic das Zittern ihrer Hände. Sie trug ein lockeres Wollkleid, das kurz über ihren Knien endete, einen runden Ausschnitt besaß und ihrem Hals schmeichelte. Sie hatte es günstig in einem kleinen Laden in der Nähe ihrer Bruchbude erstanden. Da es ihre Figur nicht betonte, sondern eher kaschierte, war es nicht verwunderlich, dass ihr Vater weiterhin glaubte, sie wäre schwanger. Der Gedanke daran tat so weh, Vic hatte das Gefühl, an Ort und Stelle zu sterben. Unwillkürlich legte sie eine Hand flach auf ihren Bauch. Sie presste die Lippen aufeinander und nahm all ihre Kraft zusammen.

Mit fester Stimme erwiderte sie: »Ich hatte im Januar eine Fehlgeburt. Es gibt kein Kind mehr.«

Frances ließ das Glas sinken, das er soeben erhoben hatte, um daraus zu trinken. Mit tonloser Stimme sagte er: »Das tut mir leid.«

Jetzt konnte Vic es nicht länger zurückhalten. Voller Sarkasmus meinte sie: »Tut es nicht. Lüg mich nicht an. Es ist dir egal. Ja, vielleicht bist du sogar froh. Du wolltest, dass ich das Kind abtreibe. Von Anfang an.«

»Weil ich das Beste für dich wollte, Victoria.« Geduldig schaute ihr Vater sie an. »Du warst nicht bereit, ein Kind großzuziehen. Damals nicht.«

Vic griff ebenfalls nach der Serviette, die vor ihr lag, und schlang die Finger fest darum.

»Und das Beste für mich war, mich im New Yorker Winter auf die Straße zu setzen?«

»Ich wollte, dass du zur Vernunft kommst. Ich konnte ja nicht ahnen, dass du dich weiter weigern würdest.«

»Weigern? Du hast verlangt, dass ich das Kind abtreibe, Dad. Du tust so, als wäre ich ein Teenager, den man erziehen muss, abends pünktlich nach Hause zu kommen! Das hier war etwas völlig anderes.«

Frances räusperte sich. »Streiten wir nicht darüber. Das Thema hat sich augenscheinlich sowieso erledigt.«

Schmerz füllte Vics Körper aus. In allen Extremitäten pochte es, und sie konnte sich kaum mehr bewegen. Ihr Kind hatte nie eine Chance gehabt. Von dem Moment an, als es sich bei Vic eingenistet hatte, war es dazu verdammt gewesen, verloren zu gehen. *Verloren.* Vic hasste diesen Ausdruck noch immer. Energisch konzentrierte sie sich auf das Gespräch mit ihrem Vater.

»Lasst ihr euch scheiden?« Unumwunden kam er auf die Punkte seiner imaginären To-do-Liste zu sprechen. Als befänden sie sich in einem seiner geschäftlichen Meetings, wo jede Minute Geld kostete.

»Vermutlich.« Vic hatte keine Ahnung. Es würde wohl darauf hinauslaufen, doch bisher hatte sie keine Kraft gefunden, sich damit auseinanderzusetzen. Noch immer trug sie ihren Ehering. Ihre Augen glitten hinab zu ihrem Ringfinger und dem goldenen Reif. Sie wusste nicht, weshalb sie ihn nicht ablegte. Es war, als würde sie ihn brauchen. Um weiterzumachen.

Gleichzeitig dachte sie an das, was Aeryn ihr vorhin erzählt hatte. Wie würde William reagieren, wenn plötzlich die Scheidungspapiere aus den USA in seinem Briefkasten lagen. Im Geiste korrigierte Vic sich. Er würde sie vermutlich gar nicht lesen, er schien ja nicht in seinem Apartment zu sein. Wieder ein Stich in ihrem Herzen. Sie schluckte.

»Die Heirat ist noch nicht allzu lange her. Ich kenne einen guten Anwalt, der sich dem annehmen wird.« Frances musterte sie.

»Ich brauche deine Hilfe nicht.« Vics Stimme war eiskalt.

»Das sind ja ganz neue Töne.« Ihr Vater verbarg seine Ironie nicht. Doch Vic war nicht nach Lachen zumute. Stattdessen schnitt sie ein weiteres Thema an, das sie endlich abhaken wollte.

»Warum hast du mich im Stich gelassen?«

Perplex starrte Frances sie an. »Wie bitte?«

Vorsichtig drehte sie an ihrem Ehering und zwang sich, ihrem Vater fest in die Augen zu blicken.

»Als Kind. Du wusstest, dass Mom nicht mit mir zurechtkam. Warum hast du ihr das so lange durchgehen lassen? Du hättest viel früher eingreifen können. Aber das hast du nicht. Warum?«

»Das ist so lange her, Victoria. Daran sollten wir keine Gedanken mehr verschwenden.«

Eisern hielt Vic dagegen. »Nein, ich will darüber reden. Warum hast du mich damals im Stich gelassen? Ich hätte dich gebraucht.«

»Suchst du die Schuld für deine Fehler jetzt etwa bei mir?« Genervt schüttelte er den Kopf.

Vic hätte ihn am liebsten angeschrien. Doch sie hielt sich zurück. Mühsam presste sie hervor: »Gewiss nicht. Aber du kannst nicht bestreiten, dass mir ein bisschen mehr Liebe sicherlich nicht geschadet hätte.«

»Liebe wird überbewertet.«

Entsetzt schaute Vic ihren Vater an. »Wie kannst du so etwas sagen?«

Angestrengt atmete ihr Vater aus. »Also schön. Ich sage das jetzt einmal, und dann will ich davon nichts mehr hören.« Er strich die Tischdecke unter seinen Fingern glatt. »Ich habe dich geliebt, und ich liebe dich immer noch. Du bist meine Tochter. Habe ich früher Fehler gemacht? Ja, sicherlich. Wie jeder Vater. Aber deine Mutter hat es mir gewiss nicht leicht gemacht. Ich will ihr gar nicht die alleinige Schuld für alles geben, aber sie hat durchaus einen großen Anteil zu dem beigetragen, was passiert ist. Sie hat dich im Stich gelassen, nicht ich. Ich habe dir geboten, was ich konnte. Ein sicheres Zuhause, eine gute Schulbildung und Menschen, die sich um dich kümmern. Ich wollte nie Kinder, Victoria. Ich war nie dafür gemacht, Vater zu sein. Mir war das immer klar. Deine Mutter schien andere Pläne gehabt zu haben.« Er räusperte sich. »Wirf mir vor, was du möchtest. Aber ich bin, wie ich bin. Und ich entschuldige mich nicht dafür. Ich habe getan, was mir möglich war, um dich großzuziehen. Dass dir etwas gefehlt hat, ist bedauerlich. Aber das kann ich heute nicht mehr ändern.«

»Du zeigst deine Liebe auf sehr seltsame Weise.«

Frances zuckte mit den Schultern. »Ich war nie der emotionale Typ und werde es nie sein, Victoria. Mein Leben besteht nicht aus Gefühlen und Emotionen. Ich werde nicht so tun, als wäre das so. Das wäre falsch und unaufrichtig.«

»Aber manchmal weniger schmerzhaft«, murmelte Vic.

Ein überraschend sanfter Ausdruck legte sich auf das Gesicht ihres Vaters. »Ich bin nicht der Typ Vater, der dich mit einer warmen Umarmung nach deinem Tag fragt. Ich lebe für mich, nicht für andere. Deshalb wollte ich auch nie Kinder. Kann man mir zum Vorwurf machen, dass ich mich vielleicht mehr hätte um dich kümmern müssen? Vielleicht. Aber was hätte es dir gebracht, wenn ich dir jemanden vorgespielt hätte, der ich nun mal nicht bin? Diese Erkenntnis wäre für dich später sehr viel schmerzhafter gewesen.«

Verständnislos schaute Vic ihren Dad an. »Du glaubst wirklich, was du da von dir gibst, nicht?«

Erneut nickte er. »Ich liebe dich auf meine Art. Das Ultimatum? Sieh dich an, du scheinst auf die Füße gefallen zu sein. Manchmal brauchen wir harte Maßnahmen, um in die richtige Richtung zu laufen. Du hast es nicht allein geschafft, also blieb mir nichts anderes übrig, als ernst zu machen.«

Vic kämpfte die Wut in sich nieder und bemühte sich, sie lediglich in Maßen rauszulassen. »Harte Maßnahmen? Du hast mich auf die Straße gesetzt und mich in die Arme eines Fremden gedrängt, mich dazu gebracht, in ein Land zu gehen, das ich nicht kenne. Du hast mich im Stich gelassen, als ich dich am meisten gebraucht habe.«

»Vielleicht. Aber schau, wo du nun bist. Wenn ich es richtig vernommen habe, kommst du ohne mein Geld aus und stehst auf eigenen Beinen. Das ist eine große Errungenschaft, auf die du stolz sein kannst.«

Vic fehlten die Worte. Legte ihr Vater sein Handeln jetzt etwa so aus, als müsste sich Vic am besten noch dafür bedanken?

»Mein Leben lag in Trümmern, und alles, woran du gedacht hast, war, es mir noch schwerer zu machen.«

»Jeder muss Verantwortung für sein Handeln übernehmen. Auch du, Victoria. Und das hast du in den vergangenen Wochen gelernt. Hätte ich dich weiterhin in einer Wolke aus finanzieller Sicherheit gewogen, wärst du niemals selbstständig geworden.«

»Das ist es, was du tust, oder? Du stellst dich deiner Verantwortung. Aber mehr nicht.«

»Ich finde, das ist eine ganze Menge.«

»Verantwortung allein reicht aber nicht aus. Es geht um viel mehr als das.«

Frances lächelte überheblich. »Übertreibst du nicht ein wenig? Verantwortung für sich selbst und andere zu übernehmen, ist etwas sehr Ehrenhaftes. Es zeugt von gesundem Realismus.« Er wurde wieder ernst. »Was du verlangst, Victoria, ist anmaßend.«

»Anmaßend?!« Entsetzt riss Vic die Augen auf und knüllte die Serviette zusammen. »Ist es anmaßend, von jemandem geliebt werden zu wollen? Ist es anmaßend, mehr für jemanden sein zu wollen als ein Päckchen Verantwortung? Ist es wirklich anmaßend, wenn man mehr als eine Verpflichtung für jemanden sein möchte?«

Genervt zog ihr Vater die Stirn in Falten. »Ich sehe nicht ganz, wohin dieses Gespräch uns führen soll.« Er nahm einen Schluck Wasser und straffte sich. »Wo wohnst du inzwischen?«

Deutlicher konnte er den Themenwechsel nicht einleiten. Entgeistert starrte sie ihren Vater an. Und da wunderte man sich, warum es ihr so schwerfiel, bei William zu bleiben. Verantwortungsgefühl war für sie etwas Schlechtes. Es trieb sie in die Einsamkeit. Es ließ sie erkennen, wie wenig Interesse man an ihr hatte. Es schürte blanke Verzweiflung in ihr.

Plötzlich ging ein Ruck durch Vic. Sie spürte, wie er ihr durch Mark und Bein fuhr. William war nicht wie ihr Vater. Je länger sie ihrem Dad zuhörte, desto deutlicher wurde es ihr. Ihr Vater war ein kalter Mensch, der offen zugab, sich nur um sich zu kümmern und ihr gegenüber lediglich seiner Pflicht nachzukommen. William hingegen fühlte sich zwar verantwortlich, doch tat er es aus anderen Gründen.

Er fühlte sich für seine Familie verantwortlich, weil er sie von Herzen liebte. Er fühlte sich für seinen kranken Bruder verantwortlich, weil er ihn liebte. Er fühlte sich für das Kind verantwortlich, weil er es liebte. Und er fühlte sich für Vic verantwortlich. Weil er sie liebte.

War das verrückt? Bildete Vic sich vielleicht nur etwas ein, weil es ihr damit besser gehen würde? Nein. Sie betrachtete ihren Vater, der immer noch auf eine Antwort wartete.

William hatte sie umsorgt, er hatte sie zum Lachen gebracht, hatte mit ihr im Krankenhaus um ihr gemeinsames Kind geweint, und er hatte alles dafür getan, damit sie sich nicht alleine fühlte. Er war das Gegenteil ihres Vaters. Er hatte versucht, sie aus der Einsamkeit heraus ans Licht zu ziehen. Statt sie ihrem Schicksal zu überlassen, hatte er sich nicht nur um eine Lösung bemüht. Er war auf sie zugegangen, hatte ihre Bedingungen akzeptiert und ihnen beiden eine Chance gegeben. Er hatte ihr Zärtlichkeit gegeben. Er hatte ihr Einblick in seine Seele gegeben. In sein Herz. Und ohne es zu wissen, in seine Liebe.

Sicher, er war nicht frei von Fehlern. Der Umgang mit seinem Verantwortungsgefühl bedurfte einer gründlichen Überarbeitung. Und was immer gerade mit ihm los war, es wartete viel Arbeit auf ihn, um wieder in die Spur zu finden. Doch sie war sich sicher, er litt genauso wie Vic. Sie liebten einander, doch keiner von beiden erkannte die Liebe des anderen an. Sie verschloss sich, weil sie fürchtete, William würde lediglich seine Pflicht erfüllen. Und William? Er lud sich die Sorgen der ganzen Welt auf seine Schultern, ertrank darin und gestattete sich nicht, sich auf das Wesentliche zu konzentrieren.

Vic hatte keine Ahnung, weshalb sie sich plötzlich so

sicher war, dass William sie tief in seinem Inneren liebte. War sie plötzlich wieder naiv? Nein, es war ein Gefühl, das in ihr hervorspross wie das erste Gänseblümchen nach einem langen kalten Winter. Zaghaft und unsicher, aber mutig genug, um sich dem Sonnenlicht entgegenzustrecken.

Vic wusste nicht, ob sie recht hatte. Sie wusste nur, sie und William waren … so dumm!

Mit einem Mal ließ sie die Stoffserviette zu Boden fallen, griff nach der Tasche, die über ihrer Stuhllehne hing, und erhob sich.

Irritiert beobachtete ihr Vater sie. »Was wird das, Victoria?«

»Ich muss los.«

»Wie bitte?«

Der aufmerksame Kellner brachte ihr ihren Mantel aus der Garderobe. Während er Vic hineinhalf, musterte sie ihren Vater. Er war kein schlechter Mensch. Nur waren seine Methoden weit entfernt davon, ihn zum Vater des Jahres zu nominieren. Vic akzeptierte das. Er würde sich nicht ändern. Aber sie. Sie hatte es satt, sich zu fragen, was gewesen wäre, hätte man ihre Kindheit nicht so verkorkst. Ihr Kampf musste an ganz anderer Stelle geführt werden. Nicht hier in diesem Restaurant mit ihrem Vater. Nicht hier in Manhattan. Nicht in New York. Nein, Vic musste nach Dublin.

Fast zur gleichen Zeit saß William bei seinen Eltern in der Küche. Es war Abend in Irland, und er wollte gar nicht hier sein, aber seine Mutter hatte ihn zu sich zitiert. Und wenn Rose O'Sullivan diesen Ton anschlug, dann weigerte man sich nicht. Die Kinder der O'Sullivans erhielten viele Freiheiten, aber bei dieser Sache verstand seine Mom keinen Spaß. Selten genug kam es überhaupt dazu.

Sie stellte ihm ein Glas Wasser vor die Nase, setzte sich neben Williams Vater und musterte ihren Sohn streng und besorgt zugleich.

William wusste, dass er sich endlich zusammenreißen musste, aber es war so verdammt schwer. Er fühlte sich so kraftlos und verbraucht. Das unerwartete Gespräch mit Hugh vorhin auf dem Rastplatz in Appleaugh hatte nicht gerade geholfen, das zu ändern.

»Wie geht es dir?« Die sanfte Stimme seiner Mutter stand im Gegensatz zu ihrem strengen Blick.

»Ganz okay.« William vermied es, seine Eltern direkt anzusehen. »Viel zu tun in der Arbeit. Aber das ist gut so. Ich fliege morgen in die Staaten. Ein paar Termine, die sich nicht länger aufschieben lassen.«

Seine Mom nickte wissend, ebenso sein Vater.

»Wirst du dich bei Vic melden, wenn du dort bist?«

William versteifte sich. »Weiß ich noch nicht.«

Gewiss nicht. Sie hatte ihn verlassen. Sie hatte Schluss gemacht. Warum sollte sie ihn sehen wollen? Und was sollte er ihr auch sagen? Dass sie recht gehabt hatte? Dass seine Verantwortung ihn auffraß? Ihm das Leben nahm und er nicht wusste, wie er weitermachen sollte? Nein. Das würde er ihr wohl kaum erzählen.

Declan O'Sullivan musterte seinen Sohn. »Du solltest es tun.«

Genervt fuhr William sich durch die Haare. Deshalb hatten sie ihn herbestellt? Um ihm zu sagen, er solle seine Noch-Ehefrau anrufen und sie treffen, wenn er in New York war? Hatten sie Hugh etwa vorgeschickt? Nein, wohl kaum. Ach, es war zum Verrücktwerden mit diesem Dorf.

Er bedachte seine Eltern mit leeren Augen. »Wozu?«

Unerwartet scharf sog seine Mutter die Luft ein. Sie wechselte einen Blick mit ihrem Mann und griff dann über den Tisch hinweg nach der Hand ihres Sohnes. Liebevoll umschloss sie seine kalten Finger mit ihrer warmen Haut.

»Wir waren schon wieder viel zu lange gnädig mit dir, William.« Sie schien an etwas anderes zu denken, denn plötzlich lächelte sie unwillkürlich und meinte: »Man bricht eben nicht so leicht aus alten Mustern aus.« Sie schüttelte den Kopf und konzentrierte sich wieder auf ihn. »Wir haben viel zu lange mit angesehen, wie du leidest. Du stehst dir selbst im Weg. Das muss endlich ein Ende haben, William. Sieh dir doch an, wie stark deine Geschwister sind. Du brauchst dich nicht um sie zu sorgen. Nicht so sehr wie du es stets zu tun pflegst.« Sanft fuhr sie über seine Handoberfläche, so wie sie es bei ihm als Kind stets getan hatte, wenn er vor etwas Angst gehabt hatte.

»Ich liebe euch. Deshalb mache ich mir Sorgen. Was verdammt ist falsch daran?« William wurde laut. Er dachte an Vics Worte, die ähnlich geklungen hatten. Ebenso Hughs. »Warum sagen alle, dass das falsch ist?«

»Es ist nicht falsch, aber es tut dir nicht gut. Du musst ein Maß für diese Sorgen und Ängste finden, das dich nicht ständig unter Druck setzt. Davon hat niemand etwas, am allerwenigsten du.«

Declan stimmte seiner Frau zu. »Es ehrt dich, dass du dich verantwortlich fühlst. Aber so etwas wie Seans Krankheit liegt nicht in deiner Macht. So wie es nicht in unserer liegt.«

Verzweifelt blickte William auf. »Es ist so unfair, Dad.«

Schwer atmete William ein und aus. Er hasste diese Unterhaltung, wenngleich er wusste, dass seine Eltern es gut mit ihm meinten.

Erneut ergriff seine Mom das Wort. »Was hast du mit deinem Leben vor, William?«

Irritiert schaute er zu ihr. »Was meinst du?«

»Du weißt, wir akzeptieren hier jeden mit all seinen Eigenheiten. Zu viel Verantwortung zu übernehmen und sich zu viele Sorgen zu machen, ist deine. Du weißt, wir geben euch alle Zeit der Welt, wenn euch etwas beschäftigt. Wir haben das lange akzeptiert. Aber … Eine kluge Frau hat mich vor einiger Zeit darauf hingewiesen, dass es manchmal leichter sein würde, wenn man früher miteinander offen darüber spricht.« Rose lächelte liebevoll. »William, wir alle halten es aus, wenn das Schicksal mal wieder quer schlägt. Deine Schwester, deine Brüder, wir beide. Cillian hat es überwunden. Ebenso arbeitet Sean daran. Es wird immer wieder Momente geben, in denen wir das Schicksal verfluchen und verzweifelt fragen, warum wir? Aber mein Schatz, das darf nicht deine Lebensaufgabe sein. Deshalb frage ich nochmal: Was hast du mit deinem Leben vor?«

Sie gab seine Hand frei und fixierte sein Gesicht mit ihren mütterlichen Augen. »Willst du es so führen wie in den vergangenen Wochen? Rastlos, zermürbt, verzweifelt und schlaflos?«

William wollte etwas erwidern, doch sein Vater unterbrach ihn mit einem einzigen aufmerksamen Blick. »Leugne es nicht, William.«

Niedergeschlagen sackte William auf seinem Platz zusammen und starrte auf die Tischoberfläche. Er war ein erwachsener Mann, und doch holte er sich gerade eine Standpauke bei seinen Eltern ab. Wie bitter konnte es noch für ihn werden? Leise erhob sich seine Mutter. Sie lief um die andere Seite des Esstischs zu ihm herum, setzte sich neben ihn und umarmte ihn liebevoll.

Die ruhige Stimme seines Dads erklang währenddessen. »Dass es zu der Fehlgeburt kam, ist schrecklich. Aber auch das liegt nicht in deiner Verantwortung. Oder in Vics. Es gibt Dinge, die passieren, und die müssen wir akzeptieren. Und gemeinsam könnt ihr es überwinden.«

»Gemeinsam?« William hob seinen Kopf. Langsam schüttelte er ihn. »Es gibt kein *Gemeinsam* mehr, Dad.«

Sein Vater lehnte sich zurück und hob eine Augenbraue. »In diesem Moment vielleicht nicht.«

»Bemüht euch nicht. Für Vic und mich gibt es keine Zukunft. Das hat sie sehr deutlich gemacht.«

Die liebevolle Umarmung seiner Mutter spendete ihm Trost. So wie früher. Und trotzdem fühlte William sich noch immer kraftlos.

Leise entgegnete Declan: »Hat *sie* das?«

Unumwunden blickte er seinen Vater an und stellte plötzlich eine Frage, die ihn seit Monaten beschäftigte. »Warum hast du Vic deine Erstausgaben ausgeliehen?«

Überrascht hob sein Vater die linke Braue. »Was meinst du?«

»Deine Bücher. James Joyce. Samuel Beckett, Oscar Wilde – du hast ihr ein Dutzend deiner Lieblingswerke gegeben. Dabei darf sonst nicht mal Clare an die wertvollen

Seiten, und sie hat noch am meisten Spitzengefühl für diese Schriften. Wieso ausgerechnet Vic?«

Eine Weile betrachtete sein Dad ihn einfach nur, dann lächelte er auf einmal. »Weil sie Hilfe gebraucht hat.«

»Hilfe?« William verstand kein Wort.

»Sie hat Orientierung gebraucht, William. Von dem Moment an, als ihr durch diese Tür dort gekommen seid, hatte Vic sich verirrt. Sie hat etwas gebraucht, das ihr in der Fremde Halt gab und ihr half, diesen Ort, an dem sie nun leben sollte, zu verstehen. Und es gibt nichts Besseres als die Literatur, um jemandem auf diesem Weg zu helfen. Vic hatte sonst nichts.« Er schmunzelte. »Du zähltest in diesem Augenblick wohl kaum, denn hilfreich warst du anfangs nicht gerade.«

William wollte empört widersprechen, doch er hielt inne. Sein Vater hatte recht. In der ersten Woche war er Vic alles andere als eine gute Stütze gewesen, um sich in Irland zurechtzufinden. Das Gegenteil war der Fall gewesen. Er ließ den Kopf sinken.

»Und jetzt bin ich es noch weniger als je zuvor.« Ein sarkastisches Lachen bahnte sich seinen Weg. »Von wegen *gemeinsam*.«

»Sie liebt dich, William. Wo Liebe ist, ist immer ein *Gemeinsam*«, entgegnete sein Vater ruhig und mit einer unendlichen Wärme in seiner Stimme. »Es liegt allein an dir, die Dinge zu akzeptieren und dir den Raum zu nehmen, den du brauchst.«

Rose gab ihrem Sohn einen Kuss auf die Wange und flüsterte voller Wärme: »Was immer du denkst, tun zu müssen, damit es leichter für dich wird, mit diesen Dingen umzugehen – tu es, William.«

Vierundzwanzig

»Hast du dir das auch gut überlegt, Vic?« Charlie musterte sie über den Rand ihrer Kaffeetasse hinweg.

Vic ignorierte das nervöse Flattern in ihrem Bauch. »Vermutlich nicht.«

Sie saßen in dem *Starbucks* am John-F.-Kennedy-Flughafen und warteten darauf, dass das Boarding für Vics Flug nach Dublin begann. Vor eineinhalb Wochen hatte sie ihren Vater einfach so im Restaurant sitzen lassen, was im Übrigen für einige schlecht gelaunte Nachrichten von ihm auf ihrer Mailbox gesorgt hatte. Doch das war ihr egal. Ihr Vater durfte nun endlich lernen, wie es war, wenn Vic auf eigenen Füßen stand. Sie schuldete ihm keine Rechenschaft.

In den letzten Tagen hatte sie viel über seine Worte nachgedacht. Ihr war klar, dass er sie nicht absichtlich verkorkst hatte. Irgendwie machte es sogar ein bisschen Sinn. Er hatte versucht, ihr alles zu bieten, was seiner Meinung nach wichtig war, um gut ins Leben zu starten. Vielleicht war er manchmal sogar nachsichtiger gewesen, als es Vic gutgetan hatte.

Doch das Einzige, das sie wirklich gebraucht hätte, wäre seine bedingungslose Liebe gewesen. Sie hatte sie bekommen. Nur eben auf eine Art und Weise, wie sie für sie nicht ersichtlich gewesen war. Heute verstand sie das. Und sie gab sich Mühe, es ihrem Vater nachzusehen. Sie würden nie eine herzliche Beziehung zueinander aufbauen. Das war eindeutig. Aber wenn Vic nicht mehr erwarten würde, würde es auch einfacher werden, damit umzugehen.

Vic schob den Teller mit dem Mandelcroissant von sich und fing sich einen strafenden Blick von Lucy ein.

»Essen!« Sie deutete auf das Gebäck.

»Ich kann nicht. Ich bin so nervös …«

»Du wirst im Flieger nichts essen und in Dublin auch nicht. Also musst du jetzt etwas essen, damit wenigstens irgendetwas in deinem Magen ist, das sich umdrehen kann, wenn der werte Herr vor dir steht und du nach den passenden Worten suchst.«

»Danke für die Zusammenfassung meiner Zukunft«, murmelte Vic und schloss für einen Moment die Augen.

Nachdem sie die irrsinnige Idee gehabt hatte, dass William sie doch lieben könnte und sie es sich beide wesentlich schwerer machten als nötig, überlegte sie krampfhaft, wie sie es am klügsten anstellen sollte. Dank des Ausverkaufs ihrer Habseligkeiten und des Einkommens durch die Academy war ein Flug nach Dublin nicht mehr das Problem. Trotzdem erschauderte Vic, wenn sie an den Preis des spontan gebuchten Tickets dachte. Egal. Sie hatte diese eine Chance. Sie musste sie nutzen.

Charlie schob ihr den Teller mit dem Croissant wieder hin. »Was wirst du ihm sagen?«

Vic räusperte sich. »Ich bin mir nicht mal sicher, ob er mir zuhören wird.«

Lucy zwinkerte ihr aufmunternd zu. »Dir kann man nicht widerstehen. Er wird zuhören.«

Vic wünschte, ihre Freundin würde recht behalten. Doch sie bezweifelte es wirklich. *Sie* hatte William verlassen. *Sie* war gegangen. Und *sie* hatte William in eine Krise gestürzt. Es wäre sein gutes Recht, ihr sein Gehör zu verweigern. Sie hatte ihn verletzt. Dessen war Vic sich sicher.

Wieder fragte sie sich, warum seine Familie es erneut zuließ, dass er sich verhielt, wie er sich verhielt. Hatten sie denn nichts aus dem Theater zu Weihnachten gelernt? Warum schritt niemand ein? Warum ließ man William diese scheinbar nicht enden wollende *Phase* durchgehen? Gleichzeitig fragte Vic sich, ob sie die Richtige war, um das zu beurteilen. Sie war einfach gegangen, hatte sich um sich selbst gekümmert und die O'Sullivans hinter sich gelassen. Durfte sie jetzt wirklich anzweifeln, wie sie sich um William kümmerten – oder auch nicht? Sie hatte keine Ahnung. Und das machte sie rasend.

Liebevoll legte Lucy eine Hand auf Vics Unterarm, und Vic blickte in die Augen ihrer beiden Freundinnen, die ihr so herzlich zur Seite standen, wie sie es nie erwartet hätte. In den letzten Tagen hatte Vic sich ihnen anvertraut, von ihrer Liebe zu William gesprochen, von ihren Ängsten erzählt und ihrer Hoffnung, die sie plötzlich überkommen hatte. Es hatte sie Überwindung gekostet, aber die beiden sprachen ihr Mut zu. Und das allein war viel wert gewesen. Außerdem hatten sie darauf bestanden, Vic zum Flughafen zu begleiten.

Und so saßen sie nun hier, während Vic ihr Croissant zerkrümelte und sich wieder und wieder fragte, was sie tun sollte, sobald sie in Dublin landete. Der Entschluss, nach Irland zu reisen, war so plötzlich gekommen, dass sie sich gezwungen hatte, einige Tage vergehen zu lassen, bevor sie den Flug tatsächlich antrat. Sie wollte nicht wegen einer Kurzschlussreaktion aufbrechen. Also hatte sie den Flieger zehn Tage im Voraus gebucht. Diese waren nun vorüber. Sie wollte immer noch nach Dublin. Und wollte es auch nicht. Sie war optimistisch und hatte doch Angst.

Plötzlich ertönte eine blecherne Männerstimme in den Lautsprechern des Flughafengebäudes.

»Passagiere des Flugs EI 106, durchgeführt von Aer Lingus, nach Dublin werden gebeten, sich zum Gate zu begeben. Wie immer starten wir mit der Business Class. Danke.«

In Vics Erinnerungen tauchte der Moment auf, als sie vor nunmehr fast vier Monaten das erste Mal diesen Flug angetreten war. Sie war erschöpft gewesen. Müde. Überfordert. Und schwanger. Noch immer saß der Schmerz über ihre Fehlgeburt tief. Aber seit sie den Funken Hoffnung für sich und William entzündet hatte, wurde er ein wenig erträglicher.

Dieses Gefühl ließ Vic nun langsam aufstehen. Mit

Tränen in den Augen griff sie nach ihrem Handgepäck. Es erforderte unglaublich viel Kraft und Mut, heute in diesen Flieger zu steigen. Aber Vic wollte es. Sie wollte von Angesicht zu Angesicht mit William sprechen und herausfinden, ob ihr Gefühl sie trog oder ob vielleicht nicht doch unter all der Verantwortung eine wertvolle Knospe darauf wartete, endlich an die Oberfläche kommen zu dürfen und ihre duftenden Blütenblätter zu entfalten.

»Egal, was passiert, wir sind für dich da. Du kannst immer anrufen, in den nächsten Flieger steigen oder sonst was – wir sind da, wenn du uns brauchst.« Charlie erhob sich ebenfalls von ihrem Stuhl und umarmte Vic.

Lucy tat es ihr gleich. Wenn auch mit etwas feurigeren Worten. »Und wenn er es versaut, hat er dich nicht verdient.«

Mit feuchten Augen musste Vic doch tatsächlich lachen. Herzlich blickte sie die beiden jungen Frauen in ihren schicken Designerklamotten, mit dem perfekten Make-up und den manikürten Fingernägeln an. Sie waren ihr ehrliche Freundinnen und besaßen beide ein großes Herz, das sie gut hinter ihrer It-Girl-Fassade zu verstecken wussten. Vic war dankbar, dass sie es ihr gezeigt und sie nicht abgeschrieben hatten

»Danke, dass es euch gibt.«

Für wenige Sekunden hielten Charlie und Lucy ihrem Blick stand, doch dann fingen beide zeitgleich an zu schniefen, und schon heulten sie wieder zu dritt und lagen sich in den Armen. Was waren sie für ein jämmerlicher Haufen?!

Vic musste sich beeilen, wenn sie ihren Flug nicht verpassen wollte. Das Glück meinte es allerdings gut mit ihr, und vor dem Sicherheitscheck, der direkt neben der *Starbucks*-Filiale des Flughafens lag, war so gut wie nichts los, und so würde sie schnell durch die Kontrollen kommen, um dem Aufruf ihres Fliegers zu folgen. Also riss sie sich schweren Herzens von ihren beiden Freundinnen los. Vic atmete tief durch, spürte das aufgeregte Kribbeln in ihrem Bauch und griff schließlich nach ihrem Gepäck. Sie würde ihren Ehemann zwingen, ihr in die Augen zu sehen. Er sollte ihr sagen, ob er sie liebte. Vorher würde sie nicht wieder gehen. Egal, was es ihn kosten würde. Das war sie sich schuldig. Das war William sich schuldig.

Tomatensaft. Wieso tranken die Leute im Flugzeug immer Tomatensaft? War das nicht so ein Ding, um absolut fancy zu wirken, aber eigentlich war es total dämlich? William stürzte kopfschüttelnd sein stilles Wasser herunter und lehnte ein weiteres Getränk bei der Stewardess ab.

Sein Schlafmangel machte ihm zu schaffen. Seit Monaten – okay, seit Vic abgereist war – konnte er nicht mehr schlafen. Wieder einmal. Es war ein Fluch, der auf ihm lastete. Nichts ergab für ihn mehr einen Sinn. Das Gespräch, das er mit Sean noch am gleichen Tag geführt hatte, hatte ihn aus der Bahn geworfen. Er war am Boden und kam nicht wieder hoch. Das Schicksal hatte ihn Schachmatt gesetzt.

Seit nunmehr zweieinhalb Monaten nahm er das Gästezimmer von Sean und Lilly in Beschlag. Er wollte eigentlich gar nicht dort sein. Die Gesellschaft erdrückte ihn. Also zog er sich, wann immer möglich, zurück, fuhr durch die Gegend und verbarrikadierte sich in seinem Büro bei *Byrnes Cider* in Ballybyrne. Hätte er seine Wohnung dort nicht aufgegeben, wäre er vielleicht wieder dorthin gezogen. Er ging auf Distanz zu allem und jedem.

Er konnte aber auch nicht zurück in das Apartment in Dublin. Es ging nicht. Alles erinnerte ihn an Vic. Daran, wie sie den Ausblick über die Stadt genossen hatte, wie sie gemeinsam gekocht, wie sie miteinander geschlafen hatten, wie sie durch die Wohnung geschwebt war, wie sie gelacht hatte. In jedem Winkel des Apartments spürte er ihre Anwesenheit und noch schlimmer – ihre Abwesenheit.

Dennoch konnte er sich nicht aufraffen, den Mietvertrag zu kündigen und sich etwas Neues zu suchen. Er hatte keine Lust. Er sah keinen Sinn darin. Und so war er bei Sean und Lilly gestrandet. Er mutete den beiden viel zu viel zu. Besonders, da sie ein Kind erwarteten, zwei Karrieren zu bedienen hatten und er ihre Zeit mehr als überstrapaziert hatte.

Hinzu kam, dass seine Eltern ihn ungewöhnlich hart

rangenommen hatten. Das Gespräch, das sie vor eineinhalb Wochen geführt hatten, hatte sich unvermeidlich in seinem Hirn verankert. Er wusste, dass sie es gut meinten und sich Sorgen um ihn machten. Gleichzeitig hatte er einfach keine Ahnung, wie er sich wieder auf Kurs bringen sollte.

Trotzdem … Sobald er zurück in Dublin war, würde er sich zusammenreißen und das Gästezimmer wieder seinen ursprünglichen Besitzern überlassen. Er würde sich etwas Neues suchen. In Appleaugh. Oder Ballybyrne. Oder Dublin. Oder viel weiter weg.

»Darf ich Ihnen noch etwas bringen?« Wieder stand die Stewardess vor ihm und lächelte ihn freundlich an.

›Einen Whiskey und ein neues Leben‹, wollte William sagen. Doch er tat es nicht. Stattdessen schüttelte er den Kopf, und die junge Frau mit blondem Dutt kümmerte sich um den nächsten Passagier der Business Class. William befand sich auf dem Rückflug von New York nach Dublin. Er war für fast eineinhalb Wochen geschäftlich in der Stadt gewesen. Er hatte jede Sekunde davon gehasst. Zu wissen an dem gleichen Ort zu sein wie Vic – es zerriss ihm das Herz. Aber er hatte weder den Mut noch die Kraft oder die Energie, um sie aufzusuchen. Wozu auch?

Er hatte mitbekommen, dass ihr Vater das Apartment am Central Park verkauft hatte. William wüsste also gar nicht, wo er sie hätte finden können. Ja, er hätte sie anrufen oder ihr schreiben können. Aber … Vic war gegangen. Sie hatte ihn verlassen. Warum sollte er ihr seine Anwesenheit aufzwingen? Seine Eltern waren anderer Meinung. Aber William brachte es nicht über sich. Es hatte keinen Zweck.

Und so glich diese Geschäftsreise einem Trip in die Hölle. Hinter jeder Ecke bildete er sich ein, Vic zu sehen. Er war schließlich auch so selbstzerstörerisch gewesen und hatte im gleichen Hotel eingecheckt wie im Herbst und war abends in den Pub gegangen, in dem er Vic kennengelernt hatte. William schien auf Qualen getrimmt zu sein. Wieso sonst sollte er diese Plätze aufsuchen, wenn sie ihn doch nur an Vic erinnerten? An Vic und das Kind. Beide hatte er verloren.

Beide hatte ihm das Schicksal auf unterschiedliche Weise verwehrt.

Wütend ballte er die Faust zusammen und starrte in die dunkle Nacht hinaus. Er war seines Selbstmitleids wirklich überdrüssig. Er musste endlich wieder sein Leben in die Hand nehmen. Der Abstand zu Dublin hatte ihm trotz der Erinnerungen an Vic gutgetan. Das spürte er. Er hatte in den letzten Wochen viel darüber gegrübelt, warum er sich so schwertat, das Schicksal zu akzeptieren. So wie Vic es tat. So wie Sean es tat. Und so wie der Rest seiner Familie es hinzubekommen schien.

Seine Überlegung: Er war viel zu eng in die Geschehnisse verstrickt. Er schaffte es nicht, wie die anderen eine gewisse emotionale Distanz zu wahren. Ja, seine Familie fühlte und litt, wenn etwas passierte. Aber sie rappelten sich wieder auf und sahen die positiven Dinge am Leben. Er hatte das nie geschafft. Er war zu tief darin gefangen. Und so überlegte er ernsthaft, ob es nicht sogar helfen würde, mehr räumliche Distanz zwischen sich und seine Familie zu bringen. Er liebte sie, aber diese Liebe wurde toxisch für ihn. Und dafür war sie viel zu wertvoll. So wie Vic es ihm am Beispiel seines übertriebenen Verantwortungsgefühls vorgeworfen hatte.

Würde er auf etwas räumliche Distanz setzen, so würde er es vielleicht schaffen, sich all die Sorgen weniger zu Herzen zu nehmen. Er dachte zurück an die drei Monate, die er im letzten Jahr in den Staaten unterwegs gewesen war. Er hatte gemerkt, dass ihm die Entfernung ruhiger hatte werden lassen. Sein Schlafproblem hatte die Distanz nicht gelöst, doch damals war er in der Denke auch noch nicht so weit gewesen. Vielleicht würde es diesmal funktionieren. War es womöglich einen Versuch wert?

Er liebte seine Familie. Aber er brauchte Platz. Er musste die Nähe besser dosieren. Nur so würde er eine Chance haben, wieder aufzustehen und dem Schicksal endlich die Stirn zu bieten. Nur wenn er auf räumliche Distanz setzte, hatte er das Gefühl, wieder Mensch zu werden. Mensch und nicht ein gebrochener Körper. Er dachte an die Worte seiner

Mutter. *Was immer du denkst, tun zu müssen, damit es leichter für dich wird, mit diesen Dingen umzugehen – tu es, William.* Sie würden es verstehen.

Je länger er diesem Gedankengang folgte, desto eher begann er nachzuvollziehen, warum Vic gegangen war. Seine Faust lockerte sich langsam. Er hatte es in den letzten Tagen bereits gespürt, doch er hatte sich dagegen gewehrt. Doch jetzt, da er sich immer weiter von New York entfernte, Meile um Meile, wurde ihm klar: Vic hatte richtig gehandelt, indem sie gegangen war. Sie hatte ebenso Luft zum Atmen gebraucht, um den Erinnerungen und dem Schmerz zu entkommen.

Den einzigen Halt, den sie gehabt hätte – ihn –, hatte er ihr verwehrt, weil er sich nicht getraut hatte, seine Gefühle für sie zu benennen. Sie hatte recht, wenn sie sagte, dass sein Verantwortungsgefühl ihn beherrschte. Seit dem Gespräch mit Sean wusste er, wie verdammt recht sie gehabt hatte. Sein Herz drehte sich um die eigene Achse, verknotete sich und klopfte mit aller Macht gegen seine Rippen. Sein Blick fiel auf den Monitor über seinem Kopf, der zeigte, wie sich das Flugzeug gen Dublin bewegte. Doch alles, was William sah, war der Abstand, den der Flieger, den William, zu New York aufbaute.

Falsche Richtung. Der Gedanke schoss ihm so plötzlich durch den Kopf, dass es ihm kalt den Rücken runterlief. Er flog in die falsche Richtung. Was zur Hölle war in ihn gefahren?

Zwei Monate lang hatte er mit sich gehadert, war mit sich selbst ins Gericht gegangen. In New York war er auf Selbstzerstörung programmiert gewesen, und jetzt saß er im Flugzeug zurück nach Dublin, und was spürte er? Dass er verdammt nochmal in die falsche Richtung flog! Er war ein Idiot. Ein absoluter Idiot!

Er vermisste Vic. Er vermisste ihr Lachen. Ihre karamellfarbenen Augen. Ihre Pullover, die immer irgendwo glitzerten. Er vermisste seine Partnerin. Seine Freundin. Seine Kameradin. Er vermisste die Frau, die ihn überhaupt erst darauf gebracht hatte, wie falsch sein Verhalten war. Wie ungesund es war und wie dringend er daran arbeiten musste, sich zu ändern. Sein Herzschlag erhöhte sich gefährlich schnell. Immer noch starrte er auf die digitale Reiseanzeige. Immer weiter entfernte er sich von der Ostküste der USA. Dabei war das der einzige Ort, zu dem er doch gar keine Distanz wollte. Im Gegenteil.

Zitternd öffnete er seine Hand. Schwer atmend erkannte er, was er doch die ganze Zeit über gewusst hatte. Er liebte Vic. Vom ersten Moment an. Als sie das erste Mal miteinander geschlafen hatten. Als sie ihm nach Irland gefolgt war. Als sie ihm die Pistole auf die Brust gesetzt und ihn gezwungen hatte, seiner Familie reinen Wein einzuschenken. Er hatte sie in jeder Sekunde geliebt, sich jedoch hinter seiner Verantwortung versteckt. Weil er tief in sich geahnt hatte, wie gefährlich Liebe werden konnte, wenn man sie zu nah an sich heranließ.

Doch sein Herz hatte diesen Weg eingeschlagen, hatte ihn in ebenjene Gefahr gestoßen, nur um ihn im Dunkeln darüber zu lassen, dass er Vic tatsächlich aus tiefster Seele liebte. Er hatte sie verstoßen. Mit seinem Verhalten. Er hatte dafür gesorgt, dass sie fortgegangen war.

Am liebsten wäre William aufgesprungen, nach vorne zum Kapitän gerannt und hätte ihn gezwungen umzudrehen. Doch das ging nicht. Er hatte den Moment verpasst. Den Augenblick, vor dem Sean ihn auf der Silvesterfeier gewarnt hatte. Die O'Sullivans verpassten stets den Moment, in dem sie hätten erkennen müssen, dass sie die Frau an ihrer Seite vom Grunde ihrer Seele aus liebten.

Mit immer noch klopfendem Herzen schaute William in die Dunkelheit hinaus und kämpfte die Panik nieder. Er versuchte, die Sache realistisch anzugehen. Er hatte einen Plan. Er war soeben vom Boden aufgestanden, hatte sich gestreckt und bot dem Schicksal die Stirn.

Sein Dad. Der Herzinfarkt in Williams Jugend war schlimm gewesen, doch seinem Vater ging es gut. Er war da, wann immer William ihn brauchte. Es hatte Declan sogar eher dafür sensibilisiert, mal kürzerzutreten und Cillian rechtzeitig die Hauptgeschäfte der Brauerei zu überlassen.

Cillian. Sein ältester Bruder hatte seine Jugendliebe zu Grabe tragen müssen. Er und sein Sohn hatten gelitten, doch sie hatten mit Aeryn wieder angefangen zu lachen, zu tanzen und zu lieben.

Verdammt, er hatte ein Recht darauf, glücklich zu sein. Sein Bruder hatte recht. Sean war krank, aber er lebte. Selbst mit Multipler Sklerose war er einer der erfolgreichsten Musiker dieser Welt. Er wurde Vater und bestritt das Leben mit seiner großen Liebe zusammen.

Das Baby. Von ihm und Vic. Noch immer blutete William das Herz, wenn er an die Fehlgeburt dachte. Es würde immer so sein. Aber hätte das Kind gewollt, dass er sich aufgab? Nein. Er sollte trotz allem ein Vorbild für das Kind sein, endlich seinen Allerwertesten hochbekommen und sein Leben in die Hand nehmen. Er verwehrte sich sein Glück. Er allein. Nicht das Schicksal war an allem schuld. Er war es. Er hielt die Fäden für sein eigenes Leben in der Hand. Viel zu lange hatte er sie so fest gehalten, dass ein Fortkommen unmöglich gewesen war.

Er liebte all diese Menschen, und er sorgte sich um sie. Aber diese Sorge durfte ihn nicht länger beherrschen. Er hatte diese Dinge nicht in der Hand. Es lag an ihm, das Beste daraus zu machen. Er würde seinen Bruder nicht heilen können. Cillian war längst wieder glücklich. Sein Dad war gesund. Und William? Er konnte glücklich sein, wenn er nur wollte. Wenn er es zuließ und sich von der Last der Verantwortung befreite, die ihm gar nicht zustand.

Eine unerwartete Energie strömte durch Williams Körper. Und der unbändige Drang, seine Erkenntnisse mit jemandem zu teilen. Mit Vic. Er musste mit Vic sprechen. Wieder wanderte sein Blick zu der Reiseanzeige. Hunderte Meilen waren zwischen ihm und Vic, und doch hatte er das Gefühl, sie dicht bei sich zu haben. Er spürte ihre Nähe. Spürte ihre Liebe. Er ließ sie endlich zu und erkannte, wie wertvoll sie für ihn war. Nicht toxisch. Nicht beängstigend. Nein. Es war wundervoll. Und genau das musste er Vic sagen. Es war vielleicht schon zu spät. Aber er musste es Vic wissen lassen.

Verdammt, er war so ein Idiot gewesen. Warum fiel ihm

diese Offenbarung ausgerechnet ein, wenn er New York gerade verlassen hatte? War das doch wieder ein mieser Zug des Schicksals? William drohte in alte Muster zu verfallen, als er plötzlich die Stimme seines Bruders Sean hörte. *Weil ihr es aushaltet, Will. Du und Vic. Weil ihr es aushalten könnt.*

Es stimmte. Sie hielten es aus. Vic war stark gewesen. Viel stärker als William, denn er hatte wesentlich länger gebraucht, um diese Erkenntnis zu erlangen. Er hatte viel länger gebraucht, um seinen Emotionen den Platz zu geben, den sie brauchten. Er hätte viel früher auf Sean hören sollen. In New York war er in das gleiche Hotel und in den gleichen Pub gegangen, weil er im Schutz der Erinnerung endlich seine Gefühle zugelassen hatte. Deshalb war es ein Höllentrip gewesen. Er war wütend, traurig, genervt und enttäuscht gewesen.

Im Nachhinein fragte er sich, wie er die Professionalität in seinen geschäftlichen Treffen hatte aufrechterhalten können, wo ihn doch all diese Emotionen geflutet und offensichtlich durcheinandergebracht hatten. Und jetzt, da er ihnen Raum gegeben hatte, war endlich das Wesentliche an die Oberfläche getreten.

Weil ihr es aushaltet, Will. Du und Vic. Weil ihr es aushalten könnt.

Das Schicksal hatte sie ausgewählt. Und er würde kämpfen. Er würde endlich für das kämpfen, was wirklich zählte und was er tatsächlich verändern konnte. Sein Leben. Er wollte es mit Vic verbringen. Egal wo. Mit einer gesunden und liebevollen Distanz zu seiner Familie. Damit er sie genauso lieben konnte, wie sie es verdienten. Ohne falsche Verantwortung und Verpflichtungen. Es würde eine Heidenarbeit werden, diese Erkenntnis beizubehalten – und er hoffte inständig, dass Vic bereit war, ihn so zu nehmen, wie er war. Er musste sie von seinem Sinneswandel überzeugen. Und das würde nicht einfach werden.

Ein erneuter Blick auf die Anzeige. Sobald er in Dublin gelandet war, würde er einen Flug buchen. Nach New York. Er musste mit Vic sprechen. Persönlich.

Obwohl er allen Grund hatte, aufgewühlt zu sein, überkam ihn eine seltsame Ruhe. Er lehnte sich zurück und dachte an seine Zukunft. Es könnte gut werden. Wenn er es nur richtig anstellte. Nach wenigen Minuten fielen William die Augen zu. Er schlief den Rest des Fluges.

Fünfundzwanzig

Vic blinzelte der rötlichen Sonne entgegen. Das Schöne, wenn man über Nacht mit der Zeit flog, war der Moment, wenn man die Linie erreichte, wo es gerade Morgen wurde und die Sonne in herrlichem Rotorange und Rosa über die Erde hinwegstrahlte. Goldenes Licht fiel durch Vics kleines Flugzeugfenster und hüllte sie in ein warmes Gefühl. Schon bald würde sie auf der Grünen Insel landen.

Die bunten Farben am Himmel erinnerten sie an den Regenbogen, auf dem sie einst unterwegs gewesen war. Ihr war, als hätte sie den unaufhörlichen Fall endlich gestoppt und eine Leiter gefunden, die ihr den Weg zurück auf jene bunte Fläche ermöglichte. Mutig ergriff sie die erste Sprosse und hielt sich fest. Ihr Blick glitt nach oben. Der Regenbogen war furchtbar weit weg. Aber sie würde den Weg gehen. Sie würde es versuchen.

Und sie war nicht allein. Ein kleiner funkelnder Stern schwebte neben ihr, sprach ihr Mut zu und hüpfte aufgeregt umher.

Eineinhalb Stunden später stand William am Gepäckband des Dubliner Flughafens. Er fühlte sich erholt wie seit Langem nicht. Immer noch wunderte er sich über sich selbst, denn er hatte doch wahrhaftig den gesamten restlichen Flug verschlafen. Und dank der Energie, die er in sich spürte, schien es ein erstaunlich erholsamer Schlaf gewesen zu sein. Das erste Mal seit Ewigkeiten. Dass er kurz nach seiner neuesten Erkenntnis in einen friedlichen Schlaf verfallen war, ließ ihn hoffen. Er war auf einem guten Weg. Er würde steinig werden, aber sein Körper gab ihm ein Zeichen. Er tat das Richtige.

Ungeduldig sah er sich um. Es war neun Uhr morgens Ortszeit, und die irische Gemütlichkeit ließ ihn auf sein Gepäck warten. Er bereute bereits, den kleinen Koffer nicht als Handgepäck aufgegeben zu haben. Dann würde er sich das Warten sparen. Er zog sein Smartphone aus der Hosentasche und öffnete die App, mit der er die Flüge zu buchen pflegte. In der Zeile für das Reiseziel gab er ein: New York City.

Er studierte die Liste mit den möglichen Flügen. Der nächste verfügbare würde in Dublin um kurz vor elf abheben. Fraglich, ob er das noch schaffen würde. Schließlich musste er sein Gepäck erneut aufgeben und eventuell die Kontrollen nochmals durchlaufen. Immerhin benötigte er kein neues Reisevisum. Sein aktuelles würde noch für einige Wochen gelten, wie er wusste.

Er riskierte es und wählte den Flug aus. Bevor er seine Daten eingab, hob er den Kopf, um zu gucken, ob sein Koffer inzwischen wieder das irische Licht der Welt erblickt hatte. Sein Blick wanderte über das geschlängelte schwarze Fließband, auf dem diverse Gepäckstücke ihre Reise durch den Flughafen antraten. Plötzlich blieben seine Augen an einem Koffer hängen. Er bestand aus einem silbernen Gehäuse und trug auf der Seite kleine glitzernde Sternchenaufkleber. Er kannte diesen Koffer. Aber nein, das war unmöglich. Sein Verstand spielte ihm Streiche.

Plötzlich trat eine junge Frau mit schulterlangem dunklem Haar aus der Menge hervor, griff mit schlanken Fingern nach dem Koffer und hievte ihn vom Gepäckband. Sie trug schwarze Sneaker, eine hellblaue Jeans, und unter ihrem Frühjahrsmantel blitzte ein gelber Wollschal hervor.

Das Blut gefror in Williams Adern. Es konnte nicht sein. Wie …? Nein, auf keinen Fall.

Ohne es zu merken, setzten sich seine Füße in Bewegung. Langsam steuerte er auf die junge Frau zu. Es war absurd. Und doch klopfte ihm sein Herz bis zum Hals. Noch immer sah er die Frau nur von hinten. Sie schob ihre Handtasche über die Schulter, strich sich ihre offenen Haare hinter die Ohren, und mit deutlich amerikanischem Akzent wandte sie sich an den älteren Herrn, der neben ihr auf sein Gepäck wartete.

»Danke für das nette Gespräch vorhin. Ich wünsche Ihnen eine tolle Zeit in Irland. Es ist ein ganz besonderer Ort.«

Williams Herz blieb stehen. Ihm wurde schwindelig. Nur wenige Meter von der Stimme entfernt, die er so gut kannte, hielt er ein. Wie angewurzelt stand er da, schob sein Smartphone beinahe automatisch zurück in die Hosentasche und starrte den Rücken der Frau vor sich an. In diesem Moment drehte sie sich schwungvoll um, ein dezentes Lächeln auf den Lippen und mit hoffnungsvollen goldenen Augen. Vic. Vic stand vor ihm. An der Gepäckausgabe des Dubliner Flughafens.

Höchstens zwei Meter trennten sie voneinander. Sofort erkannte sie ihn. Überraschung legte sich auf ihr schönes Gesicht, das ihm so schrecklich gefehlt hatte. Sie war es wirklich. Es war keine Einbildung. Kein Streich seiner Sinne. Fragend starrte er sie an. Was tat sie hier?

Er blendete die Geräuschkulisse des Flughafens beinahe vollständig aus. Er konzentrierte sich allein auf die Frau vor ihm. Seine Ehefrau.

Die Überraschung wich einer gewissen Vorsicht. Leise murmelte sie: »Schön, Plan A wäre dann schon mal hinfällig.«

William konnte nicht reagieren. Er suchte nach Worten, aber kein einziges kam über seine Lippen. In jeder seiner Zellen spürte er die Liebe für diese einmalige Frau vor sich. Und die Angst, etwas Falsches zu sagen, das sie sogleich wieder davonjagen würde. Er schluckte, als sie langsam auf ihn zukam, den silbernen Koffer im Schlepptau.

»Du auch hier?« Vics weiche Stimme, der amerikanische Akzent. Oh Gott, er hatte sie so vermisst.

Unbedarft nickte er.

Ihre Augen flogen zur Gepäckanzeige. Ein einziger Flug wurde hier verarbeitet. Mit entsetztem Blick schaute sie wieder zu ihm.

»Sag nicht, du kommst mit dem Flieger aus New York?!«

Und dann fiel auch bei William der Groschen. Sie hatten im selben Flieger gesessen. Die letzten Stunden waren sie nur wenige Meter voneinander entfernt gewesen und hatten es nicht gewusst. Oder auch nur geahnt. William war nicht abergläubisch, und doch kam er nicht umhin, einen Zusammenhang zwischen seiner Erkenntnis im Flugzeug, dem erholsamen Schlaf und der Anwesenheit von Vic herzustellen.

Endlich gehorchte ihm seine Stimme wieder. Auch wenn es mehr nach einem Reibeisen klang. »Ich war kurzfristig geschäftlich dort.«

Ein Anflug von Enttäuschung legte sich auf ihre Wangen.

»Und du hast dich nicht bei mir gemeldet.«

Er schüttelte den Kopf und wollte sich rechtfertigen, doch sie winkte bereits ab.

»Ich kann es dir nicht verübeln«, meinte sie leise und blickte zu Boden. Dann, nach wenigen Sekunden schaute sie wieder auf und musterte ihn kritisch. »Du siehst schlecht aus. Aber nicht so schlecht, wie Aeryn es dargestellt hat.«

»Aeryn?« Warum redeten sie über Aeryn? Es gab ganz andere Dinge, die sie besprechen mussten. Es brannte William unter den Fingernägeln, und doch fühlte er sich noch zu betäubt von Vics unerwartetem Auftauchen.

»Ich habe mit ihr vor eineinhalb Wochen telefoniert. Wegen der Academy. Aber … dann haben wir doch auch irgendwie über dich geredet.« Vic ließ ihre Augen über sein Gesicht wandern. »Sie meinte, du seist nicht mehr du selbst. Würdest nur noch arbeiten und seit zwei Monaten das Gästezimmer von Sean und Lilly in Beschlag nehmen.« Sie hob eine ihrer Augenbrauen skeptisch in die Höhe.

Großartig, dachte William. Das war ein fantastisches Bild, das sie nun von ihm hatte. Aber … bis vor Kurzem entsprach es ja noch der Wahrheit. Er sollte wohl dazu stehen.

Leise sagte er deshalb: »Es ging mir nicht so gut.«

»Ging?« Aufmerksam betrachtete sie ihn.

Dann drang der Lärm um sie herum plötzlich wieder in sein Bewusstsein. Er widerstand dem Wunsch, nach ihrer Hand zu greifen. »Lass uns an einem ruhigeren Ort darüber sprechen.«

Abschätzend schaute sie ihm in die Augen. Dann nickte sie. »Du hast recht.«

Sie umfasste erneut den Griff ihres Koffers und wollte bereits Richtung Ausgang laufen, als William es nicht schaffte, sich länger zurückzuhalten.

»Warum bist du hier, Vic?«

Ruhig drehte sie sich zu ihm um. Zu gerne hätte er gewusst, ob sie tatsächlich so entspannt war, wie sie wirkte. Er war das reinste Nervenbündel, und er war überzeugt davon, dass man ihm das auch ansah. Er rückte seine Schiebermütze zurecht und beobachtete sie fragend.

Einige Sekunden verstrichen, bevor sie antwortete.

»Darf eine Frau ihren Ehemann nicht besuchen kommen?«

Williams immer noch stillstehendes Herz fing auf einmal ganz langsam an zu schlagen. Langsam, aber kräftig. Hoffnung wallte in ihm auf. Hatten sie vielleicht doch noch eine Chance?

Das war nicht der Plan! Vic hatte keinen guten gehabt, aber das hier war definitiv nicht ihr Plan gewesen. Wie konnte es sein, dass sie ausgerechnet den Flug gebucht hatte, in dem William sitzen würde? Als sie ihn am Flughafen erkannt hatte, war ihre Welt durcheinandergewirbelt worden. Sie hatte zu Sean fahren wollen, weil William dort aktuell zu wohnen schien. Die Zeit bis dahin hatte sie nutzen wollen, um sich erneut zu überlegen, wie sie die Sache angehen sollte. Und dann stand da auf einmal dieser irische Kerl mit den grünen Augen, der Schiebermütze und der Jeans, kombiniert mit einem hellblauen Hemd, und starrte sie an. Mitten am Flughafen!

Wie groß war die Wahrscheinlichkeit, dass sie unter all den Möglichkeiten im gleichen Flugzeug saßen? William war wie immer sicherlich Business Class gereist. Dass sie ihn also nicht gesehen hatte, war gar nicht so überraschend. Zudem war sie eine der letzten Passagiere gewesen, die das Flugzeug betreten hatten, und da sie die Wartezeit mit Charlie und Lucy verbracht hatte, hatte sie William auch nicht am Gate in New York getroffen. Es war absurd und doch sehr gut möglich.

Vic atmete unauffällig durch und blickte durch die Fensterscheibe des Autos hinaus. Nachdem auch William seinen Koffer geholt hatte, hatte er sie ins Parkhaus geführt, wo sein Wagen auf ihn wartete. Der vertraute Geruch von Leder, einer Prise Meer und Tannennadeln umgab Vic und ließ alte Erinnerungen an ihren ersten Aufenthalt auf der Insel aufkommen. Sie schob sie beiseite. Sie war nicht hier, um alte Wunden aufzureißen. Sie wollte eine Zukunft. Mit William. Auf ihrem Regenbogen. Und so klammerte sie sich an die nächste Sprosse der Leiter und zog sich hoch.

Anders als bei ihrem ersten Besuch zu Weihnachten strahlte heute die Sonne vom Himmel herab. Der Frühling kündigte auch in Irland seine Ankunft an. Als sie durch die Stadt fuhren, entdeckte Vic zahlreiche bunt bepflanzte Blumenkübel. Tulpen, Narzissen und Hyazinthen waren kurz davor, ihre farbenfrohen Blüten zu entfalten. Sie alle machten sich für die schönste Zeit des Jahres bereit. Verschwunden war das immerwährende Grau.

Vic hatte bereits vermutet, dass William sie nicht in das Apartment fahren würde. Sie verbanden beide noch zu viel Schmerz mit diesen Räumen. Nach einer Weile hielt er schließlich am Straßenrand, rangierte rückwärts in eine Parklücke ein, und sie stiegen aus. Vic erkannte die Gegend. Sie befanden sich südöstlich von Temple Bar. William deutete auf den Park auf der gegenüberliegenden Straßenseite. Vic versuchte sich an den Namen zu erinnern. Dann fiel er ihr endlich ein. *Saint Stephen's Green.*

»Wollen wir uns einen Kaffee holen und uns dort drüben auf eine Bank setzen?«

Vic nickte und war dankbar, dass William einen Ort für ihr Gespräch ausgesucht hatte, der ihr Luft zum Atmen gab. Das Schweigen im Auto hätte seltsam sein müssen, doch aus irgendwelchen Gründen war es das nicht gewesen. Sie hatten viel zu besprechen, doch Vic spürte, dass in William eine Veränderung vonstattengegangen war. Er hatte noch nichts in diese Richtung gesagt, aber sie sah es an seiner Körpersprache. Etwas war anders.

Noch immer fragte sie sich, was seit dem letzten Telefonat mit Aeryn passiert war. Er wirkte nicht so, wie Aeryn ihn beschrieben hatte. Oder hatte sie nur übertrieben? Nein. Das konnte Vic sich nicht vorstellen. Sie würde abwarten müssen, bis er es ihr erzählte.

William kramte in seinem Koffer, steckte etwas in seine Jackentasche, und schließlich gingen sie los. Kurze Zeit später betraten sie, jeder mit einem Kaffeebecher in der Hand, die überschaubare rechteckig angelegte Grünfläche. Ein Mini-Central-Park, dachte Vic mit dem Anflug eines Lächelns. Die Bäume waren noch kahl, doch überall schoben sich kleine grüne Knospen hervor, die auf den richtigen Moment warteten, um aufzugehen. Neben den Pfaden, auf denen sich erste Jogger ihrem Sportdrang hingaben und andere Dubliner auf dem Weg zur Arbeit waren, zeugten frisch aufgeschüttete Erde und in die Höhe ragende Blütenstängel davon, dass auch hier der Frühling kurz vor seinem Durchbruch stand. Ein paar Tulpen waren bereits offen. Vögel zwitscherten und begrüßten die wärmer werdenden Sonnenstrahlen mit ihren schönsten Liedern.

Vic atmete tief ein und sog die optimistische Atmosphäre auf. Die Luft war kühl, doch die Sonne tanzte über sie hinweg und umsorgte sie mit frühlingshafter Wärme. Sie hatte im Flugzeug geschlafen, wenngleich nicht besonders gut. Aber immerhin war sie relativ fit.

Eine Weile gingen sie und William schweigend nebeneinander her. Dann griff Vic nach der nächsten Sprosse auf ihrer Leiter.

»Du wohnst also bei Sean und Lilly?«

Ohne sie anzusehen, erwiderte William: »›Wohnen‹ ist das falsche Wort. Ich … habe mich eine Weile versteckt.«

»Versteckt?«

William nickte. »Ich musste mich neu sortieren, nachdem … du weggegangen warst.«

»Inwiefern?« Mit angehaltenem Atem wartete Vic auf seine nächste Antwort, während sie einen großen Teich umrundeten, auf dem zahlreiche Enten schnatternd umherschwammen. Am Ufer putzte sich ein kleines Eichhörnchen die süße Schnauze.

Plötzlich blieb William stehen und heftete seine Augen fest auf ihr Gesicht.

»Sag mir erst, warum du hier bist, Vic? Was willst du?«

Sie spürte die Ungewissheit in seiner Stimme. Den Schmerz und die Enttäuschung. Aber auch … Hoffnung?

Ungeschickt drehte sie den Becher in ihren Händen.

»Eine Chance.«

Misstrauisch musterte er sie. »Sagtest du bei deinem Abschied nicht, wir hätten nie eine gehabt?«

Sie presste die Lippen aufeinander und legte alles in die Waagschale, was sie zu bieten hatte. »Das stimmt. Aber … vielleicht habe ich mich getäuscht. Wir hatten damals keine Chance. Heute schon.«

Irritiert hob er eine Augenbraue. »Warum?«

Nun war sie es, die ihn fragend betrachtete. »Das kannst du viel besser beantworten als ich, glaube ich.«

Ein kurzes, eigenwilliges Auflachen ertönte. Dann schüttelte er den Kopf. Er fuhr sich mit der freien Hand über das Gesicht, und plötzlich wirkten seine Züge sanft und voller Emotionen, denen Vic kaum einen Namen zu geben wagte.

Er wandte sich ab und beobachtete einen weißen Schwan, der seine Flügel ausbreitete und aufgeregt damit umherflatterte, bevor er sie elegant wieder einklappte und sich seinem zweiten Frühstück am Rande des Teichs widmete.

»Als du mich verlassen hast, habe ich das Gefühl gehabt, als würde mein Leben zusammenbrechen. Ich fuhr zu Sean, und das Gespräch, das wir führten, riss mich nur noch tiefer in einen Abgrund, der so dunkel war, dass es mir nur noch mehr Angst machte.« Leise, aber mit bestimmter Tonlage fuhr er fort. »Ich habe mit dem Schicksal gehadert. Ständig habe ich mich gefragt, was ich verbrochen habe, dass es uns als Familie immer und immer wieder trifft. Ich fing an, mich zurückzuziehen. Ich ließ niemanden mehr an mich ran. Ich hatte das Gefühl, dass das der einzige Weg war, um alldem endlich zu entkommen.«

»Alldem?«, hakte Vic vorsichtig nach.

»Dem Verantwortungsgefühl.« Er nahm einen Schluck von seinem Kaffee. »Du hattest recht. Es hat mich erdrückt, mich zerstört. Ich war am Boden. Geschlagen und verwundet.«

Schmerzhaft zog sich Vics Herz zusammen.

»Aber weißt du, ich glaube, es sollte so kommen«, meinte William plötzlich. Wie zur Bestätigung nickte er. »Ja, ich musste das auf diese Weise lernen. Ab jetzt wird es anders.«

»Anders?«

William wandte ihr das Gesicht zu, und Vic griff beherzt nach der nächsten Sprosse auf ihrer Leiter.

Mit sanfter Stimme entgegnete William: »Ich kann die Dinge nicht ändern. Ich muss lernen sie zu akzeptieren. Wenn ich das nicht tue, werde ich nie wieder ein normales Leben führen können. Die Last auf meinen Schultern war zu groß.« Er atmete tief durch. »Deshalb werde ich fortgehen.«

Schockiert starrte Vic ihn an. Doch auf Williams Gesicht zeichnete sich ein Lächeln ab.

»Guck nicht so, Vic. Es ist das Richtige. Ich brauche räumliche Distanz zu meiner Familie. Ich liebe sie, aber nur so kann ich lernen, mich nicht für all die Dinge verantwortlich zu fühlen. Indem ich mich aus dem aktiven Geschehen rausnehme. Meine Sorge darf nicht mehr der Mittelpunkt meines Lebens sein. Und das schaffe ich nur, wenn ich mich räumlich von ihnen entferne. Als ich letztes Jahr die drei Monate in den Staaten war, habe ich gespürt, dass mir die Entfernung guttut. Aber ich war noch nicht so weit, es ehrlich anzuerkennen und zu verstehen.« Wieder nickte er. »Ich verlasse das Nest. Damit ich jederzeit sicheren Fluges wieder zurückkehren kann. Ohne ins Stolpern zu geraten.«

Schneller und schneller ergriff Vic die nächsten Sprossen der Leiter hinauf zu ihrem Regenbogen. Sie konnte ihn schon sehen, die einzelnen Farben, die ineinander übergingen.

Mit heiserer Stimme fragte sie: »Wo wirst du hingehen?«

Er schluckte, und sie konnte spüren, wie er all seinen Mut zusammennahm. Mit klarem Blick schaute er ihr in die Augen. »Das kommt auf dich an.«

Ihr Magen hüpfte. Sie bemühte sich ihre Hoffnung im Zaum zu halten, aber sie sprudelte durch ihre Adern und riss alle Bedenken ein. Sie füllte sie mit Energie. Eine Sprosse. Noch eine Sprosse. Immer höher.

»Auf mich?«

»Ob du uns besagte Chance gibst.« Er griff nach ihrer Hand und betrachtete den Ehering, den sie weiterhin trug. »Du hast ihn nicht abgelegt.«

Vic schüttelte den Kopf, von Gefühlen übermannt.

»Warum nicht?«

Stumm blickte sie hinab zu dem goldenen Reif. »Ich konnte nicht. Ich … wollte nicht.«

Erleichterung mischte sich unter die Emotionen in Williams Augen. »Warum bist du ausgerechnet jetzt nach Dublin gekommen?«

Vic versuchte ihren Gedanken eine Struktur zu geben. Leise begann sie zu erzählen.

»Ich habe mich nie getraut, mich anderen gegenüber zu öffnen. Erst hier bei deiner Familie habe ich damit angefangen. Sie haben mir gezeigt, wie Familie sein kann. Als ich zurück nach New York kam, stellte ich fest, dass ich gar nicht so alleine war, wie ich immer dachte. Ich habe Freundinnen, die zu mir halten und ungefragt alles für mich tun. Das war mir nicht bewusst.«

Sie räusperte sich.

»Und ich habe erkannt, dass meine Kindheit zwar dafür verantwortlich ist, dass ich so verkorkst bin, es aber an mir liegt, das jetzt zu ändern. Ich wollte nie so enden wie meine Eltern. Dabei habe ich übersehen, dass wir beide nicht so sind wie sie.«

Ein schwaches Lächeln huschte über ihre Lippen.

»Du und dein Verantwortungsgefühl. Ihr habt mich verschreckt. Ihr habt mir Angst gemacht. Aber in New York habe ich gemerkt, dass unter der ganzen Verantwortung etwas anderes lauern muss …«

Vics Stimme brach ab. Sie konnte den Glitzerstaub des Regenbogens funkeln sehen. Schwungvoll schob sie sich weiter nach oben. Sie durfte jetzt nicht danebengreifen. Sie war ihrem Ziel so nah. Vorsichtig blickte sie in Williams sanft schimmernde Augen.

»Du fühlst dich nur für Menschen so schrecklich verantwortlich, die du …« Sie atmete tief durch. » … die du liebst.« Sie lachte nervös. »Also hatte ich die wahnwitzige Idee, dass …«

»… dass du in den Flieger gestiegen bist und tausende Kilometer überwunden hast, um deine These zu prüfen?«

Scheu nickte Vic. Sie straffte ihre Schultern und atmete tief durch. Neben ihr rieselte etwas von dem Glitzer des Regenbogens herunter. Eine letzte Sprosse trennte sie von dem leuchtenden Gebilde. Würde sie es erreichen? Plötzlich schien ihr von oben eine Hand gereicht zu werden.

Wie durch einen Nebel hörte Vic Williams sanfte, ja beinahe zerbrechliche Stimme.

»Ich habe dich überhaupt nicht verdient, Vic. Wo nimmst du diesen Mut her?« Eine Träne schimmerte in seinen Augen. »Ich bin ein Vollidiot, dass ich dich habe gehen lassen. Obwohl ich es hätte ahnen müssen. Du hast mich wieder schlafen lassen, Vic. Du gabst mir die Ruhe, die ich gebraucht habe, ohne es überhaupt zu ahnen.« Er überwand den wenigen Abstand, der zwischen ihnen war. »Ich liebe dich. Vom ersten Moment an habe ich dich geliebt. Und dann habe ich den richtigen Augenblick verpasst, es zu erkennen, weil –«

»Weil du nur die Verantwortung gefühlt hast«, vollendete Vic seinen Satz.

Stumm nickte er.

»Kannst du mir verzeihen, dass ich gegangen bin?«, wisperte Vic.

Ein sanftes Lächeln legte sich auf Williams Gesicht. »Du hattest keine Wahl, du musstest gehen. Alles andere hätte dich zerstört. Ich musste erst ganz tief fallen, um endlich zu wissen, was du meinst.«

Vic traute sich kaum auszuatmen. Hatte sich ihr Gefühl etwa nicht getäuscht? Konnte es wahr sein? Hysterie drohte in ihr auszubrechen. Sie ergriff die Hand, die sie auf die Oberfläche des Regenbogens ziehen wollte, und stellte die Verbindung auf einen letzten Prüfstand, bevor sie die sichere Leiter losließ. Mutig sah sie zu dem kleinen funkelnden Stern unweit ihres Regenbogens.

»Das Kind …«, begann sie flüsternd.

»Keiner von uns beiden trägt Schuld an dem, was passiert ist, Vic. Das müssen wir akzeptieren. Dann kommen wir auch über den Verlust hinweg. Gemeinsam.« Ein seltsamer Ausdruck legte sich für einen Moment auf Williams Gesicht. Doch dann lächelte er, schüttelte leicht den Kopf und murmelte: »Wo Liebe ist, ist immer ein *Gemeinsam*.« Er blickte ihr tief in die Augen, beinahe ein bisschen scheu. »Ich weiß, es war noch so früh, und es war noch so klein, aber ich habe unser Kind geliebt. Und tue es noch. Es wird immer in meinem Herzen sein.« Er blinzelte. »Es wird immer in *unseren* Herzen sein, Vic.«

Vic vergaß zu atmen. Tränen füllten ihre Augen. Endlich hatte sie das Gefühl, dass sie jemand verstand. Dass jemand genauso fühlte wie sie. Es war in ihrem Körper geschehen, und doch litt William ebenso sehr wie sie. Er hatte es im Krankenhaus getan, in der Woche, als er sie so liebevoll umsorgt hatte, und in all der Zeit, in der sie vor ihm davongelaufen war. Sie war nicht allein mit ihrem Schmerz, ihrer Trauer, ihrer Wut, ihrer Schuld und ihrer Scham. Nein.

William und sie. Sie trugen dieses Päckchen diesmal gemeinsam.

Gleichzeitig gab er weder sich noch ihr die Schuld. Er sprach sie frei. Er hatte es immer getan, doch zum ersten Mal konnte Vic ihm Glauben schenken – und damit anfangen, sich selbst zu verzeihen. Gemeinsam würden sie um das Kind trauern. Sie hatten einander, und nichts könnte ihre Liebe mehr stärken als die gemeinsame Überwindung dieses Schicksalsschlages. Von Sekunde zu Sekunde wurde es ihr klarer. Und ihr Herz wurde ein bisschen leichter, wenn sie an das Baby dachte, das sie nicht auf die Welt hatte bringen dürfen. Dieses Kind, das ein Leuchten am Himmel wurde, bevor es die Erde hatte entdecken dürfen. Ihr kleiner Stern, der sie auf dem Weg zurück auf den Regenbogen begleitet hatte. Ihr Sternenkind, das für immer in ihrem Herzen sein würde.

Als hätte er Vics Gedanken gelesen, meinte William: »Sean sagte mir, nachdem du fortgegangen bist, dass das Schicksal uns mit solchen Herausforderungen konfrontiert, weil wir Menschen stark genug sind, sie zu meistern. Aber manchmal muss man erst daran erinnert werden. Wir sind stark genug, Vic. Zusammen. Du und ich.«

Sanft fuhr er mit den Fingerspitzen über ihre Wange und strich ihr eine Strähne aus dem Gesicht. »Ich liebe dich.«

Berührt und voll unfassbaren Glücks wisperte Vic: »Ich liebe dich, William.«

Ein hoffnungsvolles und erleichterndes Lächeln glitt über sein Gesicht, als er sich endlich zu ihr hinabbeugte und ihre Lippen mit einem Kuss versiegelte, der ihr versprach, für immer für sie da zu sein und sich gemeinsam dem Leben zu stellen. Mochte es auch noch so schwere Zeiten für sie bereithalten, sie würden sie zusammen meistern.

Vic hielt nichts zurück. Sie hatte William schrecklich vermisst, und ihr war, als wäre durch den Abstand und die vergangene Zeit ihre Liebe noch stärker geworden. Noch intensiver. Noch energievoller. Und gleichzeitig spürte sie, wie William endlich begann loszulassen. Er war dabei, seine Verantwortung abzulegen. Ganz weg war sie gewiss noch nicht, aber er war auf dem richtigen Weg. Und solange sie auf einem gesunden Maß ruhte, würden sie damit fertigwerden.

William und sie. Sie hatten eine Chance. Eine echte Chance. Die Einsamkeit, die sie in den letzten Wochen bereits erfolgreich bekämpft hatte, fiel nun endgültig von ihr ab. William war nicht wie ihr Vater. Er war gefühlvoll, warm und voller Liebe. Er kannte seine Schwachstellen und war bereit, daran zu arbeiten. Für ihn war Liebe essenziell, nicht überbewertet. William hatte eine harte Zeit durchleben müssen, bis er erkennen konnte, dass die Dinge, die um ihn herum passierten, nicht in seiner Verantwortung lagen.

Sie wollte sich gar nicht von ihm lösen, und doch tat sie es. Vorsichtig und nur wenige Millimeter, sodass sie ihm in die Augen blicken konnte.

»Und du willst wirklich fortgehen?«

William nickte und liebkoste ihre Wange. Dicht an ihrem Ohr flüsterte er: »Ich liebe sie, aber sie treiben mich in den Wahnsinn. Wenn ich gelernt habe, meine Sorge zu dosieren, können wir wiederkommen. Aber bis dahin …« Er schaute ihr in die Augen. »Bis dahin will ich meine Ruhe.« Er schmunzelte. »Außerdem will ich dich für mich ganz allein. Sobald sie erfahren, dass wir wieder zusammen sind, werden sie ihre liebevollen Hände nach dir ausstrecken und uns nicht in Frieden lassen.«

Vic grinste. »Du übertreibst.«

»Ja. Und trotzdem werde ich dich in nächster Zeit nicht mit ihnen teilen. Komme, was wolle.« Er lächelte verschmitzt und schenkte ihr einen weiteren Kuss, mit dem er all das Gesagte äußerst deutlich untermauerte.

Vic tanzte. Sie tanzte in Gedanken in dem funkelnden Glitzerkleid auf ihrem Regenbogen, der so unendlich weit war, dass sie den Abgrund, aus dem sie emporgeklettert war, nirgendwo mehr erblicken konnte. Der bunte Streifen war unendlich, in alle Richtungen. Er war von Glitzer und Zauber umhüllt und würde sie so weit tragen, wie sie nur wollte. Es gab keine Grenzen. Nichts und niemand würde sie aufhalten können. Und dieser kleine leuchtende Stern würde sie zeitlebens munter hüpfend begleiten und sie daran erinnern, wie wertvoll ihre Liebe war.

Plötzlich zog William eine kleine Tüte aus seiner Jackentasche.

Neugierig musterte Vic die bunte Verpackung, auf der ein pudelähnlicher Hund prangte, der aus einem Glas trank. Plötzlich riss sie die Augen auf und starrte William an.

»Sind das etwa …?«

»Ich war im *Fiddlestick*. Ohne die gesalzenen Mandeln konnte ich nicht wieder abreisen.«

Eigenartig berührt nahm Vic die Mandel entgegen, die William ihr reichte, steckte sie in den Mund und genoss das salzige Prickeln auf ihren Lippen.

»Das ist das verrückteste Frühstück, das ich je hatte«, meinte sie mit einem Lachen.

William grinste, schlang einen Arm um ihre Taille und drückte ihr einen Kuss auf die Wange. »Und es werden noch viele davon folgen. Sehr viele.«

Epilog

»IM ERNST, ich frage mich immer noch, wie du die Dinger runterbekommst.«

Lucy musterte Vic mit einer gewissen Abscheu im Gesicht. Doch davon ließ Vic sich nicht beirren und griff erneut in die kleine Porzellanschale, die vor ihnen auf dem Tresen stand. Sie spürte das krümelige Salz und die unebene Fläche unter ihren Fingerspitzen. Lachend schob sie sich die gebrannte Mandel in ihren Mund und genoss das unerwartete Zusammenspiel aus süßem, knirschendem Zucker und salzigen Kristallen in Verbindung mit dem mehligen Mandelkern. Das hier war mehr als ein Snack in einem Lokal. Das hier war eine süße Versuchung, ein salziges Abenteuer und ein beständiges Gefühl von Zugehörigkeit. Zumindest für Vic.

»Du weißt nur nicht, was gut ist.« Sie schluckte und fuhr sich durch den kurzen Bob, den sie sich erst vor wenigen Tagen wieder hatte schneiden lassen. Sie liebte ihre frechen Strähnen und das leichte Gefühl um ihren Kopf.

Zweifelnd schaute ihre Freundin sie an, schüttelte schließlich grinsend den Kopf und wechselte das Thema. »Wann geht euer Flieger morgen?«

»Erst am Abend. Dann ist es auch leichter mit dem Zeitunterschied. Wir schlafen im Flugzeug und kommen am Morgen in Dublin an.«

»Wirst du New York vermissen?« Lucy nahm einen Schluck von ihrem bunten Cocktail.

Vic überlegte einen Moment. »Ein bisschen. Ich vermisse es immer, egal wo ich bin. Aber ich freue mich wirklich auf Irland. Wir haben Williams Familie viel zu lange nicht gesehen.«

»Er hat dieses Abstandnehmen wirklich ernst genommen, oder?«, fragte Lucy.

»Das stimmt.«

Und wie er das hatte, dachte Vic, und doch musste sie lächeln. Schon bald nachdem sie und William sich und ihrer Liebe eine neue Chance gegeben hatten, waren sie gemeinsam nach New York zurückgekehrt. In Vics Heimat hatten sie sich ein gemeinsames Leben aufgebaut. Williams Arbeit für *Byrnes Cider* ließ es mit einigen Veränderungen in der Aufgabenverteilung zu, dass er sich voll und ganz auf die Geschäfte in den Staaten und in Kanada konzentrierte, ohne zwischendurch in Irland vor Ort sein zu müssen. Die Absatzzahlen gaben ihm eindeutig recht in dem, was er für das Unternehmen seines Schwagers leistete. Sie hätten sich in den letzten Monaten nicht besser entwickeln können.

Mit einer gewissen Melancholie dachte Vic an das Jahr, das nun bald hinter ihnen lag. Draußen vorm *Fiddlestick*, in dem sie mit Lucy saß, rieselten leise dicke weiße Flocken vom Himmel. Weihnachten stand vor der Tür, und New York bestach seine Einwohner wieder mit diesem magischen glitzernden Zauber.

Er war zurückgekehrt. Der Zauber. Die Magie. Das Glitzern. In jenem Moment, als Vic mit William an ihrer Seite im frühlingshaften New York angekommen war, hatte sie es wieder gespürt. Die Stadt lebte auf. Vic lebte auf. Die Energie der Metropole floss in Vics Adern, und sie war … glücklich.

Lächelnd erinnerte Vic sich daran, wie William mühsam zu verbergen versucht hatte, was er von Vics Wohnung alias Bruchbude hielt, als sie sie ihm gezeigt hatte. Beiden war klar gewesen, dass sie dort nicht bleiben würden. Gemeinsam hatten sie sich also auf die Suche begeben und waren schon bald fündig geworden. Ein Zufall wollte es, dass sie doch tatsächlich unweit vom *Fiddlestick* eine gemütliche Wohnung gefunden hatten. Teuer, aber bezahlbar für New Yorker Verhältnisse. Drei Zimmer und so gut geschnitten, dass es manchmal viel größer wirkte, als es tatsächlich war. Es war die perfekte Mischung aus alten Mauern und renoviertem Putz.

Vic liebte diesen Rückzugsort heiß und innig. Und William war in diesem Viertel genau richtig. Manhattan, aber doch erinnerten ihn die verhältnismäßig niedrigen Häuser ein bisschen an zuhause, wie er oft sagte. Und nur fünf Minuten entfernt lag mit dem *Fiddlestick* ein Irish Pub. *Der* Irish Pub. Sie hatten es äußerst gut getroffen. Sie beide.

Der Abstand, den William gesucht hatte, entfaltete schon bald nach ihrer Ankunft im Frühjahr seine Wirkung. Er entspannte sich merklich und begann mehr und mehr das Leben zu genießen. Regelmäßig telefonierte oder skypte er mit seinen Eltern, seinen Brüdern und seiner Schwester. Aber er schaffte es mit jedem Monat, den sie in New York lebten, besser, sich von seinem tiefsitzenden Verantwortungsgefühl zu lösen. Seine Sorgen waren noch immer da, aber sie nahmen einen gesünderen Rahmen an.

William arbeitete hart an sich und seinen Emotionen, und Vic bewunderte ihn aus tiefstem Herzen dafür. Manchmal noch blitzte sein altes Muster hervor, doch meist bemerkte er es selbst nach einiger Zeit, sodass Vic ihn gar nicht darauf hinweisen musste. Er lernte selbst, damit umzugehen. Und obwohl er den Löwenanteil an dieser Entwicklung trug, bestand er darauf, dass er es ohne Vic nicht geschafft hätte. Gemeinsam mit seiner Familie hatte sie ihn in einen Abgrund geschubst – doch gleichzeitig hatten sie ihm einen Weg hinaus gewiesen, wie er es nannte.

In den ersten Wochen hatte William ständig betont, wie gut er in New York schlafen konnte. Vic hatte ihm eines Morgens sehr deutlich machen müssen, dass sie das zwar begrüßte, es aber nach bald drei Monaten nicht mehr hören konnte. Zur Strafe hatte William sie vom Aufstehen abgehalten, ihr mit süßen Worten und zärtlichen Liebkosungen den

Atem geraubt und war mit ihr gemeinsam der Ekstase entgegengeflogen.

Vic liebte diesen Mann. Er weigerte sich seinen irischen Akzent auch nur im Ansatz abzulegen, trug weiterhin seine Schiebermütze, und wann immer sie an einem Irish Pub vorbeikamen, mussten sie hineingehen und ein Pint trinken.

Doch nicht nur William hatte sich weiterentwickelt und an sich gearbeitet. Vic ebenso. Zusammen mit ihm hatte sie ihre Schuldgefühle in Bezug auf die Fehlgeburt im Januar abgelegt. Noch immer trauerten sie beide um das Kind, ihr Sternenkind, doch war es inzwischen eine friedliche Trauer, frei von Wut und Zerrissenheit.

Vor dem nächsten Januar graute es Vic dennoch. Zum ersten Mal würde sich der Tag jähren, an dem ihr und Williams Baby fortgegangen war. So nannte sie es nun. Der Begriff *verloren* war einfach nicht richtig. Sie konnten sich nicht damit anfreunden, und so hatten William und sie eines Abends zusammen nach einem anderen Wort dafür gesucht. Es war ihr Baby. Sie bestimmten, wie sie den Vorfall benennen würden. Für sich ganz allein.

Nach einigem Grübeln hatten sie sich schließlich für das *Fortgehen* entschieden. Es klang nicht nach einem Missgeschick, das sie zu verantworten hatten. Es klang weniger nach einer Schuld. Wer etwas verlor, war oft selbst dafür verantwortlich, weil er oder sie nicht ausreichend darauf geachtet hatte. Aber so war es nicht gewesen. Nicht bei ihrem Sternenkind.

Beim Fortgehen mochte Schmerz dabei sein, Trauer und auch ein bisschen Wut. Aber keine Schuld. Es gab ihnen das Gefühl, als würde das Baby ihnen damit andeuten, dass es eben noch nicht für diese Welt bereit gewesen war. Und das war okay. Es war verständlich.

Beide, Vic und William, schienen von jenem Moment an wesentlich besser mit der Fehlgeburt klarzukommen. Mochte es für Außenstehende nach Augenwischerei aussehen, für sie war es wichtig gewesen, diesen Begriff zu ändern. Und das allein zählte.

Ob sie es erneut versuchen würden? Erst vor Kurzem

hatten sie darüber gesprochen. Eines Tages. Ja. Aber nicht jetzt. Und auch nicht im nächsten Jahr. Vielleicht danach. Ob es klappen würde? Vielleicht. Vielleicht auch nicht. Sie würden es auf sich zukommen lassen. Vic hatte gelesen, dass Kinder, die nach einer Fehlgeburt auf die Welt kamen, auch Regenbogenkinder genannt wurden. Sie symbolisierten das Glück, dass die Eltern nach all dem Schmerz empfanden. Sie mochte diesen Gedanken. Er passte zu ihrer Regenbogenreise. Zu der Liebe, die sie und William verband.

Doch wenn Vic eines gelernt hatte, dann, dass sich nichts erzwingen ließ. Wunder geschahen und gingen ebenso wieder fort. Sie würden abwarten, hoffen und – vor allem – selbst bereit dafür sein, wenn der Zeitpunkt gekommen war. Anders als noch vor einem Jahr.

Eine Bewegung von Lucy riss Vic plötzlich aus ihren Gedanken. Sie legte ein doch recht großes Päckchen in rotem Glanzpapier und einer silbernen Schleife vor Vic. »Bevor ich es noch vergesse.«

Erstaunt blickte Vic auf. »Was ist das?«

Lucy lächelte liebevoll. »Frohe Weihnachten. Von Charlie und mir.«

Maßregelnd rollte Vic mit den Augen. »Wir haben doch gesagt, wir schenken uns nichts!«

»Ich weiß. Aber es ist eigentlich gar kein richtiges Geschenk. Mehr … eine Erinnerung.«

»Soll ich es jetzt aufmachen?«

Lucy dachte einen Moment lang nach. »Mach es nachher zusammen mit William auf.«

»Mit William?«

Lucy grinste verschwörerisch. »Ich bin mir sicher, er wird es in gewisser Art und Weise als Geschenk für sich betrachten.« Sie grinste. »Vielleicht sogar zu Recht.«

Neugierig musterte Vic das Päckchen. Dann umarmte sie Lucy voller Liebe. Sie und Charlie waren ihr so enge Freundinnen geworden, sie wollte sie nie wieder missen. Es war ein wunderschönes, warmes und großartiges Gefühl, diese beiden Frauen an ihrer Seite zu wissen. Sie waren so viel mehr, als sie mit ihrem Make-up und den Designerklamotten nach außen zeigten. Die Partys waren in diesem Jahr bei Vic schließlich ganz ausgeblieben, und auch die beiden reduzierten ihr It-Girl-Dasein, schienen sich von Vic unbewusst beeinflussen zu lassen und suchten nach einem sinnstiftenden Leben. Sie waren beide irgendwie noch in der Findungsphase, aber Vic war überzeugt, dass auch sie ihr Glück und den richtigen Weg finden würden.

»Wenn Charlie von ihrem Urlaub in Europa kommt und ich aus Irland wieder da bin, müssen wir uns unbedingt mal wieder zu dritt sehen.« Vic drückte Lucy noch einmal fest und lehnte sich dann zurück. »Wie verbringst du Weihnachten und Silvester?«

Lucy lächelte und blickte verträumt auf das Geschenk vor Vic. »Vielleicht mal ganz anders als sonst. Wir werden sehen.«

Vic beließ es dabei. Sie wusste, wenn Lucy diesen Gesichtsausdruck aufsetzte, dann war etwas los. Doch sie ließ sie selbst den Zeitpunkt wählen, es ihr zu erzählen. Hier hatte Vic sich irgendwie ein Beispiel an ihrer Schwiegermutter genommen. Manchmal war diese Familienregel durchaus sinnvoll, wie Vic zugeben musste. So wie in diesem Moment bei Lucy.

Die O'Sullivans. Oh, wie vermisste sie diese irische Familie! Seit April hatte sie sie nicht mehr gesehen. Zumindest nicht in Irland. Sean und Lilly hatten bei der Konzerttournee von Sean in New York Halt gemacht und sie besucht. Dabei war auch der kleine Jonas mit von der Partie gewesen. Nur wenige Monate alt, aber zuckersüß und ein kleiner Sonnenschein, dem nichts die Laune zu verderben schien. Außer Hunger. Da war er kompromisslos.

Zu ihrer beider Überraschung schmerzte Vic und William der Anblick des Neugeborenen nicht so sehr wie erwartet. Beide gönnten Lilly und Sean das Glück von ganzem Herzen. Seans Therapie schien zudem gut zu verlaufen, sodass in diesem Jahr kein einziger Schub seiner Multiplen Sklerose aufgekommen war. Ein Umstand, der William demütig und dankbar werden ließ.

Auch Vic war dankbar. Für die Familie, die sie geschenkt

bekommen hatte. Ähnlich oft wie William war auch sie mit den O'Sullivans in Kontakt. Sie gehörte dazu. Sie liebten sie. Aufrichtig und bedingungslos.

Erst gestern hatte Vic mit Aeryn telefoniert. Zwar vorrangig wegen der Arbeit, doch konnte ihre Schwägerin nicht die Freude verbergen, Vic – und natürlich auch William – bald wiederzusehen. Wärme durchflutete Vic. Und ein gewisser Stolz.

Ihre Arbeit für die Academy machte ihr nicht nur Spaß, sie empfand eine ungemeine Begeisterung dafür. Irish Dance war nicht nur ein Tanz, es war eine eigene Welt. Eine Welt, in der Gefühle so intensiv und deutlich ausgedrückt wurden, ohne dabei ein einziges Wort verlauten zu lassen. Es war so faszinierend, und Vic liebte jeden Tag, an dem sie helfen konnte, den Menschen dieses Stück irische Kultur näherzubringen.

Und ja, sie liebte es, ihr eigenes Geld zu verdienen. Sie trug ebenso zu ihrem gemeinsamen Lebensunterhalt bei wie William. Und das bedeutete ihr mehr, als sie manchmal zugeben wollte. Unabhängig zu sein, frei, ihre eigenen Entscheidungen zu treffen, und zu wissen, dass sie jederzeit auch alleine für sich aufkommen konnte, das erfüllte sie mit Stolz. Und Genugtuung.

Nicht, dass sie allein sein würde. William und sie waren füreinander bestimmt. Charlie und Lucy waren ihre besten Freundinnen – und auf der anderen Seite des Atlantiks wartete eine riesige Familie darauf, dass sie endlich mit dem Flieger aus New York anreisen würde.

Mit ihrem Vater hatte sie nur spärlichen Kontakt, aber das war in Ordnung. Sie versuchte nicht länger, eine Liebe zu erbetteln, die sie nicht in der Form bekam, die sie sich wünschte. Stattdessen hatte sie die Art ihres Vaters zu akzeptieren gelernt und versuchte, ihn zu nehmen, wie er war.

»Na, wie oft mussten sie die Schüssel schon auffüllen?«

Eine tiefe sanfte Stimme mit dem nur allbekannten irischen Akzent ertönte hinter Vic, und sie spürte, wie sich zwei starke Arme um ihre Taille legten. Wie von selbst drehte sie den Kopf und erblickte William hinter sich, der ihr sogleich einen liebevollen Kuss gab.

»Mindestens zweimal«, meinte Lucy lachend.

»Einmal«, widersprach Vic. Dennoch grinste sie. »Die erste Schüssel war gar nicht richtig voll.«

Lucy rutschte von ihrem Barhocker und umarmte Vic. Dann griff sie nach ihrer Handtasche, zog sich ihren Mantel und ihren Schal über und lächelte die beiden an. »Genießt euren Abend. Ihr habt es euch verdient.« Sie musterte den Raum mit den Backsteinmauern und dem alten Drahtesel an der Wand. »Wer hätte gedacht, dass Vic ihren ersten Hochzeitstag freiwillig in einem Irish Pub feiern würde?«

»Ich mit Sicherheit nicht.« Vic lächelte. Es war in der Tat eine seltsame Entwicklung. Hatte Vic selbst in Appleaugh noch Schwierigkeiten mit dem rustikalen Ambiente der Pubs gehabt, so war sie nach ihrem Umzug mit William nach New York auf einmal gerne ins *Fiddlestick* gekommen. Es erinnerte sie an die Familie, die auf der Grünen Insel für sie da war.

Vic zwinkerte ihrer Freundin zu. »Frohe Weihnachten, Lucy.«

Sie umarmten einander erneut, und schließlich verabschiedete sich Lucy von ihnen.

Kurze Zeit später saßen Vic und William an einem kleinen Tisch im hinteren Teil des Pubs.

»Hat alles geklappt?« Vic konnte ihre Neugier nicht verbergen.

William schmunzelte vielsagend und nickte. »Reibungslos.«

»Großartig!« Sie strahlte ihren Mann an. Seit einem Jahr waren sie nun verheiratet. Es war der zweiundzwanzigste Dezember, und Vic hätte kaum glücklicher sein können. Dieser irische Kerl, der sie an der Bar dort drüben angesprochen hatte, hatte ihr Leben auf den Kopf gestellt. Gemeinsam waren sie durch die Hölle gegangen, und doch hatten sie es geschafft, ihren Regenbogen zu finden und dieses bunte Gebilde für sich zu beanspruchen.

Sie wussten, was Schmerz bedeutete. Was Angst und

Trauer bedeuteten. Und umso mehr wussten sie ihr gemeinsames Glück zu schätzen. Die Liebe, die sie verband – sie war das Wichtigste, das es in ihrem Leben gab. Diese Liebe machte sie stark. Anders als Vic vor knapp einem Jahr am Esstisch der O'Sullivans aus der Not heraus behauptet hatte, war Liebe keine Schwäche. Keine Illusion. Es war das Wertvollste, das es auf dieser Welt gab.

»Wann wirst du es ihnen sagen?« Vic musterte William aufgeregt.

»Beim Essen, am Vierundzwanzigsten.«

Vic nickte lächelnd. Vor ihrem inneren Auge erschien die weihnachtlich geschmückte Tafel im Hause ihrer Schwiegereltern. Die roten Kugeln, die Efeu- und Stechpalmzweige, die weißen Kerzen. Der Duft von gebrannten Mandeln, nein, von Zuckernüssen stieg ihr in die Nase, und sie stellte sich vor, wie die O'Sullivans reagieren würden, wenn William ihnen erzählte, dass sie fortan einige Monate im Jahr in Irland und einige in New York leben würden. Abwechselnd. Beide liebten sie ihre Heimat. Und ihre Jobs machten es möglich.

William war bereit, seiner Familie räumlich wieder näherzukommen. Für eine gewisse Zeit – und solange er die Möglichkeit hatte, wieder sicheren Abstand zwischen sich und die Bande zu bringen, wenn er das Gefühl hatte, dass es ihm zu viel wurde. Diese Freiheit besaßen sie, und sie würden sie nutzen. Vic und William gestalteten sich ihr gemeinsames Leben so, wie sie es sich wünschten. Ein Luxus, den sie ehrlich zu schätzen wussten.

William hatte vor seiner Ankunft im *Fiddlestick* den Besichtigungstermin für eine Wohnung in Dublin vereinbart. Sie würden sich zusammen etwas suchen, das sie zu ihrem irischen Zuhause machen würden. Ohne Altlasten und Erinnerungen an schwere Zeiten.

Vic freute sich darauf. Es würde wunderbar werden.

William deutete auf das Geschenk auf dem Tisch. »Was ist das?«

Vic zuckte mit den Schultern. »Ein Weihnachtsgeschenk von Lucy und Charlie. Dabei hatten wir vereinbart uns nichts zu schenken.« Vic legte ihre Stirn in Falten. »Ich soll es mit dir zusammen aufmachen, meinte Lucy.«

»Na dann. Leg los.« Er lehnte sich zurück und musterte sie neugierig.

Vic griff nach der silbernen Schleife, löste sie und entfernte vorsichtig das Papier. Noch bevor sie es ganz zur Seite geschoben hatte, erkannte sie bereits, was sich darunter verbarg. Ihr Herz blieb für einen Moment stehen, dann hüpfte es auf und ab. Eine Welle voller Emotionen schwappte über sie hinweg und hinterließ eine Träne auf ihrer Wange. Sie lächelte und blickte auf.

Williams Augen leuchteten, als er sah, was es war. Ein Ausdruck, geprägt von der Liebe, die er für Vic empfand, zeichnete sich auf seinem Gesicht ab, und Vic bemerkte, wie er schluckte. Dann legte sich ein Schmunzeln auf seine Lippen. Seine Stimme klang heiser. »Das schönste Geschenk, das sie dir machen konnten.«

Langsam ließ Vic ihre Finger zwischen das Glanzpapier gleiten. So viel verband sie mit dem, was darin lag. Sie hatte es weggegeben, weil sie sich vor so vielen Monaten etwas Neues hatte aufbauen wollen. Weil sie es musste. Es war ihr so schwergefallen, aber sie hatte es durchgezogen. Und jetzt … Jetzt hielt sie ihr Glitzerkleid in den Händen. Jenes Kleid, das sie angehabt hatte, als sie William das erste Mal getroffen hatte. Das Kleid, von dem sie behauptete, dass es der Beweis dafür sei, dass Glitzer eine Farbe war. Das Kleid, das sie an Silvester auf dem Hof von Williams Eltern getragen hatte. Das Kleid, das ihr so furchtbar viel bedeutete.

Eine kleine Karte fiel heraus, als sie den funkelnden Stoff anhob. Vic nahm sie und las die liebevollen Worte darauf.

Dich von diesem Kleid zu trennen, wäre, als würde man Manhattan von New York trennen. Bestimmt irgendwie möglich, aber eine gänzlich dumme Idee.
In Liebe,
Charlie und Lucy

Die beiden mussten es bei dem Ausverkauf heimlich beiseitegeschafft haben. Sie waren unglaublich. Und Vic liebte sie dafür.

»Mein Kleid«, flüsterte sie. Das Lächeln wollte nicht von ihren Lippen verschwinden. Wieder schaute sie zu William, der nun plötzlich aufstand und nach ihrer Hand griff.

»Was ist?«

Er nahm ihr das Kleid aus den Fingern, zog sie liebevoll von ihrem Stuhl und drückte ihr ihre Winterjacke in die Hand.

»Du bekommst deinen Abend im Irish Pub. In Dublin. Jeden Tag, wenn du willst.« Er zog sie dicht an sich. Mit rauer Stimme murmelte er: »Aber heute Abend will ich dich in diesem Kleid. Ganz allein für mich. An unserem Hochzeitstag.«

Liebe strömte durch Vic. Und Begehren. Oh Gott, sie liebte diesen verrückten Iren. Lachend warf sie ihren Kopf nach hinten, und gemeinsam liefen sie die wenigen Meter durch den Schnee zu ihrer Wohnung. Wie gut, dass sie im Pub noch nichts bestellt hatten.

Bevor sie wenig später den Hauseingang betraten, blickte Vic noch einmal hinaus auf die verschneiten Straßen. Das Glitzern. Es war überall. Auf ihrem Kleid. Auf New Yorks Straßen. In ihren Herzen.

Danksagung

»Himbeerfieber« war gerade erst fertig geworden, da wusste ich: Ich muss »Mandelfieber« schreiben. Der Umstand, dass ich mich in »Himbeerfieber« mit der Krankheit von Sean auseinandergesetzt habe, führte mir deutlich vor Augen, dass neben den Erkrankten immer auch die Angehörigen von der Diagnose betroffen sind. Manchmal noch viel stärker, als wir es uns vorstellen können. Diesem Umstand wollte ich Raum geben, denn ich finde, dass er ungemein wichtig ist und häufig in unserem Bewusstsein untergeht.

Unter der Diagnose eines Angehörigen zu leiden und sein eigenes Leben komplett hintanzustellen, passiert vielen Menschen. Ob sie es merken oder nicht. Umso mehr wollte ich darauf aufmerksam machen, dass es vollkommen in Ordnung ist, wenn man sich trotz allem auch einmal selbst an die erste Stelle stellt. Denn nur dann können wir für unsere Angehörigen stark sein. So stark, wie sie es brauchen und verdienen.

Mein Dank geht an dieser Stelle an all die Menschen, die tagtäglich für ihre erkrankten Angehörigen da sind. Ihr seid viel tapferer, als ihr womöglich wisst. Und ohne euch würde so manches sehr viel schwerer sein. Danke, dass ihr durchhaltet und stark seid – aber bitte, vergesst euch selbst dabei nicht.

Ein Mensch, der mir einen tiefen Einblick in das Innenleben von Betroffenen gegeben hat, ist meine Schwester. Denn ich selbst wurde für fünf Jahre auf Multiple Sklerose behandelt. Die Verzweiflung, die William in »Mandelfieber« empfindet – meine Schwester hat sie empfunden. Ebenso meine anderen Geschwister. Meine Eltern. Und meine engsten Freunde. Sie alle haben mir sehr viel später erst erzählt, wie sie sich gefühlt haben, als sie von meiner Diagnose erfuhren. Sie haben mir von ihrem inneren Kampf berichtet. Von ihrer Angst, ihrer Wut und ihrer Enttäuschung über das Schicksal. Euch allen gilt mein aufrichtiger Dank, dass ihr immer für mich da gewesen seid und mir Einblick in eure Gefühle gegeben habt, um dieses Buch authentisch zu machen.

»Mandelfieber« behandelt jedoch noch ein wichtiges sensibles Thema. Den Umgang mit einer Fehlgeburt. Mein tiefer Dank und größter Respekt geht daher an die wundervollen mutigen Frauen, die mir von ihren Fehlgeburten berichtet haben. Sie haben mir für einen Moment ihren Schmerz gezeigt und sich getraut, die Dinge beim Namen zu nennen, über die sie sonst kaum reden. Das erfordert viel Kraft, und ich hoffe, »Mandelfieber« wird dem wenigstens im Ansatz gerecht. Danke, dass ihr mir eure Geschichten erzählt habt. Danke für euer Vertrauen. Danke, dass ihr eure Mauern einen Moment lang geöffnet und mir Einblick gegeben habt.

Gleiches gilt für die betroffenen Männer. Ich habe das Gefühl, wir unterschätzen oft, was eine Fehlgeburt mit den werdenden Vätern macht. Sie leiden. Vielleicht anders als Frauen. Aber auch sie trauern, sind wütend und ratlos. Geben wir ihnen den berechtigten Platz für ihre Emotionen. Danke deshalb auch euch für euer Vertrauen und euren Mut, darüber zu sprechen.

Bei »Mandelfieber« ist mir etwas passiert, das zuvor noch nie geschehen ist. Ich habe während des Schreibens geweint. Ich wurde emotional von meinen eigenen Protagonisten und ihrem Schicksal mitgerissen und musste tapfer zurück in die Spur finden. Mein Mann hat mir dabei geholfen. Wie immer. Wenn du auf dem Sessel sitzt, am Skript arbeitest, plötzlich weinst und er dir einfach ungefragt ein Taschentuch reicht, einen Kaffee macht und lächelnd sagt: »Das wird wieder. Du wirst sie schon zum Happy End führen«, dann weißt du, du hast den richtigen Mann an deiner Seite. Danke, Stefan.

Treu an meiner Seite waren auch wieder meine persönlichen Lektorinnen, die das Skript kritisch auseinandergenommen und auf Schwächen und Ungereimtheiten geprüft haben und mir sagten: »Das ist krass. So krass. Aber ich liebe es.« Danke, Annika. Danke, Alex.

Als ich »Mandelfieber« zur Weihnachtszeit 2022 anfing zu schreiben, fasste ich gleichzeitig den Entschluss, den Schritt ins selbstständige Autorinnenleben zu wagen. Vollzeit Schreiben. Ein unbekanntes Risiko, ein Sprung ins Ungewisse. Aber ich habe ihn gemacht. Und ich bin so dankbar für all die Menschen, die mich darin ermutigt und meinen Entschluss bekräftigt haben. Ohne eure Unterstützung hätte ich mich vermutlich nicht so früh getraut, etwas zu wagen. Danke!

Kurz nach Silvester 2022 auf 2023 traf ich mich mit meiner besten Freundin. Wir sprachen über vieles, was uns in den letzten Jahrzehnten widerfahren ist und uns geprägt hat. Dabei erzählte sie mir von ihrer verstorbenen Großmutter, die ich ebenfalls kannte. Als das Leben meiner besten Freundin ihr zu Teenagerzeiten wieder einmal übel mitspielte, fragte sie ihre Großmutter einst: »Warum ich? Warum immer wieder ich?« Sie sagte zu ihr ähnliche Worte, wie Sean O'Sullivan sie in diesem Roman zu seinem Bruder William auf diese Frage hin sagt: »Weil du es aushältst. Andere nicht. Andere halten es nicht aus. Sie würden daran zugrunde gehen. Du nicht. Du hältst es aus. Das weiß das Schicksal. Und deshalb wählt es immer wieder dich.« Diese Worte haben etwas in mir gerührt. Zutiefst gerührt. Und deshalb will ich an dieser Stelle der Großmutter meiner besten Freundin danken. Nie wieder werde ich diese Worte vergessen. Sie geben mir Kraft für mein eigenes Leben und das Schicksal, das immer wieder uneingeladen an die Tür klopft. Danke.

Ebenso will ich dem wundervollen Team beim Zeilenfluss Verlag danken. Denn ich war bereits mitten in den Arbeiten für »Mandelfieber«, als ich ihnen davon erzählte und sie mir direkt den Buchvertrag für den sechsten Roman der »Irland – Von Cider bis Liebe«-Reihe gegeben haben. Weil sie an meine Bücher glauben und auch nach meinen mehrmaligen Leseeinheiten immer noch irgendwelche Tippfehler finden. Danke, lieber Zeilenfluss Verlag!

Und wer darf auf keinen Fall in dieser Danksagung fehlen? Natürlich ihr! Meine Leser:innen! Ich liebe euch, bin dankbar für alles, was ihr für mich tut, und freue mich wahnsinnig, dass wir diese spannende Reise gemeinsam machen!

Über die Autorin

Madita Tietgen wurde 1995 als Jüngste von sechs Geschwistern in München geboren. Nach dem Abitur studierte sie Kulturjournalistik und absolvierte im Rahmen dessen unter anderem Praktika bei der WELT und dem ZDF in New York. Ein Auslandssemester führte sie nach Dublin. Die Zeit in Irland weckte in ihr die Liebe und Begeisterung für die irische Lebensfreude, die sie seitdem in ihre Romane einfließen lässt.

Den Schritt zur Autorin wagte sie im Sommer 2021, indem sie zunächst »Zimtfieber«, Band 2 der Reihe »Irland – Von Cider bis Liebe«, via Selfpublishing veröffentlichte. Kurz darauf nahm der Zeilenfluss Verlag die junge Autorin auf. Seit Januar 2022 hat sie es mit ihren bisher erschienenen Romanen jedes Mal auf die eBook-Bestsellerlisten aller bekannten Buchhändler geschafft.

Aktuelle News zu anstehenden Veröffentlichungen und exklusives Bonusmaterial gibt es auf ihrer Website sowie in ihrem Newsletter. Jetzt anmelden unter maditatietgen.com!

Folge Madita Tietgen außerdem auf Instagram: @maditatietgen

Lass dich vom einzigartigen Charme Dublins mitreißen, verliere dich zwischen Apfelbäumen und Cider und erlebe die Schönheit der irischen Natur. Tauche jetzt in die „Irland – Von Cider bis Liebe"-Reihe ein!

***Trigger-Warnung**

In diesem Roman wird das Thema Fehlgeburt behandelt, das manche triggern könnte.

Printed by Amazon Italia Logistica S.r.l.
Torrazza Piemonte (TO), Italy

74482021R00215